U0660089

唐宋八大家诗文经典

◎策划 辽宁省博物馆
◎编著 于景祥 于信

辽宁美术出版社

图书在版编目（CIP）数据

唐宋八大家诗文经典 / 于景祥，于信编著；辽宁省博物馆策划．-- 沈阳：辽宁美术出版社，2020.12

ISBN 978-7-5314-8889-7

Ⅰ．①唐… Ⅱ．①于… ②于… ③辽… Ⅲ．①唐诗—诗歌欣赏 ②宋诗—诗歌欣赏 ③古典散文—文学欣赏—中国—唐代 ④古典散文—文学欣赏—中国—宋代 Ⅳ．①I206.2

中国版本图书馆CIP数据核字（2020）第207976号

出 版 者：辽宁美术出版社
地　　址：沈阳市和平区民族北街29号　邮编：110001
发 行 者：辽宁美术出版社
印 刷 者：辽宁新华印务有限公司
开　　本：720mm×1010mm　1/16
印　　张：20.5
字　　数：350千字
出版时间：2020年12月第1版
印刷时间：2020年12月第1次印刷
责任编辑：时祥选
美术编辑：张　畅　张　玥
责任校对：郝　刚
书　　号：ISBN 978-7-5314-8889-7

定　　价：68.00元
邮购部电话：024-83833008
E-mail：lnmscbs@163.com
http：//www.lnmscbs.cn
图书如有印装质量问题请与出版部联系调换
出版部电话：024-23835227

前　言

韩愈、柳宗元、欧阳修、苏洵、曾巩、王安石、苏轼、苏辙八位文学家，分别出现在唐宋两代，因为他们在中国古代散文领域都取得了杰出的成就，在中国散文史上具有特殊地位，产生了巨大影响，所以获得了“唐宋八大家”的美誉，成为中国古代文学史上的特殊景观、中华文化的特殊符号，放射出耀眼的光芒。

一、“唐宋八大家”名称产生背景

“唐宋八大家”是对八位作家的历史定位，是作为散文创作的标准和楷模的形式提出来的。它产生于明代，不是偶然，而是有其深刻的社会历史背景和文学背景。

明代散文是在特殊的社会文化背景之下发展和演变的，受内部和外部诸种因素的制约和影响，前期发展迟缓，后期又迅速下滑。从外部因素上考察，明代散文受到的约束和打击较多。一是政治上的专制皇权直接干预文学创作。明太祖朱元璋出身低微，猜忌多疑，诛杀功臣，大兴文字狱；接着靠“篡权”起家的成祖朱棣又以杀人立威，先后诛杀大儒方孝孺和才子解缙。此后宦官乱政，专横跋扈，尤其特务机构锦衣卫和东厂、西厂的建立，更使诸多文人才士失去自由的创作空间。二是明朝很早便确立了八股文取士的科举制度，强化了封建伦理道德的思想统治：一方面，八股文是读书人进入仕途必备的敲门砖，千军万马都要通过独木桥，耗费掉了人生中的主要精力，“三百年人士之精神，专注于场屋之业，割其余以为古文，其不能尽如前代之盛者，无足怪也”（黄宗羲《明文案序上》）；另一方面，八股考试规定只在四书五经中出题，试子只能代圣人立言，以孔孟是非为是非，不准有独立思考和发挥，严重禁锢人们的思想，极大地限制、扼杀了人的创造力，对散文创作消极影响十分严重。三是推崇程朱理学，进行思想统治，控制思想界几百年之久，形成空谈性理、迂腐说教的道学习气，不能不影响到散文创作。四是有明一代，讲学结社之风盛极一时，形成颇有政治色彩的团体，一方面有开发民智、激励士风的作用，另一方面也反映到文学领域，特别是散文领域中来，形成不同的文学主张，引起经久不息的论争，从而自然形成规模空前、名目繁多的文学流派。特别是散文流派，让人眼花缭乱。除“前七子”“后七子”“唐宋派”“公安派”“竟陵派”外，还有诸如“吴中四杰”“北郭十友”“闽中十才子”“景泰十才子”“娄东三凤”“金陵三俊”“嘉靖八才子”“皇甫四杰”“练川三老”等。王世贞还有“前五子”“后五子”“广五子”“续五子”“末五子”之说。流派众多，对散文创作来说，正面和负面的影响都有。

从散文创作的内部因素上考察，明代作家面临着艰难的选择：在明代之前，不但唐诗、宋词的成就和水准让人叹为观止，唐宋散文同样空古绝今。面对这样的高峰，明代作家在相当长的历史时期内所选择的都是师古的道路，或学秦汉，或宗唐宋；最后有人选择独创，开辟出小品文的新路子，可惜“其行不远”，很快又沉寂下去了。相较于唐、宋和后来的清代，明代散文总体成就既不能与唐宋相提并论，也不如清代繁荣。

由洪武到成化这一百多年，是明代散文的第一个时期。这一时期的散文总体成就不高。本期前半段（即开国初到永乐初年），正值大明开国并进行恢复和发展、巩固之期。坦率地说，出身低贱的朱元璋，在开创大明、发展经济等方面还是很有作为的。但是他的文化政策却严酷过度，禁忌太多，文字狱频繁，大开杀戒，又大力提倡理学，“四书”“五经”《性理大全》诸书相续编成并确定为生员必修课，八股考试又必须以此为内容。文化上和教育上的严苛与保守的政策，造成文坛的沉寂和平庸，充满道学迂腐气息的散文相对流行，只有少数作家如宋濂、刘基等，既上承唐宋散文的衣钵，又经历过元朝末年的社会动乱，生活积累丰富，阅历很深，成了当时较有生气的散文作家，代表当时散文的一流水平。第一期的后半段，即从永乐初年到成化年间，从政治、经济上讲，是太平之世，社会稳定，经济繁荣。但是对于明代文学，特别是散文来说，却是一个极度萧条与沉闷的时期，表现在三个方面。一是文字狱大兴，有才气的作家先后离世：宋濂、刘基在洪武前期相继谢世；洪武七年（1374）高启为朱元璋所杀，“吴中四杰”（高启、张羽、杨基、徐贲）其他三人也相继死于文字狱；建文四年（1402），大儒方孝孺为朱棣所杀；永乐十三年（1415），才子解缙也被朱棣杀害。出类拔萃的大手笔被杀戮殆尽，留在文坛上的自然多是平庸之辈了。二是八股取士的标准化与通行、泛滥。三是雍容浮浅、粉饰太平的台阁体散文风靡天下。这三方面的交互作用，造成明代散文将近一个世纪处于低潮。

由弘治、正德，经嘉靖至万历前期八十余年，是明代散文发展演变的第二个时期。这一时期明代散文非常活跃，特别是复古思潮的兴起，对散文创作影响深刻。“唐宋八大家”的名称就是在这一期间确立的。这一历史时期，大致分为前后两个阶段：

其一，从弘治到正德年间为前半期，社会危机已经出现，各种矛盾交织。一是土地兼并加剧，赋税徭役加重，导致流民接连不断起义，社会动荡不安。二是宦官乱政情况严重，正统年间挟制英宗皇帝，造成土木之变的大祸；到正德之时宦官掌控锦衣卫与东西厂这些特务机关，与气节高尚的士大夫矛盾冲突十分激烈。三是由于朝政腐败，一直禁锢着士人思想的程朱理学越来越失去效力，而陆王心学则逐渐扩大传播领地。在这种情况下，以粉饰太平、歌功颂德为主要内容的台阁体，渐渐失去了市场，其弊端清楚地显露出来，自然引起人们的反对与批判，文坛上的改革思潮应运而生，先是以李东阳为首的茶陵派唱响复古的先声，后由以李梦阳、何景明为首，成员包括康海、王九思、边贡、王廷相、徐祯卿的“前七子”把复古之风推向高潮。在文学主张上，“前七子”的共同点是复古，尽管在如何复古上意见各自有所不同，但是出发点都是以复古为革新文风之药方。

其二，从嘉靖初年到万历年间是明代散文发展、演变第二期的后半段。这个时期，各种社会矛盾继续加深：一是外患更加严重，二是王朝的政治腐败不堪。但是一部分士大夫仍有较强的社会责任感、使命感，他们一方面感叹“天下事鱼烂极矣！”，一方面又力图挽救危局。政治上的使命感，在文学上也有所表现，那就是对文坛风气的严重关切。而此时正值“前七子”复古之风炽烈之际，以拟古为能事，内容贫乏、文字佶屈聱牙的古董式散文充斥文坛，其领袖人物李梦阳、何景明已经谢世，后继者更加偏执，流弊甚多，于是，王慎中、唐顺之、茅坤、归有光等文章家力革其弊，大倡唐宋古文，并以此来矫革“前七子”的拟古之风，因此获“唐宋派”的称号。这一派散文家的崛起，对明代散文产生重要影响，是“唐宋八大家”这一称号确立的关键所在。

“唐宋派”散文家在文学主张上与“前七子”正好针锋相对。

第一，在文与道的关系上，“前七子”应该说是二者并重。“唐宋派”继承传统的文以载道思想，认为“文与道非二也”（唐顺之《答廖东雩提学书》），坚持“文道合一”的传统道学家的文道观。其实质也是重道轻文：“世之操觚者往往谓文章与时相高下，而唐以后且薄不足为。噫，抑不知文特以道相盛衰，时非所论也。”（茅坤《唐宋八大家文钞序》）。

第二，在如何师古、师法对象问题上，“前七子”强调“文必秦汉，诗必盛唐，非是者弗道”（《明史》李梦阳本传），“文称左、迁……近律则法李、杜”（《皇明名臣言行实录》载何景明语），而“唐宋派”则大力倡导师法唐宋古文家。王慎中说：“学六经、《史》、《汉》最得旨趣根领者，莫如韩、欧、曾、苏诸名家。今观诸贤，尚有薄宋人之心，故其文如此。”（《寄道原弟书九》）《明史》本传还记载了他的醒悟之语：“慎中为文，初主秦汉，谓东京下无可取。已悟欧、曾作文之法，乃尽焚旧作，一意师仿，尤得力于曾巩。顺之初不服，久亦变而从之。”此外，他还明确说过：“学马迁莫如欧，学班固莫如曾。”（《与道原弟书》）归有光说得更干脆：“文字难作。”“世无韩、欧二公，当从何处言之！”（《与沈敬甫》）正是在这种历史和文化背景之下，在与李梦阳、何景明为代表的“前七子”“文必秦汉、诗必盛唐”的文学主张进行论争的过程中，“唐宋派”中的茅坤通过编辑《唐宋八大家文钞》的形式，使“唐宋八大家”之说定型。

二、“唐宋八大家”定名过程

其实，“唐宋八大家”凭借散文创作上的杰出成就，早就走入文学批评家的视野，从南宋以来，有逐渐形成一个文学流派的趋势。这一趋势从南宋以来的四个散文选本中逐渐体现出来。南宋吕祖谦编选的《古文关键》中有《看韩文法》《看柳文法》《看欧文法》《看苏文法》《看诸家文法》，收文以韩、柳、欧、苏（轼）为主，其他人次之，透露出尊崇“唐宋八大家”文的端倪。南宋楼昉编选的《崇古文诀》收入先秦至宋的散文 191 篇，唐宋散文有 164 篇，其中唐文 41 篇，韩、柳二人就占了 39 篇；宋文 123 篇，欧阳修、曾巩、王安石、三苏占一半以上，“唐宋八大家”在散文领域的代表性进一步增强。南宋周应龙编选的《文髓》中标注韩、柳、欧、苏文 74 篇，可见他对“唐宋八大家”的重视。谢枋得的《文章轨范》选入三国到宋代 15 家散文作品 69 篇，其中唐宋文占 67 篇，韩愈、柳宗元、王安石、二苏（苏轼、苏洵）共占 59 篇。以上这些古文选本显示：以唐代韩、柳，宋代欧、曾、王、苏为主的散文成为主要选项，“唐宋八大家”散文的代表性逐渐增强，成为人们尊崇的楷模。

明代初期，在宋人的基础上，就有人把韩愈、柳宗元、欧阳修、苏洵、曾巩、王安石、苏轼、苏辙八位文学家的散文作为典范和楷模加以重视，并且集中起来进行编辑，不再像宋人那样，把唐宋八家与其他时代散文家的作品混编为一书，而是以专书的面目出现，这个人就是朱右。朱右为文以唐宋为宗，他先于《唐宋八大家文钞》一书编辑了《六先生文集》（又名《唐宋六家文衡》）。其中所选之人为韩愈、柳宗元、欧阳修、曾巩、王安石、“三苏”，因为文虽八家而姓氏为六，所以没有写“八家”而写“六家”。当然，实质上选入的是“八家”，即八位散文家，这是“唐宋八大家”得名的开端。

到了明代中期，在反对“前七子”的“文必秦汉、诗必盛唐”复古主张之时，“唐宋派”的代表人物唐顺之注意到三代、两汉的文学传统，但是他反对“前七子”“文必秦汉”的偏狭，肯定了唐宋文的继承和发展，提出为文应该学习唐、宋文的法度，所以他于明嘉靖年间编辑《文编》，书中唐宋文占据了绝对的主导地位。后来他又编《六家文略》，还是将“三苏”合为一家，其实依然是“唐宋八家”，这对确立“唐宋八大家”的历史地位起到了明显的作用。《明史·文苑传》中对茅坤与唐顺之的关系及《唐宋八大家文钞》与《文编》的继承关系做了说明：“坤善古文，最心折唐顺之。顺之喜唐、宋诸大家文，所著《文编》，唐、宋人自韩、柳、欧、三苏、曾、王八家外，无所取，故坤选《八大家文钞》。其书盛行海内，乡里小生无不知茅鹿门者。”很清楚，茅坤无论是在文学思想上还是在《唐宋八大家文钞》一书的编撰上，都对唐顺之有所师法。

此外，归有光的《四大家文选》和陆粲的《唐宋四大家文钞》等几部书，也在一定程度上对茅坤《唐宋八大家文钞》的产生、“唐宋八大家”名称的确立，起到了强化作用。

茅坤在唐顺之《文编》、归有光《四大家文选》、陆粲的《唐宋四大家文钞》的基础上，编辑成《唐宋八大家文钞》，在当时和以后产生很大的影响。此书选辑唐代韩愈、柳宗元，宋代欧阳修、苏洵、苏轼、苏辙、曾巩、王安石八家文章共164卷。每家各为之引。其中最重视的是欧阳修，选评文章52卷；其次是苏轼，选评文章28卷；其他如韩愈、王安石各16卷，苏辙20卷，柳宗元12卷，苏洵、曾巩皆10卷。这一选本覆盖面比较合适，选文比较有代表性，评点注释繁简适中，具有雅俗共赏的特点，作为初学者之门径比较适宜，因此一直受到广泛欢迎，几百年来盛行不衰。“唐宋八大家”的名称也由此流布华夏。

三、“唐宋八大家”作品的典型意义

“唐宋八大家”名称的定型与流行，是其文章典型化的过程。其基础是这八位作家的作品确实具有典型意义，为人们写作提供了切实可行的方法和样板。这一点，已经在理论上和创作实践上得到了证明。

（一）理论层面

从宋代开始，人们就已经认识到“唐宋八大家”作品的典型意义。如朱熹，他特别强调：“东坡文字明快，老苏文雄浑，尽有好处。如欧公、曾南丰、韩昌黎之文，岂可不看？柳文虽不全好，亦当择。合数家之文，择之无二百篇，下此则不须看，恐低了人手段。”（《朱子语类》）一方面指出八家文章的突出特点和杰出成就，另一方面强调这八家文章是必读的经典作品。状元出身的王十朋在《读苏文》中说：“不学文则已，学文而不韩、柳、欧、苏是观，诵读虽博，著述虽多，未有不陋者也。”（《梅溪王先生文集》前集卷十九）认为学习“韩、柳、欧、苏”之文是学文的必由之路，否则便不能摆脱浅陋的弊端。同时，他还特别指出了学习的四个要点：“唐宋之文可法者四：法古于韩，法奇于柳，法纯粹于欧阳，法汗漫于东坡。余文可以博观，而无事乎取法也。”（《杂说》）具体说明了向谁学、学什么的问题，关键是认识到了八家作品的典型意义，特别具有远见卓识。

明人在“唐宋八大家”作品的典型意义方面也有体会，而且更加明确。如茅坤在《与徐天目宪使论文书》中指出：“窃以秦汉来文章名世者无虑数十百家，而其传而独振者，惟史迁、刘向、班掾、韩、柳、欧、苏、曾、王数君子为最。”认为秦汉以来文章最好的是司马迁、刘向、班固、韩、柳、欧、苏、曾、王之文，除了汉代三个人以外就是“唐宋八大家”。其他如罗万藻、艾南英等也都强调了“唐宋八大家”作品的典型意义，认为他们的文章是学习的样板。

到了清代，人们对“唐宋八大家”作品典型意义的认识更加深入，如张伯行，重订《唐宋八大家文钞》，在序言中既讲了八家的典型意义，对其典型特征也做了总结，他说：“至唐有韩退之、柳子厚，宋有欧阳永叔、曾子固、王介甫、苏氏父子，数百年间，文章蔚兴，固不敢望六经，而彬彬乎可以追西汉之盛。后之论者，因推以为大家之文，傥所谓立言而能不朽者耶！夫立言之士，自成一家为难，其得称为大家，抑尤难也。是故巧言丽辞以为工者，非大家也；钩章棘句以为奥者，非大家也；取青妃白，骈四俪六，以为华者，非大家也；繁称远引搜奇抉怪以为博者，非大家矣。大家之文，其气昌明而伟俊，其意精深而条达，其法严谨而变化无方，其词简质而皆有原本，若引星辰而上也，若决江河而下也，高可以佐佑六经，而显足以周当世之务。此韩、柳、欧、曾、苏、王诸公，卓然不愧大家之称，流传至今而不朽者，夫岂偶然也哉？”一方面认识到他们的“大家”地位和典型性，另一方面又总结出他们成为大家的基本要素，即在文气、文意、文法、文词四个方面都达到了高超的境界，具有不朽的价值。再如杭世骏，也明确指出：“元末临川朱氏始标八家之目，迄今更无异辞。居平持论，古之为文者一，今之为文者二。为古文而不源于八家，支离嵬琐，其失也俗；为今时文而不出于八家，肤浅纤弱，其失也庸。夫文以传示远近，震耀一世之具，而诚不免于俗与庸之诮，则毋宁卷舌而不道矣。”（《道古堂文集》卷八《古文百篇序》）指出，无论是作古文还是作八股文，都必须以“唐宋八大家”之文为门径，否则不俗即庸。

除了从方法和路径上认识到“唐宋八大家”作品的典型意义外，清人还从历史地位上认识到“唐宋八大家”的典型意义。如方东树在《书惜抱先生墓志后》中说：“文章者，道之器。体与辞者，文章之质。范其质，使肥瘠、修短合度，欲有妍而无媸也，则存乎义与法。自明临海朱右伯贤定选唐宋韩、柳、欧、曾、苏、王六家文，其后茅氏坤析苏氏而三之，号曰八家，五百年来，海内学者奉为准绳，无敢异论。往往以奇才异资，穷毕生之功，极精敏勤苦，踊跃万方，冀得继于其后，而卒莫能与之并，盖其难也。近世论者谓八家后，于明推归太仆震川，于国朝推方侍郎望溪、刘学博海峰以及姚惜抱先生而三焉。夫以唐宋到今数百年之远，其间以古文名者，何止数十百人，而区区独举八家，已为隘矣；而于八家后，又独举桐城三人焉，非惟取世讥笑恶怒，抑真似邻于陋且妄者。然而有可信而不惑者，则所谓众著于天下人之公论也。”明确指出“唐宋八大家”被学者“奉为准绳，无敢异论”，并且强调这是“天下人之公论”。再如戴钧衡在《重刻方望溪先生全集序》中说：“六经四子皆载道之文，而不可以文言也。汉兴，贾谊、董仲舒、司马迁、相如、刘向、扬雄之徒，始以文名，犹未有文家之号。唐韩氏、柳氏出，世乃畀以斯称。明临海朱右取宋欧、曾、王、苏四家之文以辈韩、柳，合为六家，归安茅氏又析而定之为八，而后此数人者，相望于上下千数百年，若舍是莫与为伍。自是天下论文者，意有专属，若舍数人，即无以继贾、马、刘、扬之业。夫自东汉以迄于明，其间学士词人蚁聚蜂屯，不可计数；一二名作先后传诵宇内者，亦如流水之相续于大川；而其为之数百十篇，沛然畅然，精光照人间不可磨灭，则自汉、柳、欧、曾、王、苏外，终莫得焉。呜呼，盖其难哉！余尝闻其故矣，其所受者不优，无以轶乎众也；其所入者不邃，无以遗乎今也；其所得者不广，无以肆其用也；其所养者不充，无以盛其发也；其所践者不实，无所立其诚也。日星之所以长明，江海之所以不竭，万物之所以发生，古之精且神于文者，盖必实有侔于此焉，非是不足以与于作者。是以古文之学，北宋后绝响者几五百年，明正、嘉中，归熙甫始克赓之。然熙甫生程、朱后，圣道阐明，其所得乃不能多于唐、宋诸家。"认为"上下千数百年，若舍是莫与为伍"，即千百年来，为文都离不开"唐宋八大家"这一典型群体，其地位和影响力如日星长明，如江海不竭。

（二）实践层面

不仅在理论层面，在实践层面，以"唐宋八大家"为样板进行创作的文章家也人数众多，形成流派和群体。

一是明代以"唐宋八大家"为典型而形成的"唐宋派"。此派在理论和实践方面都以"唐宋八大家"为榜样，其代表人物主要是王慎中、唐顺之、茅坤、归有光。王慎中说："学六经史汉最得旨趣根源者，莫如韩、欧、曾、苏诸名家。"（《寄道原弟书九》）这是其散文创作的纲领。在创作实践上，他也基本落实这一点，其散文上承司马迁、唐宋古文的传统，又不泥于古，而能变化自得，讲究求文之神，总体风格平易自然，带来清新风气。从其作品思想内容上看，注意表现人道主义精神，关注人事，赞许真性情的表现。"唐宋派"上承"唐宋八大家"，下启公安、竟陵派，更开清代桐城派散文的先河。在现代散文创作中，也能找到"唐宋派"的影子。

二是在"唐宋八大家"影响之下，清代形成了影响最大的文学流派"桐城派"。该派起于清康熙年间，于民国初年式微，打着倡导唐宋散文的旗号，以"唐宋八大家"为典型，是影响时间最久、范围最大的文学流派之一。其开山祖师方苞旗帜鲜明地指出："惟两汉书疏及唐宋八家之文，篇各一事，可择其尤，而所取必至约，然后义法之精可见。故于韩取者十二，于欧十一，余六家或二十、三十而取一焉。"明确指出此派的"技法"取自"两汉书疏及唐宋八家之文"。这一派承前启后，继往开来，在桐城人方苞、戴名世、刘大櫆、姚鼐等人的影响下，逐步集聚、发展、壮大，尤其是在嘉庆、道光年间，声势浩大，影响及于江南塞北、大河上下。曾国藩在其《欧阳生文集序》中指出："乾隆之末，桐城姚姬传先生鼐，善为古文辞。慕效其乡先辈方望溪侍郎之所为，而受法于刘君大櫆，及其世父编修君范。三子既通儒硕望，姚先生治其术益精。历城周永年书昌为之语曰：‘天下之文章，其在桐城乎！’”

三是从宋代到现代，有关“唐宋八大家”的文章选本大量出现，典型化趋势逐渐明显。宋代南宋吕祖谦的《古文关键》，楼昉的《崇古文诀》，周应龙的《文髓》，谢枋得的《文章轨范》，文选家的目光逐渐向“唐宋八大家”集中，前面已有说明，兹不赘述。明代从朱右的《六先生文集》，中间经过唐顺之的《文编》《六家文略》，归有光的《四大家文选》和陆粲的《唐宋四大家文钞》，到茅坤的《唐宋八大家文钞》，“唐宋八大家”名称正式确立，典型性得到公认。到了清代，关于“唐宋八大家”的典型性，朝野已有共识。乾隆皇帝亲自选编《唐宋文醇》，选文共 474 篇，而“唐宋八大家”占 452 篇。朝廷之外，“桐城派”宗师方苞选编《古文约选》，集录古文 358 篇，其中“唐宋八大家”文则占 313 篇。“桐城派”另一位宗师姚鼐选编《古文辞类纂》，选文约 700 篇，“唐宋八大家”占 411 篇，也是主流。近人高步瀛《唐宋文举要》共选文 248 篇，其中“唐宋八大家”文共 144 篇，占主要地位。更值得注意的是沈德潜、张伯行两位选家，在茅坤《唐宋八大家文钞》的基础之上再加精品化、典型化，沈德潜专门编选《唐宋八大家文读本》，收入“唐宋八大家”文 370 篇；张伯行选编《唐宋八大家文钞》，专门选入“唐宋八大家”文 317 篇。

现当代，随着出版事业的快速发展和广大读者的需要，“唐宋八大家”散文的古代选本被一版再版，今人的选本也多达几十种。而“唐宋八大家”中每个人的名字几乎家喻户晓、妇孺皆知。

四、当下对“唐宋八大家”应有的态度

“唐宋八大家”作为唐宋文学的代表人物，与我们已经有较长的时间距离了。但是其文学典型的影响力还在，而且其作品作为中华文化的优秀遗产，我们也有责任把它传承下去。这样就涉及到一个严肃的问题：该如何继承呢？“古为今用”应该是我们对待中华文化遗产的原则，自然也是我们对待“唐宋八大家”的原则。因为只有坚持“古为今用”的原则，才能继续发挥传统文化的作用，才能将其发扬光大，才能使中华文化薪火相传，生生不息。

怎样才能做到“古为今用”？

一是取其精华。“唐宋八大家”作为封建时期的文学典型，其作品中自然包括精华和糟粕两个方面。其中“唐宋八大家”在为人上大都主持正义，同情民间疾苦，

坚持清廉高洁的节操，不趋炎附势，具有值得敬仰的人格精神，同时在文学创作上积累了非常宝贵的经验，具有方法论的指导意义，在今天仍然具有生命力。他们的很多作品都具有真、善、美的艺术特征，既可启迪人们的思想，又可给人以美的艺术享受，满足人民大众的精神生活需要。所有这些都是精华，都具有营养价值，我们应该大胆吸收。

二是去其糟粕。“唐宋八大家”的作品中包含着封建腐朽思想的因素，如韩愈《原道》中的封建专制、皇权至上等思想，柳宗元被贬之后思想意识的消极成分等都应该抛弃。

三是坚决反对生吞活剥，毫无批判地吸收。这就要求我们对“唐宋八大家”的作品进行认真的鉴别，批评地吸收。时下以继承中华文化为名，把带有封建迷信、腐朽淫秽和反科学思想内容的东西到处贩卖的现象屡见不鲜，“郭巨埋儿”“卧冰求鲤”等反人道、反科学的事例居然被宣传得震天价响。我们今天研究、学习“唐宋八大家”作品，不能犯类似的毛病。

编　者

2020 年 9 月

编撰说明

一、本书共分为八个部分，按照作者出生年月的先后依次排列，具体顺序是：韩愈、柳宗元、欧阳修、苏洵、曾巩、王安石、苏轼、苏辙。

二、本书编撰体例包括四个方面：

（一）选入经典作品原作，力求有代表性，思想健康积极，内容和形式俱佳。

（二）每位作家都有简介，扼要介绍其生平事迹、所任官职、创作成就和艺术特色，以方便读者认识和了解其人，进而顺利解读其诗、其文。

（三）每篇作品都有导读，介绍作品的写作背景、缘起，重点概括分析其思想、艺术成就和特色，为读者理解作品提供方便；

（四）每篇作品都加注释，重点注释典章制度、生僻典故和疑难字词，同时对重点句子进行翻译或解析。

三、关于作品写作年代，史籍有明确年代记载的，照实录入；有成说可采者采之，说明出处；自立新说者则列出文献依据，并进行详细考证。

四、本书所选作品，主要以中华书局版的别集作为底本，同时参考了《文苑英华》《全唐诗》《全唐文》《全宋诗》《全宋文》等文学总集和类书，如有不妥，则加校正。

五、书中关于作品的导读、注释，参考了前人和今贤的一些成果，未能一一标明，敬请谅解。

六、在诗文的评价和分析中融入编著者自己的审美观念，与读者的需求很难完全符合，也请读者理解。

七、本书的编撰当有不尽如人意之处，希望读者指教，以便进一步修改和完善。

目　录

韩　愈

一、诗

二、文

二、文

苏　洵

一、诗

二、文

苏 轼

一、诗

二、文

苏　辙

一、诗

二、文

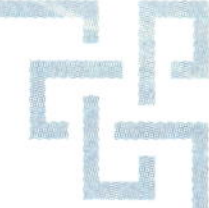

韩　愈

韩愈（768 — 824），字退之，河南河阳（今河南孟州）人，自谓郡望昌黎，世称韩昌黎。早孤，由嫂抚养成人。贞元进士，曾任董晋、张建封两节度使幕，后至京师。任监察御史时，因上疏请求减免徭役赋税，被贬为阳山令。宪宗即位后召回，因与宦官权贵对抗，多年蹭蹬。裴度讨淮西吴元济时，为行军司马。淮西平，任刑部侍郎。元和十四年（819）因谏阻宪宗迎佛骨，被贬为潮州刺史。回朝后，累迁吏部侍郎，世称韩吏部。后来还任过京兆尹。卒谥（shì）文，故又称韩文公。其诗雄奇，但有时流于险怪，对宋诗发展影响较大。常以文为诗，以议论为诗，擅长古体，近体中亦有佳篇。他曾从巩固唐王朝的统治这一政治目的出发，打起复古的旗帜，主张恢复儒家思想的正统地位，反对佛道两教。六朝以来形式主义的骈体文，尤其是浮华轻艳的骈体文风成了韩愈宣传儒家思想的桎梏，于是他倡导反对骈文、提倡古文的运动。古文运动是一次文体文风的改革运动，对古代散文的发展有很大的积极意义。韩愈等人以自己的创作实践改革了六朝以来华而不实的骈体文，获得了文体革新的重大成就。他提倡学古文要“师其意不师其辞”“唯陈言之务去”。针对陈陈相因的腐败文风，他指出要“惟古于词必己出，降而不能乃剽贼”。强调语言贵在独创，为表达思想服务，“文从字顺各识职”。韩愈本人从理论到实践努力贯彻了自己的主张，他的散文内容丰富，形式多样。其论说文结构紧凑，逻辑严密，曲折变化而又流畅明快，自由奔放，如《原毁》《师说》即如此。其杂文通常是借题发挥，形式生动活泼，如《送李愿归盘谷序》就是这样，借李愿之言尽情揭露官场丑恶。其记叙文形象鲜明，结构完整，情节生动，如《柳子厚墓志铭》就是这方面的佳作。韩文总体风格波澜曲折，雄奇豪放，造语新颖，格调高昂，气势如潮，成为百代文章之宗。有《昌黎先生集》行世。

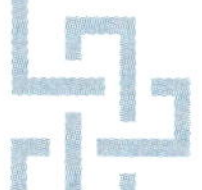

一、诗

调张籍

李杜文章在，光焰万丈长。
不知群儿愚，那用故谤伤[1]。
蚍蜉撼大树，可笑不自量[2]。
伊我生其后，举颈遥相望[3]。
夜梦多见之，昼思反微茫。
徒观斧凿痕，不瞩治水航[4]。
想当施手时，巨刃摩天扬[5]。
垠崖划崩豁，乾坤摆雷硠[6]。
惟此两夫子，家居率荒凉。
帝欲长吟哦，故遣起且僵[7]。
剪翎送笼中，使看百鸟翔。
平生千万篇，金薤垂琳琅[8]。
仙官敕六丁，雷电下取将[9]。
流落人间者，太山一毫芒[10]。
我愿生两翅，捕逐出八荒[11]。
精诚忽交通，百怪入我肠。
刺手拔鲸牙，举瓢酌天浆[12]。
腾身跨汗漫，不着织女襄[13]。
顾语地上友：经营无太忙[14]。
乞君飞霞佩，与我高颉颃[15]。

导读

韩愈有感于当时文人对李白、杜甫的偏见，乃作此诗以赠张籍。诗人首发议论，指出李杜文章有万丈光焰，不容谤伤；继则摹写李杜创作精神，将其生前不遇视为天帝欲使其长吟哦而故作的安排，盛赞李杜诗歌成就；此后又言追慕李杜，终至精诚交通，使自己有了奇异的艺术构思，说明为诗必须学习李杜。韩愈此诗借助丰富的想象，大胆的夸张，奇妙的比喻，造成了波澜壮阔、恣（zì）肆纵横的气势，体现了他诗歌的雄奇风格。宋胡仔《苕溪渔隐丛话》引《雪浪斋日记》说：“退之参李、杜，透机关，于《调张籍》诗见之。自‘我愿生两翅，捕逐出八荒’以下，至‘乞君飞霞佩，与我高颉颃’，此领会语也。从退之言诗者多，而独许籍者，以有见处可以传衣钵耳。”对本诗的索解很有见地。宋陆九渊《象山先生全集》卷三十四《语录》上：“有客论诗，先生诵昌黎《调张籍》一篇……且曰：读书不到此，不必言诗。”从侧面肯定本诗的价值。清朱彝尊《批韩诗》：“议论诗，是又别一调，以苍老胜，他人无此胆。”点出了本诗的突出特征：以议论为诗。

注释

［1］那（nuó）：奈何。　［2］蚍蜉（pí fú）：大蚁。此处指诋毁前辈诗人的一些人。　［3］伊：发语词，无实义。　［4］徒：空。瞩（zhǔ）：注视。此联是以夏禹治水比喻李白、杜甫作诗。大禹疏凿江峡，可见到痕迹，但其治水航行的具体情况已不可见。李、杜留下许多宝贵诗篇，人们可见，但其创作思维的过程人们则不了解。　［5］施手：动手。摩天：触及天。　［6］垠崖：崖岸。划崩豁：崩裂如划断。乾坤：天地。雷硠（láng）：山崩裂声。　［7］帝：指天帝。吟哦：发为歌吟，指作诗。　［8］金薤（xiè）：古代一种像薤叶的字体，称为薤叶书。又有薤叶形的金片，俗语称金叶子。琳琅：精美的玉石，此处比喻李、杜诗篇。　［9］敕（chì）：命令。六丁：道教中天神的名字。将：取，拿。　［10］流落人间者：指李、杜诗文。毫芒：比喻极小的部分。　［11］八荒：最僻远的地方。　［12］刺手：探手。酌：舀。　［13］汗漫：广大，漫无边际。织女襄：典故出自《诗经·小雅·大东》：“跂（qí）彼织女，终日七襄。”　［14］地上友：指张籍。经营：指艺术构思。无太忙：

无乃太忙。岂不是太忙！　　　[15]飞霞佩：仙人挂在腰间的一种装饰品。颉颃（xié háng）：鸟上下飞翔的样子。

山　　石

山石荦确行径微，黄昏到寺蝙蝠飞[1]。
升堂坐阶新雨足，芭蕉叶大栀子肥[2]。
僧言古壁佛画好，以火来照所见稀。
铺床拂席置羹饭，疏粝亦足饱我饥[3]。
夜深静卧百虫绝，清月出岭光入扉[4]。
天明独去无道路，出入高下穷烟霏[5]。
山红涧碧纷烂漫，时见松枥皆十围[6]。
当流赤足踏涧石，水声激激风吹衣。
人生如此自可乐，岂必局束为人鞿[7]。
嗟哉吾党二三子，安得至老不更归[8]！

此诗为寻幽探胜之作，诗中着力描写往还山寺所见到的恬美、幽雅的景观，用精练舒畅的诗笔，生动地概括了黄昏、夜半、天明三段时间中不同的景色，惟妙惟肖，句新意美，引人入胜。宋人黄震《黄氏日钞》卷五十九："《山石》诗最清峻。"用两个字高度概括其艺术特色：清峻。清人何焯《义门读书记》昌黎集第一卷："直书即目，无意求工，而文自至。"从风格特征着眼，揭示其"无意求工，而文自至"的特色。清方东树《昭昧詹言》卷十二："不事雕琢，自见精彩，真大家手笔。许多层事，只起四语了之。虽是顺叙，却一句一样境界，如展画图，触目通层在眼，何等笔力！五句六句又一画，十句又一画，'天明'六句共一幅早行图画，……从昨日追叙，夹叙夹写，情景如见，句法高古。只是一篇游记，而叙写简妙，犹是古文手笔。他人数语方能明者，此须一句，即全现出，而句法复如有余地，此为笔力。"

从写作方法、艺术特点等多方面分析、评价，其中“叙写简妙，犹是古文手笔”更点出其“以文为诗”的主要特征。

［1］荦（luò）确：险峻不平。径：小路。微：狭窄。寺：洛阳之北的惠林寺。［2］栀（zhī）子：常绿灌木。［3］疏粝（lì）：粗糙的饭食。［4］扉：门。［5］烟霏（fēi）：烟雾弥漫。［6］枥：同栎，一种落叶乔木。十围：形容树又粗又大。两手合抱成圆圈为一围。［7］局束：拘束。鞿（jī）：马笼头，此处作动词用。［8］吾党：气味相投的朋友。二三子：指同游的李景兴、侯喜、尉迟汾。不更归：“更不归”的倒文。

听颖师弹琴

昵昵儿女语，恩怨相尔汝[1]。
划然变轩昂，勇士赴敌场[2]。
浮云柳絮无根蒂，天地阔远随飞扬。
喧啾百鸟群，忽见孤凤凰。
跻攀分寸不可上，失势一落千丈强[3]。
嗟余有两耳，未省听丝篁[4]，
自闻颖师弹，起坐在一旁，
推手遽止之，湿衣泪滂滂[5]。
颖乎尔诚能，无以冰炭置我肠。

本诗作于元和六年（811）。颖师是名叫颖的僧人。“师”是对僧人的尊称。

诗用闭口韵写幽细，用开口韵写高亢。忽而轻柔、忽而悲壮的琴声得到准确而形象的表现。尤为难能可贵的是：诗中充分利用人类五官的通感机能，以视觉所感受到的形象之美来反映听觉所体会到的声音之美，打通音乐与绘画两种艺术的界限，给读者以新奇的艺术享受。宋胡仔《苕溪渔隐丛话》卷十六："古今听琴、阮、琵琶、筝、瑟诸诗，皆欲写其音声节奏，类似景物故实状之，大率一律，初无中的句，互可移用，是岂真知音者，但其造语藻丽，为可喜耳。永叔、子瞻谓退之《听琴》诗乃是听琵琶诗。《西清诗话》云：三吴僧义海，以琴名世。六一居士尝问东坡，琴诗孰优，东坡答以退之《听颖师琴》。公曰，此只是听琵琶耳。或以问海，海曰，欧阳公一代英伟，然斯语误矣。'昵昵儿女语，恩怨相尔汝'，言轻柔细屑，真情出见也。'划然变轩昂，勇士赴敌场'，精神余溢，竦观听也。'浮云柳絮无根蒂，天地阔远随飞扬'，纵横变态，浩乎不失自然也。'喧啾百鸟群，忽见孤凤凰'，又见颖孤绝不同流俗下俚声也。'跻攀分寸不可上，失势一落千丈强'，起伏抑扬，不主故常也。皆指下丝声妙处，惟琴为然。琵琶格上声，乌能尔邪！退之深得其趣，未易讥评也。"分析、评价具体深入，极具启发性。清人朱彝尊《批韩诗》："写琴声之妙入髓，又一一皆实境……可谓古今绝唱。"充分肯定此诗的特殊成就。

注释

[1]昵昵：象声词，形容言语恳切。相尔汝：关系亲密，互吐衷肠。 [2]划（huà）然：忽然。轩昂：高扬。 [3]跻（jī）攀：用脚上升为跻，用手上升为攀。此处形容琴声达到极高处又猛然下降，好像人跻攀高处，上升一分一寸都极困难，终于失脚，一落千丈开外。 [4]省：知。丝篁：丝竹，指代音乐。 [5]遽（jù）：急促地。滂滂（pāng pāng）：流泪的样子。

早春呈水部张十八员外（其一）

天街小雨润如酥，草色遥看近却无[1]。

最是一年春好处，绝胜烟柳满皇都[2]。

导读

本诗作于穆宗长庆三年（823），原诗二首，这是第一首。水部张十八员外指张籍，他在兄弟间排行十八，当时任水部员外郎。诗着重描写早春的风景。诗人抓住隆冬刚刚过尽、春天的生机刚刚透出之际的特有景色——蒙蒙的细雨、茸茸的草芽精心描绘，别具慧心地展现出早春的无限生机和独特的美感。全诗清新自然，细腻传神。宋胡仔《苕溪渔隐丛话后集》卷十：“‘天街小雨润如酥，……’此退之《早春》诗也。‘荷尽已无擎雨盖，菊残犹有傲霜枝。一年好景君须记，正是橙黄橘绿时。’此子瞻《初冬》诗也。二诗意思颇同而词殊，皆曲尽其妙。”揭示了本诗的成就和特色。清黄叔灿《唐诗笺注》：“‘草色遥看近却无’，写照工甚。正如画家设色，在有意无意之间。‘最是’二句，言春之好处正在此时，绝盛于烟柳全盛时也。”把握住了本诗的主要特点。

注释

[1] 天街：长安城中的街道。酥：牛羊奶制成的食品，此处是形容早春细雨的滑腻湿润。遥看：远望。　[2] 绝胜：远远超过，大大超过。皇都：京城，指长安城。

左迁至蓝关示侄孙湘

一封朝奏九重天，夕贬潮州路八千[1]。
欲为圣明除弊事，肯将衰朽惜残年[2]。
云横秦岭家何在？雪拥蓝关马不前[3]。
知汝远来应有意，好收吾骨瘴江边[4]。

本诗作于元和十四年（819）。这时韩愈因为谏迎佛骨而触怒宪宗皇帝，被贬为潮州（今属广东）刺史。他出长安经蓝关之时，其侄孙韩湘（韩愈侄韩老成之子）来陪他同行，于是写下此诗。左迁：降职。蓝关即蓝田关，也就是峣（yáo）关，故址在陕西蓝田县东南，因临峣山而得名。诗的前四句叙述左迁之因，表达了忠而遭贬的悲愤，同时也显示出老而弥坚的勇气；五、六句借景抒情，充满英雄末路之感慨；结尾两句交代后事，从容之中亦显沉痛与凄楚。诗中笔势纵横，开合有度，有“文”的笔法，又有诗的意境，显露出“以文为诗”的艺术特征。清李光地《榕村诗选》：“《佛骨表》孤映千古，而此诗配之。尤妙在许大题目，而以‘除弊事’三字了却。”认为此诗正好与其《佛骨表》一文相匹配，很有眼光。

[1] 一封：指《谏迎佛骨表》。朝（zhāo）奏：早晨送呈谏书。九重天：指朝廷、皇帝。 [2] 圣明：对唐宪宗李纯的赞颂之词。除弊事：消除政治上的弊端，指迎佛骨一事。肯：岂肯。衰朽：衰弱多病。此时韩愈已五十二岁。惜残年：顾惜晚年。 [3] 秦岭：指终南山，又名南山、太乙山。 [4] 汝：你，指韩湘。应有意：应知道我此去艰险。《左传·僖公三十二年》蹇叔哭师时有这样的话：“必死是间，余收尔骨焉。”此处韩愈化用其意。瘴（zhàng）江边：充满瘴气的江边，指潮州。

八月十五日夜赠张功曹

纤云四卷天无河，清风吹空月舒波[1]。
沙平水息声影绝，一杯相属君当歌。
君歌声酸辞且苦，不能听终泪如雨：

“洞庭连天九疑高，蛟龙出没猩鼯号[2]。
十生九死到官所，幽居默默如藏逃。
下床畏蛇食畏药，海气湿蛰熏腥臊[3]。
昨者州前捶大鼓，嗣皇继圣登夔皋[4]。
赦书一日行万里，罪从大辟皆除死[5]。
迁者追回流者还，涤瑕荡垢清朝班[6]。
州家申名使家抑，坎坷只得移荆蛮[7]。
判司官卑不堪说，未免捶楚尘埃间[8]。
同时辈流多上道，天路幽险难追攀。”
君歌且休听我歌，我歌今与君殊科[9]：
“一年明月今宵多。人生由命非由他[10]。
有酒不饮奈明何！”

八月十五日夜，指顺宗永贞元年（即德宗李适贞元二十一年，805年）的中秋节。张功曹，名署。贞元十九年（803），韩愈、张署同官监察御史，因直谏被贬南方。韩为连州阳山（今广东省阳山县）令，张为郴州临武（今湖南省临武县）令。贞元二十一年二月，德宗死，顺宗即位，大赦天下，两人离任到郴州（今湖南省郴州市）待命。此年八月，顺宗又因病传位给李纯（即宪宗），再次大赦。韩改官江陵府法曹参军，张改官江陵府功曹参军，此诗为改官后作。这是一首比较深刻的政治抒情诗，把朝政的腐败和个人的失意联系在一起写，实为不平之鸣。诗的开头先写郴州官舍中秋之夜的幽静凄清之境，几句环境描写为下面备述苦况做了很好的铺垫，由此自然引出不平之词。本诗在构思上别具匠心，首尾主位总共11句，而中间宾位则18句，以宾为主，借宾以申主，即以张功曹（张署）之口述个人之幽怨愤懑，备极吞吐，跌宕多致。本诗影响深远，后人对其作了多方面的评价。如清汪琬：“虚者实之，实者虚之，得反客为主之法。观起结自知。”（《批韩诗》）赞美其虚实结合的艺术手法。清查慎行《十二种诗评》：“用意在起结，中间不过述迁谪（zhé）量移之苦耳。”揭示其情感与内涵。近人高步瀛在其《唐宋诗举要》中则用八个字概括此诗的总体风貌和特征：“高朗雄秀，情韵兼美。”凸现出本诗的总体特征。

注释

［1］天无河：天上不见银河。月舒波：月亮舒展光辉。　　［2］洞庭：洞庭湖，在今湖南北部。九疑：山名，也就是苍梧山，在今湖南宁远县境。鼯（wú）：一种在树间滑翔的鼠，又名大飞鼠。号（háo）：通“嚎”。　　［3］药：指蛊（gǔ）毒。古代传说把众多毒虫放一个器皿里，使之互相吞咬，最后活下来的毒虫叫蛊，把它放到食物中，它可以使吃下它的人中毒而死。湿蛰：潮湿。熏腥臊：熏人的腥臊之气散发出来。　　［4］州前：郴州刺史衙门前边。捶大鼓：唐朝制度，颁布大赦令时要击鼓千声，公开宣布。嗣皇：指唐宪宗。圣：指因病禅位的顺宗。登：选用。夔皋（kuí gāo）：上古帝舜时代的二位贤臣。这里以顺宗比尧，以宪宗比舜；新任大臣比作夔皋。　　［5］大辟：死刑。　　［6］迁者：被贬官的人。流者：被流放的人。瑕：玉上的疵点。垢：污秽。清朝班：清理朝政。　　［7］州家、使家：唐人俗称各州刺史为州家，各道节度使、观察使为使家。申名：申报姓名。抑：压抑。移：迁官。荆蛮：周时因为荆（即楚）地文化较低，曾称之为荆蛮。这两句说郴州、连州刺史虽将张、韩二人姓名申报上去，但被二王一派的湖南观察使杨凭压住，因而不能内调，而改官江陵府功曹参军和法曹参军。　　［8］判司：唐代节度使、州郡长官的僚属，分别掌管批判文牍等事务。亦用以称州郡佐吏。捶楚：鞭打。　　［9］殊科：不同类别，不同内容。　　［10］今宵：今晚（八月十五）。他：其他。

卢郎中云夫寄示送盘谷子诗两章歌以和之

昔寻李愿向盘谷，正见高崖巨壁争开张；
是时新晴天井溢，谁把长剑倚太行[1]？
冲风吹破落天外，飞雨白日洒洛阳[2]。
东蹈燕川食旷野，有馈木蕨芽满筐。
马头溪深不可厉，借车载过水入箱[3]。

平沙绿浪榜方口，雁鸭飞起穿垂杨[4]。
穷探极览颇恣横，物外日月本不忙。
归来辛苦欲谁为，坐令再往之计堕眇芒[5]！
闭门长安三日雪，推书扑笔歌慨慷[6]，
旁无壮士遣属和，远忆卢老诗颠狂。
开缄忽睹送归作，字向纸上皆轩昂[7]。
又知李侯竟不顾，方冬独入崔嵬藏[8]。
我今进退几时决，十年蠢蠢随朝行[9]。
家请官供不报答，无异雀鼠偷太仓[10]。
行抽手版付丞相，不待弹劾还耕桑[11]。

导读

本诗作于元和七年（812）冬，此时韩愈在长安尚书省职方员外郎任上，收到了卢云夫（时任库部司门郎中）送李愿归盘谷的两首诗，于是写此诗和之。诗的前十四句，写自己当年送李愿归盘谷的情景，借景抒怀，以景物渲染气氛，以气氛烘托自己的心情。何种心情呢？贞元十七年（801），韩愈到京城求官之时，李愿也到长安游览，当他返回隐居之地盘谷时，韩愈曾写《送李愿归盘谷序》为他送行。从那年到现在十余年过去了，自己虽然辛苦奔波，但是仕途坎坷，依然很不如意，心中极为苦闷和不平。所以，前面这些诗句中写太行山奇峰高耸，写瀑布飞泻而下，写猛烈的大风吹着瀑布，其实是借雄奇险怪的景物，展示自己内心的不平之气。“归来辛苦”句到结尾，叙述接到卢郎中寄示的诗篇、了解了李愿所处的情况之后的心态。一是矛盾：想继续进取吧，过去辛辛苦苦的十年都白费心力、全不如愿，再下去还会有什么结果呢？想同李愿一样入山隐居吧，可是还没有报答家庭和朝廷，就这样离开了，和偷窃官仓的老鼠、麻雀有什么区别呢？二是无奈：只好再等一等吧，但在御史来弹劾我之前，要把笏板还给朝廷，回乡耕田种地，了此一生。全诗借景抒情，通过刻画景物来渲染气氛，倾吐不平之气，展现自己慷慨悲凉的心态，总体格调却哀而不伤，雄劲奇崛，大气磅礴，具有动人心魄的气势和力量。所以清人吴震方在《放胆诗》中赞美说：“此诗豪迈，实不减谪仙耳。”近代高步瀛在《唐宋诗举要》中也赞美此诗具有“奇思壮采”。

［1］天井：关名。天井关在太行山上，有天井溪，即北流泉。长剑倚太行：水自天井倾泻而下，如长剑之倚山。　［2］冲风：大风，从关隘（隧）吹过的风。吹破：指吹破了“长剑”，化为“飞雨”。这样一来，就把太行和洛阳联系起来了。　［3］厉：涉水。箱：通“厢”，指车厢。　［4］榜：行船。方口：地名，即枋口，又作坊口，在太行山下。　［5］谁为：即为谁。坐令：空使。眇芒：同“渺茫”。　［6］扑笔：掷笔。　［7］缄：指书信。送归作：即本诗题《卢郎中云夫寄示送盘谷子诗两章歌以和之》。　［8］李侯：指李愿。崔嵬：高山，这里指盘谷。　［9］十年：韩愈自贞元十九年（803）为御史登朝，至元和七年（812）恰是十年。　［10］雀鼠偷太仓：《史记·李斯列传》：“（李斯）年少时，为郡小吏，见吏舍厕中鼠食不洁，近人犬，数惊恐之。斯入仓，观仓中鼠食积粟，居大庑之下，不见人犬之忧。于是李斯乃叹曰：‘人之贤不肖，譬如鼠矣。在所自处耳！’乃从荀卿学帝王之术。”在李斯看来，作“郡小吏”是“食不洁”之鼠，“学帝王之术”即所谓作帝王师是“食积粟”之鼠。在韩愈说来，“家请官供不报答”是可耻的事。　［11］行：即将。手版：即笏，是竹或象牙制的长片，古代臣子朝见君王时用以记事的，后来改用手本。丞相：即宰相，是全国最高的行政长官。把手版交给丞相，喻退职。弹劾：检举过失、揭发罪状。

石　鼓　歌

张生手持石鼓文，劝我试作石鼓歌[1]。
少陵无人谪仙死，才薄将奈石鼓何[2]！
周纲陵迟四海沸，宣王愤起挥天戈[3]。
大开明堂受朝贺，诸侯剑珮鸣相磨[4]。
搜于岐阳骋雄俊，万里禽兽皆遮罗[5]。
镌功勒成告万世，凿石作鼓隳嵯峨[6]。

从臣才艺咸第一，拣选撰刻留山阿[7]。
雨淋日炙野火燎，鬼物守护烦㧑诃[8]。
公从何处得纸本？毫发尽备无差讹。
辞严义密读难晓，字体不类隶与科[9]。
年深岂免有缺画，快剑斫断生蛟鼍[10]；
鸾翔凤翥众仙下，珊瑚碧树交枝柯；
金绳铁索锁纽壮，古鼎跃水龙腾梭[11]。
陋儒编诗不收入，二雅褊迫无委蛇[12]。
孔子西行不到秦，掎摭星宿遗羲娥[13]。
嗟余好古生苦晚，对此涕泪双滂沱[14]。
忆昔初蒙博士征，其年始改称元和。
故人从军在右辅，为我量度掘臼科[15]。
濯冠沐浴告祭酒：如此至宝存岂多[16]！
毡苞席裹可立致，十鼓只载数骆驼[17]。
荐诸太庙比郜鼎，光价岂止百倍过[18]。
圣恩若许留太学，诸生讲解得切磋。
观经鸿都尚填咽，坐见举国来奔波[19]。
剜苔剔藓露节角，安置妥帖平不颇[20]。
大厦深檐与盖覆，经历久远期无佗[21]。
中朝大官老于事，讵肯感激徒媕婀[22]。
牧童敲火牛砺角，谁复著手为摩挲。
日销月铄就埋没，六年西顾空吟哦。
羲之俗书趁姿媚，数纸尚可博白鹅[23]。
继周八代争战罢，无人收拾理则那[24]。
方今太平日无事，柄任儒术崇丘轲[25]。
安能以此尚论列，愿借辩口如悬河。
石鼓之歌止于此，呜呼吾意其蹉跎[26]！

导读

石鼓是我国传世的珍贵文物，是今存刻石中最早的。其形如鼓，所以俗称“石鼓”。学者们也叫它“猎碣”，因为那上面刻的是周秦贵族田猎纪功的事。一共是十首诗（四言诗），分刻在十块鼓形石上。书体是大篆，刻法又精工，因此它在文学史、文字发展史、美术史，尤其是在考古学方面，均占有极重要的地位。本诗为长篇巨制，但是章法严谨，又有流转之妙。全诗大体分为四段。第一段叙石鼓的来历，第二段写石鼓正面，第三段从空中着笔作波澜，第四段以感慨作结。其妙处全在三段凌空议论，如果没有这些议论与波澜，诗歌很容易流于平直。从总体上看，本诗的章法通古文，也是以文为诗。本诗写法和特征打破常规，所以既有正面评价，也有负面评价。正面评价如明蒋之翘《韩昌黎集辑注》：“退之《石鼓歌》，颇工于形似之语，韦苏州、苏眉山皆有作，不及也。”认为本诗以“工于形似之语”见长，为韦应物、苏轼所不及。再如清沈德潜《唐诗别裁集》卷七：“典重和平，与题相称。一韵到底，每易平衍，虽意议层出，终之涛澜漭漫之观。”点出其“典重和平”与“涛澜漭漫”的风格特征。负面评价如明胡应麟《诗薮》内编卷三：“退之《桃源》《石鼓》，模杜陵而失之浅。”认为本诗师法杜甫诗歌但是没有到位。再如清人朱彝尊说：“大约以苍劲胜，力量自有余。然气一直下，微嫌乏藻润转折之妙。”（《批韩诗》）认为此诗在“藻润转折”方面还有所不足。从实而论，韩愈诗确实存在这样的缺点。

注释

［1］张生：即张籍，一说是张彻。石鼓文：这里指石鼓文字的拓片。　［2］无人：没有人了，死了。为了不与下面说谪仙（李白）的死重复，这里就说没有少陵（杜甫）这样的人。　［3］周纲：周王朝的统治。纲的本义是总揽全网的大绳，一般用“王纲”喻封建政治枢纽。陵迟：衰微、没落。四海沸：喻天下骚乱、群雄割据。宣王：周厉王（姬胡）的儿子，在位四十六年，对于抵抗当时异民族的侵入颇有功绩。愤起挥天戈：指公元前825年与西戎的战争和公元前823年与荆蛮、淮夷的战争等。天戈：王师。　［4］明堂：周天子举行朝会、祭祀、选士等大典的地方。鸣相磨：相磨擦发声。用剑珮之多来形容诸侯朝会之盛。　［5］遮罗：

拦截捕捉。　［6］镌（juān）功：刻石纪功。勒成：刻下成将。隳（huī）：毁坏。嵯峨（cuó é）：山势高峻的样子。　［7］拣选撰刻：谓拣石、选工、撰文、刻字。山阿：即山陵。　［8］㧑（huī）诃：指守护之严。㧑：挥。诃：呵斥。　［9］辞严：文辞严正。义密：文义隐秘。读难晓：文字难以认识。隶与科：隶字与科（蝌）斗文字。隶字是秦、汉时代的通用文字（那时的简体字）；科斗文字是更古的象形文字。因为石鼓文是大篆，所以这里说“字体不类隶与科”。　［10］“快剑”句：杜甫《李潮八分小篆歌》中有“况潮小篆逼秦相，快剑长戟森相向。八分一字直百金，蛟龙盘拿肉屈强”之句。此用其意，形容石鼓文字结体之奇，用笔之雄。以下数句连喻，都是形容石鼓文字体势、笔画的，而又加以入土已久，土石相结，出土以后，风雨剥蚀，于是那上面的字形或如鸟群，或如树枝交错，或如绳索纽结……鼍（tuó）：一种背尾有鳞甲的爬行动物。　［11］“古鼎”句：《史记·秦始皇本纪》说秦始皇东巡还，过彭城时，“欲出周鼎泗水，使千人没水求之，不得”。这里比喻字没有了，如一片水波，难寻其迹。偶尔略见笔画，也像飞龙一瞥而过，或现首不现尾，或现一鳞一爪，字的全形终不可见。　［12］诗：指《诗经》。二雅：即《诗经》中的《小雅》和《大雅》。褊（biǎn）迫：狭窄。委蛇（weī yí）：通“委佗”。《诗经·鄘·君子偕老》“委委佗佗”是形容宽大之美；《羔羊》“委蛇委蛇”则形容从容之貌。这里“委蛇”与“褊迫”对文，指石鼓文的宽大从容。　［13］掎摭（jǐ zhí）：摘取。遗羲娥：遗漏了太阳、月亮；喻《诗经》中没有收进石鼓文。羲娥：即羲和，这里代指太阳。一说分指羲和、嫦娥，并言日月。　［14］苦晚：太晚。　［15］右辅：在首都右（西）边辅翼之地。《三辅黄图》中说，汉时“以渭城以西为右扶风，长安以东属京兆尹，长陵以北属左冯翊，以辅京师，谓之三辅”。右辅即右扶风，在唐代为凤翔府。臼科：坑坎，这里指安置石鼓的凹形底座。科：“窠”的借字。　［16］祭酒：官名。指郑余庆。时郑余庆为国子祭酒。自昔迄清，国子祭酒一职，为国家最高学术机关首长，以年高、望重、学富者任之。　［17］苞：这里作动词用，同“包”。　［18］郜鼎：春秋时代的青铜器。光价：它的光辉、价值。　［19］鸿都：一作“洪都”，即鸿都门，后汉灵帝光和元年设立，是当时讲学之处。填咽：充塞、拥挤。灵帝熹平四年（175），蔡邕等奏请“正定六经文字”，并书写经文刻石，立于太学门外，这就是有名的“熹平石经”。坐见：将见。此为预料之词。　［20］剜苔剔藓：因为石鼓“雨淋日炙”多年，上面生满了苔藓；要使字迹清晰，就要剜剔那上面的附着物。颇：偏斜，不平。　［21］期无佗：是说希望没有什么意外。佗：同“他”。　［22］中朝大官：指郑余庆。讵（jù）：岂，怎。媕婀（ān ē）：犹豫不决貌。当时郑余庆因到职未久，而去任又速，没有及时采纳韩愈的请求。　[23]“羲之”句：羲之即王羲之，字逸少，东晋著名书法家，世称“书圣”。他的书法，为千余年来习行书、草书、真书者所宗，尤其是唐代，帝王、臣民都重“王字”，成为一时风尚。韩愈说他的字是“俗书”，意谓其字是通俗的书写体，与秦以前的篆书、秦以后的隶书等古写体相对而言。“数纸”句：《晋书·王羲之传》：“性爱鹅。山阴有一道士，养好鹅，羲之往观焉，意甚悦，固求市（交易、购买）之。道士云：‘为写道德经，当举群相赠耳。’羲之欣然，写毕，笼鹅而归。”博：换取。　[24]继周八代：周以后的八个王朝。樊汝霖云：“今以石鼓所在言之，其秦、汉、魏、晋、元魏（北魏）、齐（北齐）、周（北周）、隋八代欤？”收拾：翁方纲云：“收拾二字，合上讲解，切磋义俱在其中。”那（nuó）：有奈何、为什么的意思。　[25]丘轲：孔丘（孔子）、孟轲（孟子）。　[26]蹉跎（cuō tuó）：时光流逝，虚度年华，但却无所作为，形容浪费时光，多有悔恨惋惜之意。

送董邵南游河北序[1]

燕、赵古称多感慨悲歌之士[2]。董生举进士，连不得志于有司[3]，怀抱利器[4]，郁郁适兹土[5]。吾知其必有合也[6]。董生勉乎哉!

夫以子之不遇时[7]，苟慕义强仁者[8]皆爱惜焉，矧燕、赵之士出乎其性者哉[9]！然吾尝闻风俗与化移易[10]，吾恶知其今不异于古所云邪[11]？聊以吾子之行卜之也[12]。董生勉乎哉!

吾因子有所感矣。为我吊望诸君之墓[13]，而观于其市[14]，复有昔时屠狗者乎[15]？为我谢曰[16]："明天子在上[17]，可以出而仕矣。"

本文选自《韩昌黎集》卷二十。董邵南，寿州安丰（今安徽省寿县安丰镇）人，元和年间他到长安应进士举，不第，将去游河北，韩愈作此文相赠。唐王朝在安史之乱后，形成藩镇割据局面，河北三镇（卢龙、魏博、成德）不受朝廷控制，经常发动叛乱。当时，各个藩镇为对抗朝廷，也广泛招纳人才，扩充势力，以维持和扩大自己的势力范围。当时一些怀才不遇之士，为谋求个人出路，也有不少人投身于幕府。韩愈在文中对董邵南才智不得施展的遭遇表示深切的同情，但重点是劝告他不要误入歧途，与朝廷对抗。这里充分表现了韩愈自己反对分裂、主张统一的思想。

[1]韩愈与董邵南交情甚深，另有《嗟哉董生行》诗。河北：指黄河以北地区，即燕、赵一带。序：赠序，本用于朋友间赠言，到唐代成为一种文体。　[2]燕、赵：战国时的燕国在今河北省北部，赵国在今河北省南部。感慨悲歌之士：即豪侠之士，语出《汉书》《史记》。　[3]连：连续。有司：官吏，此处指主考官。　[4]怀抱利器：指怀有过人的才智。利器：本指锐利的兵器，此处比喻才能超群。　[5]适：往。兹土：此土，这个地方，即河北。　[6]有合：有所遇合，即会有好的际遇。　[7]子：指董邵南。不遇时：指生不逢时。　[8]苟：假若。慕义强仁：追慕仁义，又能够努力实践仁义。强：勉力。　[9]矧（shěn）：况且。出乎其性：出于本性。　[10]俗：这里指社会风气。化：教化。移易：改变。　[11]恶知：哪里知道，其：指河北。这里的“古所云”指上文所说的“燕赵古称多感慨悲歌之士”。邪（yé）：同“耶”，疑问词。　[12]聊：姑且，暂且。卜：占卜，此处的意思是推测。　[13]吊：凭吊。望诸君之墓：指乐毅之墓，在河北省邯郸市西南。望诸君指乐毅，他原来是赵人，后为燕国大将，曾辅佐燕昭王击败齐国。昭王死后，受到惠王猜疑，于是便投奔赵国，受封于观津，所以号望诸君。　[14]市：市街，指燕市。　[15]屠狗者：以杀狗为业的人，指豪侠之士如高渐离等。　[16]谢：致意。　[17]明天子：圣明的皇帝，这里指唐宪宗李纯。

马　说[1]

世有伯乐[2]，然后有千里马。千里马常有，而伯乐不常有。故虽有名马，祇辱于奴隶人之手[3]，骈死于槽枥之间[4]，不以千里称也[5]。

马之千里者，一食或尽粟一石[6]。食马者不知其能千里而食也[7]。是马也，虽有千里之能，食不饱，力不足，才美不外见[8]，且欲与常马等不可得[9]，安求其能千里也？

策之不以其道[10]，食之不能尽其材[11]，鸣之而不能通其意[12]，执策而临之[13]，曰：“天下无马！”呜呼[14]！其真无马邪[15]？其真不知马也。

导读

本文选自《昌黎先生集》里的《杂说》。韩愈的《杂说》共四篇，是一组杂感、寓言式的小品，这是其中之四。文章通篇以相马做比喻，托物寓意，借题发挥，笔锋犀利，尖锐讽刺了当时社会践踏人才、埋没人才的不合理现象。韩愈本人在仕途上非常坎坷，入仕后又多次遭受贬谪，由此本文中自然借机抒发了自己有志难伸、沉沦下僚的不平。因此，这篇文章既是作者从切身经历中提炼出来的，同时又很具有典型性，因为它生动地概括了封建专制社会中下层知识分子的共同遭遇。

注释

[1]说：本义为用言语解说、开导、说明，后来演变为一种文体，通过发表议论或记述事物来说明某个道理。如《爱莲说》《捕蛇者说》。 [2]伯乐：本名孙阳，春秋时人，是秦穆公之臣。擅长相（xiàng）马。伯乐相马的故事见《战国策·楚策四》。 [3]祇（zhǐ）：只是。 [4]骈（pián）死于槽枥（cáo lì）之间：（和普通的马）一同死在槽枥之间，即与凡马同死于马厩之中。骈：两马并驾。槽枥：喂养牲口用的食器。 [5]不以千里称：不被人们称为千里马，意思是不以千里著称，指马的千里之才被埋没了。 [6]一食：吃一顿。或：有时。粟：小米，这里指饲料。一石（dàn）：容量单位，十斗为一石。 [7]食（sì）：通“饲”，动词，喂。下文“而食”“食之”的“食”，都念sì。 [8]外见：表现在外面。见：通“现”，表露。 [9]且：即使。 [10]策之：鞭打它，即鞭打马。策：马鞭子，名词作动词用，这里是用鞭子打的意思。以其道：按其道，即按照（驱使千里马的）正确方法。道：正确的方法。 [11]尽其材：竭尽它的才能，满足它的食量，指喂饱马，使它日行千里的能力充分发挥出来。材：通“才”。 [12]通其意：明白它的意思，通晓它的意愿。 [13]临：面对，指站在马的身边。 [14]呜呼：叹词，相当于“唉”。 [15]其：难道。邪：通“耶”，表示疑问，相当于“吗”。

送李愿归盘谷序[1]

太行之阳有盘谷[2]。盘谷之间，泉甘而土肥，草木丛茂[3]，居民鲜少。或曰："谓其环两山之间，故曰盘[4]。"或曰："是谷也，宅幽而势阻[5]，隐者之所盘旋[6]。"友人李愿居之。

愿之言曰："人之称大丈夫者，我知之矣！利泽施于人[7]，名声昭于时[8]，坐于庙朝[9]，进退百官[10]，而佐天子出令[11]。其在外[12]，则树旗旄[13]，罗弓矢[14]，武夫前呵[15]，从者塞途[16]，供给之人[17]，各执其物，夹道而疾驰。喜有赏，怒有刑。才畯满前[18]，道古今而誉盛德[19]，入耳而不烦。曲眉丰颊[20]，清声而便体[21]，秀外而惠中[22]，飘轻裾[23]，翳长袖[24]，粉白黛绿者[25]，列屋而闲居[26]，妒宠而负恃[27]，争妍而取怜[28]。大丈夫之遇知于天子，用力于当世者之所为也[29]。吾非恶此而逃之[30]，是有命焉，不可幸而致也[31]。穷居而野处[32]，升高而望远，坐茂树以终日，濯清泉以自洁。采于山，美可茹[33]；钓于水，鲜可食。起居无时，惟适之安[34]。与其有誉于前，孰若无毁于其后[35]？与其有乐于身，孰若无忧于其心？车服不维[36]，刀锯不加[37]，理乱不知，黜陟不闻[38]。大丈夫不遇于时者之所为也，我则行之。伺候于公卿之门，奔走于形势之途[39]，足将进而趑趄[40]，口将言而嗫嚅[41]，处污秽而不羞[42]，触刑辟而诛戮[43]，侥幸于万一，老死而后止者，其于为人，贤不肖何如也[44]？"

昌黎韩愈闻其言而壮之，与之酒，而为之歌曰："盘之中，维子之宫[45]。盘之土，可以稼[46]。盘之泉，可濯可沿[47]。盘之阻，谁争子所[48]！窈而深[49]，廓其有容[50]；缭而曲[51]，如往而复[52]。嗟盘之乐兮[53]，乐且无央[54]；虎豹远迹兮[55]，蛟龙遁藏[56]；鬼神守护兮，呵禁不祥[57]。饮则食兮寿而康[58]，无不足兮奚所望[59]！膏吾车兮秣吾马[60]，从子于盘兮，终吾生以徜徉[61]。"

导读

贞元十五、十六年（799、800），韩愈从汴州、徐州的叛乱中脱险，失掉官职。贞元十七年（801），到京城求官，听候调选。其友人李愿在盘谷隐居，曾一度到长安游览，于贞元十七年返回隐居之地盘谷，韩愈写这篇序文为他送行，借这篇序文，真实地表达了自己抑郁不得志的心情，嘲讽了达官显贵以及利欲熏心、奔走权势的无耻之徒，特别赞扬了不与世俗同流合污而隐居山林的高洁之士。

注释

[1]李愿：隐士，韩愈之友。盘谷：地名，在今河南济源。　[2]太行：山名，位于山西高原与河南、河北平原之间。阳：山南水北称阳。　[3]丛茂：丛生茂密。　[4]“谓其环两山之间”二句：两山之间为谷，环绕于两山之间的屈曲地形称为盘谷。　[5]宅幽而势阻：所处位置幽静而地势险阻。　[6]盘旋：同“盘桓”，即徘徊、逗留之意。　[7]利泽：利益、德泽。　[8]昭于时：显扬于一时。　[9]庙：宗庙。朝：朝廷。古代皇帝命官、议事、发号施令，有时在宗庙中进行，故宗庙与朝廷并提。　[10]进退：升降任免。　[11]佐天子出令：辅助帝王发布政令。佐：辅助。　[12]在外：指做外官。唐代外官以节度使为显贵，朝廷授以双旌双节（双节即符节，古代门关出入所持的凭证，用竹或木制成）。　[13]树：树立。旄（máo）：古时以牦牛尾装饰的一种旗帜。　[14]罗弓矢：罗列兵器。　[15]呵（hē）：大声呵斥。这里是喝道的意思。　[16]从者：随从人员。塞途：塞满路途。　[17]供给之人：供应差遣的仆役。　[18]才畯（jùn）：才能出众的人。畯：同“俊”。　[19]道古今而誉盛德：谈论古今而称赞大官的功德。　[20]丰颊（jiá）：丰满的面颊。　[21]便（pián）体：轻盈的体态。　[22]秀外而惠中：外貌秀丽而秉性聪慧。惠：同“慧”。　[23]飘轻裾：轻薄的衣襟飘动。裾（jū）：衣襟。　[24]翳（yì）：遮掩。　[25]黛（dài）：青黑色的颜料，古代女子用以画眉。　[26]列屋：众屋罗布。闲居：清闲无事。　[27]妒宠：嫉妒得宠的姬妾。负恃：自负美貌，藐视别人。　[28]争妍取怜：比赛美丽，求

得爱怜。　[29]“大丈夫”二句：得到帝王的信任优待，能够为当世出力。遇：待。知：被了解。　[30]恶：厌恶，讨厌。　[31]不可幸而致：不可能侥幸得到。　[32]穷居而野处：隐居在穷僻清静的地方。　[33]茹：食，吃。　[34]“起居无时”二句：起居作息无定时，只求安闲舒适。　[35]“与其”二句：与其当面受到赞誉，不如背后不遭毁谤。　[36]车服：即车马服饰。古代车服随官位高低而有差别，皇帝也常以车服赐臣赏功。此处指官位。维：系，缚。这句意思是没有官位的人，不受官爵的束缚。　[37]刀锯不加：刀锯之酷刑加不到自己身上。刀锯：刑具。　[38]“理乱不知”二句：不问国家治乱，不管官吏升降。理乱：犹言治乱。黜（chù）：降职。陟（zhì）：升职。　[39]形势：与“权势”意同。　[40]趑趄（zī jū）：犹豫不进。　[41]嗫嚅（niè rú）：想说话而又停止。　[42]处污秽而不羞：处在被侮辱的地位而不以为羞。　[43]触：犯。刑辟：刑法。　[44]不肖：不好。　[45]维：同“唯”“惟”，语助词。子：你。宫：室。　[46]稼：播种五谷。　[47]可沿：可沿着水边散步、观赏风景。　[48]所：处所。　[49]窈（yǎo）：幽远。深：深奥，深邃。　[50]廓其有容：指盘谷之中广阔可以容身。　[51]缭（liáo）：回旋，缠绕。　[52]如往而复：指盘谷之路回环曲折，像是走了过去，却又回到原处。往：去。复：返。　[53]嗟（jiē）：赞叹声。　[54]央：尽。　[55]虎豹远迹：虎豹远离这里。　[56]蛟龙遁藏：蛟龙逃遁躲藏。　[57]呵禁：呵斥，禁止。不祥：指不吉利的东西。　[58]则：而。一作“且”。　[59]奚所望：没什么可巴望的。奚：何。　[60]膏（gào）：用油脂涂车轴，使之滑润。秣（mò）：用草料喂养。这句是说做好远行前的准备工作。　[61]徜徉（cháng yáng）：徘徊，盘旋，自由自在地往来。

毛　颖　传[1]

毛颖者，中山人也[2]。其先明视[3]，佐禹治东方土[4]，养万物有功，因封于卯地，死为十二神[5]。尝曰：“吾子孙神明之后[6]，不可与物同，当吐而生[7]。”已而果然。明视八世孙䨲[8]，世传当殷时居中山，得神仙之术，能匿光使物[9]，窃姮娥[10]，骑蟾蜍入月[11]，其后代遂隐不仕云。

居东郭者曰㕙[12]，狡而善走，与韩卢争能[13]，卢不及。卢怒，与宋鹊谋而杀之，醢其家[14]。

秦始皇时，蒙将军恬[15]，南伐楚，次中山[16]，将大猎以惧楚。召左、右庶长与军尉[17]，以《连山》筮之[18]，得天与人文之兆[19]，筮者贺曰："今日之获，不角不牙[20]，衣褐之徒[21]，缺口而长须[22]，八窍而趺居[23]，独取其髦[24]，简牍是资[25]，天下其同书[26]。秦其遂兼诸侯乎？"遂猎，围毛氏之族，拔其豪[27]，载颖而归[28]，献俘于章台宫[29]，聚其族而加束缚焉[30]。秦皇帝使恬赐之汤沐[31]，而封诸管城[32]，号曰管城子[33]，日见亲宠任事。

颖为人强记而便敏，自结绳之代以及秦事[34]，无不纂录[35]，阴阳、卜筮、占相、医方、族氏、山经、地志、字书、图画、九流、百家、天人之书[36]，及至浮图[37]、老子、外国之说，皆所详悉。又通于当代之务，官府簿书[38]，市井货钱注记[39]，惟上所使[40]。自秦皇帝及太子扶苏、胡亥、丞相斯、中车府令高[41]，下及国人，无不爱重。又善随人意，正直、邪曲、巧拙，一随其人。虽见废弃，终默不泄。惟不喜武士，然见请亦时往。

累拜中书令[42]，与上益狎[43]，上尝呼为中书君。上亲决事，以衡石自程[44]，虽宫人不得立左右，独颖与执烛者常侍，上休方罢。颖与绛人陈玄、弘农陶泓及会稽褚先生友善[45]，相推致[46]，其出处必偕。上召颖，三人者不待诏辄俱往，上未尝怪焉。

后因进见，上将有任使，拂拭之，因免冠谢[47]。上见其发秃，又所摹画不能称上意。上嘻笑曰："中书君老而秃[48]，不任吾用。吾尝谓君中书，君今不中书邪[49]？"对曰："臣所谓尽心者[50]。"因不复召，归封邑，终于管城。其子孙甚多，散处中国夷狄，皆冒管城，惟居中山者能继父祖业。

太史公曰[51]：毛氏有两族。其一姬姓，文王之子，封于毛，所谓鲁、卫、毛、聃者也[52]，战国时有毛公、毛遂[53]。独中山之族不知其本所出，子孙最为蕃昌[54]。《春秋》之成，见绝于孔子，而非其罪[55]。及蒙将军拔中山之豪，始皇封诸管城，世遂有名，而姬姓之毛无闻。颖始以俘见，卒见任使[56]，秦之灭诸侯，颖与有功[57]。赏不酬劳，以老见疏，秦真少恩哉！

导读

本文作于韩愈三十六至四十八岁之间，在这一期间，韩愈在仕途上确实坎坷不平：其一，他曾四度应进士科考试，最后才中进士；其二，他三次参加博学鸿词科考试，最终也没有中选。用他自己的话说，是“四举于礼部乃一得，三选于吏部卒无成”（《上宰相书》）。其三，此后他四处投书求官，但是都没有成功，没办法只能做幕僚，可是又因上书获罪被贬，后得赦，回长安任国子监博士。其四，这以后十二年，其仕途上还是屡经迁调，时有升降。因而对官场倾轧、身世浮沉、屡遭打击颇有感慨，心怀痛楚，深感不平。此文在写法上仿司马迁写《史记》人物传记的体例，把兔毫制成的笔拟人化，为“毛颖”立传，构思巧妙、新颖，着笔别致，寓庄于谐，趣味横生。文章貌似游戏文字，实际上将深刻的思想意义，寓于毛颖始而见用、有功不赏、“以老见疏”的故事之中，对统治者的少恩、寡情，以及那些“老而秃”“吾尝谓君中书”的腐朽无用的封建官僚和执政大臣，给予尖刻犀利的讽刺。同时，作者也借此抒发了胸中的愤懑之情。

注释

［1］毛颖：即毛笔的代称，此处是以毛笔拟人。毛：指兔毛。颖：指笔尖。　［2］中山：有两说，一说中山是战国时国名（在今河北省），为赵国所灭。另一说，中山是山名，在今江苏溧水境，“出兔毫，为笔精妙”（《元和郡县志》）。　［3］明视：兔的别名。　［4］东方：古时以十二地支划分方位，其卯位居在东方，四时中春的位置也在东方。　［5］死为十二神：死后为十二生肖之神。　［6］神明：精灵怪异。　［7］当吐而生：古时传说，兔生子从口而出。　［8］䨲（nóu）：兔子。　［9］匿光：隐藏在光亮之下而不被人看见。使物：驱使人和各种鬼物。　［10］窃：偷。姮（héng）娥：即嫦娥，神话中后羿（夏代诸侯）之妻。后羿从西王母处求得不死之药，嫦娥偷吃之后，飞入月宫。　［11］骑蟾蜍入月：古代流传着月中有蟾蜍和兔的故事。蟾蜍：癞蛤蟆。　［12］东郭：即东门外。㕙（jùn）：狡兔。　［13］韩卢：古时韩国名犬。下文“宋鹊”为宋国良犬。　［14］醢（hǎi）：古代一种酷刑，把人剁

成肉酱。　[15]蒙将军恬：即秦国名将蒙恬，相传他发明了毛笔。　[16]“南伐楚”二句：赵灭中山，始皇十九年灭赵，始皇二十一年由中山移兵伐楚。次：驻扎。　[17]左、右庶长：旧时官名。秦代爵位分二十级，左庶长为第十级，右庶长为第十一级。　[18]《连山》：古代占卦书。　[19]人文之兆：指人事卦兆。　[20]不角不牙：兔无角无犬齿。　[21]衣褐之徒：指身穿粗麻织成的衣服的平民，因兔身有毛，故称。　[22]缺口：兔子上唇豁裂。　[23]八窍：传说兔生八窍。趺（fū）居：盘足而蹲。居：通“踞”。　[24]髦：毛中长毫，譬喻豪杰之士。　[25]简牍（dú）：古时书写用的竹简或木片。资：资助，依靠。　[26]天下其同书：指秦始皇统一全国文字。　[27]豪：与“毫”相通。　[28]颖：取杰出之人和毛之尖端二义，作人名。　[29]章台宫：秦代宫名。　[30]聚其族而加束缚：指制作毛笔时，将笔头约束好（即捆扎起来）。　[31]汤沐：古时诸侯封邑叫作汤沐邑，后来皇帝、皇后、公主等收取赋税的私邑也称汤沐邑。制笔时需用热水把毫毛洗净，故以汤沐作双关语。　[32]管城：古县名，周初管叔（文王之子）封地，在今河南省。因笔杆用竹管所制，故以管城喻之。　[33]管城子：笔的别称。　[34]结绳之代：指远古时代，尚没出现文字，便结绳记事。　[35]纂录：编纂记录。　[36]阴阳：阴阳家之术。卜筮（shì）：古代占卜，用龟甲称卜，用蓍（shī）草称筮，二者合称卜筮。占相：卜卦相面。山经：《山海经》的简称，古代地理著作。地志：记载地理沿革的史志。字书：以字为单位，解释字的形、音、义的书。九流：指先秦的儒、道、阴阳、法、名、墨、纵横、杂、农九家学术流派。百家：诸子百家。天人之书：有关天人关系的书。　[37]浮图：梵语音译，对佛或佛教徒的称呼，也专指和尚。也作“浮屠”。　[38]簿书：官署中簿册（如户口册、地亩册）文书。　[39]市井：古时做买卖的地方。　[40]上：指皇帝。　[41]秦皇帝：即秦始皇。扶苏：秦始皇的长子。胡亥：秦始皇的少子，即秦二世。丞相斯：丞相李斯。中车府令：即掌管皇帝乘坐车子的官。高：即赵高。　[42]中书令：职官名。中书省的长官，掌传宣诏命。简称为“中书”。汉武帝时以宦官任之，后则多任以当时有文学名望之士。　[43]狎（xiá）：亲热，亲近。　[44]“上亲决事”二句：每日批阅公文以一百二十斤为限，如达不到这一限度不得休息。衡：称量。石：古代重量单位，一石是一百二十斤。程：限度，限量。　[45]绛：古郡名，今山西省绛县，产墨。陈玄：墨色玄黑，以宿墨为佳，故名。弘农：古郡名，今河南省灵宝市，产砚。陶泓：砚为陶制，似池，故名。会稽：古郡名，今浙江绍兴，产纸。褚先生：楮为纸的原料，楮、褚音同形近，故称。　[46]相推致：互相推许称赞。　[47]免冠谢：脱冠谢罪，即去掉笔帽，此为双关语。　[48]老而秃：指笔久用而秃。　[49]“吾尝谓君”二句：拟人化语句，说笔原来可以写字，而现在不中用，喻说人过去能尽职，而现在却不能尽职了。　[50]臣所谓尽心者：此以笔用残，喻臣僚尽职双关语。　[51]太史：古时掌管起草文书、记载史实、编写史书等事务的官。这里仿《史记》写法，即以史家论赞所写史实。　[52]鲁、卫、毛、聃：周初分封的四个诸侯国，均是姬姓。　[53]毛公：战国时赵国隐士，做过信陵君的门客。毛遂：战国时赵国人，平原君门客，公元前257年，秦围赵国都城邯郸，他自荐随平原君到楚求救，说服楚王出兵攻秦救赵，所谓毛遂自荐，即指此事。　[54]蕃昌：繁茂昌盛。　[55]“《春秋》之成”三句：孔子写成《春秋》之后，便绝笔不作，并非它（指笔）的罪过。　[56]卒见任使：终于被信任使用。　[57]颖与有功：以颖拟人，承前句是说颖参与了秦灭诸侯，有功绩。

送孟东野序[1]

大凡物不得其平则鸣：草木之无声，风挠之鸣[2]；水之无声，风荡之鸣[3]。其跃也或激之[4]，其趋也或梗之[5]，其沸也或炙之[6]。金石之无声，或击之鸣[7]。人之于言也亦然[8]。有不得已者而后言[9]，其歌也有思，其哭也有怀。凡出乎口而为声者，其皆有弗平者乎[10]！乐也者[11]，郁于中而泄于外者也[12]，择其善鸣者而假之鸣[13]。金、石、丝、竹、匏、土、革、木八者[14]，物之善鸣者也。维天之于时也亦然[15]，择其善鸣者而假之鸣。是故以鸟鸣春[16]，以雷鸣夏，以虫鸣秋，以风鸣冬。四时之相推敓[17]，其必有不得其平者乎！

其于人也亦然。人声之精者为言，文辞之于言，又其精也，尤择其善鸣者而假之鸣。其在唐、虞[18]，咎陶、禹[19]，其善鸣者也，而假以鸣。夔弗能以文辞鸣[20]，又自假于《韶》以鸣[21]。夏之时，五子以其歌鸣[22]。伊尹鸣殷[23]，周公鸣周[24]。凡载于《诗》《书》六艺[25]，皆鸣之善者也。周之衰，孔子之徒鸣之，其声大而远[26]。传曰：“天将以夫子为木铎[27]。”

其弗信矣乎[28]！其末也，庄周以其荒唐之辞鸣[29]。楚，大国也[30]，其亡也，以屈原鸣[31]。臧孙辰、孟轲、荀卿[32]，以道鸣者也[33]。杨朱、墨翟、管夷吾、晏婴、老聃、申不害、韩非、慎到、田骈、邹衍、尸佼、孙武、张仪、苏秦之属[34]，皆以其术鸣[35]。秦之兴，李斯鸣之[36]。汉之时，司马迁、相如、扬雄[37]，最其善鸣者也[38]。其下魏、晋氏，鸣者不及于古，然亦未尝绝也。就其善者，其声清以浮[39]，其节数以急[40]，其辞淫以哀[41]，其志弛以肆[42]。其为言也，乱杂而无章[43]。将天丑其德莫之顾邪[44]？何为乎不鸣其善鸣者也[45]？

唐之有天下，陈子昂、苏源明、元结、李白、杜甫、李观[46]，皆以其所能鸣[47]。其存而在下者，孟郊东野始以其诗鸣，其高出魏、晋，不懈而及于古[48]，其他浸淫乎汉氏矣[49]。从吾游者，李翱、张籍其尤也[50]。三子者之鸣信善矣[51]。抑不知天将和其声，而使鸣国家之盛邪[52]？抑将穷饿其身，思愁其心肠，而使自鸣其不幸邪[53]？三子者之命[54]，则悬乎天矣[55]。其在上也奚以喜？其在下也奚以悲[56]？东野之役于江南也[57]，有若不释然者[58]，故吾道其命于天者以解之[59]。

孟东野少年时隐居嵩山，壮年屡试不第，近五十岁时才中进士，任溧阳县尉，颇有怀才不遇之感，心中郁结着寒辛之苦、感伤之情。他与韩愈交往密切，情谊甚深。韩愈对他的遭遇极其不平，深表同情，于是写了这篇序文给他。在序文中，韩愈一方面发泄了为孟东野鸣不平的忧愤情绪，另一方面通过自然界和人世间的大量事例，劝解、宽慰孟东野，以便使其振作精神，消除烦闷和愁苦的心情。

[1]孟东野：即孟郊，唐代诗人，韩愈好友。　[2]风挠之鸣：风扰动而发出声音。　[3]风荡之鸣：风吹水而动荡出声。　[4]其跃也或激之：水之波涛是水流受物阻遏而涌起。其：代水，下两句同。跃：跳，指水之波涛。激：水势受阻碍而腾涌或飞溅。　[5]其趋也或梗之：水流得快，受到阻碍便发出声响。趋：快步而行，此处指水流迅疾。梗（gěng）：阻塞。　[6]其沸也或炙之：水受火煮而沸腾发出声响。沸：沸腾。炙：烤。　[7]“金石之无声”二句：金石被敲击便发出鸣声。金石：指金属制作的钟及用石制作的磬（qìng）等乐器。　[8]人之于言：人们发表言论。亦然：也是这样。　[9]有不得已者而后言：有的人被周围发生的事情所触动，不得不发表言论，即情动于中，而言之于外。　[10]弗平：不平。　[11]乐：指音乐。　[12]郁于中而泄于外：将郁结在心里的感情宣泄出来。　[13]“择其善鸣者”句：选择善鸣的乐器借其鸣之。假：借。　[14]金、石、丝、竹、匏（páo）、土、革、木：这八种物质均能发音，古人称为八音。这里是古代八种乐器的代词，即钟、镈（金），磬（石），琴、瑟（丝），管、箫（竹），笙、竽（匏），埙（xūn）（土），鼓、鼗（革），柷（zhù，打击乐器，作乐开始先击之）、敔（yǔ，打击乐器，乐之结束击之）（木）（见《周礼·春官·大师》郑玄注）。　[15]维天之于时也亦然：天对于时令季节的变化也是这样。维：同“唯”“惟”，句首语气词。　[16]是故：所以。　[17]四时：指春、夏、秋、冬四季。推敓（duó）：推移变化。敓：同“夺”。　[18]唐、虞：帝尧国号为唐，帝舜国号为虞。相传尧让位给舜，舜让位给禹。这句是说在唐尧虞舜时代。　[19]咎陶（gāo yáo）：也作咎繇、皋陶。传说为舜的臣子，中国法典的创始人。禹：夏朝第一个帝王，传说治水有功。　[20]夔（kuí）：人名，唐、虞时乐官。　[21]《韶》：舜时乐曲名。　[22]五子以其歌鸣：相传夏代国君太康荒淫无度，失去帝位，他的五个弟兄非常怨愤，故作《五子之歌》，以告诫太康。一说五子即夏启的少子武观。　[23]伊尹：姒姓，伊氏，名挚。佐商汤灭夏桀，成为开国元勋。　[24]周公：西周初期政治家、军事家、思想家、教育家，被尊为“元圣”和儒学先驱，他是文王姬昌第四子，名旦，周武王姬发的弟弟，曾两次辅佐周武王东伐纣王，并制作礼乐。因其采邑在周，爵为上公，故称周公。　[25]六艺：《诗》

《书》《礼》《乐》《易》《春秋》六种儒家经书。 [26]其声大而远：指孔子及其学生的言论，声誉大影响广，流传久远。 [27]天将以夫子为木铎（duó）：此语出自《论语·八佾（yì）》。木铎：用金属制成的铃，中有木舌，摇之发声，古代施行政教、传布命令时用之，以晓谕百姓。这里用以譬喻孔子言论，如同帝王发布教令、政令一样，影响广，作用大。 [28]其弗信矣乎：还能不相信吗？ [29]庄周：即庄子，战国时哲学家。荒唐之辞：这里指广大无边的言辞。 [30]大国：春秋战国时，楚国疆域比同时诸国大，故称大国。 [31]屈原：名平，字原，战国时楚国人，爱国主义诗人。 [32]臧孙辰：即臧文仲，复姓臧孙，名辰，春秋时鲁国大夫。孟轲：即孟子，字子舆，战国时思想家、政治家、教育家，孔子学说的继承者。荀卿：即荀子，名况，时人尊之为"卿"。战国时赵国人，古代思想家、教育家。 [33]以道鸣者：这里是说上文提到的臧文仲、孟轲、荀卿均以儒家学说鸣于世。 [34]杨朱：战国时魏国人，古代哲学家。他没留下著作，其片段史料和言论散见于《孟子》《庄子》《韩非子》《吕氏春秋》诸书。墨翟（dí）：即墨子，名翟，春秋战国之际的思想家、政治家，墨家创始人。管夷吾：字仲，春秋时齐国的贤相。著有《管子》八十六篇，今存七十六篇。晏婴：字平仲，春秋时齐国贤相，战国时人搜集有关他的行事和谏议之言辑成《晏子春秋》。老聃（dān）：即老子，姓李，名耳，春秋时思想家，道家创始人。申不害：战国时人，曾任韩昭侯的宰相十五年，主张法治，与韩非并称申韩，后世奉为法家之祖。著有《申子》六篇，现仅存辑录《大体》一篇。韩非：战国末期哲学家，法家的主要代表人物。著有《韩非子》五十五篇。慎到：战国时赵国人，法家，著有《慎子》四十二篇，多已失传。田骈：战国时齐国人，著有《田子》二十五篇，已佚。邹衍：战国末期哲学家，齐国人，阴阳家的代表人物。著有《邹子》四十九篇、《邹子终始》五十六篇，皆失传。尸佼：战国时鲁国人，法家，曾参与商鞅变法的谋划，商鞅死后，逃亡入蜀。著有《尸佼子》二十篇，已佚。孙武：字长卿，春秋时齐国人，是我国古代有名的军事学家，著有《孙子兵法》，为我国最早的兵书。张仪：战国时魏国人，曾任秦相，主张连横，游说各国服从秦国，瓦解其他国家的联盟，破坏苏秦的合纵说。苏秦：字季子，战国时东周洛阳（今河南省洛阳东）人，主张合纵，让燕、赵、韩、魏、齐、楚等东方六国联合起来，共同抗击西方的秦国。 [35]皆以其术鸣：都以各自不同的政治主张，发表见解，鸣于当世。 [36]李斯：上蔡人，秦代政治家。对秦始皇统一六国，加强中央集权的统治，起了重要作用，秦统一六国后任宰相。秦二世时，为赵高所忌，被杀。著有《谏逐客书》。 [37]司马迁：字子长，西汉史学家、文学家、思想家，汉武帝时曾任太史令。著有《史记》。相如：即司马相如，字长卿，成都人，西汉辞赋家。著有《子虚赋》《上林赋》等。扬雄：字子云，成都人，西汉辞赋家、哲学家、语言学家。明人辑有《扬子云集》。　［38］最其善鸣者：这里是说司马迁、司马相如、扬雄是最善于利用文辞鸣的人。　［39］其声清以浮：文章的言辞清秀而浮夸。　［40］其节数以急：文章的节奏短促。　［41］其辞淫以哀：文章的语言淫靡而哀伤。　［42］其志弛以肆：文章的思想感情松弛而放纵。　［43］乱杂而无章：文章杂乱而无法则。　［44］“将天丑其德”句：难道是上天憎恶其德行而不加以顾惜吗？　［45］“何为乎”句：为什么不发挥其长处呢？　［46］陈子昂：字伯玉，唐代文学家。其诗标举汉魏风骨，反对承袭六朝绮靡文风，是唐代诗歌革新的先驱，对唐诗发展很有影响。著有《陈伯玉集》。苏源明：字弱夫，唐代诗人。元结：字次山，唐代文学家。著有《元次山文集》。李观：字元宾，唐代文学家。著有《李元宾文集》。　［47］皆以其所能鸣：都以他们各自的诗文鸣于当世。　［48］不懈而及于古：不懈怠地写作，可以赶上古人。　［49］浸淫：逐渐蔓延扩展。汉氏：指汉代的诗文。　［50］“从吾游者”二句：跟我（韩愈自指）学诗和古文的人，以李翱（áo）和张籍最为突出。李翱：字习之，韩愈等倡导古文运动的拥护者，著有《李文公集》。张籍：字文昌，唐代诗人，著有《张司业集》。　［51］信善：确实美好。　［52］“抑不知天将”二句：还不知道天意将要应和他们的声音，而使其颂扬国家的强盛呢？　［53］“抑将穷饿其身”三句：还是将要让他们穷苦饥饿，愁肠百结，而表达自己的不幸呢？　［54］三子：即指上文提到的孟郊、李翱、张籍三人。　［55］悬乎天：决定于天。　［56］“其在上也”二句：身居高位有什么可喜的，身沉下僚有什么可悲的。　［57］东野之役于江南：指孟郊任职溧阳县尉。唐代溧阳属江南道，故称役于江南。　［58］有若不释然者：有好像想不开的地方。　［59］故吾道其命于天者以解之：所以我讲这番命由天定的话来开解他。

柳子厚墓志铭

子厚，讳宗元[1]。七世祖庆，为拓跋魏侍中[2]，封济阴公[3]。曾伯祖奭[4]，为唐宰相，与褚遂良、韩瑗俱得罪武后[5]，死高宗朝[6]。皇考讳镇[7]，以事母弃太常博士[8]，求为县令江南[9]；其后以不能媚权贵，失御史[10]；权贵人死，乃复拜侍御史[11]。号为刚直，所与游皆当世名人。

子厚少精敏[12]，无不通达。逮其父时[13]，虽少年，已自成人[14]，能取进士第[15]，崭然见头角[16]，众谓柳氏有子矣[17]。其后以博学宏词[18]，授集贤殿正字[19]。俊杰廉悍[20]，议论证据今古[21]，出入经史百子[22]，踔厉风发[23]，率常屈其座人[24]，名声大振。一时皆慕与之交，诸公要人争欲令出我门下[25]，交口荐誉之[26]。贞元十九年，由蓝田尉拜监察御史[27]。顺宗即位[28]，拜礼部员外郎。遇用事者得罪[29]，例出为刺史，未至，又例贬永州司马[30]。居闲[31]，益自刻苦，务记览[32]，为词章，泛滥停蓄[33]，为深博无涯涘[34]，而自肆于山水间[35]。元和中[36]，尝例召至京师，又偕出为刺史[37]，而子厚得柳州[38]。既至，叹曰："是岂不足为政邪[39]！"因其土俗[40]，为设教禁[41]，州人顺赖[42]。其俗以男女质钱[43]，约不时赎[44]，子本相侔[45]，则没为奴婢[46]。子厚与设方计[47]，悉令赎归[48]。其尤贫力不能者[49]，令书其佣[50]，足相当[51]，则使归其质[52]。观察使下其法于他州[53]，比一岁[54]，免而归者且千人[55]。衡、湘以南为进士者[56]，皆以子厚为师，其经承子厚口讲指画为文词者，悉有法度可观[57]。

其召至京师而复为刺史也，中山刘梦得禹锡亦在遣中[58]，当诣播州[59]。子厚泣曰："播州非人所居，而梦得亲在堂[60]，吾不忍梦得之穷[61]，无辞以白其大人[62]。且万无母子俱往理！"请于朝，将拜疏[63]，愿以柳易播，虽重得罪[64]，死不恨。遇有以梦得事白上者，梦得于是改刺连州[65]。呜呼！士穷乃见节义[66]。今夫平居里巷相慕悦[67]，酒食游戏相征逐[68]，诩诩强笑语以相取下[69]，握手出肺肝相示[70]，指天日涕泣[71]，誓生死不相背负，真若可信；一旦临小利害，仅如毛发比[72]，反眼若不相识，落陷阱[73]，不一引手救[74]，反挤之，又下石焉者，皆是也。此宜禽兽夷狄所不忍为[75]，而其人自视以为得计，闻子厚之风，亦可以少愧矣！

子厚前时少年，勇于为人[76]，不自贵重顾藉[77]，谓功业可立就[78]，故坐废退[79]。既退，又无相知有气力得位者推挽[80]，故卒死于穷裔[81]，材不为世用，道不行于时也。使子厚在台、省时[82]，自持其身[83]，已能如司马、刺史时[84]，亦自不斥[85]；斥时有人力能举之，且必复用不穷[86]。然子厚斥不久[87]，穷不极[88]，虽有出于人[89]，其文学辞章必不能自力以致必传于后如今[90]，无疑也。虽使子厚得所愿[91]，为将相于一时[92]，以彼易此[93]，孰得孰失[94]，必有能辨之者。

子厚以元和十四年十一月八日卒[95]，年四十七。以十五年七月十日归葬万年先人墓侧[96]。子厚有子男二人：长曰周六，始四岁；季曰周七，子厚卒乃生。女子二人，皆幼。其得归葬也，费皆出观察使河东裴君行立[97]。行立有节概[98]，重然诺[99]，与子厚结交；子厚亦为之尽[100]，竟赖其力。葬子厚于万年之墓者，舅弟卢遵[101]。遵，涿人[102]，性谨慎，学问不厌。自子厚之斥，遵从而家焉，逮其死不去。既往葬子厚，又将经纪其家[103]，庶几有始终者[104]。铭曰：

是惟子厚之室[105]，既固既安，以利其嗣人[106]。

导读

韩愈与柳宗元交厚，且在倡导古文方面志同道合。柳宗元元和十四年（819）卒于柳州。韩愈写过不少哀悼和纪念柳宗元的文章。本文综括柳宗元的家世、生平、为人，经过精心剪裁，撷取了柳宗元一生中典型的真实事件加以描述，不仅斥责了当时社会的冷酷无情，叙述了柳宗元一生中在政治上的不幸遭遇，而且着重突现了柳宗元的政绩、文学成就及其鲜明的性格。对他屡受排斥、长期贬谪的坎坷遭遇寄予无限同情，对当时社会的黑暗，权贵的肆虐，以及世道的不公，表示极大的愤慨。

注释

[1] 讳（huì）：避忌，古人为尊敬死者，不直称其名。 [2] 拓跋魏：指南北朝时的北魏王朝，拓跋是北魏皇帝的姓。侍中：官名，北魏时侍中位同宰相。 [3] 济阴：北魏时郡名，今山东省菏泽一带。据柳宗元《先侍御史府君神道表》所载，柳庆仕周曾封平齐公，并未封济阴公。封济阴公的是柳庆之子柳旦。说柳庆封济阴公，或是韩愈误记，或是传写之错。 [4] 奭（shì）：即柳奭，

字子燕，柳宗元的高伯祖（并非他的曾伯祖），曾任中书令，其外孙女王氏为高宗皇后。后来武则天为夺取皇后地位，王皇后被废，柳奭被贬为爱州刺史。 [5] 褚遂良：字登善，书法家。时为尚书右仆射，因反对高宗立武则天为皇后而被贬，后忧愤而死。韩瑗（yuàn）：字伯玉，高宗时官至侍中，高宗废王皇后，他泣谏，高宗不纳。褚遂良因反对立武则天为皇后遭贬，韩瑗竭力挽救无效，竟被贬斥而死。武后：即武则天，高宗之后。 [6] 死高宗朝：死于高宗时候。 [7] 皇考：对亡父的尊称，这里指柳宗元已死的父亲柳镇。 [8] 以：因。事母：侍奉母亲。弃：放弃，这里指辞官。太常博士：太常寺的属官，掌管宗庙仪礼等事。 [9] 求为县令江南：请求在江南做县令。 [10] “其后以不能”二句：柳镇升任殿中侍御史后，于唐德宗贞元四年（788）得罪宰相窦参，被贬为夔（kuí）州司马。媚：谄媚。权贵：身居高位、有权势的人，此指窦参。 [11] “权贵人死”二句：贞元九年（793），窦参因罪贬死，柳镇复任侍御史之职。 [12] 精敏：精明聪敏。 [13] 逮其父时：当他父亲在世时。逮：及。 [14] 已自成人：已经自立成人。 [15] 能取进士第：能够考取进士科第。贞元九年（793），柳宗元二十一岁考中进士。 [16] 崭然见头角：才华杰出超众。崭然：突出。见：同“现”，显露。头角：指柳宗元少年时所显露出来的才华。 [17] 众谓：大家说。有子：有光宗耀祖之子，这是进一步对才华出众的柳宗元的称赞。 [18] 博学宏词：唐代科举考试的一种科目，用以选拔博学能文之士。贞元十二年（796），柳宗元中博学宏词科。 [19] 集贤殿：官廷里收藏、整理图书之机构。正字：官名，担任整理经籍、搜求佚书、校勘文字等工作。 [20] 俊杰：才德出众。廉：品行端正、清廉。悍：强劲，坚毅。 [21] 议论证据今古：议论中以今古事实作证据。这是称赞柳宗元绝不空谈。 [22] 出入经史百子：是说他的议论对经史典籍和诸子百家做到了融会贯通。 [23] 踔（chuō）厉风发：议论纵横，言辞奋发，见识高远。 [24] 率（shuài）常：经常。屈其座人：使同座的人屈服于他。 [25] 争欲令出我门下：都争着想使柳宗元为自己门下之士，再经自己推荐出仕。 [26] 交口荐誉：众口一词地推荐、赞誉。 [27] 蓝田：蓝田县，在今陕西省内。尉：这里指县尉，官位次于县令，掌管县里治安等事。监察御史：御史台的属官，掌管监督、检查官吏，巡按州、县狱讼，肃整朝仪等事。 [28] 顺宗：德宗之子，名诵。即位后任用王叔文等管理朝政，王叔文等倡导革新，推行新法。柳宗元参与了当时的革新活动，并由王叔文等引荐，任礼部员外郎。礼部员外郎是礼部尚书的属官，掌管辨明、拟定仪制等事。 [29] 用事者：指王叔文等掌权执政的人。王叔文等人推行的新法，因遭到旧官僚和藩镇宦官的激烈反对而失败，顺宗被迫退位，王叔文、柳宗元等均被贬谪。 [30]“例出为刺史”三句：照例循规贬谪遣出。永贞元年（805）九月柳宗元与同党韩泰、韩晔、刘禹锡等人，皆被贬为刺史。十一月又都被贬为司马。因当时被贬的不光柳宗元一人，故说“例出”“例贬”。 [31]居闲：指做司马时公事少而清闲。 [32]务：必须，一定。这里是务必做到的意思。记览：记诵和阅览。 [33]泛滥：借水之横溢譬喻学问广博。停蓄：以蓄积之水譬喻文笔雄厚。 [34]涯涘（sì）：原意是水边，这里作边际讲。 [35]自肆于山水间：很放纵地游览山水，抒散胸怀。肆：放纵，恣意。 [36]元和：唐宪宗李纯年号。 [37]又偕（xié）出为刺史：指柳宗元等人又一次离开京城到地方任刺史。偕：同。 [38]子厚得柳州：元和十一年（816）三月，柳宗元任柳州刺史。得：得到，获得。柳州：在今广西境内。 [39]是岂不足为政邪（yé）：这句是说，在柳州这个荒僻之地，仍能施展抱负做出政绩。是：指柳州。邪：同“耶”，疑问词。 [40]因：按照。其：指柳州。土俗：当地风俗。 [41]为设教禁：为当地设立提倡和禁止人民所做事情的教令、禁令。 [42]顺赖：依顺，依赖。 [43]其俗以男女质钱：柳州的风俗，穷人向富人借钱以子女作抵押。质：抵押。 [44]约不时赎：约定如果到期不赎回子女。 [45]子本相侔（móu）：利息和本金相等。侔：相等。 [46]则没为奴婢：则把借钱人抵押的子女，没收为奴婢。 [47]与设方计：给以子女作质借钱的人想办法。 [48]悉：尽，全部。 [49]尤：尤其，更。 [50]令书其佣：让他们把佣工的工钱记下来。令：让。书：动词，即写、记。 [51]足相当：指工钱和所欠的本利相等。 [52]则使归其质：就让债主归还作抵押的人质。 [53]观察使：官位在州以上，掌管考察州、县政绩。下：上级对下级发布指令。其法：指柳宗元制定的为百姓赎回人质的方法。 [54]比（bì）：及，等到。一岁：一年。 [55]免而归者且千人：免为奴婢而赎回的近千人。 [56]衡、湘以南：指衡山、湘水以南。为进士者：考进士的人。 [57]“其经承子厚”二句：那些曾经承受过柳宗元指教而写文章的人，其文章都写得规范而值得阅览。法度：规范。 [58]中山：地名，今属河北省保定市。刘梦得：即刘禹锡，唐代诗人，因参加王叔文等人的革新运动而被贬。遣：贬谪。 [59]诣（yì）：前往。播州：今贵州省遵义一带。 [60]亲在堂：母亲健在。 [61]穷：困窘。 [62]无辞以白其大人：无话禀告他的母亲。大人：敬辞，称长辈（多用于书信）。 [63]拜：表示恭敬。疏：上疏，古时大臣向帝王分条陈述事情的文字。 [64]虽重得罪：即使因此再加一重罪。 [65]“遇有”二句：正赶上御史中丞裴度把刘禹锡的困境奏章给唐宪宗，于是宪宗将刘禹锡改任连州刺史。连州：州治在今广东省连州市。　[66]士穷乃见节义：士人穷困时才看出他的气节和义气。　[67]平居里巷：平时在家时。相慕悦：互相仰慕、欢悦。　[68]征逐：朋友之间招来随往，互相邀请宴饮。　[69]诩诩（xǔ xǔ）：说大话，夸耀。相取下：即相下，互相谦逊，愿居别人之下。　[70]出肺肝相示：极言彼此亲密赤诚到可以挖出肺肝给人看的程度。　[71]指天日涕泣：指着天流泪发誓。　[72]毛发：譬喻事情细小。比：类似。　[73]落陷阱：这里指陷入圈套，遭到祸患。陷阱：捕捉野兽的地坑。　[74]不一引手救：不肯伸手挽救他。　[75]宜：谓宜做的事。夷狄：指少数民族。此句“禽兽”与“夷狄”并提，表现出作者狭隘的民族观念和大汉族主义。所不忍为：不忍心做。　[76]勇于为（wèi）人：勇于帮助别人，此指柳宗元帮助王叔文一事。　[77]不自贵重顾藉：这是韩愈批评柳宗元附和王叔文是不尊重和顾惜自己。顾藉：顾惜。　[78]谓功业可立就：认为功业可立刻成功。此指王叔文、柳宗元等人的革新运动。　[79]故坐废退：因而获罪被贬，不为朝廷所用。坐：这里是因事获罪的意思。　[80]相知：知心朋友。有气力得位者：有势力而官位高的人。推挽：推荐提携。　[81]穷裔（yì）：穷僻荒远之地。　[82]使子厚在台、省时：指柳宗元在御史台任监察御史，在尚书省任礼部员外郎时。使：假设。台、省：均是朝廷官署名称，御史台称台，尚书省称省。　[83]自持其身：谨慎自守。　[84]已能如司马、刺史时：能像做永州司马和柳州刺史时。　[85]亦自不斥：也自然不被排斥、贬官。　[86]复用不穷：重新被任用而不会穷困。　[87]然子厚斥不久：然而柳宗元被贬不久。　[88]穷不极：穷困不到极点。　[89]虽有出于人：虽然能出人头地（指功名业绩）。　[90]“其文学辞章”二句：他的文章必然不能像现在这样通过自己的努力，取得流传后世的成就。　[91]虽：即使。得所愿：指在政治上实现自己的愿望。　[92]为将相于一时：在一时做了大将或宰相，即指一时取得了朝廷的显要官职。　[93]以彼易此：以一时的将相要职来抵换文学上的成就。　[94]孰：哪个。得：得到。失：损失。　[95]以：于，在。十一月八日：《旧唐书》本传作十月五日。　[96]万年：唐时县名，在今陕西省西安市长安区境内。先人：祖先。　[97]费：归葬的费用。河东：唐时郡名，治所在今山西省永济市。裴君行立：即裴行立，元和十二年（817）任桂管观察使，是柳宗元的上司。　[98]节概：节操度量。　[99]重然诺：看重许下的诺言。然、诺均是应允的意思。　[100]尽：尽心，尽力。　[101]舅弟：舅父之子，即表弟。　[102]涿：唐时州名，治所在今河北省涿州市。　[103]

经纪：经管料理。其家：指柳宗元家事。 [104]庶几：近似，差不多。 [105]惟：为。室：这里指墓穴。 [106]嗣人：子孙后代。

原　　道[1]

博爱之谓仁[2]，行而宜之之谓义，由是而之焉之谓道，足乎己而无待于外之谓德。仁与义为定名，道与德为虚位[3]。故道有君子小人，而德有凶有吉[4]。老子之小仁义[5]，非毁之也，其见者小也。坐井而观天，曰天小也，非天小也。彼以煦煦为仁[6]，孑孑为义[7]，其小之也则宜。其所谓道，道其所道，非吾所谓道也；其所谓德，德其所德，非吾所谓德也[8]。凡吾所谓道德云者，合仁与义言之也，天下之公言也。老子之所谓道德云者，去仁与义言之也，一人之私言也。

周道衰，孔子没，火于秦，黄老于汉[9]，佛于晋、魏、梁、隋之间[10]。其言道德仁义者，不入于杨，则入于墨；不入于老，则入于佛[11]。入于彼，必出于此[12]。入者主之，出者奴之；入者附之，出者污之[13]。噫！后之人其欲闻仁义道德之说，孰从而听之？老者曰："孔子，吾师之弟子也。"佛者曰："孔子，吾师之弟子也。"为孔子者习闻其说，乐其诞而自小也[14]，亦曰"吾师亦尝师之"云尔。不惟举之于其口，而又笔之于其书[15]。噫！后之人虽欲闻仁义道德之说，其孰从而求之？甚矣，人之好怪也。不求其端，不讯其末，惟怪之欲闻[16]。

古之为民者四，今之为民者六[17]。古之教者处其一，今之教者处其三[18]。农之家一，而食粟之家六；工之家一，而用器之家六；贾之家一，而资焉之家六[19]。奈之何民不穷且盗也[20]？

古之时，人之害多矣。有圣人者立[21]，然后教之以相生相养之道。为之君，为之师[22]，驱其虫蛇禽兽而处之中土[23]。寒然后为之衣，饥然后为之食。木处而颠[24]，土处而病也[25]，然后为之宫室[26]。为之工以赡其器用[27]，为之贾以通其有无[28]，为之医药以济其夭死[29]，为之葬埋祭祀以长其恩爱[30]，为之礼以次其先后[31]，为之乐以宣其湮郁[32]，为之政以率其怠倦[33]，为之刑以锄其强梗[34]。相欺也，为之符玺、斗斛、权衡以信之[35]；相夺也，为之城郭甲兵以守之[36]。害至而为之备，患生而为之防。今其言曰："圣人不死，大盗不止；剖斗折衡，而民不争[37]。"呜呼！其亦不思而已矣。如古之无圣人，人之类灭久矣。何也？无羽毛鳞介以居寒热也[38]，无爪牙以争食也。

是故君者，出令者也；臣者，行君之令而致之民者也；民者，出粟米麻丝、作器皿、通货财以事其上者也。君不出令，则失其所以为君。臣不行君之令而致之民，则失其所以为臣；民不出粟米麻丝、作器皿、通货财，以事其上，则诛[39]。今其法曰：必弃而君臣[40]，去而父子，禁而相生相养之道，以求其所谓清静寂灭者[41]。呜呼！其亦幸而出于三代之后[42]，不见黜于禹、汤、文、武、周公、孔子也。其亦不幸而不出于三代之前，不见正于禹、汤、文、武、周公、孔子也。

帝之与王，其号虽殊，其所以为圣一也。夏葛而冬裘[43]，渴饮而饥食，其事虽殊，其所以为智一也。今其言曰：曷不为太古之无事[44]？是亦责冬之裘者曰：曷不为葛之之易也？责饥之食者曰：曷不为饮之之易也？传曰："古之欲明明德于天下者，先治其国；欲治其国者，先齐其家；欲齐其家者，先修其身；欲修其身者，先正其心；欲正其心者，先诚其意[45]。"然则古之所谓正心而诚意者，将以有为也。今也欲治其心而外天下国家[46]，灭其天常[47]，子焉而不父其父[48]，臣焉而不君其君，民焉而不事其事。孔子之作《春秋》也，诸侯用夷礼则夷之，进于中国则中国之[49]。经曰："夷狄之有君，不如诸夏之亡[50]。"《诗》曰："戎狄是膺，荆舒是惩[51]。"今也举夷狄之法而加之先王之教之上，几何其不胥而为夷也[52]！

夫所谓先王之教者，何也？博爱之谓仁，行而宜之之谓义，由是而之焉之谓道[53]，足乎己无待于外之谓德[54]。其文，《诗》《书》《易》《春秋》；其法，礼、乐、刑、政；其民，士、农、工、贾；其位，君臣、父子、师友、宾主、昆弟[55]、夫妇。其服麻、丝，其居宫、室，其食粟米、果蔬、鱼肉。其为道易明，而其为教易行也。是故以之为己则顺而祥[56]；以之为人则爱而公；以之为心则和而平；以之为天下国家，无所处而不当。是故生则得其情，死则尽其常[57]；郊焉而天神假，庙焉而人鬼飨[58]。曰：

斯道也，何道也？曰：斯吾所谓道也，非向所谓老与佛之道也。尧以是传之舜，舜以是传之禹，禹以是传之汤，汤以是传之文、武、周公，文、武、周公传之孔子，孔子传之孟轲，轲之死，不得其传焉。荀与扬也，择焉而不精，语焉而不详[59]。由周公而上，上而为君，故其事行；由周公而下，下而为臣，故其说长。然则如之何而可也？曰：不塞不流，不止不行[60]。人其人，火其书，庐其居[61]，明先王之道以道之[62]，鳏寡、孤独、废疾者有养也，其亦庶乎其可也[63]。

导读

《原道》是韩愈以“原”字命题的五篇文章（即《原道》《原性》《原人》《原鬼》《原毁》）中的第一篇。其核心是驳斥佛老，传扬儒家正统思想。文中首先提出自己对儒道的理解，强调仁义为儒道的根本内容，认为只有孔孟仁义之道才是“为天下国家，无处所而不当”的治世良方。然后以此为依据，介绍、分析了先秦以来杨墨、佛老等异端思想侵害儒道，使仁义道德之说趋于混乱的历史，特别指出老子的“去仁与义”和佛教的“灭其天常”都是同封建伦理纲常相左的必须禁绝的异端邪说。尤其值得注意的是：韩愈在此文中首次提出儒家的道统说，认为“尧以是传之舜，舜以是传之禹，禹以是传之汤，汤以是传之文、武、周公，文、武、周公传之孔子，孔子传之孟轲。轲之死，不得其传焉”，并且以继承孟轲之“道统”作为自己的使命。此外，文章强调“君君臣臣”的等级秩序，暗示藩镇割据之地，朝廷政令不行，租赋不入，这样的乱臣贼子，正在可诛之列，显示出此文写作具有很深的现实意义和针对性。全文观点鲜明，援古证今，逐层剖析，有破有立。破的是佛老思想，立的是儒家道统。不仅思想性强，艺术性也特别突出，所以受到后世多家好评。如宋人范温评价说：“山谷言文章必谨布置。每见后学，多告以《原道》命意曲折。……《原道》以仁义立意，而道德从之，故老子舍仁义，则非所谓道德，继叙异端之汩正，继叙古之圣人不得不用仁义也如此，继叙佛老之舍仁义，则不足以治下天也如彼；反复皆数叠，而复结之以‘先王之教’，终之以‘人其人，火其书’，必以是禁止而后可以行仁义，于是乎成篇。”（《潜溪诗眼》）赞美其章法与布置。明人王阳明指出：“《原道》一篇，中间以数个‘古’字‘今’字，一正一反，错综震荡，翻出许多议论波澜。其学力笔力，足以凌厉千古。”（见近人钱基博《韩愈志》）

赞美其学力笔力。

注释

［1］原道：探索道的本源。原：探本寻源。　［2］博爱之谓仁：博爱叫作仁。博爱：广泛地关爱所有人。　［3］仁与义为定名，道与德为虚位：仁与义有固定的概念与名称；道与德的概念和名称不固定，处于虚位状态。　［4］故道有君子小人，而德有凶有吉：所以道有君子小人之别，德有凶吉之分。　［5］老子之小仁义：老子轻视、小看仁义。《老子·第十八章》："大道废，有仁义。智慧出，有大伪。六亲不和有孝慈。国家昏乱有忠臣。"　［6］煦煦（xù xù）：和蔼的样子。　［7］孑孑（jié jié）：急切、努力从事的样子。　［8］"其所谓道"六句：（老子）所说的道，是把他观念里的道当作道，不是我所说的道；他所说的德，是把他观念里的德当作德，不是我所说的德。　［9］黄老于汉：汉初黄老之学流行。黄老：黄老之学，是黄帝之学和老子之学的合称，为华夏道学之渊薮（sǒu）。其思想在战国中期到秦汉之际特别流行。　［10］佛于晋、魏、梁、隋之间：佛教在魏晋南北朝时期大发展。　［11］其言道德仁义者，不入于杨，则入于墨；不入于老，则入于佛：讲道德仁义的人，不归于杨朱，就归于墨翟；不归于黄老，就归于佛教。韩愈此说化自《孟子·滕文公》："天下之言，不归杨，则归墨。"　［12］入于彼，必出于此：进了那一家，必然背离这一家。　［13］"入者主之"四句：崇信了那家学说，就把它奉为主人；排斥这一家学说，就把它当作奴仆。崇信了那家就附和，背离了这家就诋毁。　［14］"为孔子者"二句：遵循孔子学说的人惯于他们的说法，喜欢他们的荒诞而小看自己。自小：小看自己。　［15］"不惟举之"二句：不仅在嘴上说，而且还在书上写。举之于其口：挂在嘴上。笔：名词作动词用，写。　［16］惟怪之欲闻：宾语前置句，只想听奇谈怪论。　［17］"古之为民者四"二句：古时候称作"民"的有士、农、工、贾四种人，今天称作"民"的有六种人，士、农、工、贾以外又加佛教僧侣和道教道士。　［18］"古之教者处其一"二句：古代从事教化者只占其中之一，今天从事教化者却占其中之三。　［19］资焉之家六：靠他吃饭的有六家。资：依靠、凭借。　［20］奈之何民不穷且盗也：怎么能不使黎民百姓因为穷困不堪而去做盗贼呢？奈之何：即奈何，怎么办。　［21］有圣人者立：有圣人出来。立：本义为笔直地站立，引申为出来、出现。　［22］为之君，为之师：

做他们的君王或老师。 [23] 中土：古指中原地区，华夏民族和华夏文明的发源地，黄河中下游与南阳盆地为中心的地域概念，意为国之中，天地之中。 [24] 木处：栖身在树木上。颠：跌落，摔倒。 [25] 土处而病：住在地洞里会生疾病。 [26] 为之宫室：为他们建造房屋。 [27] 为之工以赡（shàn）其器用：教他们做工以供给各种用具。赡：供应，供给。 [28] 为之贾（gǔ）以通其有无：教他们经商以互通有无。贾：商人；卖。 [29] 为之医药以济其夭死：教他们医药事知识，以便医治疾病，防止夭亡。 [30] 为之葬埋祭祀以长其恩爱：为他们制定丧葬礼仪，以便增强他们之间的恩爱情感。 [31] 为之礼以次其先后：为他们制定礼制，以使他们明白尊卑、上下、少长、先后的等级秩序。 [32] 为之乐以宣其湮（yān）郁：为他们创制音乐，以便抒发他们心中的郁闷。湮：淤塞，堵塞。 [33] 为之政以率其怠倦：为他们制定政令，以便使那些懒散和消极怠惰之人有所遵循。率：率先垂范。 [34] 为之刑以锄其强梗：为他们建立刑罚制度，以便铲除凶狠残暴之人。 [35] 为之符玺（xǐ）、斗斛（hú）、权衡以信之：为他们制作符玺、斗斛、权衡，以使他们相互之间公平守信。符：古代朝廷传达命令或征调兵将用的凭证，如虎符、符信、符节。《说文》：“符，信也。汉制以竹长六寸分而相合。”玺：始于秦朝，是皇帝专用的印章，称玉玺、传国玺、传国玉玺。斗斛：古代的两种量器。斗本义是一种盛酒的器具，又用作计量粮食的工具，后来才引申为单位。《说文》：“斗，十升也。象形，有柄。凡斗之属皆从斗。”斛为十斗。权：即秤砣。衡：即秤杆。 [36] 为之城郭甲兵以守之：为他们修筑城郭，制造铠甲和兵器加以守护。 [37] 圣人不死，大盗不止；剖斗折衡，而民不争：语出《庄子·胠箧（qū qiè）》，其要点是绝圣弃智，返璞还淳。 [38] 羽毛鳞介：中国古代的动物分类法，其中羽指鸟类，长羽毛的，以凤凰为首；毛指兽类，各种有毛的动物，以麒麟为首；鳞指鱼类，还包括长鳞片的蛇和传说中的龙，以龙为首；介指各种甲壳类动物，以及昆虫，以乌龟为首。介：即甲。 [39] “是故君者，出令者也”至“则诛”：这段话从赋役制度入手，强调封建专制的等级秩序，特别是皇权的绝对统治地位。诛：责备，惩罚。 [40] 今其法曰：当今他们（佛老两派）的主张是。法：方法，主张。而：代词，你，你们，你的。 [41] 清静寂灭：道教的清静无为与佛家的涅槃寂灭之说。清静：道教认为“道”包含着清和浊、静和动等对立的两个方面，其中清静是本，浊动是流。因为，清是浊的根源，静是动的基础。所以，不论是治国治身都要清静。学道者如能清静，则与天地同寿。寂灭：死亡。 [42] 三代：夏、商、周三个朝代的合称。 [43] 葛：植物名。豆科多年生草本植物，茎长二三丈，缠绕他物上，花紫红色。茎可编篮做绳，纤维可织葛布，贫贱人家所穿用。裘：皮衣。　[44]曷：何，为什么。太古：远古，上古。　[45]“传曰”后十句：语出《礼记·大学》篇。重点阐述个人道德修养与治国、平天下的一致性，主张由近及远，由己及人，把“格物”“致知”“诚意”“正心”，作为“修身”“齐家”“治国”“平天下”的基础，形成封建伦理政治哲学的整个体系，使儒家的道德论断更加系统化、理论化。传：解释儒家经典的文字。明明德：第一个明字为动词，阐明。明德是光明的德性。治：治理。齐：整治。修：修养。正：端正。　[46]外天下国家：置天下国家于不顾。外：疏远，抛弃。　[47]灭其天常：灭绝天性。天常：天的常道，即天性。常指封建的纲常伦理。　[48]子焉而不父其父：儿子不把自己的父亲当作父亲看待。焉：语气词，表停顿。不父：不当作自己的父亲。　[49]“诸侯用夷礼则夷之”二句：此语出自《春秋》。意即：对于那些采用夷狄礼俗的诸侯，就把他们当作夷狄看待；对于采用中原礼俗的诸侯，就把他们当作中国人看待。夷：对古代中原以外各族的蔑称。夷礼：中原以外各族的礼节。夷之：意动用法，把他们当作蛮夷。　[50]“夷狄之有君”二句：语出《论语·八佾》，意为夷狄虽然有君主，还不如华夏诸国没有君主。夷狄：古称东方部族为夷，北方部族为狄。常用以泛称除华夏族以外的各族，异族。诸夏：周代分封的“王之支子母弟甥舅”各个诸侯国。泛指中原地区。亡：无。　[51]“《诗》曰”二句：语出《诗经·鲁颂·闷(bì)官》。两个都是宾语前置句，即讨伐戎狄，惩罚荆舒。膺(yīng)：讨伐，打击。惩：惩罚。　[52]几何其不胥而为夷也：差不多要全都沦落成夷狄了。几何：几乎，差不多。胥：都，全。　[53]由是而之焉之谓道：由仁义这条道路走下去就叫作道。是：此，这，指仁义。　[54]足乎己无待于外之谓德：使自己内在修养深厚而无须外加教育叫作“德”。待：等待，需要。　[55]昆弟：兄弟。昆：哥哥，胞兄。　[56]是故以之为己则顺而祥：所以把它用在自己身上就顺利而且吉祥。　[57]是故生则得其情，死则尽其常：因而对生者就能满足他们的情感需要，对死者就能让他们得到正常的礼遇。　[58]郊焉而天神假，庙焉而人鬼飨(xiǎng)：郊祭而天神就会降临；庙祭而祖宗的神灵就会来享用。郊焉：指郊祭、祭天。假：降临，至。庙焉：指庙祭，祭祖宗。人鬼：旧指死者的灵魂。飨：通“享”，享用祭品。　[59]“荀与扬也”三句：荀子与扬雄选择得不精当，讲述得不详尽。　[60]不塞不流，不止不行：不堵塞佛家和道家的思想，儒家的思想就不能流传；不禁止佛教和道教，儒家之道就不能推行。　[61]人其人，火其书，庐其居：使道士和尚还俗为平民百姓，把他们的典籍通通烧毁，把寺院、道观都改做民房。第一个“人”与“火”“庐”都是名词用作动词。 [62]明先王之道以道之：阐明先王之道来开导他们。道之：开导他们。道：通“导”。 [63]“其亦庶乎”句：这样就差不多了。庶乎：几乎，差不多。

师说[1]

古之学者必有师[2]。师者，所以传道、受业、解惑也[3]。人非生而知之者，孰能无惑[4]？惑而不从师[5]，其为惑也，终不解矣。生乎吾前，其闻道也，固先乎吾，吾从而师之[6]；生乎吾后，其闻道也，亦先乎吾，吾从而师之。吾师道也[7]，夫庸知其年之先后生于吾乎[8]？是故无贵无贱，无长无少，道之所存，师之所存也[9]。

嗟乎！师道之不传也久矣，欲人之无惑也难矣。古之圣人，其出人也远矣[10]，犹且从师而问焉；今之众人，其下圣人也亦远矣，而耻学于师[11]。是故圣益圣，愚益愚。圣人之所以为圣，愚人之所以为愚，其皆出于此乎？爱其子，择师而教之；于其身也，则耻师焉[12]，惑矣。彼童子之师，授之书而习其句读者[13]，非吾所谓传其道、解其惑者也。句读之不知，惑之不解，或师焉，或不焉，小学而大遗，吾未见其明也。巫医、乐师、百工之人，不耻相师[14]。士大夫之族[15]，曰师曰弟子云者，则群聚而笑之。问之，则曰：“彼与彼年相若也[16]，道相似也！”位卑则足羞，官盛则近谀[17]。呜呼，师道之不复[18]，可知矣。巫医、乐师、百工之人，君子不齿[19]，今其智乃反不能及，其可怪也欤[20]！

圣人无常师[21]。孔子师郯子、苌弘、师襄、老聃[22]。郯子之徒，其贤不及孔子[23]。孔子曰：“三人行，则必有我师[24]。”是故弟子不必不如师，师不必贤于弟子[25]，闻道有先后，术业有专攻，如是而已[26]。

李氏子蟠，年十七，好古文[27]，六艺经传皆通习之[28]，不拘于时[29]，学于余[30]。余嘉其能行古道[31]，作《师说》以贻之[32]。

导读

本文针对中唐时期士大夫阶层不学无术、以从师为耻的不良风气而发，行文上大体分为四个部分。第一部分提出全文中心论点："古之学者必有师。"并且强调了老师的特殊地位和作用，即传道、授业、解惑。第二部分着重阐述拜师求教的重要性，采取正反对比的方法进行论述，以古人、童子比今之众人，以巫医、乐师、各种工匠比士大夫之类，进而揭露出耻于从师和笑话别人拜师学艺的不良习气，其实也批驳了当时一些人对韩愈自己"抗颜为师"的非难。第三部分以古代圣贤为例证，说明求学的人应该虚心求教，多所师法，没有固定的老师，善于学习别人的长处。第四部分说明本文的写作缘起：因为李蟠"学于余"，"嘉其能行古道"，所以作《师说》赠给他，让他明白求师之道。此文一出，影响深远，当时柳宗元就说："孟子称'人之患在好为人师'。由魏晋氏以下，人益不事师。今之世不闻有师；有辄哗笑之，以为狂人。独韩愈奋不顾流俗，犯笑侮，收召后学，作《师说》，因抗颜而为师。世果群怪聚骂，指目牵引，而增与为言辞。愈以是得狂名。"（《答韦中立论师道书》）赞美韩愈"不顾流俗""抗颜而为师"的精神。并且特别指出："仆才能勇敢不如韩退之，故又不为人师。人之所见有同异，吾子无以韩责我。"（《答严厚舆论师道书》）自言"才能勇敢"不如韩愈。

注释

［1］师说：说明从师的道理。说：本义为用言语解说、开导，后来演变为一种文体，通过发表议论或记述事物来说明某个道理。如《爱莲说》《捕蛇者说》。　［2］学者：求学之人，做学问的人。　［3］师者，所以传道、受业、解惑也：教师，是用来传授道理、传授学业、解决疑难问题的人。"受"通"授"。　［4］孰能无惑：谁能没有疑难问题？孰：谁。　［5］从师：跟从老师学习。　［6］"生乎吾前"四句：生在我的前面，他懂得道理本来就比我早，我就跟随他，拜他为师。第一个"乎"：于，在。第二个"乎"：表比较，比。固：本来，必然，一定。师之：把他当作老师。　［7］吾师道也：我向他学习的是道。　［8］夫庸知其年之先后生于吾乎：哪管他的生年比我早还是比我晚

呢？夫：发语词。庸知：哪管，哪里需要知道。　[9]“是故无贵无贱”四句：所以，无论地位高低贵贱，无论年长年少，道在哪里，老师就在哪里。　[10]其出人也远矣：他们远远超过其他人。出：超过、高出。　[11]其下圣人也亦远矣，而耻学于师：他们远远低于圣人，却以向老师学习为耻。耻学于师：把向老师学习看作耻辱。耻：以……为耻。　[12]“于其身也”二句：对于自身，认为拜师是一种耻辱。　[13]授之书而习其句读（dòu）：教他们读书并且让他们学习文章的句读。句读：也作句逗。指句子的休止和停顿处。古代中文在书写上原本没有标点符号，但是在阅读时为求语气的顺畅和正确地传达意思，读书人便会用圈点法在文章中自行加注记号，这就是句读的由来。一般语意已尽的地方为“句”，语意未尽须停顿的地方为“读”。书面语上用圈（句）和点（读）来标记。　[14]“巫医、乐师、百工之人”二句：巫医、乐师、各种工匠，不以相互学习为耻。　[15]士大夫之族：士大夫这类人。　[16]年相若：年龄差不多。　[17]“位卑则足羞”二句：以地位低的人为师，就感觉太耻辱；以官职高的人为师，又感觉近似于阿谀（ē yú）奉承。　[18]师道之不复：跟从老师学习的风尚没有恢复。　[19]君子不齿：君子不屑一顾。不齿：不屑于与之同列。　[20]其可怪也欤：难道不是让人感觉奇怪吗？其：岂，难道。欤（yú）：语气助词，表示疑问、感叹、反诘等语气。　[21]圣人无常师：圣人没有固定的老师。常：固定，经久不变。　[22]郯（tán）子：春秋时期郯国国君。史载孔子曾向他学习。苌弘：又作“苌宏”，古蜀地资州人。通晓历数、天文，且精于音律乐理，以才华闻名于诸侯。曾为孔子之师。师襄：春秋时鲁国（一说卫国）的乐官。孔子曾向他学习弹琴，得传《文王操》。老聃：即老子，姓李名耳，字聃，又字伯阳。孔子曾向他问礼。　[23]其贤不及孔子：他们的贤能赶不上孔子。贤：贤德，贤能，才能。　[24]“三人行”二句：语出《论语·述而》：“三人行，必有我师焉。”意思是：多个人同行，其中必定有值得我学习和效仿的人。三：虚数，极言很多。焉：兼词“于之”，在其中，在里面。　[25]“是故弟子不必不如师”二句：因此弟子不一定不如老师，老师不一定比弟子强。是故：因此，所以。贤：用作动词，胜过，超过。　[26]“闻道有先后”三句：明白道理有先有后，技术与学业各有专长，如此而已。道：道理，实指儒家学说。术业：学术、专业。专攻：专门的研究。而已：罢了。　[27]好古文：喜爱古文。古文：与骈文相对而言的奇句单行、不讲对偶声律的散体文，主要是指夏、商、周三代和两汉的文章，这是韩愈当时大力提倡的文体。　[28]六艺：有两种说法。一种说法是指六种基本才能，即礼、乐、射、御、书、数，另一种说法是指六经，即《易经》《尚书》《诗经》《礼记》《乐经》《春秋》。经传（zhuàn）：指儒家经典和解释经典的传。上述六部书称为“经”，解释经的文字称“传”。　［29］不拘于时：被动句式，意思是不受时俗的限制，也即不受当时社会上不从师的不良风气的影响。　［30］学于余：向我求教。　［31］古道：古人拜师求学之道。　［32］贻（yí）之：赠送给他。

原　人[1]

形于上者谓之天，形于下者谓之地[2]，命于两间者谓之人[3]。形于上，日月星辰皆天也；形于下，草木山川皆地也；命于其两间，夷狄、禽兽皆人也。

曰：然则吾谓禽兽人，可乎？曰：非也。指山而问焉曰[4]：山乎？曰山，可也，山有草木禽兽皆举之矣[5]。指山之一草而问焉曰：山乎？曰山，则不可。

故天道乱，日月星辰不得其行[6]；地道乱，而草木山川不得其平[7]；人道乱，而夷狄禽兽不得其情[8]。天者，日月星辰之主也[9]；地者，草木山川之主也，人者，夷狄禽兽之主也。主而暴之[10]，不得其为主之道矣。是故圣人一视而同仁[11]，笃近而举远[12]。

本文层层推进，由天道到地道，再归结到人道，而人道的核心就是圣人的“一视而同仁，笃近而举远”。即对所有的人一样看待，同施仁爱，不分彼此，不存厚薄。第一层，由天、地、人入手，点出其呈现方式及其所属范围；第二层强调天有天道，地有地道，人有人道，三者都必须遵道而行，即按照其内在规律运行，不能混乱。第三层紧扣题旨，点出人道的核心，也即全文的中心论点“圣人一视而同仁”，其要点就是对所有的人一视同仁。全文洋洋洒洒，又回环转折，波澜起伏，写作手法高妙。清人何焯《义门读书记》卷三十一中评价说：“宏肆。即以发明君不出令则失其为君数语之义。只就发端三语变出无数层折，宾主相形，波澜汹涌。”应该说把握住了本文的主要特点。

[1]原人：探求人的本源。人：或作“仁”。　[2]形于上者谓之天，形于下者谓之地：呈现在上面的叫作天，呈现在下面的叫作地。形：呈现，显露。　[3]命于两间者谓之人：生活在天、地两者之间的叫作人。命：名词作动词用，生存，生活。　[4]指山而问焉：指着山问他。焉：相当于介词“于”加代词“此”或“是”。　[5]山有草木禽兽皆举之矣：山上所有的草木都被禽兽占有了。举：占有，占领。　[6]故天道乱，日月星辰不得其行：所以天的运行之道乱了，日月星辰就不能运行。天道：中国古代哲学名词，指日月星辰等天体的运行规律。唯心主义认为这是神的意志的体现，唯物主义认为这是不体现任何意志的自然现象。　[7]地道乱，而草木山川不得其平：地的运行之道乱了，草木山川就不能宁静。平：安定，平静。　[8]“人道乱”二句：为人之道乱了，夷狄禽兽就弄不清它们的真实情况。　[9]天者，日月星辰之主也：天就是日月星辰的主宰。主：主宰，操控。　[10]主而暴之：支配它却又残害它。暴：欺凌，残害。　[11]是故圣人一视而同仁：所以圣人对所有人都一样看待，同施仁爱。一视而同仁：对人不分彼此，不存厚薄，同样看待。　[12]笃近而举远：对关系近的人要厚道，对关系远的人也要举荐，同等对待。笃：忠实，厚道。举：举荐，选拔。

读　荀[1]

始吾读孟轲书[2]，然后知孔子之道尊，圣人之道易行，王易王，霸易霸也[3]。以为孔子之徒没[4]，尊圣人者，孟氏而已。晚得扬雄书，益尊信孟氏[5]。因雄书而孟氏益尊，则雄者亦圣人之徒欤[6]。圣人之道不传于世[7]，周之衰，好事者各以其说干时君[8]，纷纷藉藉相乱[9]，六经与百家之说错杂[10]，然老师大儒犹在[11]。火于秦[12]，黄老于汉，其存而醇者，孟轲氏而止耳，扬雄氏而止耳[13]。及得荀氏书，于是又知有荀氏者也[14]。考其辞，时若不粹[15]；要其归[16]，与孔子异者鲜矣[17]。抑犹在轲、雄之间乎[18]？

孔子删《诗》《书》，笔削《春秋》，合于道者著之，离于道者黜去之[19]，故《诗》《书》《春秋》无疵[20]。余欲削荀氏之不合者，附于圣人之籍，亦孔子之志欤[21]？孟氏，醇乎醇者也[22]；荀与扬，大醇而小疵[23]。

此文阐述儒家道统，重点是对孟子、荀子、扬雄三家学说进行评价，认为孟子尊孔子，扬雄尊孟子，而荀子则介于孟子、扬雄之间。虽然他的学说存在“不粹”之处，但是大体纯粹，小有瑕疵，是儒家道统中不可缺少的环节。对韩愈此文，后世多有评价，南宋程颐《二程集·河南程氏遗书》卷十八中指出：“荀卿才高，其过多；扬雄才短，其过少。韩子称其‘大醇’，非也。若二子，可谓大驳矣。然韩子责人甚恕。”认为韩愈对荀子和扬雄的评价太过宽恕。清张伯行赞成朱熹对韩文的评价：“孟氏愿学孔子，道自尊也。荀之性恶，扬之剧秦美新，乌足以尊孟氏？故曰荀与扬择焉而不精，则并其大者皆未醇，不但小疵而已。惟朱子谓孟子后，荀、扬浅济不得事，确论也。”（《唐宋八大家文钞》卷三）认为荀子、扬雄之学“不精”，也“未醇”，韩愈评价过高。而明茅坤在其《唐宋八大家文钞》卷十中则给予正面评价：“昌黎病荀不醇，而末引孔子一转，却安顿自家方好。”其见解自有独到之处。

[1]荀：荀子，儒家学派的代表人物。韩非、李斯都是他的学生。他主张遵王道，举贤能，与孟子相同；而其兼称霸道，主张法后王，与孟子不同。尤其是他反对天命，不信鬼神，肯定自然运行法则是不以人的意志为转移的客观存在，又提出了人定胜天的思想，发展了中国古代唯物主义传统。　[2]孟轲：孟子。　[3]

王易王，霸易霸也：行王道就易于称王，行霸道就易于称霸。两个“王”皆为名词作动词用。前一“王”字是推行王道，即行仁政；后一个“王”意思是称王。两个“霸”都是名词作动词用。前一个“霸”是行霸道（以武力、刑法、权势等统治天下的政策）；后一个“霸”是称霸天下之意。 [4] 以为孔子之徒没（mò）：认为孔子之徒都去世了。没：同“殁”，死，去世。 [5] “益尊信孟氏”句：扬雄融合儒道，批判神学经学，为的是能够恢复孔子的正统儒学。在扬雄看来，孔子是最大的圣人，其经典是最主要的经典。他认为自孔子死后，孔子圣道的发展与传播却由于“塞路者”的干扰而受到了阻碍，所以他想要像孟子那样扫除塞路者，为孔子儒学能在汉代健康发展开辟道路。为此，他还以孟子自喻。不过，韩愈则认为他的人性善恶混说，不符合儒家的道统。 [6] 雄者亦圣人之徒欤：扬雄也不愧为圣人之徒啊。 [7] 圣人之道不传于世：圣人（即孔子）之道没有在世上流传。 [8] 好事者：喜欢多事的人。各以其说干时君：各自用他们的主张干谒当时的君王。 [9] 纷纷藉藉相乱：纷乱交错络绎不绝。藉藉：亦作“籍籍”，纷乱的样子。 [10] 六经与百家之说错杂：儒家六经与其他百家之说交错混杂。六经：即孔子编订过的《诗》《书》《礼》《易》《乐》《春秋》六部儒家经典。百家之说：儒家之外的诸家学说。 [11] 老师大儒：精通儒学、知识渊博的著名学者。老师：学博资深的师长。大儒：也叫鸿儒，指学问渊博的学者。 [12] 火于秦：在秦代被火烧毁。火：名词作动词用，烧毁。 [13] “黄老于汉”四句：黄帝老子之学在汉代兴盛，其中纯粹而不含杂质的学说，只有孟子、扬雄而已。醇：纯正。 [14] “及得荀氏书”二句：等到看见荀子书的时候，于是又知道有荀子了。 [15] 考其辞，时若不粹：考察他的文辞，有时感觉好像不够纯粹。辞：文辞，文章。 [16] 要其归：总括他的宗旨。要：概括，总括。归：根本，宗旨。 [17] 与孔子异者鲜（xiǎn）矣：与孔子思想主张的差异是很少的。 [18] 抑犹在轲、雄之间：或许还在孟轲与扬雄之间。抑：表示推测，可译为“或许”“也许”。 [19] 合于道者著之，离于道者黜（chù）去之：对符合其儒家学说的部分就撰述保留下来，不符合的就去掉。著：写作，撰述。黜：废除，取消。 [20] 故《诗》《书》《春秋》无疵：所以经过孔子删削的《诗经》《尚书》《春秋》没有瑕疵。 [21] “余欲削荀氏之不合者”三句：我打算删削荀子学说中不符合儒家之道的部分，把他的著作附在圣人著作之后，不也和孔子的心意一样吗？志：志向，心意。 [22] 孟氏，醇乎醇者也：孟子的思想主张是纯而又纯的。 [23] 荀与扬，大醇而小疵：荀子与扬雄的思想主张大体上纯粹，但是还有小毛病。

获麟解[1]

麟之为灵昭昭也[2]。咏于《诗》，书于《春秋》[3]，杂出于传记百家之书[4]，虽妇人小子皆知其为祥也[5]。然麟之为物，不畜于家[6]，不恒有于天下[7]。其为形也不类，非若马、牛、犬、豕、豺狼、麋鹿然[8]。然则虽有麟，不可知其为麟也[9]。角者吾知其为牛，鬣者吾知其为马，犬、豕、豺狼、麋鹿，吾知其为犬、豕、豺狼、麋鹿，惟麟也不可知；不可知，则其谓之不祥也亦宜[10]。虽然，麟之出必有圣人在乎位，麟为圣人出也[11]，圣人者必知麟。麟之果不为不祥也[12]。又曰：麟之所以为麟者[13]，以德不以形[14]。若麟之出，不待圣人，则谓之不祥也亦宜[15]。

韩愈此文借题发挥，以麒麟自喻，认为麒麟之所以称为仁兽，是由于出现在圣人在位的时候；如果不等待圣人在位的时候而出现，就会被称为不祥之兽了。进而委婉含蓄地抒发了自己怀才不遇、生不逢时的感慨。全文围绕祥与不祥，知与不知，层层转折：第一层说“知”：“麟之为灵昭昭也”，“妇人小子皆知其为祥也”。重点揭示出“祥”字，认为麒麟为吉祥之物几乎妇孺皆知。第二层则转说“不知”，麒麟“不畜于家，不恒有于天下”，所以人们“不可知其为麟”。第三层又一转，重点说麒麟在没有圣人的情况下也可以说它是“不祥”之物：“不可知，则其谓之不祥也亦宜”。原因是圣人不在世，没有人知道它是凶是吉、是祥还是不祥。这样便自然转入第四层，也是最后一层，又是全文的中心：“圣人者必知麟，麟之果不为不祥也。”意思是只有圣人在世才能真正识别麒麟这样有灵性的瑞兽，概而言之，只有圣人才能真正识别人才！正是通过这样的层层转折，逐渐揭示出文章主旨：自己生不逢时，所以有才能也得不到施展。朱熹在《朱子考异》中说：“今按此文有激而托意之词，非必为元和获麟而作也。”指出本文是“有激而托意之词”，即借麒麟的知与不知而寄托自己的怀才不遇，把握住了本文的要点。明人茅坤在其《唐宋八大家文钞》卷十中对本文的写作方法进行了深入分析："凡文四转，而结思圆转，如游龙，如辘轳，愈变化而愈劲厉。此奇兵也。"揭示出了此文的行文方法及其特征。清人何焯在《义门读书记》三十一卷中一方面指出本文的影响："此文自宋以后，皆极称之。李习之亦书一通与人，极叹为佳。"另一方面也对其行文的艺术方法进行了分析："德与形本只两意，翦作四段，层叠曲折，转变万千。不是用祥与不祥转换，是以知与不知两字转换。"认为"以知与不知两字转换"是本文行文最突出的特点，值得我们参考。

注释

[1]解：古代文体之一，旨在辩论解说。　[2]麟之为灵昭昭也：麒麟是灵异、祥瑞动物显而易见。麟：一般为麒麟的简称。是中国古籍中记载的一种动物，是神的坐骑，与凤、龟、龙共称为"四灵"。古人把麒麟当作仁兽、瑞兽，雄性称麒，雌性称麟。明代郑和下西洋带回长颈鹿后，又用来代指长颈鹿（在日本依然如此）。常用来比喻杰出的人。为：是，作。昭昭：明白，显著，清楚。　[3]咏于《诗》，书于《春秋》：在《诗经》中被咏叹，在《春秋》中得到记载。《诗经·周南·麟之趾》："麟之趾，振振公子，于嗟麟兮。"《春秋公羊传》鲁哀公十四年："西狩获麟，孔子曰：'吾道穷矣。'"　[4]杂出于传记百家之书：也夹杂在传记和诸子百家的著作之中。　[5]虽妇人小子皆知其为祥也：即使妇女儿童也都知道它是吉祥之物。祥：善，吉祥。　[6]然麟之为物，不畜于家：然而麟作为动物，不在家里畜养。畜：饲养（禽兽），养育。　[7]不恒有于天下：在自然界也不常有。恒：长久，经常。　[8]"其为形也不类"二句：它的外形不伦不类，不像马、牛、犬、猪、豺狼、麋鹿那样。豕：猪。豺：外形与狼、狗等相近，但比狼小。麋（mí）：即麋鹿。哺乳动物，比牛大，毛淡褐色，雄的有角，角像鹿，尾像驴，蹄像牛，面像马，但从整体看哪种动物都不像，原产中国，是一种珍贵的稀有兽类，俗称"四不像"。　[9]"然则虽有麟"二句：既然这样，那么有麟人们也不知道它是麟啊。　[10]"不可知"二句：不能认识清楚它，那么说它是不祥之物也是适宜的。　[11]"麟之出必有圣人"二句：有麟出现必定有圣人在位，麟是因为圣人才出现的。　[12]"圣人者必知麟"二句：圣人一定认识麟。麟确实不是不祥之物。果：确实，真的。　[13]为：称作。　[14]以德不以形：依据它的德性而不是依据它的外形。　[15]"若

麟之出”三句：如果麟出现，不等待圣人在位，那么说它是不祥之物也是应该的。待：等候，等待。

进　学　解[1]

国子先生晨入太学[2]，招诸生立馆下，诲之曰：“业精于勤荒于嬉，行成于思毁于随[3]。方今圣贤相逢，治具毕张[4]，拔去凶邪，登崇俊良[5]。占小善者率以录，名一艺者无不庸[6]。爬罗剔抉，刮垢磨光[7]。盖有幸而获选，孰云多而不扬？诸生业患不能精，无患有司之不明[8]；行患不能成，无患有司之不公。”

言未既，有笑于列者曰：“先生欺余哉！弟子事先生，于兹有年矣。先生口不绝吟于六艺之文[9]，手不停披于百家之编[10]；纪事者必提其要，纂言者必钩其玄[11]；贪多务得，细大不捐；焚膏油以继晷，恒兀兀以穷年[12]。先生之业，可谓勤矣。抵排异端，攘斥佛老；补苴罅漏，张皇幽眇[13]；寻坠绪之茫茫，独旁搜而远绍[14]；障百川而东之，回狂澜于既倒[15]。先生之于儒，可谓有劳矣。沉浸醲郁，含英咀华[16]。作为文章，其书满家。上规姚、姒，浑浑无涯[17]；周《诰》殷《盘》，佶屈聱牙[18]；《春秋》谨严，《左氏》浮夸[19]；《易》奇而法，《诗》正而葩[20]；下逮《庄》《骚》，太史所录[21]，子云、相如，同工异曲[22]。先生之于文，可谓闳其中而肆其外矣[23]。少始知学，勇于敢为；长通于方，左右具宜。先生之于为人，可谓成矣[24]。然而公不见信于人，私不见助于友，跋前踬后，动辄得咎[25]。暂为御史，遂窜南夷。三年博士，冗不见治[26]。命与仇谋，取败几时。冬暖而儿号寒，年丰而妻啼饥。头童齿豁，竟死何裨？不知虑此，而反教人为[27]？”

先生曰：“吁！子来前！夫大木为杗，细木为桷，欂栌侏儒，椳闑扂楔，各得其宜[28]，施以成室者，匠氏之工也。玉札丹砂，赤箭青芝，牛溲马勃，败鼓之皮，俱收并蓄，待用无遗者[29]，医师之良也。登明选公，杂进巧拙，纡余为妍，卓荦为杰，校短量长，惟器是适者[30]，宰相之方也。昔者孟轲好辩，孔道以明，辙环天下，卒老于行；荀卿守正，大论是弘，逃谗于楚，废死兰陵[31]。是二儒者，吐辞为经，举足为法，绝类离伦，优入圣域，其遇于世何如也[32]？今先生学虽勤而不由其统，言虽多而不要其中，文虽奇而不济于用，行虽修而不显于众[33]。犹且月费俸钱，岁靡廪粟[34]。子不知耕，妇不知织。乘马从徒，安坐而食。踵常途之促促，窥陈编以盗窃。然而圣主不加诛，宰臣不见斥，兹非其幸欤[35]？动而得谤，名亦随之，投闲置散，乃分之宜。若夫商财贿之有亡，计班资之崇庳[36]，忘己量之所称，指前人之瑕疵，是所谓诘匠氏之不以杙为楹，而訾医师以昌阳引年，欲进其豨苓也[37]。"

导读

本文采用主客问答的辞赋之体，委婉地表达出自己怀才不遇的苦闷和不满。全文大体可分为三段。第一段是韩愈正面勉励生徒的话。要点在于“业精于勤荒于嬉，行成于思毁于随”两句，这是关于“业”和“行”的教诲，也是韩愈所执着的立身处世之大端。强调勤学与思考是“业”和“行”的关键，其内在含义源于孔子说的“学而不思则罔，思而不学则殆”（《论语·为政》）。第二段是生徒对韩愈上述教诲提出质问。要点是说韩愈的“业”“行”都是很有成就的，可是为什么会遭遇那么多坎坷，其业精、行成又有什么作用呢？其实是借生徒之口为自己“不平而鸣”，一吐其胸中愤懑。第三段是先生回答生徒的话，用意是给当朝宰相听的。一是以工匠、医师为喻，说明“宰相之方”在于用人能兼收并蓄，量才录用。二是说孟轲、荀况本来是圣人之徒，尚且不遇于世，那么自己被投闲置散，也不应该有什么可抱怨的。三是说自己如果不知足，那就是不自量力，岂不是要求宰相以低就高、以小材顶大用吗？明为自谦，实则反语，颇具讽刺意味。清沈德潜在《唐宋八大家读本》卷一中揭示出本文的写作方法及其效果：“首段发端，中段是驳，后段是解，胸中抑郁，反借他人说出而已，则心和气平以解之，宜当时宰相读之，旋生悔心，改公为史馆修撰也。”把本文写作与韩愈升官联系起来。今人钱基博在《韩愈志》第六中，从文体的角度分析此文，尤其深刻：“《进学解》虽抒愤慨，亦道功力；圆亮出以俪体，骨力仍是散文，浓郁而不伤缛雕，沉浸而能为流转，参汉赋之句法，而运以当日之唐格。或谓：‘《进学解》仿东方朔《客难》、扬雄《解嘲》，气味之渊懿不及。’

只是皮相之谈。其实东方朔《客难》，以‘彼一时也，此一时也’柱意；扬雄《解嘲》则结穴于‘亦会其时之可为也’一语，皆以时势不同立论；而《进学解》则靠定自身发挥，此命意之不同也。《客难》瑰迈宏放，犹是《国策》纵横之余；《解嘲》铿锵鼓舞，则为汉京词赋之体；而《进学解》跌宕昭彰，乃开宋文爽朗之意，此文格之不同也。所同者，则以主客之体，自譬自解以抒愤郁耳。”指出此文在体制上融骈文、散文及赋体于一炉的独特成就，同时又揭示其命意、文格等方面的独特之处。

[1]进学：使学业精进、提高。　[2]国子先生：韩愈当时任国子博士，这是他自指。太学：唐代国子监是设立在京都，主管贵族子弟教育的官署，是国家最高学府，下面有国子学、太学等七学。此处太学指国子监。唐朝国子监相当于汉朝的太学，古时对官署的称呼常沿用前代旧称。　[3]“业精于勤”二句：学业靠勤奋才能精湛，贪玩就会荒废；德行靠思考才能形成，如果由着自己就会毁掉。　[4]治具毕张：国家的各项法令制度都已经建立和实施。治具：各项法规制度。毕：尽，全部。　[5]拔去凶邪，登崇俊良：排除那些凶险奸邪的小人，选拔重用杰出的人才。　[6]“占小善者率以录”二句：哪怕具有很小的善行或长处都会被录用，以一技之长而知名的人无不得到任用。占：占有，具有。率：全，都。庸：同“用”。　[7]爬罗剔抉（jué），刮垢磨光：广泛搜罗选拔，用心磨炼培养。爬罗：梳理，搜罗。剔抉：选择。刮垢：刮掉污垢。磨光：打磨光亮。　[8]有司：官吏。古代设官分职，各有专司，故称。　[9]六艺：此处指六经，即《易经》《尚书》《诗经》《礼记》《乐经》《春秋》。　[10]手不停披于百家之编：不停地翻阅儒家经典之外的诸子百家的著作。披：本义指分开、打开，引申为翻开、翻阅。编：本意是顺次排列，编结在一起，引申为文章、著作。　[11]“纪事者必提其要”二句：记事的史籍必须提炼它的要点，说理的著作必须探索它深奥的道理。纪事者：指记事的史书。纂言者：指侧重说理的理论性著作。钩：研究，探寻，探求。玄：本义是赤黑色，引申出深奥、玄妙等意思。此处指深奥的道理。　[12]“焚膏油以继晷（guǐ）”二句：点起油灯夜以继日，一年到头总是这样辛苦勤劳。膏油：灯油。晷：日影。　[13]“抵排异端”四句：抵制儒家以外的学说，排斥佛道两教；弥补儒学的缺漏，让其幽深精微的道理发扬光大。抵排：抵制排斥。补苴（jū）：填补。苴：古代鞋里的草垫，

这里用作动词，填补、弥补。罅（xià）：裂缝。张皇：发扬光大。幽眇（miǎo）：幽深精微。　　[14]“寻坠绪之茫茫”二句：寻找渺茫失落的古代圣人之道的传统，独自广泛搜求，远承古人。绍：本指礼仪上牵引用的带索，引申指接续、继承。　　[15]“障百川而东之”二句：堵住百川而让它们东流入海，挽回即将倾倒的狂涛巨澜。障：阻挡，拒绝。东之：使动用法，让它向东。回狂澜：使动用法，把狂澜挽回来。　　[16]沉浸醲郁，含英咀华：沉浸在古籍浓烈的书香之中，细细咀嚼、品味其精华。醲郁：原指花草散发出来的浓烈的香味，这里指古代书籍中的精华。含英咀华：比喻读书之时仔细琢磨领会文章的精华。英、华本义皆指花，这里指文章精华。　　[17]上规姚、姒（sì），浑浑无涯：向上师法《尚书》中的《虞书》《夏书》，其内含深厚博大，无边无际。姚：虞舜之姓。姒：夏禹之姓。　　[18]周《诰》殷《盘》，佶（jí）屈聱牙：周朝之《诰》与商代《盘庚》，文字艰涩拗口。周《诰》：指《尚书·周书》中的《大诰》《康诰》诸篇。诰是一种训诫勉励的文告。殷《盘》：指《尚书·商书》中的《盘庚》篇。佶屈聱牙：形容文辞艰涩生僻、拗口难懂。　　[19]《春秋》谨严，《左氏》浮夸：《春秋》行文措辞谨慎严格，文字简约；《左氏》铺采摛文，喜欢夸饰。《春秋》：传为孔子所著，是鲁国断代编年史。谨严：行文措辞简约，文章体例严格。《左氏》：指《春秋左氏传》，简称《左传》，解释《春秋》的著作。浮夸：指行文措辞喜欢铺陈夸饰。　　[20]《易》奇而法，《诗》正而葩：《易经》奇妙变化而又有法度、规律可循，《诗经》义理纯正而又词采华美。　　[21]下逮《庄》《骚》，太史所录：下至《庄子》《离骚》，司马迁的《史记》。《庄》：战国时庄周所著的《庄子》。《骚》：战国时期楚国诗人屈原所写的《离骚》。太史所录：司马迁所著的《史记》。太史：司马迁曾任太史令，故称。　　[22]子云、相如，同工异曲：扬雄与司马相如虽然是不同的辞赋家，但是其作品同样精彩。子云：西汉末期思想家、辞赋家扬雄的字。相如：即汉武帝时辞赋大家司马相如。　　[23]“先生之于文”二句：先生的文章真可以说是内涵博大精深，而外在表现则又恣肆、奔放。闳（hóng）：宏大。中：文章内涵。肆：恣肆、奔放。外：文章的外在形式和表现方法。　　[24]“少始知学”至“可谓成矣”：少年时期就知道学习，敢作敢为；成年后通晓方略，左右逢源，无不合宜。先生在为人方面，可以说是老成完美了。方：道理，方略。宜：合宜，合适。成：成熟，老成，完美。　　[25]“然而公不见信”四句：然而在公事上不被人信任，私事上又得不到朋友的帮助。进退两难，一有动作就受到责备。跋：踩踏。踬（zhì）：绊倒。　　[26]暂为御史，遂窜南夷。三年博士，冗不见治：刚刚做监察御史不久，就被贬到南方荒远的蛮夷之地。做了三年国子博士，闲散而看不到政绩。暂：短暂。窜：古代刑罚，放逐，流放。冗：多余，闲散。　[27]“命与仇谋”至“而反教人为”：命中注定要同仇敌相遇，很快遭遇失败。暖冬之时子女却冷得哭叫，丰收之年妻子却因饥饿而哭泣。头顶秃了，牙齿脱落，一直到死于世何补？不知道考虑这些问题，却反过来教训别人？仇：仇敌。谋：相遇，相合。童：头秃，没有头发。竟死：一直到老死。竟：事物完毕、终结、完了。裨（bì）：补。　[28]“夫大木”五句：粗大木材作房梁，细小木材作椽子；斗拱、短柱，门枢、门闩之类木材各自都得到恰当的安置和使用。杗（máng）：栋，屋梁。桷（jué）：方形椽子。欂栌（bó lú）：斗拱。侏儒：矮人，此处指短柱。椳（wēi）：门枢。闑（niè）：门橛（古代竖在大门中央的短木）。扂（diàn）：门闩。楔（xiē）：门两旁的木柱。　[29]“玉札丹砂”六句：地榆，朱砂，天麻，龙芝，车前草，马屁菌，破烂的鼓皮，等到使用的时候没有遗漏。　[30]“登明选公”六句：选拔人才合理公平，量才录用灵巧的和笨拙的；稳重有涵养的是美才，才华出众的是俊杰；比较优劣，依据其才能恰当安排。纡（yū）余：委婉含蓄，此处指为人稳重有涵养。妍：漂亮，美好。卓荦：出类拔萃，超群出众。校（jiào）短量长：比较优劣。器：人的肚量、才干。　[31]“昔者孟轲”至“废死兰陵”：从前孟轲喜欢辩论，孔子之道得到发扬光大；其车轮痕迹环绕天下，最终衰老于周游的旅途之中。荀卿坚守正道，弘扬了儒家学说；逃避谗言到了楚国，终了被废弃老死于兰陵。孟轲好辩：语出《孟子·滕文公下》：“孟子曰：‘予岂好辩哉？予不得已也。’”孔道：孔子之道，即孔子的学说。荀卿：即荀子。大论：高论，正大的议论或理论，这里指儒家学说。弘：扩大，光大。　[32]“是二儒者”至“其遇于世何如也”：这两位儒学大家说出的话就成为经典，举动行为都成为法则，超越同类与常人，其高超贤明已经进入圣人的境地。绝类离伦：超出同类和常伦。　[33]“今先生学虽勤”四句：今天先生虽然勤学但是不遵循儒家正统，言论虽然很多但是却没有抓住其中的要领，文章虽然奇妙但是却没有实用价值，德行虽然修养美好却不能在众人之中显现出来。勤：劳倦，辛苦。不要：没有抓住要领。济：帮助，对事情有益。　[34]犹且月费俸钱，岁靡廪（lǐn）粟：每月还要花费朝廷的俸禄钱，每年耗费国家的粮食。靡：耗费，浪费。廪：米仓，也指储藏的米。　[35]“踵常途之促促”至“兹非其幸欤”：小心谨慎地跟随别人走世俗之道，偷窥古人的著作以便剽窃抄袭。然而圣明的君主不加责罚，宰相也不贬斥我，这不是很侥幸吗？踵：本义为脚后跟，这里引申为跟随。常途：平常的道路，这里指世俗之道。促促：拘谨，小心翼翼的样子。窥：窥视，偷看。陈编：旧书籍，这里指古人的著作。　[36]“动而得谤”至“计班资之崇庳（bì）”：

一动就遭到诽谤，名声也随之被毁；被放置在闲散的位置之上，本来是分内应得。如果要议论钱财的有无，计较职位的高低。商：议论，商量。财贿：财物，这里指俸禄。亡：同“无”。计：计较。班资：职位与资历。崇庳：高低，高下。也作“崇卑”。　［37］“忘己量之所称”五句：忘记了自己的才能应该与职位相称，指责官位高于自己之人的瑕疵，这就是所说的责备匠人不用小木桩做柱子，批评医生用昌阳来延年益寿，却推荐豨苓这种泻药。称：相称，相当，符合。前人：指官位比自己高的人。杙(yì)：一头尖的短木，即小木桩。楹：厅堂前的大柱子。訾(zǐ)：批评，指责。昌阳：植物名。引年：长寿，延年。豨苓（xī líng）：又名猪苓，一种泻药。

子产不毁乡校颂[1]

我思古人，伊郑之侨。以礼相国，人未安其教[2]。游于乡之校，众口嚣嚣[3]。或谓子产：“毁乡校则止[4]。”曰：“何患焉[5]？可以成美。夫岂多言？亦各其志[6]。善也吾行，不善吾避。维善维否，我于此视[7]。川不可防，言不可弭[8]。下塞上聋，邦其倾矣[9]。”既乡校不毁，而郑国以理[10]。在周之兴，养老乞言[11]；及其已衰，谤者使监[12]。成败之迹，昭哉可观[13]。维是子产，执政之式[14]，维其不遇，化止一国[15]。诚率是道，相天下君[16]，交畅旁达，施及无垠[17]。於乎，四海所以不理，有君无臣[18]。谁其嗣之[19]？我思古人。

本文借咏叹春秋时期郑国贤相子产不毁乡校之事，委婉讽谏当朝执政者拒纳忠言、堵塞进言之路的荒谬，针砭时政，颇具影响力。其写作背景是：唐德宗贞元时期，太学生薛约因为直言进谏而得罪了当权者，于贞元十五年（799）被贬连州（今属广东），当时的国子司业阳城非常同情薛约的遭遇，于是亲自为他设宴送行，被当政者视为偏袒薛约，又把他贬为道州刺史。太学生为这两人抱不平，有二百七十人到朝门请愿，要求赦免阳城，但是奏书上了之后，被官吏阻挡未能送上。这一做法引起正直之士的强烈不满。恰在此时，韩愈作为徐州节度使张建封的僚属来到京城，针对此事写下这篇文章。韩愈一针见血地指出：“川不可防，言不可弭。下塞上聋，邦其倾矣。”这无疑是对当权者的警告。文中以“我思古人”开头，最后又以“我思古人”结尾，前后照应，反复强调子产这类精于治国的古人不可多得，大唐当时正处于“有君无臣”、缺少贤明宰相的地步，奉劝当权者察纳忠言。清人林云铭在《韩文起》卷七中评价：“此欲国家大开言路而作也。所引乞言监谤，明明是人君之事，因不便斥言人君，故归重于执政；又不便突言执政，故借子产之相郑国，惜其不得大用，而以‘有君无臣’四字，作笼统语，逗出立言本旨，多少浑雅。起结皆用‘我思古人’句，见得是道必不可复见于今之意。妙在‘谁其嗣之’四字，乃国人诵子产现成语，不即不离间，有无穷之味。”其中“此欲国家大开言路而作也”点出本文的写作主旨，“不即不离，有无穷之味”，揭示出本文的写作特色。

［1］子产：春秋时期郑国人，出身于郑国贵族，为郑穆公之孙，姬姓，公孙氏，名侨，字子产，又字子美，谥成。历史典籍以其字“子产”为通称，又称“公孙侨”“公孙成子”“国侨”等，在中国历史上是贤相的代表。其不毁乡校之事见《左传·襄公三十一年》：“郑人游于乡校，以论执政。然明谓子产曰：‘毁乡校如何？’子产曰：‘何为？夫人朝夕退而游焉，以议执政之善否。其所善者，吾则行之；其所恶者，吾则改之，是吾师也，若之何毁之？我闻忠善以损怨，不闻作威以防怨。岂不遽止？然犹防川，大决所犯，伤人必多，吾不克救也；不如小决使导，不如吾闻而药之也。’”乡校：西周乡遂（一万二千五百家为遂）所设立的学校。颂：文体的一种，主要是指以颂扬为目的的诗文，属于韵文的范畴。《文心雕龙·颂赞》中解释说：“原夫颂惟典雅，辞必清铄，敷写似赋，而不入华侈之区；敬慎如铭，而异乎规戒之域。”说明了颂的风格特征和写作规范，也指出其与赋和铭的相同点和不同点。　［2］“我思古人”四句：我怀念古人，他就是郑国的公孙侨，能够用礼来辅佐君主治理国家，而郑国人还没有安于接受他的教导。伊：表示第三人称，相当于“她”“他”“彼”。　［3］“游于乡之校”二句：到乡校去，众人议论纷纷，诋毁时政。　［4］或：有的人。　［5］患：害怕、忧虑。　［6］“夫岂多言”二句：他们哪里是多嘴多舌？也只是各自表达自己的意见罢了。　［7］

"善也吾行"四句：他们的意见好我就实行，不好我就注意避免。是对是错，我从他们的谈话中观察判断。维：语气词，帮助判断。用于句首或句中。否：不好。　[8]川不可防，言不可弭（mǐ）：河流不可筑堤坝来堵，言论不可靠权力强行消除。防：本指堤防、堤坝，此处活用为动词，构筑堤坝。弭：平息，消除。　[9]下塞上聋，邦其倾矣：下面百姓的言论被堵塞，我们上面的人就像聋人一样什么也听不见，那我们的国家就要倾覆了。　[10]既乡校不毁，而郑国以理：乡校最终没有被取消，而郑国也因此治理得很好。以：因此。理：形容词，治理得好，秩序安定。与"乱"相对。　[11]在周之兴，养老乞言：在周朝兴盛的时候，曾经奉养老年人，征求意见。乞言：请求发表意见，即征求意见。　[12]及其已衰，谤者使监：到了周王朝已经衰落的时候，却派人监视那些议论朝政的人。及：到了，达到，等到。谤：议论，诽谤。　[13]成败之迹，昭哉可观：成功失败的历史事迹，明显可见。　[14]维是子产，执政之式：只有这位子产，是执政者的典范。维：句首语气词，无实义。是：此，这个。式：榜样，楷模，典范。　[15]维其不遇，化止一国：只是因为他不得志，所以只在一国实施教化。不遇：不得志；不被赏识。化：本义是变化，引申为通过教育使风俗、人心发生变化。　[16]诚率是道，相天下君：果真遵循他的这种教化之道，可以为整个天下的君主做宰相。诚：如果；果真。率：遵循。　[17]交畅旁达，施及无垠：交互通畅，到达四方，无边无际地推广开去。无垠：无边。　[18]"於（wū）乎"三句：唉，天下之所以没有治理好，因为有名君而无贤臣。於乎：感叹词，同"呜呼"。四海：天下，指唐王朝的天下。理：治理得好。　[19]谁其嗣之：谁能够继承他。嗣：继承，接续。

伯夷颂[1]

士之特立独行，适于义而已[2]，不顾人之是非，皆豪杰之士，信道笃而自知明者也[3]。一家非之，力行而不惑者，寡矣[4]；至于一国一州非之，力行而不惑者，盖天下一人而已矣[5]；若至于举世非之，力行而不惑者，则千百年乃一人而已耳[6]。若伯夷者，穷天地亘万世而不顾者也[7]。昭乎日月不足为明，崒乎泰山不足为高，巍乎天地不足为容也[8]。

当殷之亡、周之兴，微子贤也，抱祭器而去之[9]。武王、周公圣也，从天下之贤士与天下之诸侯而往攻之[10]，未尝闻有非之者也。彼伯夷、叔齐者，乃独以为不可[11]。殷既灭矣，天下宗周。彼二子乃独耻食其粟，饿死而不顾[12]。繇是而言，夫岂有求而为哉？信道笃而自知明也[13]。

今世之所谓士者，一凡人誉之，则自以为有余；一凡人沮之，则自以为不足[14]。彼独非圣人，而自是如此[15]。夫圣人乃万世之标准也[16]。余故曰：若伯夷者，特立独行，穷天地亘万世而不顾者也。虽然，微二子，乱臣贼子接迹于后世矣[17]。

导读

本文采取古今对比的手法，褒贬分明，一方面赞扬伯夷的“特立独行”、坚信自己的道行，并且具有自知之明的精神，另一方面深刻揭露当世之士以世俗之是非为是非的处世态度，表现出不与世俗同流合污的精神。从历史上看，韩愈对伯夷的赞颂沿袭了孔子、孟子、司马迁等人的观点。孔子曾指出：“不念旧恶，求仁而得仁，饿于首阳之下，逸民也。”对伯夷的道德和人格大加肯定。孟子说：“伯夷非其君不事，不立恶人之朝，避纣居北海之滨，目不视恶色，不事不肖，百世之师也。”称其为“百世之师”，评价更高。司马迁也以为伯夷的精神值得称道。但是宋人王安石则对韩愈等人的这种观点持否定态度，其《王临川先生文集》卷六十三中说：“然则司马迁以为，武王伐纣，伯夷叩马而谏，天下宗周而耻之，义不食周粟，而为采薇之歌。韩子因之，亦为之颂，以为微二子，乱臣贼子接迹于后世。是大不然也。”认为韩愈对伯夷的赞美大错特错。其核心理由是：“天下之道二，仁与不仁也。纣之为君，不仁也；武王之为君，仁也。伯夷固不事不仁之纣，以待仁而后出。武王之仁焉，又不事之，则伯夷何处乎？”其中要点是：伯夷不辅佐不仁的暴君商纣王是正确的，但是不辅佐周武王这位仁君是错误的。当然，从总体上看，后世肯定韩愈观点的人很多，如南宋程颐《二程集·河南程氏遗书》卷十八中说：“韩退之颂伯夷，甚好，然只说得伯夷介处。要知伯夷之心，须是圣人。语曰：‘不念旧恶，怨是用希。’此甚说得伯夷心也。”主体肯定，也指出未尽之处。清人张伯行在《唐宋八大家文钞》卷三中指出：“特立独行，适于义，乃为万世标准。然非信道笃而自知明，乌能力行不惑如是？闻伯夷之风者，固宜顽廉懦立，慨然兴起也。此人真说得圣人身分出。”赞美韩愈“说得圣人身分出”，充分肯定本文的价值。

注释

[1]伯夷：商纣王末期孤竹国第八任君主亚微的长子，弟亚凭、叔齐。起初，孤竹君想让三子叔齐为其继承人，但是父死后，叔齐却要让位于伯夷，而伯夷则认为父命为尊，不可违背，于是逃跑，不去即位。而叔齐也不肯当君主，也逃走了。后来兄弟二人曾同往西岐，正赶上周武王讨伐纣王，二人叩马而谏：“父死不葬，爰及干戈，可谓孝乎？以臣弑君，可谓仁乎？”周武王手下的人要杀他们，姜子牙加以阻止：“此二人义人也，扶而去之。”后来天下宗周，兄弟二人耻食周粟，最终饿死首阳山。　[2]士之特立独行，适于义而已：称得上“士”的人不同流俗，有坚定的操守，只是适于“义”罢了。特立独行：志行高洁，不同流俗。　[3]“不顾人之是非”三句：不顾虑别人对自己评价正确与否，都是出色的人才，忠实信奉道义而且有自知之明。是非：认为对还是错。笃：忠实，专一。　[4]“一家非之”三句：有一家人非难他，身体力行而不疑惑自己所作所为的人太少了。　[5]“至于一国一州非之”三句：至于一国一州的人非难他，仍然身体力行而不疑惑自己所作所为的人，大概天下只有一人罢了。盖：大概。　[6]“若至于举世非之”三句：如果到整个世上的人全都非难他的地步，仍然身体力行而不疑惑的人，那是千百年才一人而已。举：所有，全部。乃：才。　[7]“若伯夷者”二句：像伯夷这样的人，是穷尽天地之间，贯穿万世之中而不顾虑别人非难的一个。穷天地：穷尽整个天地中间。亘：遍，贯穿。顾：眷念，顾及。　[8]“昭乎日月”三句：光明如日月不足以与他比明亮，高峻的泰山不足以与他比高大，高远的天地不足以与他比包容。崒（zú）：山峰高耸险峻。巍：高大，高远。容：包容，容纳。　[9]“当殷之亡”三句：当殷商灭亡、西周兴起之时，微子是位贤人，他抱着祖宗的祭器离商而去。微子：商名启，后世称微子、微子启、宋微子。他是商王帝乙的长子、商纣王帝辛的长兄。商代将亡之际，他多次进谏纣王，但是纣王不听，于是抱祭器出走。周初被周成王封于商朝旧都商丘（今河南省商丘市睢阳区），建立宋国，所以他是诸侯国宋国的开国始祖。　[10]“武王、周公”二句：武王、周公都是圣人，让天下的贤士和诸侯跟从他们去攻打殷纣王。从：使动用法，使跟从，让他们跟随。　[11]彼伯夷、叔齐者，乃独以为不可：伯夷、叔齐却认为不可伐纣。彼：那，与“此”相对。乃：表转折，却，可是。独：表转折，

犹却。　[12]“殷既灭矣”四句：商朝灭亡了，天下尊奉周室。那两位却自认为吃周朝的粮食是耻辱之事，饿死也不回头。宗：尊崇，尊奉。耻食其粟：意动用法，认为吃它的粮食是一种耻辱。　[13]“繇（yóu）是而言”三句：从这一点上说，难道是有所求才这样做的吗？因为其信仰坚定专一而有自知之明才能够如此。繇：通“由”，自，从。　[14]“今世之所谓士者”五句：如今世上所说的士，当有一人赞誉他，就自以为该得到更高的赞誉；有一人指责他，则自以为别人的话未尽正确。一：一旦，一经。誉：称赞，赞美。沮：指责，诋毁。　[15]彼独非圣人，而自是如此：他们却批评圣人而自以为是到如此的地步。　[16]夫圣人乃万世之标准也：圣人行事本是万世的榜样啊。　[17]“虽然”三句：虽然如此，如果没有伯夷、叔齐二人，那么乱臣贼子就会接连不断地出现了。接迹：足迹前后相接，形容人多。

题哀辞后[1]

愈性不喜书，自为此文，惟自书两通[2]：其一通遗清河崔群[3]，群与余皆欧阳生友也[4]，哀生之不得位而死，哭之过时而悲[5]；其一通今书以遗彭城刘君伉，君喜古文，以吾所为合于古[6]，诣吾庐而来请者八九至，而其色不怨，志益坚[7]。

凡愈之为此文，盖哀欧阳生之不显荣于前，又惧其泯灭于后也[8]。今刘君之请，未必知欧阳生，其志在古文耳[9]。虽然，愈之为古文，岂独取其句读不类于今者邪[10]？思古人而不得见，学古道则欲兼通其辞[11]。通其辞者，本志乎古道者也[12]。古之道，不苟誉毁于人[13]。刘君好其辞，则其知欧阳生也无惑焉[14]。

本文是韩愈在其《欧阳生哀辞》一文之后写的题跋，介绍了他的哀辞写完之后，又专门书写了两遍，一送同榜进士、好友崔群，一送彭城刘伉。送崔群，因为他与

韩愈、欧阳詹为贞元八年（792）同榜进士，是同出一代名相陆贽门下的好友；送刘伉，则是因为他喜欢古文，而且认为韩愈之文符合古文标准，所以八九次到韩愈家中求文。韩愈正是借助这一点，特意表达了自己关于古文的重要主张：第一，他指出自己写作古文的根本目的是“学古道”，为了“学古道”，才不能不“兼通其辞”。第二，他强调了“道”与“辞”的关系，“通其辞”只是手段，“志乎古道”才是根本目的，所以“道”是本，“辞”为次。由此，韩愈揭示了他的“文以载道”的文学观，这是这篇短文中最有价值的思想，也是本文的重点。清人张伯行在《唐宋八大家文钞》卷三中指出：“数行题跋，而有千回百折之势，文以情生也。盖公于欧阳生，敦友谊而悲其死，故托之辞，以使之不没于后，非徒文焉而已。爱其文则知其人；知其人，则知公之所以交之者，有道义之孚，无生死之异，所谓古道者也。欧阳生哀辞，世久脍炙，故不录；录其题跋于此而论之云。”从情感的角度评价此文，并且对韩愈的“古道”内含作了引申，值得一读。

注释

［1］哀辞：文体名。亦作“哀词”。古用以哀悼夭而不寿者，后世亦用于寿终者。其行文多用韵语。　［2］“愈性不喜书”三句：我生性不喜欢书法，但是自从写了这篇文章之后，自己又特意抄写了两遍。此文：指《欧阳生哀辞》。惟：句首语气助词，无实义。通：量词，常用于书信、文章。　［3］遗（wèi）：给予，赠送。清河：县名，在今河北南部。　［4］群与余皆欧阳生友也：崔群和我都是欧阳詹的同门朋友。　［5］“哀生之不得位”二句：哀叹欧阳詹没有得到适当的职位就死了，我哭他的时间过长而且特别悲伤。过时：超过了一般的时间限制。　［6］“其一通今书”三句：其中另一篇赠送给彭城的刘伉，刘君喜欢古文，认为我写的文章符合古文的标准。彭城：原始社会末期，尧封彭祖于彭城。秦统一后设彭城县，在今江苏省徐州市。以：因为。所为：所作之文。　［7］“诣（yì）吾庐”三句：到我家来请教八九回，而其脸上没有怨色，意志更加坚定。诣：往，到。庐：庐舍，房屋。色：脸色，面容。　［8］“凡愈之为此文”三句：大体上说我写这篇文章，是悲哀欧阳詹在生前没有显贵荣耀，又害怕他的名声在后世消失。凡：大体，大略。盖：助词，用于句首，表示后面是发表议论。　［9］“今刘君之请”三句：今天刘君请求得到我这篇文章，不一定了解欧阳先生，其意只在古文罢了。　［10］“虽然”三句：虽然这样，我作古文，难道仅仅是选择它的

句读与今文不同吗？然：这样。之：结构助词，无实义。句读（jù dòu）：也称为句逗。古代文章休止、行气与停顿的特定呈现方式。文中语意已尽为句，书面上用“。”来表示；未尽而须停顿处为读，用“、”来表示。类：同，像。今者：今天的文章，即当时的骈体文。 [11]“思古人而不得见”二句：我思慕古人可是却无法和他们相见，学习古人之道就要同时通晓其文辞。则：就。欲：想，要。兼：一起，同时。 [12]“通其辞者”二句：通晓其文辞，根本目的是有志于古道。 [13]“古之道”二句：古人之道，不随便赞美或毁谤别人。苟：草率，随便。誉毁：称赞和诋毁。 [14]“刘君好其辞”二句：刘伉君喜欢这篇文章，那么他了解欧阳先生也就没有疑问了。其：此，这篇文辞，即《欧阳生哀辞》。

祭田横墓文[1]

贞元十一年九月，愈如东京，道出田横墓下[2]，感横义高能得士，因取酒以祭，为文而吊之[3]。其辞曰：

事有旷百世而相感者，余不自知其何心[4]；非今世之所稀，孰为使余歔欷而不可禁[5]！余既博观乎天下，曷有庶几乎夫子之所为[6]？死者不复生，嗟余去此其从谁[7]？当秦氏之败乱，得一士而可王[8]，何五百人之扰扰，而不能脱夫子于剑铓[9]？抑所宝之非贤，亦天命之有常[10]。昔阙里之多士，孔圣亦云其遑遑[11]。苟余行之不迷，虽颠沛其何伤[12]？自古死者非一，夫子至今有耿光[13]。跽陈辞而荐酒，魂仿佛而来享[14]。

本文明写田横，实则借他人之酒杯，浇自己心中之块垒。一方面，感慨田横“义高能得士”，而当时执政者不能礼贤下士，知人善任，所以使自己怀才不遇。对这一点，前人有所揭示。如宋代晁补之就在其《续楚辞》中说：“唐宰相如董晋，亦未足言。而晋为汴州，才奏愈从事，愈始终感遇，语称陇西公而不姓。后从裴度，亦自谓度知己。然度亦终不引愈共天下事。故愈踌躇发愤，太息于区区之横，以谓

夫苟如横之好士，天下将有贤于五百人者至焉。”点出本文的写作用心是借古喻己。其他如明人归有光也说：“寥寥数言，而悲感之意无穷。”（《震川先生文集》）另一方面，本文也借田横而自我安慰，这就是：“苟余行之不迷，虽颠沛其何伤。”表现出作者自己坚守节义，不与世俗同流合污的思想情怀，既是自慰，又是自我勉励。

[1] 田横：本为齐国贵族，秦末狄县（在今山东省）人。秦朝末年，陈胜、吴广不堪忍受秦国暴政，在大泽乡举行起义，当时天下大乱。田横一家本来是齐之宗室，早有复国之志，便与兄田儋、田荣趁此机会，反秦自立，兄弟三人占据齐地自立，田儋为齐王。秦朝灭亡之后，经过楚汉之争，汉高祖刘邦统一天下。但是田横不肯向汉称臣，率五百门客逃往海岛。刘邦派人招抚，田横虽然被迫乘船赴洛，但是在途中的偃师首阳山自杀。在海岛上的五百部属听到田横死讯之后，也全部自杀。祭文：文体名。古时候在祭祀或祭奠时诵读，表达哀思的文章。主要内容是哀悼、祷祝、追念死者生前主要经历，颂扬其人格、品行、业绩，同时寄托哀思，激励生者。其体有散文，有韵文，有骈体。　[2]“贞元十一年”三句：贞元十一年（795）九月，我去东京洛阳时，从田横墓旁经过。如：往，去，到。　[3]“感横义高”三句：我为田横凭借自己崇高的节义而获得手下人的拥护所感动，于是取酒祭奠，写下这篇文章凭吊他。因：于是，由此。吊之：凭吊他。　[4]“事有旷百世”二句：有的事情即使相隔百代却仍然令人感动，我不知道自己是何种心情。旷：时间久远，遥远。百世：极言时代久远，很多世代。　[5]“非今世之所稀”二句：不是因为当今世上这样的人和事非常稀少，为何能使我叹息而又不能控制自己的情感！孰为：为何，为什么。歔欷：叹息声。禁：禁止，控制。　[6]“余既博观”二句：我已经广泛地观察了天下之人，哪里有近似于田夫子这样所作所为的人呢？博观：广泛地观察。乎：于。曷有：哪里有，那儿有。曷：何，哪里。庶几：差不多，近似。夫子：对男子的尊称。所为：所作所为。　[7]“死者不复生”二句：死者是不能复生的，可叹我除了他还能取法谁呢？复生：再生。去此：除了他。其：将要。　[8]“当秦氏之败乱”二句：当秦朝衰败乱亡之时，能得到一个有才能的节义之士便可称王。秦氏：秦王朝。可王：可以称王。王：动词，称王。　[9]“何五百人”二句：为什么纷纷扰扰的五百人，却不能使先生您免于自杀身亡？扰扰：纷乱的样子。脱夫子：使动用法，使夫子脱离。

剑铓：剑锋，即剑的锋刃。　　［10］“抑所宝之非贤”二句：或许是您认为这宝贵的五百人本事不够，但也可能是上天的安排。所宝：认为宝贵。宝：意动用法，认为宝贵。抑：副词，表示推测，可译为“或许”“也许”。天命：上天主宰的命运，上天的意志。延伸含义就是“天道主宰众生命运”。常：规律，通例。　　［11］“昔阙（què）里之多士”二句：当年孔子也有众多贤能的弟子，但是仍然惶惶然困厄于陈蔡之间。阙里：孔子故里。在今山东曲阜城内阙里街。因有两石阙，故名。当年孔子曾在这里讲学，其弟子甚众，号称弟子三千、贤人七十二，故称“多士”。遑遑：惊恐不安、匆忙不安定的样子。也作“皇皇”“惶惶”。　　［12］“苟余行之”二句：假如我的行动不迷失方向，即使是困顿挫折那又感伤什么呢。苟：如果，假使。虽：即便，即使。　　［13］“自古死者”二句：自古以来为正义而死的仁人志士不止一个，可先生您之死直到今天仍然放射出灿烂的光辉！死者：为大义而死去的仁人志士。耿光：光明，光辉。　　［14］“跽（jì）陈辞而荐酒”二句：现在我一边长跪于地诵读祭文，一边祭献美酒，恍惚觉得您的英魂来享用祭品。跽：长跪。古人坐时臀部贴脚后跟，臀部离开脚后跟，腰伸直，就是跽。陈辞：发表言论，此处指诵读祭文。荐：进献，祭献。来享：来接受祭祀，享用供品。

柳宗元

柳宗元（773—819），字子厚，河东解县（今山西运城西南）人，世称柳河东。贞元九年（793）进士。参加王叔文集团，任礼部员外郎。宪宗时，贬永州司马，后迁柳州刺史，人称柳柳州。有《河东先生集》。其诗有的继承陶渊明田园诗传统，语言朴素，风格清峭；有的学习谢灵运山水诗，造语精妙，间杂玄理；还有的切近现实生活，语句奇警，慷慨悲壮。在散文方面，柳宗元与韩愈并称“韩柳”。他积极支持韩愈倡导的古文运动，主张“文者以明道”（《答韦中立论师道书》），反对华而不实的形式主义文风，并且在散文创作上取得了杰出的成就。他的散文内容深刻，形式多样，从各个方面反映社会生活，具有深刻的现实主义精神。其传记散文大都书写封建社会中被侮辱、被损害的下层人物，是对《史记》传记散文优秀传统的继承和发展。此类散文通常通过描写下层人物，反映中唐时期人民的悲惨生活，具有深刻的社会意义。《童区寄传》《捕蛇者说》就是这方面的代表作。其寓言小品则以寓言形式讽刺当时黑暗现实和腐败的政治制度，突出特点是短小精悍，讽刺犀利，含义深远。其山水游记散文代表其散文创作的最高成就，以“永州八记”等为代表。这些作品不是客观地描绘自然，而是借山水以抒幽愤，是对郦道元山水记游一类散文的重要发展。

一、诗

江　　雪

千山鸟飞绝，万径人踪灭[1]。

孤舟蓑笠翁，独钓寒江雪[2]。

导读

本诗作于永贞元年（805）被贬为永州司马以后。全诗寄兴高洁，寓意丰富。通过对孤舟老翁抗迎风雪、寒江独钓的形象描写和鸟飞绝、人踪灭的环境刻画，曲折地体现出诗人在政治革新失败之后不屈的精神和孤独的心态。诗中寓情于景，诗人的内心世界通过这幅寒江独钓图表现出来。选用“绝”“灭”“雪”三个入声字作韵脚，加重了诗境的凝滞与冷峻。宋苏轼《东坡题跋》卷二中说：“郑谷诗云：‘江上往来堪画处，渔人披得一蓑归。’此村学中诗也。柳子厚云：‘千山鸟飞绝，……独钓寒江雪。’人性有隔也哉。殆天所赋，不可及也已。”将柳宗元此诗与郑谷诗进行对比，肯定柳宗元天赋高，“不可及”。宋范晞文《对床夜语》一四中更是备极推崇：“唐人五言四句，除柳子厚《钓雪》一诗之外，极少佳者。”认为此诗是唐人五言绝句中少见的佳作。清许印芳《诗法萃编》卷九中则从笔法上着眼，进行评价：“语平意侧，一气贯注。凡作排偶文字，解此用笔，自无板滞杂凑之病。”肯定了其在使用对偶方面的成就。

［1］绝：尽。人踪：人的踪迹。灭：绝迹。　［2］蓑（suō）笠：遮雨雪的蓑衣和斗笠。

登柳州城楼寄漳汀封连四州刺史

城上高楼接大荒，海天愁思正茫茫[1]。
惊风乱飐芙蓉水，密雨斜侵薜荔墙[2]。
岭树重遮千里目，江流曲似九回肠[3]。
共来百越文身地，犹自音书滞一乡[4]。

此诗作于元和十年（815），此时柳宗元初到柳州（今属广西）任刺史。永贞元年（805），柳宗元等八人因参加王叔文政治革新失败被贬为州司马，时称“八司马”，到元和十年春天，除凌准、韦执谊去世，程异已先任用外，其余五人都奉召入京，又外调为远州刺史。这首诗是到柳州后写的，是寄给漳州韩泰、汀州韩晔、封州陈谏和连州刘禹锡的。这四人与柳宗元同时遭贬。诗人登上柳州城楼，惊风、密雨、岭树、江流齐集目前，于是激起诗情，写眼前景，诉心中意，作成此诗。诗中感叹处境险恶，寄托悲伤情绪，表达对志同道合者的关心和问候，皆含蓄委婉，具有借景抒情、不着痕迹的特点。明人廖文炳《唐诗鼓吹注解》卷一中评价说：“此子厚登城楼怀四人而作。首言登楼远望，海阔连天，愁思与之弥漫，不可纪极也。三四句惟惊风，故云‘乱飐’，惟细雨，故云‘斜侵’，有风雨萧条、触物兴怀意。至‘岭树重遮’‘江流曲似’，益重相思之感矣。当时‘共来百越’，意谓易于相见，今反音问疏隔，将何以慰所思哉？”分析比较全面，评价也较中肯。清纪昀说：“一起意境阔远，倒摄四州，有神无迹。通篇情景俱包得起。三四赋中之比，不露痕迹。旧说谓借寓震撼危疑之意，好不着相。”（《瀛奎律髓刊误》卷四）对此诗意蕴的把握比较准确，值得参考。清方东树《昭昧詹言》卷十八中指出：“六句登楼，二句寄人。一气挥斥，细大情景分明。”对本诗的结构分析特别精到。

［1］接：接触到，望到。大荒：广阔的荒野。　［2］惊风：狂风。飐（zhǎn）：吹动。芙蓉：荷花。薜荔（bì lì）：一种常绿藤本蔓生植物，缘墙攀树而生。　［3］重：重重。千里目：远望的视线。江：指柳江。九回肠：愁肠屈曲。“九”形容其多。　［4］百越：即百粤，泛指五岭以南少数民族。文身：在身上刺花纹图案，是古代南方少数民族的习俗。滞：阻塞不流，阻隔。

渔　翁

渔翁夜傍西岩宿，晓汲清湘燃楚竹[1]。
烟销日出不见人，欸乃一声山水绿[2]。
回看天际下中流，岩上无心云相逐[3]。

本诗作于永州。诗中着力描绘湘江早晨的景物，在清淡寂寥的境界中，显示出诗人孤高寂寞的心态，寄寓了诗人对自由生活的向往之情。诗的构思颇为奇妙，含不尽之意于言外。宋惠洪《冷斋夜话》卷五：“东坡云，诗以奇趣为宗，反常合道为趣。熟味此诗有奇趣，然其尾两句，虽不必亦可。”东坡的评论在后世引起了争论，有人附和，也有人不以为然。南宋刘辰翁就说：“或谓苏评为当，非知言者。此诗气浑，不类晚唐，正在后两句，非蛇安足者。”（《唐诗品汇》）他觉得后两句跟前面的浑然一体，唯此才没有晚唐时的气弱之感。而明邢昉则认为这正说明东坡不懂诗，他在《唐风定》中说：“高正在结。欲删二语者，难与言诗矣。”

注释

[1] 西岩：当是指永州西山。汲（jí）：打水。湘：湘水。楚：湖南一带古属楚国。 [2] 销：消失，散尽。欸乃（ǎi nǎi）：象声词，指摇橹之声。 [3] 回看：回过头来看。无心：白云悠闲飘动的样子。

南涧中题[1]

秋气集南涧，独游亭午时[2]。
回风一萧瑟，林影久参差[3]。
始至若有得，稍深遂忘疲。
羁禽响幽谷，寒藻舞沦漪[4]。
去国魂已游，怀人泪空垂[5]。
孤生易为感，失路少所宜[6]。
索寞竟何事？徘徊只自知[7]。
谁为后来者，当与此心期！

导读

此诗作于永州，其时间约为元和七年（812），柳宗元谪居此地已经七年多。全诗以记游的笔法，由景及人，借物言情，曲折地展现出诗人被贬谪放逐后忧伤寂寞的心态，刻画出孤独苦闷的自我形象。柳宗元诗歌的主导风格是清冷劲峭，纡徐有致，尤其是被贬柳州之后，更加显著。所以苏轼在其《东坡题跋》中评价说：“柳子厚南迁后诗，清劲纡徐，大率类此。”此外清何焯《义门读书记》评曰：“‘秋气集南涧’，万感俱集，忽不自禁。发端有力。‘羁禽响幽谷’一联，似缘上‘风’字，直书即目，其实乃兴中之比也。羁禽哀鸣者，友声不可求，而断迁乔之望也，起下‘怀人’句。寒藻独舞者，潜鱼不能依，而乖得性之乐也，起下‘去国’句。”评论比较深入，有助于我们理解此诗。清施补华《岘佣说诗》中的评价也值得注意：“柳子厚幽怨有得《骚》旨，而不甚似陶公，盖怡旷气少，沉至语少也。《南涧》一作，气清神敛，宜为坡公所激赏。”抓住了本诗的突出特点，确实是当评。

[1]南涧：在永州。 [2]亭午：正午。 [3]回风：旋风。 [4]羁（jī）禽：失群之鸟。藻：水草。 [5]去国：此处指被贬离京。 [6]孤生：孤独地生活着。易为感：容易因景物而感怀。失路：不得意。 [7]索寞：枯寂无生气的样子。

与浩初上人同看山寄京华亲故

海畔尖山似剑铓，秋来处处割愁肠[1]。
若为化得身千亿，散上峰头望故乡[2]。

本诗作于柳州。诗中明说“看山”，实则描写自己因“看山”而引起的思乡之情，表现出诗人渴望早日脱离贬谪之地、返回故乡的心愿。诗里比喻特别新奇，又十分贴切。同时又寓情于景，深婉有致。浩初上人是潭州（今湖南长沙）人，当时从临贺（今广西贺州市）到柳州拜访柳宗元。京华即京都长安。宋苏轼《东坡题跋》卷二：“仆自东武适文登，并海行数日，道傍诸峰，真若剑锋。诵柳子厚诗，知海山多尔耶。”又：“韩退之诗云：‘水作青罗带，山为碧玉簪。’柳子厚诗云：‘海上群山若剑铓，秋来处处割愁肠。’陆道士云：二公当时不相计会，好做成一属对。东坡为之对云：‘系闷岂无罗带水，割愁还有剑铓山’。此可编入诗话也。”从中可见本诗影响之大。明邝露《赤雅》卷中从写作方法上入手，进行评价：“阳朔诸峰，如笋出地，各不相倚。三峰九嶷、折城、天柱者数十里，如楼通天，如阙刺霄，如修竿，如高旗，如人怒，如马啮，如阵将合，如战将溃，……子厚‘海上千山似剑铓，秋来处处割愁肠’……皆实录也。”重点是赞美本诗的刻画描写之工巧。

[1] 剑铓（máng）：剑的锋刃。　　[2] 若为：怎能，如何。化得身千亿：佛教之中有释迦牟尼化身而普度众生的说法，此句即化用其意。

别舍弟宗一

零落残魂倍黯然，双垂别泪越江边[1]。
一身去国六千里，万死投荒十二年[2]。
桂岭瘴来云似墨，洞庭春尽水如天[3]。
欲知此后相思梦，长在荆门郢树烟[4]。

本诗作于宪宗元和十一年（816）三月，也即柳宗元贬谪柳州的第二年。宗一是柳宗元的从弟，元和十年三月与宗直同随柳宗元到柳州。宗直到达该地二十天即暴疾而死，宗一则于第二年春离柳州赴江陵（今属湖北），临别之时，柳宗元写此诗赠之。诗中把亲人的离别之情与迁谪之意，尤其是政治失意之悲融为一体，情真意切，感慨良深，意境沉郁。明人廖文炳《唐诗鼓吹注解》卷一中评价说：“此言既遭贬谪，残魂黯然，又遇兄弟睽（kuí）离，故临流而挥泪也。去国极远，投荒极久，幸一聚会，未几又别，而瘴气之来，云黑如墨，春光之尽，水溢如天，气候若此，能不益增其离恨乎？自此别后，怀弟之梦，长在于荆门郢树之间而已。若后会期，岂可得而定哉？”对本诗的情感脉络分析比较准确。清纪昀说：“语义浑成而真切，至今传颂口熟，仍不觉其滥。”（《瀛奎律髓刊误》卷四十三）评价比较客观。

[1] 零落：飘零。残魂：饱受打击后的精神状态。黯然：心情沮丧的样子。暗用江淹《别赋》中“黯然销魂者，惟别而已矣”句意。越江：即粤江，这里指柳江。　[2] 去国：离开京城。六千里：柳州到长安路途，此处举成数。投荒：贬谪到荒僻之地。十二年：自永贞元年（805）贬永州司马到写此诗时（816）整十二年。　[3] 桂岭：山名，在今广西境内，此处泛指柳州附近山岭。瘴：瘴气，南方山林里湿热而致病的毒气。洞庭：洞庭湖，古称云梦、九江和重湖，因湖中洞庭山（即今君山）而得名。处于长江中游荆江南岸，由岳阳市城陵矶注入长江。　[4] 荆门：山名，在今湖北宜都市西北长江南岸，与北岸之虎牙山相对。

酬曹侍御过象县见寄

破额山前碧玉流，骚人遥驻木兰舟[1]。
春风无限潇湘意，欲采蘋花不自由[2]。

本诗作于柳州，是柳宗元得到旧友曹侍御写于象县（今广西象州）的赠诗后写下的。诗中叙写怀念旧友的情谊，表达出对贬谪生活的愤慨与不平，展示出诗人对自由的渴望。全诗寓情于景，用笔委婉曲折，耐人寻味。清人沈德潜《说诗晬语》

卷上："李沧溟推王昌龄'秦时明月'为压卷……愚谓李益之'回乐峰前'，柳宗元之'破额山前'，刘禹锡之'山围故国'……气象稍殊，亦堪接武。"充分肯定此诗的价值和地位。其《唐诗别裁》卷二十中又对其风格特色进行分析："欲采蘋花相赠，尚牵制不能自由，何以为情乎？言外有欲以忠心献之于君而未由意，与《上萧翰林书》同意，而词特微婉。"点出其"微婉"的特点，评价比较恰当。

［1］破额山：当是象县一带的山名，今已不可考。碧玉：指代绿水。骚人：本指屈原、宋玉等楚辞作家，后也用来称诗人，此处指曹侍御。木兰舟：用木兰这类好木料做的船。　［2］潇湘：湖南境内两条河流。湘水至永州市零陵区城北与潇水合流，合称潇湘。蘋花：一种水生植物，春天开白花，可供人赏玩。古人习惯采花赠人，以表感情。

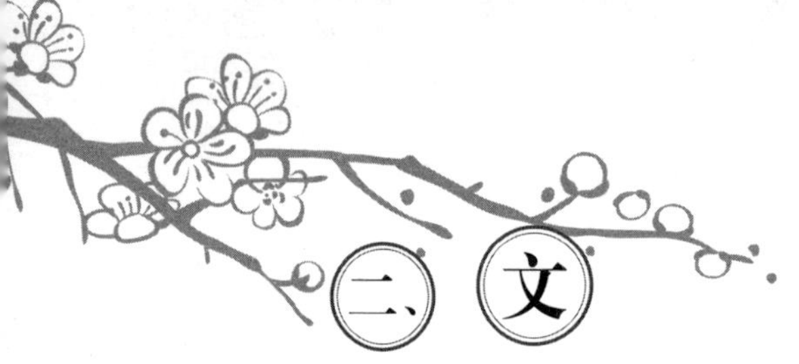

小石潭记

从小丘西行百二十步[1]，隔篁竹[2]，闻水声，如鸣珮环[3]，心乐之。伐竹取道，下见小潭，水尤清洌[4]。全石以为底[5]，近岸，卷石底以出[6]，为坻，为屿，为嵁，为岩[7]。青树翠蔓[8]，蒙络摇缀，参差披拂[9]。

潭中鱼可百许头[10]，皆若空游无所依[11]。日光下澈，影布石上[12]，佁然不动[13]；俶尔远逝[14]，往来翕忽[15]，似与游者相乐。

潭西南而望，斗折蛇行，明灭可见[16]。其岸势犬牙差互[17]，不可知其源。

坐潭上，四面竹树环合，寂寥无人，凄神寒骨，悄怆幽邃[18]。以其境过清[19]，不可久居，乃记之而去。

同游者：吴武陵，龚古，余弟宗玄。隶而从者，崔氏二小生[20]，曰恕己，曰奉壹。

本文是柳宗元“永州八记”的第四篇。文章突出特点是体物细微，刻画精工，描摹真切准确，如同一幅精妙绝伦的山水画。在不到二百字的短短篇幅中，作者以简洁精练之笔，创造出一种静谧幽深、如诗如画的意境，其中石之奇、水之清、鱼之乐、人之情都跃然纸上，有虚有实，动静相映，最能代表柳宗元山水游记善于体察物情的特色。文中一方面描绘了小石潭的特殊景物和境界，另一方面也流露出作者的身世之感。

文章别具匠心，紧紧抓住一个“清”字，着力突出潭清、境清的物态特征。首先，作者以鱼为参照物，用虚实相间、动静映衬之法，用力描绘潭水之“清”。接着，作者由极写客观存在的小石潭水之清，又延伸到描绘石潭四周的环境，以精练之笔，描写石潭环境之清。最后因“其境过清”，以至于“不可久居”，更见其清。应该注意的是：虽然潭水与周围环境都是一个“清”字，但是意味不同，给作者造成的心理感受也不同：潭水之清，不仅清得可爱，令人愉快，而且还有人鱼同乐之趣；环境之清，因为“过清”，凄神寒骨，因而使作者由乐而悲，引出自己被贬远荒的身世遭际之感。可是作者体物视角的转换，心理感受的变化，两种境界的衔接，浑然一体，确实是神来之笔。清人沈德潜在《唐宋八家文读本》卷九中评价说：“记潭中鱼数语，动定俱妙。后全在不尽，故意境弥深。”赞美此文在意境创造上的成就。近代林纾在《古文辞类纂选本》卷九中又从写作艺术手法上入手进行分析：“此等写景之文，即王维之以画入诗，亦不能肖。潭鱼受日不动，景状绝类花坞之藕香桥，桥下即清潭，游鱼百数聚日影中，见人弗游，一举手，则争窜入潭际幽兰花下，所谓‘往来翕忽，与游者相乐’，真体物到极神化处矣。”指出其写景与体物方面的过人之处，也特别值得我们参考。

注释

[1] 小丘：《永州八记》首尾贯通，互相连缀，所以“小丘”承前篇《钴鉧潭西小丘记》而来。　[2] 篁（huáng）竹：竹林。篁：泛指竹子。　[3] 如鸣珮环：好像人身上佩戴的玉佩玉环相碰发出的声音。佩、环：都是玉制的装饰品，古时人们将它系于腰带上，行走时会发出响声，这里用来形容水声清脆悦耳。　[4] 清冽（liè）：清凉，形容清澄而又寒冷。　[5] 全石以为底：即“以全石为底”，意思是（潭）以整块石头为底。　[6] 近岸，卷石底以出：靠近岸的地方，石底有些部分翻卷过来露出水面。以出：而出。　[7] 为坻（chí），为屿（yǔ），为嵁（kān），为岩：成为坻、屿、嵁、岩各种不同的形状。坻：水中高地。屿：小岛。嵁：不平的岩石。岩：高耸的大石头。　[8] 翠蔓：翠绿的茎蔓。　[9] 蒙络摇缀，参差（cēn cī）披拂：覆盖、缠绕、摇动、联结，参差不齐，随风飘荡，即遮掩缠绕，摇动连缀。　[10] 可百许头：大约有一百来条。可：约。许：表示对数量的估计。头：尾，条。　[11] 皆若空游无所依：

都好像在空中游动，什么凭借也没有，形容水清澈。［12］日光下澈，影布石上：阳光直照到水底，鱼的影子映在石上。澈：透过。［13］佁（yǐ）然不动：（鱼影）呆呆地一动不动。佁然：静止的样子。［14］俶（chù）尔远逝：忽然间向远处游去了。俶尔：忽然。［15］往来翕（xī）忽：来来往往轻快敏捷。翕忽：迅疾的样子。［16］斗折蛇行，明灭可见：（泉水）曲曲折折，（望过去）一段看得见，一段又看不见。形容溪流像北斗七星那样形状曲折，像蛇爬行那样弯曲。又时隐时现。斗折：像北斗七星那样曲折。蛇行：像蛇爬行那样弯曲。［17］犬牙差（cī）互：像狗的牙齿那样互相交错。［18］凄神寒骨，悄怆幽邃（suì）：（使我）感到心神凄凉，寒气透骨，寂静极了，幽深极了。悄怆：寂静得使人感到忧伤。幽邃：幽深。［19］清：凄清，冷清。［20］隶而从者，崔氏二小生：跟着一同去的，有姓崔的两个年轻人。隶：依附。小生：年轻人。

始得西山宴游记[1]

自余为僇人[2]，居是州[3]，恒惴栗[4]。其隙也[5]，则施施而行[6]，漫漫而游[7]，日与其徒上高山[8]，入深林，穷回溪，幽泉怪石，无远不到。到则披草而坐，倾壶而醉。醉则更相枕以卧，卧而梦。意有所极[9]，梦亦同趣[10]。觉而起，起而归。以为凡是州之山水之有异态者，皆我有也，而未始知西山之怪特[11]。

今年九月二十八日，因坐法华西亭[12]，望西山，始指异之[13]。遂命仆人，过湘江[14]，缘染溪[15]，斫榛莽[16]，焚茅茷[17]，穷山之高而止[18]。攀援而登，箕踞而遨[19]，则凡数州之土壤，皆在衽席之下[20]。其高下之势，岈然[21]，洼然[22]，若垤[23]，若穴[24]。尺寸千里[25]，攒蹙累积[26]，莫得遁隐[27]。萦青缭白[28]，外与天际[29]，四望如一。然后知是山之特立，不与培塿为类[30]。悠悠乎与颢气俱[31]，而莫得其涯[32]；洋洋乎与造物者游[33]，而不知其所穷。引觞满酌[34]，颓然就醉，不知日之入。苍然暮色，自远而至，至无所见而犹不欲归。心凝形释[35]，与万化冥合[36]。然后知吾向之未始游[37]，游于是乎始[38]。故为之文以志[39]。是岁，元和四年也。

导读

本文是作者著名的“永州八记”之首，文中记述了作者于元和四年（809）九月二十八日发现和宴游永州西山的经过，在生动细腻地描绘自然景物的同时，又写出了自己游西山而获得的感受，在山光水色中融入自己的情思。文章的第一部分记述游西山之前平日的游览情景，第二部分记述宴游西山的经过和感受。应该说，本文代表了柳宗元山水游记善以自然山水之美与作者人格之美相融合的基本特色，在中国古代游记散文中占有很高的地位。

后世文学评论家曾从思想和艺术两个层面对此文进行评价。章士钊在《柳文指要》二十九中从思想性上切入：“又读子厚《始得西山宴游记》：‘日与其徒上高山，入深林，穷回溪，幽泉怪石，无远不到，到则披草而坐，倾壶而醉，醉则更相枕以卧，卧而梦，意有所极，梦亦同趣，觉而起，起而归，以为凡是州山水之有异态者，皆我有也。’此与庄子言‘以为天下之美为尽在己也’，有人己及知足不知足之别，无他，攘天下之美以为己有，在思想上非盗跖无从得其全面。人不论品高质粹至于何等，孔丘、盗跖之真消息，固无往而不相通。由前之说，凡美皆拒斥；由后之说，凡美皆豪夺。天下唯通人如子厚，始解潜移此相反之极思，使进入别一高华之境以相成，而自养，而乐育人。”认为此文在思想境界上与庄子相通，有“知足”之乐，确实是有见地的。从艺术角度对此文进行评价的，人数众多，其中清人沈德潜在《唐宋八家文读本》卷九中的言论比较精当：“从‘始得’字着意，人皆知之。苍劲秀削，一归元化，人巧既尽，浑然天工矣。此篇领起后诸小记。”赞美此文自然天成之妙。

注释

［1］西山：在今湖南省永州市零陵区。　［2］僇（lù）人：罪人，因作者贬官永州，所以这样说。僇（lù）：同“戮”，刑辱。　［3］是州：永州。　［4］恒：经常。惴（zhuì）栗：忧惧不安的样子。　［5］隙：闲暇，指公务之暇。　［6］施施（yí yí）：缓慢行走的样子。　［7］漫漫：舒散无拘。　［8］日：每天。其徒：指自己的随从。　［9］极：至。　［10］趣：通“趋”，往，奔。　［11］未始：不曾。怪特：奇怪独特的样子。　［12］法华西亭：法华，寺名，在永

州市零陵区东山上。柳宗元元和四年（809）于寺西建亭，所以叫西亭。当时作者还作《永州法华寺新作西亭记》记述这件事。　［13］指异：指点着觉得奇怪。　［14］湘江：源出广西，流经湖南省境。　［15］缘：沿着。染溪：潇水支流，在永州市西南。一名冉溪，柳宗元把它改名为愚溪。　［16］斫（zhuó）：砍。榛莽：草木丛。　［17］焚（fén）：烧。茅茷（fá）：茅草之类的东西。茷：草叶茂盛。　［18］穷山：一直爬到山顶，到了尽头为止。　［19］箕（jī）踞：席地而坐，两脚伸直岔开，从而成簸箕形，称箕踞。　［20］衽（rèn）席之下：极言离自己很近，就像在身边一样。衽：席子。　［21］岈然：山势隆起的样子。　［22］洼然：深陷的样子。　［23］若垤（dié）：像蚁穴边的积土。　［24］若穴：像洞穴一样。　［25］尺寸千里：本来千里之远，但是就像仅有尺寸大小。　［26］攒蹙（cuán cù）：聚集压缩的意思。　［27］莫得遁隐：尽收眼底，一览无余。　［28］萦青缭白：形容青山与白水相互萦绕的样子。　［29］际：接。　［30］培塿（lóu）：小土堆。　［31］悠悠乎：形容邈远的样子。颢（hào）气：这里指天地自然之气。俱：在一起。　［32］涯：边际。　［33］洋洋乎：形容广大的样子。造物者：天地、自然。　［34］引觞（shāng）：端起酒杯。　［35］心凝：精神专注而忘我，好像与万物相融合。　［36］万化：自然万物。冥合：相融为一，浑然一体。　［37］向：以前。　［38］于是：从此。　［39］志：记。

与韩愈论史官书[1]

正月二十一日，某顿首十八丈退之侍者前[2]：获书言史事，云具与刘秀才书[3]，及今乃见书稿，私心甚不喜，与退之往年言史事甚大谬。

若书中言，退之不宜一日在馆下，安有探宰相意，以为苟以史荣一韩退之耶[4]？若果尔，退之岂宜虚受宰相荣己而冒居馆下[5]，近密地，食奉养，役使掌固[6]，利纸笔为私书，取以供子弟费？古之志于道者，不若是[7]。

且退之以为纪录者有刑祸，避不肯就，尤非也[8]。史以名为褒贬，犹且恐惧不敢为；设使退之为御史中丞大夫[9]，其褒贬成败人愈益显，其宜恐惧尤大也，则又将扬扬入台府[10]，美食安坐，行呼唱于朝廷而已耶[11]？在御史犹尔，设使退之为宰相，生杀、出入、升黜天下士[12]，其敌益众，则又将扬扬入政事堂[13]，美食安坐，行呼唱于内廷外衢而已耶[14]？何以异不为史而荣其号、利其禄者也[15]？

又言“不有人祸，则有天刑”，若以罪夫前古之为史者[16]，然亦甚惑。凡居其位，思直其道，道苟直，虽死不可回也[17]；如回之，莫若亟去其位。孔子困于鲁、卫、陈、宋、蔡、齐、楚者，其时暗，诸侯不能行也[18]；其不遇而死，不以作《春秋》故也。当其时，虽不作《春秋》，孔子犹不遇而死也。若周公、史佚，虽纪言书事，犹遇且显也[19]，又不得以《春秋》为孔子累。范晔悖乱，虽不为史，其宗族亦赤[20]。司马迁触天子喜怒，班固不检下，崔浩沽其直以斗暴虏，皆非中道[21]。左丘明以疾盲，出于不幸；子夏不为史亦盲，不可以是为戒[22]。其余皆不出此。是退之宜守中道不忘其直，无以他事自恐[23]。退之之恐，唯在不直、不得中道，刑祸非所恐也[24]。

凡言二百年文武士多有诚如此者[25]。今退之曰：我一人也，何能明[26]？则同职者又所云若是，后来继今者又所云若是，人人皆曰“我一人”，则卒谁能纪传之耶[27]？如退之但以所闻知孜孜不敢怠，同职者、后来继今者亦各以所闻知孜孜不敢怠，则庶几不坠，使卒有明也[28]。不然，徒信人口语，每每异辞[29]，日以滋久，则所云“磊磊轩天地”者，决必沉没，且乱杂无可考，非有志者所忍恣也[30]。果有志，岂当待人“督责迫蹙”然后为官守耶[31]？

又凡鬼神事，渺茫荒惑无可准，明者所不道。退之之智而犹惧于此[32]。今学如退之，辞如退之，好议论如退之，慷慨自谓正直行行焉如退之[33]，犹所云若是，则唐之史述其卒无可托乎？明天子、贤宰相得史才如此，而又不果，甚可痛哉！退之宜更思，可为速为[34]。果卒以为恐惧不敢，则一日可引去，又何以云“行且谋”也[35]？今人当为而不为，又诱馆中他人及后生者，此大惑已[36]。不勉己而欲勉人，难矣哉！

导读

本文作于元和九年（814），是柳宗元读了韩愈《答刘秀才论史书》一文之后，针对其史学观点而作。文章第一段从总体上批评韩愈关于修史的错误观点。“与退之往年言史事甚大谬。”是总体否定。然后从五个方面逐一加以批驳：第一，批评韩愈身兼史职，却避人祸不肯作史；第二，批评韩愈避天刑不肯作史；第三，批评韩愈推诿同列不肯作史；第四，批评韩愈惑信鬼神不肯作史；第五，批评韩愈下负所学上负君相不肯作史。文章最后一段包含三层意思：一是勉励韩愈要作史，二是激发韩愈应该作史，三是严厉责备韩愈逃避作史的思想和行为：“今人当为而不为，又诱馆中他人及后生者，此大惑已。”认为其思想和行为太糊涂。此文颇受后人关注。清人金圣叹在《天下才子必读书》卷十二中说：“句句雷霆，字字风霜。柳州人物高出昌黎上一等，于此书可见。”不仅赞美其写作成就，而且强调柳文高过韩文。近代林纾《柳文研究法》对此文的评价和分析更加全面：“词意严切，文亦仿佛退之。此为子厚与书类中之第一篇。退之《答刘秀才书》，言为史者‘不有人祸，必有天刑’，柳州则以为退之身兼史职，既畏刑祸，则不宜领职。故劈头说破……综言之，恃直恃道，则一无所恐。不惟斥驳退之，语中亦含推崇与慰勉二意。后幅将恐字逼下，言恐刑祸者非明人。而学如退之，议论之美如退之，生平秉直如退之，似必不惧，乃仍惧而不为，则《唐史》将何望？抬高退之，不遗余力，亦见得朋友相知之深，故责望如此。文逐层翻驳，正气凛然。”从思想内容到写作方法，逐一分析，把握住了柳宗元这篇文章的要点。

注释

[1] 韩愈论史官书：韩愈《答刘秀才论史书》。刘秀才：刘轲。秀才：对应举的读书人的美称，不是指科举中的秀才科。　[2] 某顿首十八丈退之侍者前：客套话，意思是不敢与收信人平等相对，只能请侍者转达。某：柳宗元自谓。顿首：磕头；书简用语，表示致敬，常用于结尾。丈：对长辈的尊称，韩愈排行第十八，因称之“十八丈”。退之：韩愈的字。侍者：侍者有多个含义，一般指随侍主人，左右听候使唤的人。　[3] “获书言史事”二句：前不久接到来信，信

中谈到您不愿做史官的事情，并且说理由都在给刘轲秀才的信中说明了。具：副词，通“俱”，都，全部。与刘秀才书：即韩愈《答刘秀才论史书》。刘轲给韩愈信，希望他修好国史。　　[4]“退之不宜一日在馆下”三句：您连一天也不合适在史馆里待着，怎么会揣度宰相的意图和想法，认为是随便用做史官来荣耀一个韩退之吗？史馆：即编修史书的专门官署，当时韩愈以比部郎中兼任史馆修撰。安有：怎么会有，哪有。安：副词，表示疑问，相当于“怎么”“岂”。探：揣度，琢磨。　　[5]“若果尔”二句：如果是这样，您哪能无其德才而白受宰相所给的荣耀而冒着虚名待在史馆中。冒：用假的充当真的，这里主要是充数之意。　　[6]“近密地”三句：接近机密要地，吃俸禄，使唤管理文献资料的小吏。密地：机密要地，此处指皇宫要地。掌固：古代官名。唐代尚书省等中央部门的属官，为史馆内的小吏。　　[7]“利纸笔为私书”四句：利用官家的纸笔为自己私人著述，进而获取供养子弟的费用？古代有道之士不像您这样。私书：为自己个人著述。　　[8]“且退之以为”三句：而且您认为编修史书的人有可能受刑罚处分遇到灾祸，所以就逃避不去就职，就更加不对了。纪录者：史官，修史之人。有刑祸：有刑罚灾祸。这里是就韩愈《答刘秀才书》中“夫为史者不有人祸，则有天刑”之言而发。　　[9]“史以名为褒贬”三句：史官以谥号对人物和事件进行褒贬，尚且恐惧不敢做，假如让你韩退之做御史中丞大夫。犹且：尚且，还。御史中丞：官名，职责是对政府官员监察、弹劾（hé）。　　[10]“其褒贬成败人愈益显”三句：那时您的褒贬对别人的成败影响更加显著，那应该是恐惧更加大了，却又将要得意扬扬地进入御史台。扬扬：得意的样子。　　[11]“美食安坐”二句：品尝美食，安闲而坐，只是在朝廷上呼喊万岁就完事了吗？呼唱：古时朝廷升朝仪式，呼皇帝“万岁”，唱自己姓名。　　[12]“在御史犹尔”三句：在御史尚且这样，如果让您做宰相，掌握是生是死、调出调入、升迁罢免天下士的权力。出入：调出调入。升黜：升迁罢免。　　[13]“其敌益众”二句：您的敌人更多，那您又要得意扬扬地进入宰相的政事堂。政事堂：宰相官署。　　[14]“美食安坐”二句：品尝美食，安闲而坐，只是在内廷里呼喊万岁在宫廷外显示威风就完事了吗？外衢：宫禁之外。　　[15]“何以异不为史”句：这与不履行史官的职责却享受其荣耀、利禄有什么区别呢？何以异：有什么不同。　　[16]“若以罪夫前古”句：如果凭这一点怪罪从前一些修史的人。　　[17]“凡居其位”四句：凡是在史官位置上的，就应该正其道，其道如果正了，即使被处死也不能改变初衷。直其道：使其道正。直：正。　　[18]“孔子困于鲁”三句：当年孔子之所以被困在鲁国、卫国、陈国、宋国、蔡国、齐国、楚国，是因为那个时代黑暗，各路诸侯不能行其儒道。　　[19]

“若周公、史佚（yì）”三句：像周公、史佚，虽然纪言纪事，依然被重用并且地位显赫高贵。周公：西周初期政治家、军事家、思想家、教育家。史佚：原名尹佚、尹逸，西周初年太史。纪言书事：古代关于史官分工的说法。《汉书·艺文志》：“左史记言，右史记事。事为《春秋》，言为《尚书》。帝王靡不同之。” ［20］“范晔悖（bèi）乱”三句：范晔悖逆作乱，即使他不修史，其宗族也会被诛灭的。悖乱：犹叛乱。 ［21］“司马迁触天子喜怒”四句：司马迁触怒天子，班固不管束自己的下人，崔浩兜售自己的正直，同暴虐的北魏鲜卑贵族抗衡，都不是中正之道。崔浩：北魏政治家、军事家。中道：中正之道。 ［22］“左丘明以疾盲”四句：左丘明因为疾病失明，实在是出于不幸；子夏不做史官也成了盲人，不能以这为戒。 ［23］“是退之宜守中道不忘其直”二句：因此您应该坚守中正之道，不忘作为史官的正直操守，不要因为其他事情而自己担心和恐惧。直：正直。自恐：自己担心害怕。 ［24］“退之之恐”三句：您害怕的只有不正直、不能坚守中正之道，刑罚和灾祸不应是您所害怕的。 ［25］“凡言二百年文武士”句：您说我们大唐二百年来文武之士很多，确实如此。诚如此：确实如此，的确这样。 ［26］“今退之曰”二句：今天您说：我一个人如何能弄清楚呢？这是就韩愈文中“岂一人卒卒能纪而传之耶”的话题来说的。 ［27］“后来继今者”三句：后来继任史官之职的人又是这种说法，人人都说“我仅仅是一个人”，那么最终谁能够写历史传记呢？纪传：指纪传体史书中的本纪与列传，重点是以人物传记为中心叙述史实。“纪”是帝王本纪，列在全书前面；“传”是其他人物的列传。该体裁形式始于《史记》。 ［28］“如退之但以所闻”四句：如果您只把自己所见所闻的史料不知疲倦不敢怠慢地写出来，您的同事和后来的继任者也各自把所见所闻的史料不知疲倦不敢怠慢地写出来，那么史实差不多就不会失传，使其终能明白清楚。庶几：或许，差不多。 ［29］“不然”三句：不这样的话，只是听信人们的口头传说，往往说法各不相同。每每：经常，时常，往往。异辞：说法不同。 ［30］“日以滋久”五句：时间越来越长，那么所说的磊落光明、顶天立地的人物，一定会湮灭无闻，而且其事迹混乱驳杂而没法考证，这不是有志修史的人所能容忍、放纵的。磊磊轩天地：韩愈文中语。磊磊：高大、卓越的样子。轩天地：高大如天地。 ［31］“果有志”二句：如果真有这样的志向，难道还会等待他人督促强迫，然后才尽自己作为史官的职守吗？督责迫蹙：引用韩愈文中语。督促责备催逼。 ［32］“又凡鬼神事”四句：另外，凡是鬼神之事，渺茫荒惑没有准儿，明智的人是不谈的。你这样聪明睿智的人却害怕这类事情。惧于此：指韩愈所说的“若有鬼神，将不福人。……实不敢率尔为也”。 ［33］“今学如退之”

四句：如今学问如您、文辞如您、喜欢议论如您，慷慨激昂，自称正直刚强如您。行行（háng háng）：刚强的样子。　　[34]“退之宜更思”二句：您应该重新考虑此事，认为可以做就快做。速为：快做。　　[35]“果卒以为恐惧”三句：果真因为恐惧不敢做，那就快点辞去职务，又为什么说“将要考虑辞职”呢？行且谋：将要考虑。化自韩愈原话“行且谋引去”。　　[36]“今人当为而不为”三句：当今应当做的您不做，又诱使馆中其他人以及年轻人也不作为，这也太糊涂了。此语针对韩愈文中“今馆中非无人，将必有作者勤而纂之。后生可畏……亦宜勉之”等语而发。

答韦中立论师道书[1]

二十一日，宗元白[2]：辱书云欲相师[3]。仆道不笃，业甚浅近，环顾其中，未见可师者[4]。虽常好言论，为文章，甚不自是也[5]。不意吾子自京师来蛮夷间，乃幸见取[6]。仆自卜固无取；假令有取，亦不敢为人师。为众人师且不敢，况敢为吾子师乎[7]？

孟子称“人之患在好为人师[8]”。由魏晋氏以下，人益不事师。今之世不闻有师；有辄哗笑之，以为狂人[9]。独韩愈奋不顾流俗，犯笑侮，收召后学，作《师说》，因抗颜而为师[10]。世果群怪聚骂，指目牵引，而增与为言辞[11]。愈以是得狂名，居长安，炊不暇熟，又挈挈而东，如是者数矣[12]。

屈子赋曰：“邑犬群吠，吠所怪也[13]。”仆往闻庸、蜀之南，恒雨少日，日出则犬吠，余以为过言[14]。前六七年，仆来南，二年冬，幸大雪，逾岭被南越中数州[15]。数州之犬，皆苍黄吠噬狂走者累日，至无雪乃已[16]。然后始信前所闻者。今韩愈既自以为蜀之日，而吾子又欲使吾为越之雪，不以病乎[17]？非独见病，亦以病吾子。然雪与日岂有过哉？顾吠者犬耳[18]。度今天下不吠者几人？而谁敢衒怪于群目，以召闹取怒乎[19]？

仆自谪过以来，益少志虑。居南中九年[20]，增脚气病，渐不喜闹，岂可使呶呶者早暮咈吾耳、骚吾心？则固僵仆烦愦，愈不可过矣[21]。平居望外遭齿舌不少，独欠为人师耳[22]。

抑又闻之，古者重冠礼，将以责成人之道，是圣人所尤用心者也[23]。数百年来，人不复行。近有孙昌胤者，独发愤行之。既成礼，明日造朝，至外庭，荐笏言于卿士曰："某子冠毕。"应之者咸怃然[24]。京兆尹郑叔则怫然曳笏却立，曰："何预我耶？"廷中皆大笑。天下不以非郑尹而快孙子，何哉？独为所不为也[25]。今之命师者，大类此[26]。

吾子行厚而辞深，凡所作，皆恢恢然有古人形貌[27]，虽仆敢为师，亦何所增加也？假而以仆年先吾子，闻道著书之日不后，诚欲往来言所闻，则仆固愿悉陈中所得者[28]。吾子苟自择之，取某事去某事，则可矣。若定是非以教吾子，仆材不足，而又畏前所陈者，其为不敢也决矣[29]。吾子前所欲见吾文，既悉以陈之，非以耀明于子，聊欲以观子气色，诚好恶何如也[30]。今书来，言者皆大过。吾子诚非佞誉诬谀之徒，直见爱甚故然耳[31]。

始吾幼且少，为文章以辞为工[32]。及长，乃知文者以明道，是固不苟为炳炳烺烺，务采色，夸声音，而以为能也[33]。凡吾所陈，皆自谓近道，而不知道之果近乎，远乎？吾子好道而可吾文，或者其于道不远矣[34]。故吾每为文章，未尝敢以轻心掉之，惧其剽而不留也[35]；未尝敢以怠心易之，惧其弛而不严也[36]，未尝敢以昏气出之，惧其昧没而杂也[37]；未尝敢以矜气作之，惧其偃蹇而骄也[38]。抑之欲其奥，扬之欲其明，疏之欲其通，廉之欲其节。激而发之欲其清，固而存之欲其重，此吾所以羽翼夫道也[39]。本之《书》以求其质，本之《诗》以求其恒，本之《礼》以求其宜，本之《春秋》以求其断，本之《易》以求其动，此吾所以取道之原也[40]。参之穀梁氏以厉其气，参之《孟》《荀》以畅其支，参之《庄》《老》以肆其端，参之《国语》以博其趣，参之《离骚》以致其幽，参之太史公以著其洁，此吾所以旁推交通而以为之文也[41]。凡若此者，果是耶，非耶？有取乎，抑其无取乎？吾子幸观焉择焉，有余以告焉[42]。

苟亟来以广是道，子不有得焉，则我得矣[43]，又何以师云尔哉！取其实而去其名，无招越蜀吠怪，而为外廷所笑，则幸矣[44]！宗元复白。

导读

此文作于唐宪宗元和八年（813），是柳宗元写给韦中立的一封回信。此前韦中立曾给柳宗元写信，表示要拜他为师，这封信是专门就韦中立拜师一事而作。信中主要论述了两方面的问题：一是师道的问题，一是为文的问题。关于师道问题，作者从主观和客观两个方面入手，说明自己不能为师的主要原因。客观原因是当时社会风气非常恶劣，师道已衰，并且以韩愈为例加以证明：韩愈不顾流俗，抗颜为师，结果遭到笑骂攻击，以致被逼得不能安其位。主观原因是自己是被贬谪流放之人，处境艰难，不宜为师。其字里行间表现出对当时社会不尊师道的恶劣风气的极度不满。关于为文之道问题，作者首先指出文学的社会功用，强调“文以明道”。其次，着重谈创作态度和写作方法与技巧问题，其中特别总结了自己长期以来的创作经验，委婉地说明了自己写作成功的原因。再次，论述了如何学习历史遗产、借鉴前人创作经验的问题。强调文章的思想内容要出自五经，而写作方法则应该广泛地吸取诸家的精华和营养。文章最后表示希望相互交往，共同探讨为文之道，并且照应开头，再次委婉地拒绝了对方拜师的要求。可见，本文的要点是表达自己对师道的态度和文学观。应该说明的是：柳宗元虽然名义上不接受师之名，但是其文章中所论为师、为文之道，其实已经起到了老师的启发与指导作用。清人孙琮在《山晓阁评点唐柳柳州全集》中指出：“合前后看来，虽是辞为师之名，然已尽为师之实。前半篇，说世人不知有师，已骂尽世人。后半篇，说自己为文，亦是赞尽自己。盖师以明道，今说己文章所以明道，则是有得乎师之文者，即得以师之；己虽不言师，而师之能事已尽。一结说出通篇主意，真是全力大量。”其中“虽是辞为师之名，然已尽为师之实”与“己虽不言师，而师之能事已尽”确实说到了点子上。

注释

［1］韦中立：永州刺史韦彪之孙，京兆人，起初三试而不第，后于元和十四年（819）中进士。元和八年，致书柳宗元，求其为师。柳宗元回此信，委婉拒绝。后来韦中立离开永州，柳宗元曾作《送韦七秀才下第求益友序》一文为他送行。论师道：谈论为师之道。　［2］白：禀告，报告。　［3］辱书云，欲相师：承

蒙您来信说，打算拜我为师。相师：以我为师。相：动作由一方来而有一定对象的。　[4]“仆道不笃”四句：我的道德修养不够深厚，学识也非常浅薄，全面考察自己，没有看出自己有值得学习的地方。　[5]“虽常好言论”三句：我虽然喜欢发议论、写文章，但是特别不自以为是。自是：自以为是，自认为正确。是：对的，正确。　[6]“不意吾子”二句：没想到您从京城来到这蛮夷之地，竟然幸运地被您看中。吾子：古时对人的尊称，可译为“您”。子：男子的美称。蛮夷间：蛮夷之地。此处指永州。蛮夷：指华夏族以外的其他民族，包括南蛮、北狄、西戎和东夷。多数情况下，蛮夷戎狄统称蛮夷或四夷。见取：被看重、欣赏，这里指被韦中立看成可以做老师的人。　[7]“仆自卜固无取”五句：我自我估量本来没有什么可取之处，即使有可取之处，也不敢做别人的老师。做普通人的老师尚且不敢，何况做您的老师呢？卜：算，估量。无取：没有可取之处。且：尚且。况：何况。　[8]孟子称“人之患在好为人师”：孟子曾经说过“人的毛病就是爱给别人当老师”。语出《孟子·离娄上》。　[9]“由魏晋氏以下”五句：自从魏晋以来，人们更不从师学习。当今这个世上没听说还有老师；如果有，就会有人喧哗起哄讥笑他，把他当作狂人。事师：从师学习。事：侍奉。哗：喧哗，起哄。　[10]“独韩愈奋不顾”五句：唯独韩愈奋然不顾流俗，冒着人们的嘲笑和侮辱，招收学生，作《师说》一文，于是就不屈服不妥协地做起老师来了。　[11]“世果群怪聚骂”三句：世人果然群起责怪，相聚咒骂，指指点点，挤眉弄眼，拉拉扯扯，而且添油加醋地造谣诽谤他。指：指指点点，通过手指的动作来表示非议和否定的态度。目：使眼色，表示不满或蔑视。牵引：拉拉扯扯。牵，向前拉。引，向后拉。增与：添加，增加。　[12]“愈以是得狂名”五句：韩愈因此得了一个“狂”名。居住在长安时，没等饭做熟，就又急急忙忙地向东去洛阳，像这样的情况已经有好多次了。挈挈（qiè qiè）：急切、慌忙的样子。东：向东去。　[13]屈子赋曰：“邑犬群吠，吠所怪也。”：屈原的赋里写道：“城市里的狗成群结队地狂叫，叫的是它们感到奇怪的东西。”语出屈原《楚辞·怀沙》。　[14]“仆往闻庸、蜀之南”四句：我往年听说庸、蜀之南经常下雨，很少见到太阳，太阳一出狗就叫。我以为这是过分夸大之辞。庸蜀：泛指四川。庸、蜀：皆为古国名。庸在川东夔州一带，蜀在成都一带。　[15]“前六七年”五句：六七年前，我来到南方。元和二年的冬天，幸好天下大雪，越过五岭山脉，覆盖了南越的多个州。仆来南：指的是唐顺宗永贞元年（805），柳宗元被贬邵州，再贬为永州司马。二年：即唐宪宗元和二年（807）。大雪：下大雪。逾岭：越过五岭。被：古同“披”，覆盖。南越：唐朝时期是指中国南方的五岭之南的地区，相当于现在的广东、广西、海南全境，以及湖南、江西等省的部分地区。　［16］“数州之犬”三句：几个州的狗，都惊慌地又叫又咬，狂奔好几天，直到雪没了才停止。苍黄：匆促，慌张。也作“仓皇”。累日：数日，好几天。　［17］“然后始信”四句：然后我才相信以前所听说的话。如今韩愈既然自认为是蜀地之日，而您又想让我成为越地之雪，岂不是让我因此受到诟病吗？病：诟病，指责。　［18］“非独见病”四句：不仅我会受到诟病，人们也会因此指责您。然而雪和太阳难道有罪过吗？只不过狂叫的是狗罢了。　［19］“度（duó）今天下”三句：推测一下，当今天下见到奇怪之事不像狗那样狂叫的能有几个人？而谁又敢在众目睽睽之下炫耀怪异，在众人眼前显出自己与众不同，因而招致喧闹和恼怒呢？度：推测，忖度。衒（xuàn）：同“炫”，夸耀。怪：怪异，奇怪。　［20］“仆自谪过”三句：我自从被贬谪以来，越发缺少意志和思虑。居住在南方九年。谪过：因罪过而被贬谪。居南中：南中在历史上指今天的云南、贵州和四川西南部。三国时期，南中成为蜀汉的一部分。　［21］“增脚气病”五句：添了脚气病，逐渐地不喜欢喧闹，怎能让那些摇唇鼓舌的人从早到晚地逆我耳、乱我心呢？那必然会使我僵卧不起，心烦意乱，更加不能生活下去了。呶呶（náo náo）：说话唠叨，含有使人讨厌的意思。咈（fú）：违背，违逆。骚：骚乱，扰乱。固：固然，必然。僵仆：跌倒。烦愦（kuì）：心烦意乱。　［22］“平居望外”二句：平时我意外地遭受口舌不少，唯独还欠缺做别人老师所受到的非难和责怪。望外：意料之外。齿舌：口舌，指代诟病、非难之类的言论、议论。　［23］“抑又闻之”四句：我又听说，古时候很重视成年人加冠的礼仪，要用这方式来要求受冠者遵守做人之道。这是圣人特别花费心思的事情。冠礼：古代汉族男子二十岁行加冠礼，表示成年。　［24］“既成礼”五句：完成加冠礼之后，第二天上朝到了外廷，他把笏（hù）板插入绅带，对同僚们说：“我的儿子已经行过冠礼了”。听到此话的人都茫茫然莫名其妙。造朝：上朝。荐：插。笏：古代大臣上朝拿着的手板，用玉、象牙或竹片制成，上面可以记事。怃然：莫名其妙的状态。　［25］“京兆尹郑叔”六句：京兆尹郑叔则愤怒地变了脸色，拖着笏板向后退几步后站住，说：“这与我有什么关系呀！”外廷中的人都哄堂大笑。天下的人不因为这一点认为京兆尹郑叔则的话不对，也不以孙昌胤的话语为快，为什么呢？就是因为孙氏做了不该做的事。京兆尹：京城所在州的行政长官。唐开元初改雍州为京兆府，并增设少尹，以理府事。后世不置，但习惯上称呼京师所在地行政长官为京兆尹。怫（fú）然：生气、愤怒的样子。　［26］今之命师者，大类此：今天以老师自命的人，大都如此。　［27］“吾子行厚”三句：您的品行厚道而且文章造诣精深，凡是你所作之文，都气势恢宏，有古人文章风貌。恢恢然：宽阔广大的样子。　［28］“诚欲往来”二句：如果确实想要彼此交往，谈谈各自的所见所闻，那么我当然愿意把自己心中所知道的毫无保留地向您陈述。固：当然，固然。中：心中。　［29］“若定是非”四句：假如让我定是非来教导您，那我的才能不够，又怕出现前面所讲的为人师而遭人讥笑谩骂的问题，那我是一定不敢当您的老师了。　［30］“吾子前所欲见”五句：您以前想看我的文章，已经全部送给您了，不是用这些文章在您面前炫耀什么，姑且要以此看看您的态度和反应，真实的好恶怎么样。　［31］“吾子诚非”二句：您确实不是虚伪奉承、假话谄媚的人，只不过您过于看重我所以才这样做。见爱：敬辞。被别人看重。　［32］“始吾幼且少”二句：起初我年纪轻，阅历少，写文章时，总认为辞藻华美就好。幼：年幼，年纪轻。少：指阅历浅，经验少。工：精工，美妙，精致。　［33］“乃知文者”五句：才知道文章是用来明道的，这确实不是随便把文章写得光彩灿烂，讲究辞采色泽，炫耀声韵音律就自以为有本事的事情。炳炳烺烺（lǎng lǎng）：明亮，有光彩。务：追求，致力。采色：辞采色泽。夸：夸饰，炫耀。声音：这里指文字的声音韵律。　［34］“吾子好道”二句：你喜欢“道”，而且认可我的文章，可能离“道”不远了吧。　［35］“故吾每为文”三句：所以我每当写文章之时，未曾敢掉以轻心，害怕文章写得浮华而不沉着。轻心：不经意，轻率。掉：摆，引申为卖弄，耍。剽（piāo）：动作轻捷，引申为轻浮。留：沉着，沉稳。　［36］“未尝敢以怠心”二句：未曾敢用怠惰的态度和心情轻易从事写作，害怕文章行文松散而结构不严谨。　［37］“未尝敢以昏气”二句：从来不敢带着昏沉之气从事写作，害怕文章思想内容模糊不清而且杂乱无章。昏气：头脑迷糊，神志不清，处于昏昏然的精神状态。昧没：模糊不清。　［38］“未尝敢以矜气”二句：从来不敢以骄傲自大的态度来写作，害怕文章中充满傲慢的情绪而盛气凌人。矜气：骄傲自大的精神状态。偃蹇（yǎn jiǎn）：骄横，盛气凌人。　［39］“抑之欲其奥”七句：作文有时抑制内敛，就是要使文章含蓄、深刻；有时充分发挥，就是要使文章清朗明快；有时解释疏通，使文章通达流畅；有时节省笔墨，就是要使其文字有所节制而言简意赅。激浊扬清，以使文章内容清晰干净；集中而保留，使文章坚实厚重，这就是我在文章写作中用来辅助、阐明道的做法。抑：与“扬”相对，压，抑制。奥：深奥，含蓄。扬之：发扬，发挥。廉：廉洁，这里指节省笔墨。节：节制，这里指文字简洁。激而发之：涤荡淘汰，激浊扬清，把差的东西搅动起来淘汰掉，即对文章进行删削、修改。清：清晰，干净。羽翼：名词作动词用，辅助，辅佐，做帮手。　［40］“本之《书》以求其质”六句：以《尚书》为范本，以求得作品的朴实；以《诗经》为范本，以求得作品具有永恒的魅力；以《周礼》《仪礼》《礼记》为范本，以求得作品合乎行为规范；以《春秋》为范本，以求得判断是非的标准；以《周易》为范本，以求得把握事物变化的规律，这就是我获得为文之道的源泉。质：质朴，朴实。礼：应该是《三礼》，即《周礼》《仪礼》《礼记》。宜：适宜，合乎规范。断：判断是非。动：变动，变化。原：本原，源头。　［41］“参之穀梁氏”七句：参考《春秋穀梁传》以便磨炼文气，参考《孟子》《荀子》以便使文章条理畅达，参考《庄子》《老子》以便开拓文章思路，参考《国语》以便丰富文章的情趣，参考《离骚》以便使文章意蕴幽深，参考司马迁的《史记》以便显露出简洁的特点，这就是我所凭借的广泛推求、融会贯通的为文之法。穀梁氏：《春秋穀梁传》。厉：同“砺”，打磨，磨炼。气：文章气势。《孟》《荀》：《孟子》和《荀子》。畅：舒畅，通达。支：同“枝”，此处指文章的条理。《庄》《老》：《庄子》和《老子》。肆：开张，开拓，放大。端：端绪，思路。博：丰富，繁多。趣：兴趣，趣味。致：达到、获得，表达。幽：幽深，深沉。太史公：指司马迁的《史记》。著：显示，显露。洁：简洁。旁推：由此及彼地推论，多方探求。推：推求，推论。交通：交会贯通。　［42］“凡若此者”七句：凡是像我所讲的这些，到底是对呢，还是不对呢？有可取之处呢，还是没有可取之处呢？希望您考察、鉴别，有空闲时间请将意见告诉我。果：究竟，到底。　［43］“苟亟（qì）来”三句：如果我们经常来往交流，以开阔这种为文之道，您在这方面没有收获，但我却会有所得。苟：假如，如果。亟：屡次，多次。是道：这种为文之道。　［44］“取其实”四句：取它的实而去掉它的名称，不会招来南越和蜀地群狗的见怪，也不会招致外廷官员的讥笑，那就太幸运了。

童区寄传[1]

柳先生曰：越人少恩，生男女，必货视之[2]。自毁齿以上，父兄鬻卖，以觊其利[3]。不足，则取他室，束缚钳梏之[4]。至有须鬣者，力不胜，皆屈为僮[5]。当道相贼杀以为俗。幸得壮大，则缚取幺弱者[6]。汉官因以为己利，苟得僮，恣所为，不问[7]。以是越中户口滋耗[8]。少得自脱，惟童区寄以十一岁胜，斯亦奇矣[9]。桂部从事杜周士为余言之[10]。

童寄者，柳州荛牧儿也[11]。行牧且荛，二豪贼劫持，反接，布囊其口，去逾四十里，之虚所卖之[12]。寄伪儿啼，恐栗为儿恒状。贼易之，对饮，酒醉[13]。一人去为市，一人卧，植刃道上[14]。童微伺其睡，以缚背刃，力下上，得绝，因取刃杀之[15]。逃未及远，市者还，得童，大骇，将杀童。遽曰："为两郎僮，孰若为一郎僮耶？彼不我恩也。郎诚见完与恩，无所不可[16]。"市者良久计，曰："与其杀是僮，孰若卖之？与其卖而分，孰若吾得专焉[17]？幸而杀彼，甚善[18]。"即藏其尸，持童抵主人所，愈束缚牢甚[19]。夜半，童自转，以缚即炉火烧绝之，虽疮手勿惮，复取刃杀市者。因大号，一虚皆惊[20]。童曰："我区氏儿也，不当为僮。贼二人得我，我幸皆杀之矣！愿以闻于官[21]。"

虚吏白州，州白大府。大府召视儿，幼愿耳[22]。刺史颜证奇之，留为小吏，不肯。与衣裳，吏护还之乡[23]。乡之行劫缚者，侧目莫敢过其门，皆曰："是儿少秦武阳二岁，而讨杀二豪，岂可近耶[24]！"

本文是柳宗元根据桂部从事杜周士所讲的故事写成的，着重描写的是柳州牧童区寄在横遭劫持后，不畏强暴，依靠自己的勇敢和机智，先后杀掉两个豪强，最终安全返回家乡的动人情节，突出表现了儿童区寄性格上的几个特点：一是机智，其表现是被劫持后假装儿啼、恐栗、为儿恒状，使强盗掉以轻心。二是勇敢，其表现是趁强盗熟睡时取刀杀死看守他的强盗，此后在半夜时分，把捆绑自己的绳子靠近炉火烧断，虽然烧伤了手也不怕；最后取过刀来杀了要卖掉自己的另一个强盗。三是谨慎而明白事理，先是通过喊叫，把自己被劫持之事报告给了官府，尔后官府要留为小吏，自己不肯，一心回到自己的家乡。通过这样的情节描写和人物刻画，一方面揭露了中唐时期岭南地区官吏纵容豪强掠卖幼童，致使当地人口越发减少的罪恶行径，另一方面热情歌颂区寄不畏强暴、机智勇敢的斗争精神。清人沈德潜在《唐宋八家文读本》卷九中评价说："此即事传事，与《梓人》《宋清》《郭橐驼》诸传，别有寄托者异也。简老明快，字字飞鸣。辞令亦复工妙。假令其持地图藏匕首上殿，必不至变色失步，同秦舞阳之怯也。我爱之，畏之。"概括了本文即事传事、简洁明快的特色。清人孙琮《山晓阁评点唐柳柳州全集》卷四中赞美此文："事奇，人奇，文奇。叙来简老明快，在柳州集中又是一种笔墨。即语史法，得龙门之神。班、范以下，都以文字掩其风骨，推而上之，其《左》《国》之间乎！”点出本文突出的特色是“奇”，眼光独到。

[1]童区（ōu）寄：儿童区寄。区：姓。寄：名。传：文体名，传记。是主要记载人物事迹的文章体制。由他人记述称传，自述生平事迹称“自传”。　[2]“越人少恩”三句：越地的人寡恩薄情，生下儿女，必定视作商品。越：代称广东、广西地区。货：货物，这里指商品。　[3]“自毁齿以上”三句：孩子从换牙的七八岁以后，父兄就把他们卖掉，以贪图其财利。毁齿：换牙。指七八岁开始换牙的孩子。鬻（yù）：卖，出售。觊（jì）：渴望得到。　[4]“不足”三句：如果不满足，就去偷别人的孩子，把他们捆绑起来，套上铁箍，戴上手铐。他室：别人家。钳：金属制夹具，铁箍之类。梏（gù）：木制的手铐。　[5]“至有须鬣（liè）者”三句：甚至有些是长胡须的成年人，因为力气敌不过，也都被迫做了奴仆。鬣：长须。僮：受奴役的未成年人。　[6]“当道相贼杀”三句：这些强盗们公然在大道上相互砍杀，已成风习；侥幸能生得身强体壮，就去绑架那些瘦小羸弱的人。幺（yāo）弱：瘦小羸弱。　[7]“汉官因以为”四句：当地的汉族官吏则利用这种恶习从中谋利，如果能得到僮仆，就放纵这种罪恶的行为而不追究。恣：肆意，放纵。问：过问，追究。　[8]以是越中户口滋耗：因此越地的人口愈益减少。滋耗：越来越减少。滋：更加，愈益。耗：耗损。　[9]“少得自脱”三句：很少有孩子能逃脱这种悲惨遭遇，只有十一岁的儿童区寄战胜了绑架他的强盗，这也是很稀奇的了。胜：战胜强盗。　[10]桂部从事杜周士为余言之：桂管经略观察使从事杜周士为我讲了这件事。桂部：桂管经略观察使的衙门。从事：古代官名。即从吏史，亦称从事掾，汉刺史的佐吏。汉武帝初设刺史时，刺史于秋季查察郡国。后因而以“从事”为刺史属吏之称。　[11]“童寄者”二句：儿童区寄，是柳州地区一个打柴草和放牧的孩子。柳州：州名。治所在今广西柳州市。荛（ráo）牧：砍柴草和放牧。　[12]“行牧且荛”六句：某一天，他正一边放牧一边砍柴草，忽然被两个强盗劫持，反绑双手，用布塞住他的口，带到离本乡四十里以外的集市出卖。反接：把双手反扭到人的背后捆绑起来。虚所：集市。　[13]“寄伪儿啼”五句：区寄假装像小孩儿似的哭哭啼啼，恐惧发抖，做出一副孩子常见的样子。两个强盗以为他很好对付而轻视了他，举酒对饮，喝得

醉醺醺的。恒状：常见的样子。 [14]“一人去为市”三句：其中一人离开到集市上找买主，另一人躺下睡觉，把刀直插在道上。为市：寻找买主。植：竖插，直插。 [15]“童微伺其睡”五句：区寄偷看到他已经睡着，就把捆绑自己的绳子贴在刀刃上，用力地上下磨擦，割断了绳子，便拿刀杀死了强盗。微伺：偷看。绝：断，指绳子磨断。刃：指刀。 [16]“遽曰”五句：区寄急忙说：“做两个主人的奴仆，哪比得上做一个主人的奴仆呢？那人待我不好。你如果能确实保全我的性命，待我好，你怎么办都行。”遽（jù）：匆忙，急忙。孰若：犹何如，怎么比得上。我恩：对我有恩德。见完：使完好，保全我的性命。 [17]“市者良久计”五句：那个找买主的强盗盘算了很久，心想：“与其杀掉这个奴仆，哪如卖了他呢？与其卖掉他由两个人分钱，哪如我一人独得呢？”计：算计，盘算。 [18]幸而杀彼，甚善：幸好小孩子杀了他，太好了。 [19]“即藏其尸”三句：于是就埋藏了那个强盗的尸体，挟持着区寄到了买主的住所，把孩子捆绑得特别结实。即：就，便。持：挟持。主人所：买主的住所。 [20]“夜半”七句：半夜时分，区寄转过身来，把捆绑自己的绳子靠近炉火烧断，虽然烧伤了手也不怕；又取过刀来杀了要卖掉自己的那个强盗。接着又大声喊叫，整个集市上的人都很惊讶。即：接近，靠近。疮：伤，烧伤。惮：害怕。号：大声喊叫。 [21]“童曰”五句：区寄说：“我是区家的孩子，不应当做奴仆。这两个强盗绑架了我，我幸好把他们都杀死了，希望你们把这件事报告给官府。”闻于官：让官府知道。 [22]“虚吏”四句：集市上的差吏把这件事报告了州官。州官又报告给大府。大府的长官召来区寄一看，原来是个幼小老实的孩子。虚吏：管理集市的官吏。白：禀告；报告。州：指州的长官。大府：州的上级，这里指桂管经略使衙门。愿：谨慎，老实。 [23]“刺史颜证奇之”五句：刺史颜证认为区寄很出奇，与众不同，想留下他做一名小吏，区寄不肯。于是刺史送给他衣裳，派官吏护送他回到家乡。奇之：认为他出奇，与众不同。与：送，给。 [24]“乡之行劫缚者”五句：乡里干抢劫绑架勾当的那些人，只能偷偷地斜着眼睛看他，不敢经过他的家门，都说：“这孩子比战国小英雄秦武阳还小两岁，却杀了两个强人，怎么能惹他呢？”侧目：指斜眼看人，害怕不敢正视。有敬畏、戒惧、怨恨、愤怒等不同含意。秦武阳：又作秦舞阳，战国末期燕国贤将秦开之孙，当时是有名的武士，年少时杀人犯罪，后被燕太子丹收为门客。于公元前 227 年随荆轲赴咸阳刺秦王。事败，荆轲被杀，秦舞阳的下场史书中没有交代。

天　说[1]

韩愈谓柳子曰："若知天之说乎？吾为子言天之说[2]。今夫人有疾痛、倦辱、饥寒甚者，因仰而呼天曰：'残民者昌，佑民者殃！'又仰而呼天曰：'何为使至此极戾也？'若是者，举不能知天[3]。夫果蓏、饮食既坏，虫生之；人之血气败逆壅底，为痈疡、疣赘、瘘痔，虫生之[4]；木朽而蝎中，草腐而萤飞，是岂不以坏而后出耶[5]？物坏，虫由之生；元气阴阳之坏，人由之生[6]。虫之生而物益坏，食啮之，攻穴之，虫之祸物也滋甚[7]。其有能去之者，有功于物者也；繁而息之者，物之仇也[8]。人之坏元气阴阳也亦滋甚：垦原田，伐山林，凿泉以井饮，窾墓以送死[9]，而又穴为偃溲，筑为墙垣、城郭、台榭、观游，疏为川渎、沟洫、陂池[10]，燧木以燔，革金以熔，陶甄琢磨，悴然使天地万物不得其情[11]，幸幸冲冲，攻、残、败、挠而未尝息。其为祸元气阴阳也，不甚于虫之所为乎[12]？吾意有能残斯人使日薄岁削，祸元气阴阳者滋少，是则有功于天地者也；繁而息之者，天地之仇也[13]。今夫人举不能知天，故为是呼且怨也[14]。吾意天闻其呼且怨，则有功者受赏必大矣，其祸焉者受罚亦大矣。子以吾言为何如[15]？"

柳子曰："子诚有激而为是耶？则信辩且美矣。吾能终其说[16]。彼上而玄者，世谓之天；下而黄者，世谓之地；浑然而中处者，世谓之元气；寒而暑者，世谓之阴阳[17]。是虽大，无异果蓏、痈痔、草木也[18]。假而有能去其攻穴者，是物也，其能有报乎？繁而息之者，其能有怒乎[19]？天地，大果蓏也；元气，大痈痔也；阴阳，大草木也。其乌能赏功而罚祸乎？功者自功，祸者自祸，欲望其赏罚者大谬[20]。呼而怨，欲望其哀且仁者，愈大谬矣[21]。子而信子之仁义以游其内，生而死尔，乌置存亡得丧于果蓏、痈痔、草木耶[22]？"

导读

本文是与韩愈论辩天人关系的哲学论文。当时，在天人关系上韩愈与柳宗元观点完全不同：韩愈的天人关系之说，继承汉代董仲舒的学说，认为天是有意志、能主宰万物的神，天的阴晴变化等是出于神对人的赏罚，所以有功于“天”者“受赏必大”，有祸于“天”者“受罚亦大”。显然，其立论的基础就是董仲舒的“天人感应”说。柳宗元则认为天是自然界的物质存在，其阴晴变化等属于自然现象，与人世善恶毫无关系，他所继承的是东汉王充以来的唯物主义者的天人关系论。

文章首先引出韩愈的观点及其依据，接着从“天地”“元气”“阴阳”等概念入手进行批驳，明确指出天地、元气、阴阳都是自然的、客观的物质存在，不以人的主观意志为转移，此后又连续使用反诘语句，逐个批驳韩愈的观点，最后以“功者自功，祸者自祸”作结，彻底否定了韩愈的天人关系论，是非分明，立论坚实。本文在后世产生了很大的反响。如章士钊在其《柳文指要》卷十六中指出：“子厚《天说》，固近乎今之唯物家言，照耀千年，如日中天，即刘梦得持论略异，而子厚犹切切示之曰：‘凡子之论，“非天预乎人”一语了之。’更详语之，天之生植，固无一而为人，而人与天二者，其事各行，两不相涉。此之理论，可谓粲然明白，俟之百世而不惑。……子厚《天说》，要语只二，曰：功者自功，祸者自祸。结论只一，曰：天人不相预。”赞美柳宗元此文是“唯物家言，照耀千年，如日中天”。

注释

［1］天说：解说天。说：用言语解说。说也是古代的一种议论文体，既可说明记叙事物，也可发表议论，但都是为了陈述作者对社会上某些问题的观点。 ［2］“韩愈谓柳子曰”二句：韩愈对柳宗元说：“你知道关于天的学说吗？我给你讲一讲关于天的观点吧。”若：人称代词，你。 ［3］“今夫人有疾痛”六句：当今有人在患病疼痛、劳累屈辱、饥寒交迫特别厉害的时候，就会仰面对天呼喊：“残害黎民百姓的人反而昌盛，保护人民的人反倒遭殃！”又仰面对天呼喊：“天啊，你为什么让人世达到这样极端违背情理的地步呢？”像这样说话的人，完全不懂得天。夫：发语词。戾（lì）：违背，违反。举：全，都。 ［4］“夫果蓏（luǒ）”

五句：瓜果、饮食已经坏了，虫子就从里面生出来了；人的血气败坏，横逆堵塞，就会长毒疮、肉瘤、痔瘘，虫子也会生出来。蓏：瓜类植物的果实。逆：向着相反的方向，抵触，不顺从。 [5]“木朽而蝎中”三句：树木腐朽了，蠹虫就在里面产生；野草腐烂了，萤火虫就飞出来了。这些难道不是因为东西坏了之后才生出来的吗？蝎：蠹虫。 [6]“物坏”四句：物体败坏了，虫子就由此而产生；元气、阴阳运动变化了，人就由此而生。由：经，从。元气：最早属中国古代哲学概念，同时也是中国道家哲学术语。构成万物的原始物质。阴阳：古代中国哲学概念。古代朴素的唯物主义思想家把矛盾运动中的万事万物概括为“阴”“阳”两个对立的范畴，并以双方变化的原理来说明物质世界的运动、变化。 [7]“虫之生而物益坏”四句：虫子一生出来物就更坏了，虫子一边吃它、咬它，一边在它上面钻孔打洞，对物的祸害就更加严重了。益：更加。啮（niè）：咬。 [8]“其有能去之者”四句：如果有人能除掉它，那就是有功于物；使它繁殖生长的，就是物的仇敌。息：滋生，繁殖。 [9]“人之坏元气”五句：人对于元气、阴阳的破坏也越来越严重：人们开垦原野为田地，砍伐山林，凿井取泉水，掘墓葬死人。窾（kuǎn）墓：挖掘墓穴。窾：空，空隙，洞穴。 [10]“而又穴为偃溲（yǎn sōu）”三句：而且还挖坑做厕所，修造围墙，建筑城郭、亭台、水榭以及可供观赏游览的场所，疏通河道、沟渠，池塘。穴：名词作动词用，挖坑。垣：本意为墙，引申为城。郭：外城，泛指城市。台榭：古代将地面上的夯土高墩称为台，台上的木构房屋称为榭，两者合称台榭。观游：观赏游览。 [11]“燧（suì）木以燔（fán）”四句：钻木取火来烧烤东西，熔化金属制造器物，制造陶器，雕琢玉石，使天地万物损伤憔悴，不能顺其自然本性。悴然：原为伤感的样子，这里指损害严重。情：天地万物的原本情形。 [12]“幸幸冲冲”四句：人们怒气冲冲，一味地攻伐、摧残、败坏、扰乱，从来没有停止过。这对元气阴阳造成的祸害，不是比虫子造成的损害更严重吗？幸幸：凶狠愤怒的样子。冲冲：感情激动的样子。挠：阻挠，扰乱。息：停止。 [13]“吾意有能”至“天地之仇也”：我认为，如果有人能够杀掉这些人，使他们天天减、年年少，祸害元气和阴阳的就会越来越少，这就是有功于天地的人；如果让这类人繁殖增加，那他就是天地的仇敌。 [14]“今夫人举不能”二句：今天的人都不懂得天道，所以才发出这样的呼叫和埋怨。 [15]“吾意天闻其呼且怨”四句：我认为，天听到人们的呼叫和埋怨，那么有功于天的人所受的奖赏一定很大，那些祸害天地的人受到的惩罚也一定很大。你认为我说的怎么样？祸焉者：祸害元气和阴阳的人。 [16]“柳子曰”三句：柳宗元回答说：“你果真是心有激愤才发出这些议论吗？这些话说得确实明悉而且美妙啊。我能穷尽你关于天道的说法。”诚：果真，确实。有激：心存激愤。信：实在，的确。辩：同“辨”，详审，明悉。 [17]“彼上而玄者”八句：那个在上面深青色的东西，世上的人把它叫作天；在下面黄颜色的东西，世上的人把它叫作地；那浑然一体弥漫充塞在天地之间的东西，世上的人把它叫作元气；天气寒来暑往的变化，世上的人把它叫作阴阳。浑然：混为一体，不可分割的样子。中处：处在中间。 [18]“是虽大”二句：这天地、元气、阴阳虽然很大，但是与瓜果、痈痔、草木没有什么差别。是：指天地、元气、阴阳。 [19]“假而有能去”五句：假如有人能够除掉在瓜果、草木上钻孔打洞的虫子，果蓏、痈痔、草木之类能够对他有所报答吗？如果有人使虫子繁殖增长，果蓏、痈痔、草木之类能够对他有所愤怒吗？是物：这些东西，指果蓏、痈痔、草木。 [20]“天地”十句：天地是大瓜果，元气是大痈痔，阴阳是大草木。它们怎么能知道奖赏有功的、处罚惹祸的呢？功勋是人自己建立的，灾祸是人自己造成的，要企盼老天执行赏罚是大错特错的。乌：哪里，哪会。 [21]“呼而怨”三句：对天呼喊和埋怨，盼望老天哀怜并且施加仁爱的，更是大错特错了。 [22]“子而信子”三句：你如果相信你自己的仁义道德之说，凭借它生活于天地之间，就按照你相信的度过一生好了，为什么把生死、得失的原因归之于瓜果、痈痔、草木一类呢？

捕蛇者说[1]

永州之野产异蛇，黑质而白章[2]，触草木，尽死；以啮人，无御之者[3]。然得而腊之以为饵，可以已大风、挛踠、瘘、疠，去死肌，杀三虫[4]。其始，太医以王命聚之，岁赋其二[5]。募有能捕之者，当其租入。永之人争奔走焉[6]。

有蒋氏者，专其利三世矣[7]。问之，则曰：“吾祖死于是，吾父死于是，今吾嗣为之十二年，几死者数矣[8]。”言之，貌若甚戚者[9]。

余悲之，且曰：“若毒之乎？余将告于莅事者，更若役，复若赋，则何如[10]？”蒋氏大戚，汪然出涕，曰：“君将哀而生之乎[11]？则吾斯役之不幸，未若复吾赋不幸之甚也。向吾不为斯役，则久已病矣[12]。自吾氏三世居是乡，积于今六十岁矣，而乡邻之生日蹙[13]。殚其地之出，竭其庐之入，号呼而转徙，饥渴而顿踣[14]，触风雨，犯寒暑，呼嘘毒疠，往往而死者相藉也[15]。曩与吾祖居者，今其室十无一焉；与吾父居者，今其室十无二三焉；与吾居十二年者，今其室十无四五焉[16]。非死而徙尔，而吾以捕蛇独存[17]。悍吏之来吾乡，叫嚣乎东西，隳突乎南北[18]，哗然而骇者，虽鸡狗不得宁焉[19]。吾恂恂而起，视其缶，而吾蛇尚存，则弛然而卧。谨食之，时而献焉。退而甘食其土之有，以尽吾齿[20]。盖一岁之犯死者二焉，其余则熙熙而乐[21]，岂若吾乡邻之旦旦有是哉！今虽死乎此，比吾乡邻之死则已后矣，又安敢毒邪[22]？”

余闻而愈悲。孔子曰：“苛政猛于虎也。”吾尝疑乎是[23]。今以蒋氏观之，犹信。呜呼！孰知赋敛之毒有甚是蛇者乎！故为之说，以俟夫观人风者得焉[24]。

本文的中心是赋敛之毒，甚于毒蛇，揭露出中唐时期严酷的赋税制度给人民造成的深重灾难。全文篇幅不大，但是行文结构特别精妙：先说毒蛇之毒与捕蛇所冒的生命之险，让人了解了人生之苦；次说赋税制度的毒辣更加让人难以忍受，把冒死捕毒蛇的蒋氏家族的生活境况与即使家破人亡也无法纳税的乡邻进行比较，显示出赋敛之毒比毒蛇还毒的残酷状况，从而水到渠成地引用孔子之言得出结论：“苛政猛于虎”，即严酷的赋税制度比老虎还凶猛。明人茅坤在《唐大家柳柳州文钞》卷九中指出：“本孔子‘苛政猛于虎’者之言而建此文。”认为本文是在孔子之言的基础上形成的，点出其主题的来源。清人沈德潜在《唐宋八家文读本》卷七中则从写作方法入手，对此文进行分析：“前极言捕蛇之害，后说赋敛之毒，反以捕蛇之乐形出。作文须如此顿跌。”说出了本文结构的严谨和行文的巧妙。此外，清人余诚在其《重订古文释义新编》卷八中对此文的分析也非常可观：“言蛇之毒处，说得十分惨；则言赋敛之毒甚是蛇处，更惨不可言。文妙在将蛇之毒及赋敛之毒甚似蛇，俱从捕蛇者口中说出。末只引孔子语作证，用‘孰知’句点眼。在作者口中，绝无多语。立言之巧，亦即结构之精。末说到‘俟观人风者得焉’，足见此说关系不小。”一方面说出本文行文巧妙，另一方面也指出其结构的巧妙，值得一读。

注释

[1]说：文体的一种，可叙可议。　[2]"永州之野"二句：永州的山野里生长一种奇异的蛇，这种蛇黑色的躯体带有白色的花纹。质：质地，这里指蛇身的本色。　[3]"触草木"四句：这种蛇碰到草木，草木全都枯死；咬了人，没有救治的办法。　[4]"然得而腊（xī）之"四句：但是捉到它后把它晾干，用这干肉制成药饵，可以用来治疗麻风、手足痉挛、颈肿、毒疮，去掉坏死的肌肉，杀死寄生在人体内的三种害虫。腊之：晾成干肉。已：本义为停止，结束，此处是治疗的意思。挛踠（luán wǎn）：手脚弯曲不能伸展。瘘：中医指的是颈部生疮，久而不愈，常出脓水。又指瘘管，指身体内因发生病变而向外溃破所形成的管道，病灶里的分泌物由此流出。疠：瘟疫，恶疮。三虫：人体内的三种寄生虫——蛔虫、姜片虫、蛲虫。又一说为"三尸"，即道家所说在人体内作祟的三尸神。　[5]"其始"三句：起初，御医奉皇帝的命令征收这种蛇，每年征收两次。太医：御医，皇帝的专职医生。赋：征收，交给。这里指征收租税。　[6]"募有能捕之者"三句：招募能捕蛇的人，用这种蛇来顶替他所应交的租税。因此永州人争先恐后地去做这种事。　[7]有蒋氏者，专其利三世矣：有一户姓蒋的人家，专门享有捕蛇免税的好处已经三代了。专：独自掌握和占有。　[8]"问之"五句：问他为什么专门做这一行当，他回答说："我祖父死在捕蛇这一行当上，我父亲也死在捕蛇这件事上。如今，我继续做这事已经十二年，几乎丧命好多次了。"嗣：接续，继承。几：几乎，差一点。数（shuò）：多次。　[9]言之，貌若甚戚者：说起这些事，他的面部表情好像很悲伤似的。戚：悲伤，悲痛。　[10]"余悲之"六句：我可怜他的遭遇，便对他说："你怨恨捕蛇这项差事吗？我准备告诉主管收税的官吏，更换你的差事，恢复你的赋税，那怎么样？"且：表示承接，相当于"就、便"。毒：怨恨，痛恨。莅：本意是指走到近处察看，也指治理、管理。赋：税，主要指田地租税。　[11]"蒋氏大戚"三句：姓蒋的听了我的话大为悲伤，眼泪汪汪地对我说："您是可怜我，想让我活下去吗？"戚：悲伤，忧愁。涕：眼泪。哀：哀怜，怜悯，同情。生：使动用法，使……生。　[12]"则吾斯役之"四句：那么我干这差事遭遇的不幸，不像恢复我的赋税那样严重。假如起初我不做这个差事，那早就困苦不堪了。向：假使，假如。病：艰难困苦。　[13]"自吾氏三世"三句：自从我家居住此乡开始，已经三代人了，累计到现在有六十年了，

但是乡邻们的生活一天比一天艰难。蹙：艰难，窘迫，困苦。　［14］“殚（dān）其地”四句：全部交出田里出产的产品，竭尽家里的收入，哭哭啼啼地辗转迁移，饥渴交加困顿异常。殚：尽，用尽。出：产出，指田地里出产的农产品。竭：竭尽，与“殚”同义。庐：屋舍，这里指“家”。入：收入，家中所有。号呼：大声哭喊。转徙：辗转迁移，这里指流浪他乡。顿踣（bó）：跌倒，引申为困顿。　［15］“触风雨”四句：风吹雨淋，冒着严寒酷暑，呼吸着毒雾瘴气，经常见到死去的人尸体相互枕藉。嘘：呼气。疠：疠气，有毒的疫气。往往：经常，时常，到处。藉：垫，衬。　［16］“曩（nǎng）与吾祖居”六句：从前和我祖父同时居住在这里的，如今十户人家当中剩下的不到一家了；和我父亲同时居住在这里的，十家当中剩下的不到两三家了；和我本人同时居住在这里十二年的，十家当中也剩不到四五家了。曩：以往，从前。　［17］“非死而徙尔”二句：他们不是死了，就是搬走了，而我却依靠捕蛇独自幸存下来。　［18］“悍吏之来吾乡”三句：那些凶悍的官吏来到我的家乡，到处大声吼叫，大肆骚扰破坏。叫嚣：吼叫。隳（huī）突：横行，破坏。　［19］“哗然而骇”二句：吵吵嚷嚷吓得人们心惊肉跳，就连鸡狗也不得安宁。骇：惊吓。　［20］“吾恂恂（xún xún）而起”八句：我小心翼翼地起来，察看一下那只瓦罐，见到我捕获的蛇还在瓦罐里面，于是又放心地躺下了。平日里小心地喂养它，到规定的时间就交上去，回来就能美美地享用自己土地上生产出来的东西，以此度过我的一生。恂恂：小心谨慎的样子。弛然：放心的样子。食：饲养。甘：甜，甜美。尽：度过。齿：年龄，年寿。这里是“岁月”的意思。　［21］“盖一岁之犯死”二句：这样，我一年之中只有两次冒着死亡的危险，其余时间便欢欢乐乐。犯：触犯，冒犯。二：两次。与“岁赋其二”之“二”同义。熙熙：温和欢乐的样子。　［22］“岂若吾乡邻”四句：哪像我的乡邻们天天不得安生呢！如今即使死在这个差事上，比起我的乡邻来，已经是很靠后的了，又哪里敢怨恨呢？安：怎么，哪里。毒：以为苦，怨恨。　［23］“余闻而愈悲”三句：我听了愈加悲哀难过。孔子说过：“苛政比老虎凶猛。”我曾经对这句话有过怀疑。苛政猛于虎：语出《礼记·檀弓下》。　［24］“今以蒋氏观之”六句：现在从蒋姓的遭遇来看，还真可信。唉！谁知道横征暴敛对百姓的毒害，比毒蛇之害更甚呢？所以我写了这篇《捕蛇者说》，以便等候考察民情风俗的官吏得到它，作为借鉴参考。说：指《捕蛇者说》一文。俟（sì）：等候，等待。人风：民风。

三 戒 并 序[1]

吾恒恶世之人，不知推己之本，而乘物以逞，或依势以干非其类[2]，出技以怒强，窃时以肆暴，然卒迨于祸[3]。有客谈麋、驴、鼠三物，似其事，作《三戒》。

临 江 之 麋

临江之人畋得麋麑，畜之。入门，群犬垂涎，扬尾皆来。其人怒，怛之[4]。自是日抱就犬，习示之，使勿动，稍使与之戏[5]。积久，犬皆如人意[6]。

麋麑稍大，忘己之麋也，以为犬良我友，抵触偃仆，益狎[7]。犬畏主人，与之俯仰，甚善，然时啖其舌[8]。

三年，麋出门，见外犬在道甚众，走欲与为戏。外犬见而喜且怒，共杀食之，狼藉道上。麋至死不悟[9]。

黔 之 驴

黔无驴[10]，有好事者船载以入[11]。至则无可用[12]，放之山下。虎见之，庞然大物也[13]，以为神[14]。蔽林间窥之[15]，稍出近之[16]，慭慭然[17]，莫相知[18]。

他日，驴一鸣，虎大骇[19]，远遁[20]，以为且噬己也[21]，甚恐。然往来视之[22]，觉无异能者[23]。益习其声[24]，又近出前后，终不敢搏[25]。

稍近，益狎，荡倚冲冒[26]，驴不胜怒[27]，蹄之[28]。虎因喜，计之曰："技止此耳[29]！"因跳踉大㘎[30]，断其喉，尽其肉，乃去[31]。

永某氏之鼠[32]

永有某氏者，畏日，拘忌异甚[33]。以为己生岁直子，鼠，子神也，因爱鼠，不畜猫犬，禁僮勿击鼠[34]。仓廪庖厨，悉以恣鼠[35]，不问。由是鼠相告，皆来某氏，饱食而无祸。某氏室无完器，椸无完衣，饮食大率鼠之余也[36]。昼累累与人兼行，夜则窃啮斗暴[37]，其声万状，不可以寝，终不厌[38]。

数岁，某氏徙居他州。后人来居，鼠为态如故[39]。其人曰："是阴类恶物也，盗暴尤甚，且何以至是乎哉[40]？"假五六猫，阖门，撤瓦，灌穴，购僮罗捕之。杀鼠如丘，弃之隐处，臭数月乃已[41]。

呜呼！彼以其饱食无祸为可恒也哉[42]！

这三篇寓言含义深刻。

《临江之麋》描写小麋鹿靠着主人的偏爱和庇护，在长期与群狗嬉戏过程中，忘乎所以，认敌为友，在失去主人庇护之后，被野狗吃掉，却"至死不悟"的遭遇，以此告诫人们：要有自知之明，靠权势庇护，依他人之势骄纵，而自己无德无才的人是没有好下场的。这是一戒。

《黔之驴》描述了外形上是庞然大物的驴子在凶猛的老虎面前，只会用蹄子踢，最终被吃掉的故事。一方面告诫人们：无大本事不可逞强；另一方面又说明：有些东西看起来样子很可怕，但其实外强中干，没有什么了不起，是注定要失败的。这是二戒。

《永某氏之鼠》写永州某人因为害怕有禁忌的日子，特别偏爱鼠，造成老鼠为害，猖狂恣肆的状况。后来房屋换了新主人之后，大力灭鼠，终将其一扫而光。作者以此告诫人们：利用时机恣意妄为，必然会招致灭亡的命运。这是三戒。

三篇寓言篇幅虽然都很短小，但是善于抓住所写动物的物类特征，绘声绘色，惟妙惟肖；其中尤其善于运用比喻、拟人、象征等艺术手法，通过对鹿、驴、鼠三种动物的形象描写，影射人世间的某些人物，带有深刻的批判性和强烈的讽喻性，也具有重要的认识价值和不朽的艺术魅力。如《黔之驴》中对老虎的动作和心理的描写细致入微，生动逼真，又层次清楚；对驴子的描写字虽不多，但却十分准确、传神，不仅刻画出它的形体特征，即“庞然大物”，而且又十分准确地写它“鸣”“蹄”的动物本能，突出了它自身的特点。所以，这三篇寓言思想性和艺术性都是非常突出的。近代林纾在《韩柳文研究法》中对这三篇寓言的思想意义进行了分析：“子厚《三戒》，东坡至为契赏。然寓言之工，较集中寓言诸作为冷隽。不作详尽语，则讽喻亦不至漏泄其本意，使读者无复余味。”而清人孙琮在《山晓阁评点唐柳柳州全集》卷四中则专门对这三篇寓言的艺术成就进行分析：“读此文，真如鸡人早唱，晨钟夜警，唤醒无数梦梦。妙在写麋、写犬、写驴、写虎、写鼠、写某氏，皆描情绘影，因物肖形，使读者说其解颐，忘其猛醒。”重点说明这三篇寓言刻画与描写的杰出成就，对我们了解这三篇文章具有启发性。

注释

［1］序：文体名。也作“叙”或“引”，一般写在书籍或文章前面（也有列在后面的，如《史记·太史公自序》），列于书后的称为“跋”或“后序”。序按不同的内容分别属于说明文或议论文，说明写作目的、体例和内容的，属于说明文。对作者作品进行评论或对问题进行阐发的属于议论文。　［2］“吾恒恶（wù）世之人”四句：我一直厌恶世上某些人，不知道考虑自己的实际能力，却凭借外界条件来争强好胜，有的更依靠他人势力来讨好不是自己同类的人。干：求取，讨好。　［3］“出技”三句：使出自己的本事来惹怒强敌，暗中利用时机大肆施暴，然而最终等到的是灾祸。以怒强：来使强者发怒。窃：偷。引申为私自，暗中。卒：副词，结果，最终。迨（dài）：等到，及。　［4］“临江之人”七句：临江县的一个人打猎时获得一只小麋（mí）鹿，要把它饲养起来。带进家门时，群狗馋得流着口水，扬起尾巴都过来了。这个人大怒，吓跑群狗。畋（tián）：打猎。麋：麋鹿。麑（ní）：小鹿。怛（dá）：恐吓。　［5］“自是日抱就犬”四句：从这时起，他每天抱着小麋鹿去接近狗，以便让狗习以为常，要狗不得伤害它，又逐渐地让狗

同它玩耍。是：这。日：每天，天天。　［6］“积久”二句：时间久了，狗全都依照主人的心意行动。如：顺应，依照。　［7］“麋麑稍大”五句：小麋鹿渐渐长大，竟然忘记自己是麋鹿了，认为狗真的是自己的朋友，顶撞戏耍，翻来滚去，更加亲近。良：副词，的确，确实。抵触：顶撞。偃仆：仆倒。狎（xiá）：亲近。　［8］“犬畏主人”四句：狗害怕自己的主人，就与小麋鹿玩得很好，但是还时不时地舔自己的嘴唇，露出馋相。　［9］“三年”八句：三年后，小麋鹿走出门外，看见在大道上有很多别人家的狗，就跑过去想同它们玩耍。这些狗见了小麋鹿又喜又怒，一齐扑上来把它咬死吃掉了，剩下的皮骨乱七八糟地扔在道上。小麋鹿到死也不明白自己为什么会被狗吃掉。　［10］黔（qián）：贵州简称。贵州东北部在秦代属黔中郡，在唐代属黔中道，所以有此名。　［11］好（hào）事者：喜欢多事的人。船载以入：用船装运（驴）进入（黔）。船：这里是用船的意思。　［12］则：却，但。　［13］庞然：巨大的样子。　［14］以为神：把（它）当作神奇的东西。　［15］蔽：隐藏，躲藏。窥：偷看。　［16］稍：渐渐。　［17］慭慭（yìn yìn）然：小心谨慎的样子。　［18］莫相知：不知道它（是什么东西）。　［19］骇：惊惧。　［20］遁：逃走，逃跑。　［21］以为且噬（shì）己：认为将咬自己。　［22］然：然而，但是。　［23］觉无异能者：觉得（驴）没有什么特殊本领似的。　［24］益习其声：越来越听惯了它的声音。益：更加。习：习惯。　［25］搏：扑，击，抓。　［26］荡倚冲冒：形容虎对驴轻侮戏弄的样子。荡：碰撞。倚：倚靠。冲：冲击，冲撞。冒：冒犯，触犯。　［27］不胜怒：非常恼怒。不胜：禁不住。　［28］蹄：踢，用作动词。　［29］计之：盘算这件事。之：这，指上文所说的驴生气时只能踢的情况。技止此耳：本领不过这样罢了！　［30］跳踉（liáng）：跳跃。㘎（hǎn）：虎怒声，即虎怒吼。　［31］去：离开。　［32］某氏：某人，某某人。　［33］“永有某氏者”三句：永州有某某人，怕犯日忌，拘束禁忌得非常厉害。畏日：怕犯日忌。古人迷信，认为某些年、月、日不宜做某种事情，称为日忌。　［34］“以为己生岁”六句：认为自己出生的年份正逢子年，而老鼠又是子年的神灵，因此便非常爱护老鼠，家中不养猫和狗，禁止家中僮仆捕杀老鼠。鼠：十二生肖（十二属）之首。古人以十二生肖鼠、牛、虎、兔、龙、蛇、马、羊、猴、鸡、狗、猪，按照顺序配合十二地支：子、丑、寅、卯、辰、巳、午、未、申、酉、戌、亥，用这种办法纪年，确定一个人的属相。子年生的人正值鼠年，所以属相为鼠。僮：封建时代受奴役的未成年人，如书童、僮仆。　［35］“仓廪庖（páo）厨”二句：他的粮仓厨房，全都放纵老鼠随便糟蹋。　［36］“由是鼠相告”六句：因此老鼠奔走相告，都来到这人的家里，吃得很饱又没有祸患。于是这人家里没有一件完好的器物，衣架上没有一件完好的衣服，喝的和吃的大都是老鼠糟蹋剩下的东西。椸（yí）：衣架。　［37］“昼累累与人兼行”二句：白天成群结队地跟人一道行走，夜晚就偷吃东西，互相争斗，肆意为害。累累：一个接着一个，联贯成串。啮（niè）：咬。　［38］“其声万状”三句：那声音繁杂多样，让人无法入睡，他却始终不厌烦。万：极言其多。　［39］“数岁”四句：几年以后，这个人搬到别的州居住。后来的房主住进来，老鼠猖獗的状态和从前一样。　［40］“其人曰”三句：房屋的新主人说：“这老鼠是专在阴暗角落里害人的坏东西，盗窃为害尤其严重，却为什么达到这种地步呢？”　［41］“假五六猫”八句：于是借来五六只猫，关上门，撤掉瓦，用水灌鼠洞，出钱雇用僮仆围捕它们。捕杀的老鼠堆积如山，都扔到偏僻隐蔽的地方，臭气数月之后才散尽。阖（hé）：关闭。购：重赏征求，重金收买。罗：网。这里作状语用，像撒网一样围捕。　［42］“呜呼”二句：唉，那些老鼠以为自己饱食终日，没有祸患，但那是可以长久的吗？彼：指代老鼠。

封　建　论

天地果无初乎？吾不得而知之也。生人果有初乎[1]？吾不得而知之也。然则孰为近[2]？曰：有初为近。孰明之[3]？由封建而明之也[4]。彼封建者，更古圣王尧、舜、禹、汤、文、武而莫能去之[5]。盖非不欲去之也，势不可也[6]。势之来，其生人之初乎[7]？不初，无以有封建[8]。封建，非圣人意也。

彼其初与万物皆生[9]，草木榛榛，鹿豕狉狉[10]，人不能搏噬，而且无毛羽，莫克自奉自卫[11]，荀卿有言，必将假物以为用者也[12]。夫假物者必争，争而不已，必就其能断曲直者而听命焉。其智而明者，所伏必众；告之以直而不改，必痛之而后畏，由是君长刑政生焉。故近者聚而为群。群之分，其争必大，大而后有兵有德[13]。又有大者，众群之长又就而听命焉，以安其属[14]。于是有诸侯之列，则其争又有大者焉。德又大者，诸侯之列又就而听命焉，以安其封[15]。于是有方伯、连帅之类[16]，则其争又有大者焉。德又大者，方伯、连帅之类又就而听命焉，以安其人，然后天下会于一[17]。是故有里胥而后有县大夫，有县大夫而后有诸侯，有诸侯而后有方伯、连帅，有方伯、连帅而后有天子。自天子至于里胥，其德在人者，死必求其嗣而奉之。故封建非圣人意也，势也[18]。

夫尧、舜、禹、汤之事远矣，及有周而甚详。周有天下，裂土田而瓜分之，设五等，邦群后[19]，布履星罗，四周于天下[20]。轮运而辐集，合为朝觐会同，离为守臣捍城[21]。然而降于夷王[22]，害礼伤尊，下堂而迎觐者。历于宣王，挟中兴复古之德，雄南征北伐之威[23]，卒不能定鲁侯之嗣[24]。陵夷迄于幽、厉，王室东徙[25]，而自列为诸侯矣。厥后，问鼎之轻重者有之[26]，射王中肩者有之[27]，伐凡伯、诛苌弘者有之[28]，天下乖戾，无君君之心[29]。余以为周之丧久矣，徒建空名于公侯之上耳！得非诸侯之强盛，末大不掉之咎欤[30]？遂判为十二，合为七国，威分于陪臣之邦，国殄于后封之秦[31]，则周之败端，其在乎此矣。

秦有天下，裂都会而为之郡邑，废侯卫而为之守宰[32]，据天下之雄图，都六合之上游[33]，摄制四海，运于掌握之内，此其所以为得也[34]。不数载而天下大坏[35]，其有由矣。亟役万人[36]，暴其威刑，竭其货贿[37]；负锄梃谪戍之徒，圜视而合从[38]，大呼而成群。时则有叛人而无叛吏，人怨于下而吏畏于上，天下相合，杀守劫令而并起。咎在人怨，非郡邑之制失也。

汉有天下，矫秦之枉，徇周之制，剖海内而立宗子[39]，封功臣。数年之间，奔命扶伤之不暇[40]，困平城[41]，病流矢[42]，陵迟不救者三代[43]。后乃谋臣献画，而离削自守矣[44]。然而封建之始，郡国居半[45]，时则有叛国而无叛郡，秦制之得亦以明矣。继汉而帝者，虽百代可知也。

唐兴，制州邑，立守宰，此其所以为宜也。然犹桀猾时起[46]，虐害方域者[47]，失不在于州而在于兵，时则有叛将而无叛州。州县之设，固不可革也。

或者曰："封建者，必私其土，子其人[48]，适其俗，修其理，施化易也。守宰者，苟其心，思迁其秩而已，何能理乎？"余又非之。周之事迹，断可见矣。列侯骄盈，黩货事戎[49]，大凡乱国多，理国寡。侯伯不得变其政，天子不得变其君[50]，私土子人者，百不有一，失在于制，不在于政，周事然也。秦之事迹，亦断可见矣。有理人之制，而不委郡邑，是矣。有理人之臣，而不使守宰，是矣。郡邑不得正其制，守宰不得行其理。酷刑苦役，而万人侧目，失在于政，不在于制，秦事然也。

汉兴，天子之政行于郡，不行于国；制其守宰，不制其侯王。侯王虽乱，不可变也；国人虽病，不可除也；及夫大逆不道，然后掩捕而迁之，勒兵而夷之耳。大逆未彰，奸利浚财，怙势作威，大刻于民者，无如之何[51]。及夫郡邑，可谓理且安矣。何以言之？且汉知孟舒于田叔[52]，得魏尚于冯唐[53]，闻黄霸之明审，睹汲黯之简靖[54]，拜之可也，复其位可也，卧而委之以辑一方可也[55]。有罪得以黜，有能得以赏。朝拜而不道，夕斥之矣；夕受而不法，朝斥之矣。设使汉室尽城邑而侯王之[56]，纵令其乱人，戚之而已。孟舒、魏尚之术莫得而施，黄霸、汲黯之化莫得而行。明谴而导之，拜受而退已违矣。下令而削之，缔交合从之谋，周于同列，则相顾裂眦，勃然而起。幸而不起，则削其半。削其半，民犹瘁矣。曷若举而移之以全其人乎[57]？汉事然也。

今国家尽制郡邑，连置守宰，其不可变也固矣。善制兵，谨择守，则理平矣。

或者又曰："夏、商、周、汉封建而延，秦郡邑而促。"尤非所谓知理者也。魏之承汉也，封爵犹建；晋之承魏也，因循不革。而二姓陵替，不闻延祚[58]。今矫而变之，垂二百祀，大业弥固，何系于诸侯哉[59]？或者又以为："殷、周圣王也，而不革其制，固不当复议也。"是大不然。夫殷、周之不革者，是不得已也。盖以诸侯归殷者三千焉，资以黜夏，汤不得而废；归周者八百焉，资以胜殷，武王不得而易。徇之以为安[60]，仍之以为俗[61]，汤、武之所不得已也[62]。夫不得已，非公之大者也，私其力于己也，私其卫于子孙也。秦之所以革之者，其为制，公之大者也；其情，私也，私其一己之威也，私其尽臣畜于我也。然而公天下之端自秦始[63]。

夫天下之道，理安，斯得人者也。使贤者居上，不肖者居下，而后可以理安。今夫封建者，继世而理[64]。继世而理者，上果贤乎？下果不肖乎？

则生人之理乱未可知也。将欲利其社稷[65]，以一其人之视听[66]，则又有世大夫世食禄邑，以尽其封略[67]，圣贤生于其时，亦无以立于天下。封建者为之也，岂圣人之制使至于是乎？吾固曰：“非圣人之意也，势也。[68]”

导读

本文在柳宗元的散文中是最具代表性的作品。其写作时间大约是在他谪居永州的后期。柳宗元所生活的中唐时期，藩镇割据势力十分猖獗，唐王朝中央政权尾大不掉，日渐削弱。面对这种局面，当时的朝野上下提出了不同的应对方略，主要分为两个派别：一是以颜师古、刘秩、房琯等人为代表的封建派，提出废郡县、立封建的论调；二是以柳宗元等人为代表的郡县派，反对恢复封建制，坚持继续实行自秦以来的郡县制。柳宗元此文就集中阐述了他的这一主张，成为流传千古的名篇。文章首先对历史事实做了比较全面的考察，一方面列举秦代“有叛人而无叛吏”，汉代“有叛国而无叛郡”，唐代“有叛将而无叛州”的历史事实，另一方面又采取对比的手法，深刻揭示出周朝实行封建制的弊端、秦代实行郡县制的成就、汉代封建制与郡县制兼行的利弊与得失，非常有力地驳斥了封建派的荒谬论调，极大地强化了郡县制优于封建制的理论主张，是关于封建制与郡县制优劣论争中具有划时代意义的历史雄文。全文以“势”字为纲领，纲举目张，先以“势”字总领全文，继以“势”字为中心展开论证，最后以“势”字作为结论的字“眼”，即实行郡县制不是圣人的意志造成的，是“势”这一历史的必然。文章首尾相扣，逻辑严密，有破有立，议论深刻，说理透彻，表现出作者的远见卓识和非凡的笔力。正因为如此，本文得到诸多好评。明人茅坤在《唐宋八大家文钞》中指出：“一篇强词悍气，中间段落却精爽，议论却明确，千古绝作。”誉为“千古绝作”，可见评价之高。明人蒋之翘辑注《柳河东集》中也有高度赞美之词：“议论亹亹（wěi wěi），应对不穷。前后之间，呼吸变化，奔腾控御，若捕龙蛇，真文之至也。……柳宗元之论出而诸子之论废矣。虽圣人复起，不能易也。……故吾以李斯始皇之言、柳宗元之论，当为万世法也。”誉为文章楷模，“当为万世法”。近代林纾又从文学史的角度，评价其成就和历史地位，其《柳文研究法》中指出：“《封建》一论，为古今至文，直与《过秦》抗席。”认为此文可以同汉代贾谊的《过秦论》并立、抗衡。在现当代，对此高度赞美者不胜枚举，仅举章士钊《柳文指要》中的评价以概其余："子厚论封建，不仅为从来无人写过之大文章，而且说明子厚政治理论系统，及其施行方法之全部面貌。何以言之？子厚再三阐发封建非圣人之意，而为一种政治必然趋势，然后论断秦皇一举而颠覆之，其制公而情则私。是不啻先树一义，昭告于天下曰：封建是可能彻底打碎之物，而所谓势者，亦可能如水之引而从西向东。吾人从文中仔细看来，子厚所暗示之推广义，则由秦达唐，封建虽经秦皇大举破坏，而其残余形象及其思想，乃如野火后之春草，到处丛生。是必须有秦皇第二出现，制与情全出于公，而以人民之利安为真实对象，从思想上为封建余毒之根本肃清，此吾读《封建论》之大概领略也。"

注释

[1]生人：即"生民"，指人类。此处避唐太宗李世民讳，以"人"代"民"。初：原始阶段。　[2]孰为近：哪一种说法是接近于实际的呢？孰：谁，哪个。　[3]孰明之：通过什么明了这个呢？孰：什么。明：了解，知道。　[4]由封建而明之也：通过"封国土，建诸侯"而知道的。　[5]"更古圣王"句：经过了古圣王尧、舜、禹、汤、文、武却没有人能够废除它。更：经历，经过。莫：没有什么人。　[6]势不可也：客观形势不允许。势：社会历史发展中的客观形势、天下大趋势。　[7]"势之来"二句：这种客观形势的出现，可能就在人类的原始阶段吧？其：表示推测的语气词，大概、可能。　[8]无以有封建：没有什么可以产生封建制。　[9]彼其初与万物皆生：人类在其初始阶段与自然界的万物都处在不开化的原始状态。　[10]"草木榛榛（zhēn zhēn）"二句：草木丛生，野兽横行。榛榛：草木丛生貌。鹿豖：野鹿和野猪之类，泛指兽类。狉狉（pī pī）：形容群兽走动。　[11]"人不能"三句：人不善于搏斗吞咬，没有羽毛，不能自己保护自己。　[12]假物：借助外物之力。　[13]大而后有兵有德：势力扩大之后就有了武力、有了道德声望。兵：军队，武备。　[14]以安其属：安抚其属下。　[15]以安其封：稳住其疆土。　[16]方伯、连帅：地方诸侯中的霸主。《礼记·王制》："千里之外，设方伯。"连帅：十国诸侯中的盟主。《礼记·王制》："十国以为连，连有帅。"　[17]天下会于一：天下权力集中于天子一人之手。　[18]故封建非圣人意也，势也：所以，实行分封制并不是圣人的意愿，而是大势所趋。　[19]设五等，邦群后：设置

了五个等级的诸侯爵位，分封诸侯国的君主。五等：即公、侯、伯、子、男五个等级的诸侯爵位。邦：分封诸侯。后：诸侯。 [20]“布履星罗”二句：大小诸侯国星罗棋布，遍布天下的四方。 [21]“轮运而辐集”三句：如同车轮围绕轴心转动，辐条聚集于毂（gǔ），在一起时定期、不定期朝见天子，分开了则在各处作为守卫疆土的将帅。朝觐（jìn）：朝见天子。春为朝，秋为觐。会同：即不定期的朝见。随时去称作“会”，一同去叫作“同”。捍（hàn）城：保卫疆土的将帅。 [22]夷王：周朝第九代君主燮（xiè）。 [23]“历于宣王”三句：经过宣王，挟中兴复古的道德声望，显示南征北伐的雄威。宣王：周朝第十一代君主静。中兴：指周宣王时期的重新振兴，史称“宣王中兴”。雄：作动词，强力奋发、显示强势。 [24]卒不能定鲁侯之嗣：最终不能决定鲁侯的继承人问题。事见《国语·周语》。本来，在公元前817年，鲁武公带着长子括和次子戏朝见宣王，宣王当时决定立戏作为鲁武公的继承人。武公去世之后，公子戏继承王位，这就是鲁懿公。公元前807年，鲁国人又杀掉了鲁懿公，改立公子括的儿子伯御为国君。从事情前后的经过看，宣王的决定已经不起作用，说明诸侯势力强大了，不听指挥了。卒：终究，最终。 [25]“陵夷迄于”二句：其衰落状况一直到周幽王、周厉王时，王室向东迁徙。陵夷：衰落，衰败。幽：即周朝第十二代君主周幽王。厉：即周朝第十代君主周厉王。此处说法有误，事实上是周的第十三代君主，即周平王实施的“东迁”。王室东徙：公元前771年，周幽王被戎所杀，周平王即位，为了避免西方部族的威胁，把国都东迁洛邑，重建周王朝，这就是历史上著名的“平王东迁”。历史上将迁都前的周朝称为“西周”，其后称为“东周”。 [26]“问鼎之轻重”句：即公元前606年，楚庄王率领军队经过东周国都洛邑之时，周定王派王孙满去劳军，楚庄王竟然询问周王室宗庙所陈之鼎的轻重与大小，是莫大不敬。其事见《左传·宣公三年》。 [27]“射王中肩”句：即公元前707年，周桓王率军伐郑，不但没有取胜，反而在溃败之时，被郑国军队射中了肩膀，实为奇耻大辱。事见《左传·桓公五年》。 [28]伐凡伯：即公元前716年，凡伯受周桓王委派出使鲁国，在归途中竟然遭到戎人的攻打、绑架，也很丢面子。事见《左传·隐公七年》。诛苌弘：事见《左传·哀公三年》。周大夫苌弘在晋国大臣赵鞅与范吉射争权之时，支持范氏，反对赵鞅。公元前492年，周敬王在赵氏责问、逼迫之下，不得不杀苌弘以解纷争，见出王室的衰微无能。 [29]“天下乖戾（guāi lì）”二句：天下背离王室，心目中根本没有把君主当作君主。乖戾：不合情理，反常。君君：真正把国君当成国君。 [30]末大不掉：比喻部下的势力很大，无法指挥调度。即“尾大不掉”。语出《左传·昭公十一年》：“末大必折，尾大不掉。”咎（jiù）：过失，罪过。　［31］“遂判为十二”四句：于是周朝的统治区域在春秋时期被鲁、齐、秦、晋、楚、宋、卫、陈、蔡、曹、郑、燕十二个诸侯国瓜分，到了战国时期又被合并为秦、齐、楚、燕、韩、赵、魏七个诸侯国。权威被由陪臣大夫建立的邦国齐、韩、赵、魏瓜分，国家被后来分封的秦国所灭。陪臣：古代天子以诸侯为臣，诸侯以大夫为臣，大夫又自有家臣。因之大夫对于天子，大夫之家臣对于诸侯，都是隔了一层的臣，即所谓“重臣”，因之都称为“陪臣”。殄：消灭，灭绝。指后来秦统一中国。　［32］“秦有天下”三句：意思是秦国统一天下之后，割裂诸侯国的都城实行郡县制，废除诸侯而设立郡守、县令。　［33］“据天下之雄图”二句：控制天下险要之地，建都于全国上游。雄图：形势险要之地。六合：上、下和东南西北四方，意即全国。上游：意思是秦都咸阳，处于居高临下之地势。　［34］“摄制四海”三句：将天下四海控制于股掌之间，这是秦国做得合适之处。得：正确，合宜。　［35］大坏：大乱。　［36］亟役万人：急迫地役使万人。指强迫人民修筑长城、建造坟墓、营造宫殿等苦役。　［37］“暴其威刑”二句：使其刑罚更加残暴，把财物消耗殆尽。竭：使财物枯竭。　［38］“负锄梃（tǐng）”二句：拿着锄头木棒的戍卒相互鼓动，联合起来造反。谪戍：将触犯法律者流放到边远地区承担防守任务。圜视：相互看，意思是相互鼓动。合从：联合。　［39］剖海内而立宗子：割裂天下分封自家同宗子弟为王。　［40］奔命扶伤之不暇：疲于奔命，救治伤员都来不及。　［41］困平城：指韩王信于公元前 201 年勾结匈奴造反，第二年刘邦率军讨伐之时，被匈奴围困于平城达七天之久。　［42］病流矢：指淮南王英布于公元前 196 年反叛朝廷，刘邦在平叛战争中被冷箭射中。　［43］三代：汉惠帝、汉文帝、汉景帝。　［44］后乃谋臣献画，而离削自守矣：后来由于谋臣献计，分散诸侯的势力，削减他们的封地，朝廷自己委派官吏管理诸侯国政务。画：谋划，计策。　［45］郡国居半：设置的郡县和分封的诸侯国基本平衡，各占一半。　［46］桀（jié）猾：凶残狡黠。指的是中唐时期割据一方的藩镇势力。　［47］虐害：残酷迫害。方域：地方。这里指州县。　［48］私其土，子其人：“私”“子”皆为意动用法，把封地当成私人资产，把老百姓当作自己的子女。　［49］列侯骄盈，黩（dú）货事戎：列国诸侯骄傲自满，贪财好战。事戎：热衷于战争，即好战。　［50］“侯伯不得变其政”二句：诸侯国中的霸主不能改变其乱国、害民的政治措施，当朝天子也不能变更违法乱纪的诸侯国君主。　［51］无如之何：没有任何办法。　［52］汉知孟舒于田叔：西汉朝廷从田叔那里认清了孟舒。据《汉书·田叔传》载：孟舒在汉高祖刘邦在位时本来为云中郡太守，但是因为匈奴入侵云中一事被高祖贬官。汉文帝即位后，向汉中郡太守田叔询问哪里有德高望重的人，而田叔推荐的人是孟舒，孟舒被重新起用。　　[53]得魏尚于冯唐：从冯唐那里了解、得到了被贬的魏尚。据《汉书·冯唐传》载：魏尚在汉文帝时为云中郡太守，本来是防御匈奴的有功之人，就因为一次上报战绩时多报了六颗首级数，被贬官。经过冯唐解释，文帝明白过来，恢复了魏尚的官职。　　[54]“闻黄霸之明审”二句：听说黄霸精明仔细，目睹了汲黯的简政安民。据《汉书·循吏传》载：汉宣帝时，黄霸任颍川郡太守，因为颇有政声，所以升京兆尹，最后官至丞相。《史记·汲黯列传》载：汲黯在汉武帝时任东海郡太守，由于政绩突出，被任命为主爵都尉，最后位列九卿。　　[55]卧而委之：汉武帝让汲黯去做淮阳郡太守，汲黯以病为由推辞，但是即便他卧病在床汉武帝也委任他，因为他可以治理一方。辑：整理，安抚，安定。　　[56]尽城邑而侯王：全国所有的郡县都设侯立王。城邑：郡县。侯王：名词作动词用，设立侯王。　　[57]“曷（hé）若举”句：怎么比得上把他们全部改变来保全那里的人呢？曷：怎么。　　[58]二姓陵替，不闻延祚（zuò）：两姓衰败，没有听到国祚延续下去。二姓：魏、晋曹与司马氏两姓。祚：皇位。　　[59]何系于诸侯哉：与分封诸侯有什么关系呀？　　[60]徇：沿袭。　　[61]仍：因袭。　　[62]不得已：无可奈何，不能不如此。　　[63]公天下之端自秦始：天下为公家所有是从秦始皇的时候开始的。　　[64]继世而理：代代相传，实行统治。　　[65]社稷（jì）：“社”指土神，“稷”指谷神，古代君主都祭社稷，后来就用“社稷”代表国家，这里即指国家。　　[66]以一其人之视听：使人们的见闻、思想达到统一。一：用作动词，使……统一。视听：指见闻、思想。　　[67]“世大夫世食禄邑”二句：世大夫世世代代享有食禄的封邑，以至于占尽了诸侯国的疆土。世大夫：父子相承大夫之职，称世大夫。封略：疆界，国土。　　[68]“吾固曰”二句：我坚定地认为，不是圣人的意愿，是“势”。固：情态副词，坚决地，坚定地。

欧阳修

欧阳修（1007 — 1072），北宋文学家、史学家，字永叔，号醉翁、六一居士，吉州吉水（今属江西）人。幼年丧父，在寡母抚育下读书。天圣八年（1030）进士，早年支持范仲淹、韩琦、富弼的革新主张，并因之被贬。后累官至参知政事。王安石变法时，对青苗法表示异议。终以太子少师致仕，居颍州，卒谥文忠。欧阳修是北宋时期诗文革新运动的领袖，在诗、词、文等多个方面都取得了杰出的成就。其诗反映人民疾苦，同情妇女遭遇，议论时事，抨击腐败，揭露黑暗，抒写个人情怀，描绘山川景物等，呈现出情感与内容的多样性。诗歌的语言风格也不同凡俗，清新秀丽，自然流畅，与梅尧臣并称“欧梅”。其《六一诗话》首创“诗话”论诗形式，在中国古代诗学批评史上具有开山的意义和地位。其词多写士大夫生活、男女恋情，也有描写自然风光的作品，风格婉丽，感情深挚缠绵。其文成就尤高，他反对唐末五代柔靡浮艳的文风和宋初艰涩怪僻之风，继承韩愈“文从字顺”的散文传统，同时又力避扬雄、韩愈尚奇好异的缺点，形成平易流畅、曲折委婉的文章风格，无论叙事、议论、写景、抒情都各尽其妙。周振甫把他的散文特征概括为五点：其一，婉转曲折，态度从容；其二，气势旺盛，措辞平易；其三，结构严密，富有逻辑力量；其四，一唱三叹，富有情韵；其五，用词造句，精练而有变化。苏轼在当时就说欧公散文“天下翕然师之”。后来欧阳修被尊为“唐宋八大家”之一，成为百代文章规范，有《欧阳文忠公文集》《六一诗话》等行世。

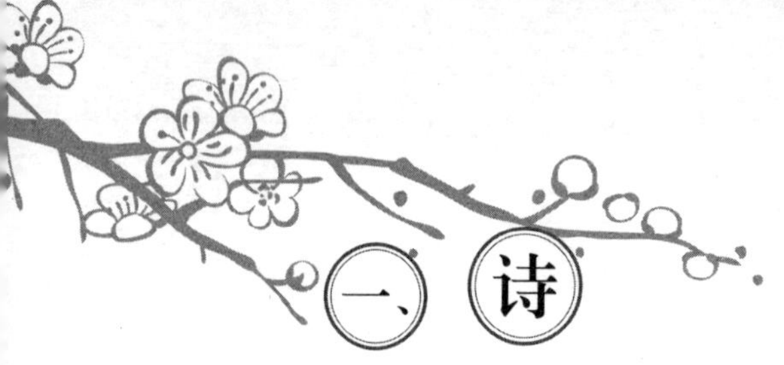

一、诗

画眉鸟[1]

百啭千声随意移，山花红紫树高低[2]。
始知锁向金笼听，不及林间自在啼[3]。

导读

北宋仁宗庆历五年（1045），政治革新派范仲淹、富弼、韩琦等人失势，都被贬官外任。欧阳修当时上书为他们鸣不平，守旧派对他的行为特别怨恨，于是借故将他贬官滁州。本诗就是在这种背景下写成的。全诗借物抒情、议论，借助对画眉鸟自由自在飞鸣生活的描述，寄寓自己向往自由的人生理想，也显露出被贬谪之后轻松自如、愉快从容的心态，同时也隐含着对当时排挤打击他的守旧势力的轻蔑和嘲讽。小诗意境明快，语言流畅、清丽，意味隽永，是不可多得的佳作。

注释

［1］画眉鸟：画眉科，背羽绿褐色，下体黄褐色，眼圈白色，向后延伸像蛾眉。鸣声婉转，雄鸟好斗。　［2］百啭（zhuàn）千声：形容声音婉转多变。啭：形容鸟鸣声婉转动听。随意移：随心所欲、自由自在地飞鸣。　［3］向：到，在。自在啼：自由自在地啼叫。

春日西湖寄谢法曹歌[1]

西湖春色归，春水绿于染[2]。
群芳烂不收，东风落如糁[3]。
参军春思乱如云，白发题诗愁送春[4]。
遥知湖上一樽酒，能忆天涯万里人。
万里思春尚有情，忽逢春至客心惊。
雪消门外千山绿，花发江边二月晴。
少年把酒逢春色，今日逢春头已白。
异乡物态与人殊，惟有东风旧相识。

仁宗景祐三年（1036），欧阳修对有人攻击当时名臣范仲淹甚为不平，写信给司谏高若讷，批评他虚伪，不主持正义，从而遭到报复，被贬官为峡州夷陵（位于今湖北省宜昌市）县令。次年春天，许州（今河南许昌）法曹参军谢伯初写诗给欧阳修，对其遭受贬谪加以安慰，本诗是欧阳修回复谢伯初的作品。诗大体分为前后两部分：前部分主要描写西湖景色，并且抒发了对朋友的思念之情。后部分流露出两种情思：一是远在他乡的思乡之情，一是惜春叹老的伤感之情。虽然有伤感的情思意绪，但是基本格调却不失明快。其中“雪消门外千山绿，花发江边二月晴”一联尤为明丽，表现出诗人宽广豁达的胸怀。

[1]西湖：在今河南省许昌市。　[2]绿于染：比染的还要绿。　[3]落如糁（sǎn）：像谷类磨成的碎粒一样散落。糁：谷类磨成的碎粒、小渣。

[4] 参军：谢伯初当时正在许州任法曹参军，所以诗中称参军。

夷陵岁暮书事，呈元珍、表臣[1]

萧条鸡犬乱山中，时节峥嵘忽已穷[2]。
游女髻鬟风俗古，野巫歌舞岁年丰[3]。
平时都邑今为陋，敌国江山昔最雄。
荆楚先贤多胜迹，不辞携酒问邻翁[4]。

本诗也是欧阳修被贬官到峡州夷陵县令时期的作品。诗中着力描写自己所居之处的江山风物及当地风俗，由今及古，有景有情，视角宽阔。同时也从侧面显示出诗人自己的生活状况及心态：尽管自己处在贬谪之中，但是生活依然从容闲适，时常与邻里往来，借酒遣怀。

[1] 夷陵：位于今宜昌市猇（xiāo）亭区。这里地势险要，江流湍急，临近长江西陵峡口，历来为兵家必争之地。岁暮：年末，年终。元珍：丁宝臣字。丁此时任峡州军事判官。 [2] 峥嵘：高大耸立。 [3] 野巫：乡村中的巫婆。 [4] 邻翁：指何参。

戏答元珍

春风疑不到天涯，二月山城未见花[1]。
残雪压枝犹有橘，冻雷惊笋欲抽芽[2]。
夜闻归雁生乡思，病入新年感物华[3]。
曾是洛阳花下客，野芳虽晚不须嗟[4]。

本诗作于宋仁宗景祐四年（1037）春，题目中虽然带有“戏”字，但却不是游戏之作。“答元珍”三字交代了作品的写作缘起：他的朋友峡州军事判官丁宝臣（字元珍）有诗赠给他，为此他作诗以答。诗的主体分两个部分，一波三折，跌宕起伏。前四句为第一部分，重在写景，首联从大处总写夷陵山城的荒僻与冷落，总体格调低沉；颔联从细处落笔，一方面写出荒凉冷落的特定景象“残雪压枝犹有橘”，另一方面在冻雷之中孕育着生机，由“冻雷惊笋欲抽芽”表现出诗人不屈不挠的气骨，也表现出生机和希望，格调由低沉而上扬。诗中首联二句尤其超妙，欧阳修本人也非常得意地说：“若无下句，则上句不见佳处。并读之，便觉精神顿出。”（蔡絛《西清诗话》）后四句为第二部分，着重抒情。首先写乡愁和迁谪多病之苦，一写雁归、春归而人在“天涯”的乡思，再写迁谪多病的悲伤，诗的格调转入低沉、哀伤。尾联格调再次上扬，作宽慰之语，见超脱之怀，展现哲理性的人生思考。要点是“野芳虽晚不须嗟”，表现出乐观、旷达之怀和抗争精神。诗的总体脉络是由迁谪境况之荒凉冷落转入思乡情、身世感，再到不屈之志、旷达之怀，中间加上对人生哲理性的思考，有情、有景，又充满理趣。

［1］天涯：天的边缘处，喻距离很远。这里指夷陵。　　［2］冻雷：初春时节的雷声。　　［3］乡思：故乡之思，即怀念家乡的情思。物华：一般指自然景物。这里指物的精华，美好的景物。　　［4］曾是洛阳花下客：北宋时洛阳牡丹最盛，欧阳修做过洛阳留守推官，写过《洛阳牡丹记》，丁元珍也曾在洛阳住过。嗟：叹息。

梦　中　作

夜凉吹笛千山月，路暗迷人百种花。

棋罢不知人换世，酒阑无奈客思家［1］。

本诗作于颍州，具体时间当在宋仁宗皇祐元年（1049），当时作者因支持范仲淹新政而被贬谪到颍州。诗主要记述梦中所见、所思。全诗共四句，一句一个境界，以“梦”作为主线，将凉秋月夜、春宵花丛、棋罢感怀、酒阑思乡四个各自独立的境界串联起来，构成朦朦胧胧、扑朔迷离的梦境。首句写秋夜，动静结合，以笛声反衬凉秋月夜的恬静，意境空阔，玲珑剔透。次句写春夜，路暗花繁，轻烟薄雾，恍恍惚惚，正好切合“梦”中的境界。第三句又借一个传说故事暗示世事沧桑、亦真亦幻的感慨，也带有诗人超脱人世之想。最后一句写酒阑兴尽，思家之念油然而生，这是全诗的落脚点。明人杨慎在《升庵诗话》中说：“绝句者，一句一绝，起于《四时咏》，‘春水满四泽，夏云多奇峰。秋月扬明辉，冬岭秀孤松’是也。或以为陶渊明诗，非。杜诗‘两个黄鹂鸣翠柳’实祖之。王维诗：‘柳条拂地不忍折，松柏梢云从更长。藤花欲暗藏猱子，柏叶初齐养麝香。’宋六一翁亦有一首云：‘夜凉吹笛千山月，路暗迷人百种花。棋散不知人换世，酒阑无奈客思家。’皆此体也。”

点出本诗在创作方法上与前人作品的继承关系。程千帆在《古诗今选》中说：“杜甫《绝句》：‘两个黄鹂鸣翠柳，一行白鹭上青天。窗含西岭千秋雪，门泊东吴万里船。’以四个各自独立的形象表现一个主题，此诗与之同格。但杜诗纯是写景，‘虽信美而非吾土兮，曾何足以少留’（王粲《登楼赋》句）之情，即寓景中，而此诗则前景后情，以一种怀乡的忧郁情调，将多种景物连缀起来，又于同中见异。”由此可见，欧阳修此诗既对前代诗人的创作方法有所继承，又有自己的创新之处，因而成为千古名作。

[1] 棋罢不知人换世：用王质烂柯的典故。南朝梁任昉《述异记》卷上：“信安郡石室山，晋时王质伐木，至，见童子数人棋而歌。质因听之。童子以一物与质，如枣核。质含之，不觉饥。俄顷，童子谓曰：‘何不去？’质起，视斧柯尽烂。既归，无复时人。”后喻山中方数日，世上已千年。也用来指醉心棋艺。酒阑：酒筵已尽。阑：残，尽，晚。

宿云梦馆[1]

北雁来时岁欲昏，私书归梦杳难分[2]。
井桐叶落池荷尽，一夜西窗雨不闻[3]。

本诗当作于宋仁宗景祐三年（1036）。当时，欧阳修因为《上高司谏书》一文痛斥高若讷，被朝中奸佞指为范仲淹“朋党”，于是被贬为夷陵（今湖北宜昌）令，他奔赴贬所途经湖北安陆（古云梦地区），独宿驿站之时，于夜晚写下此诗。这是一首七言绝句，诗中表现了作者思念亲人、渴望与家人团聚的情思意绪，展现出盼望与家人团聚而不得的凄凉心态。诗的第一句通过“北雁”“岁欲昏”等特定的景物点出季节和时令：年尾岁暮，冷落萧条之时。第二句通过“私书”牵出“归梦”，前者暗示妻子的来信，后者展现出由妻子的来信勾起的思亲怀乡之情。第三句借物抒怀，通过对“井桐叶落”与“池荷尽”等景物的描写，显现出诗人自己心境的无比凄凉和惆怅，从而加重了悲凉的气氛。第四句化用唐代诗人李商隐“何当共剪西窗烛，却话巴山夜雨时”的诗句，进一步表现出诗人乡思不尽、长夜难眠的神情。明人唐顺之在《与洪州书》中对这首诗作了评价：“盖文章稍不自胸中流出，虽若用别人一字一句，只是别人字句……若自胸中流出，则炉锤在我，金铁尽熔，虽用他人字句，亦是自己字句。”主要是赞美此诗化用李商隐《夜雨寄北》一诗所达到的“若自胸中流出”的自然境界。程千帆在《古诗今选》中指出：“这篇诗的意境和李商隐《夜雨寄北》相近，而章法不同。后两句也和李商隐《宿骆氏亭寄怀崔雍崔衮》之‘秋阴不散霜飞晚，留得枯荷听雨声’接近。”说明此诗虽然对李商隐的诗作有所取法，但不是简单模仿，而是有自己的创造。

[1]云梦：即云梦县，隶属湖北省孝感市。馆：驿站。　[2]私书：私人之书，这里指家信。杳：恍惚难分真假。　[3]西窗雨：化自李商隐《夜雨寄北》：“君问归期未有期，巴山夜雨涨秋池。何当共剪西窗烛，却话巴山夜雨时。”

秋　怀[1]

节物岂不好，秋怀何黯然[2]。
西风酒旗市，细雨菊花天[3]。
感事悲双鬓，包羞食万钱[4]。
鹿车何日驾，归去颍东田[5]。

导读

本诗是一首五言律诗，作于滁州。宋仁宗庆历五年（1045）八月，“庆历新政”失败，当时的贤臣杜衍、范仲淹等相继被贬斥。欧阳修对此感到不平，于是上书为这些人辩护，也被加上“朋党”罪名，由河北都转运按察使降知滁州，十月到任。本诗就作于这一时期。全诗从景物描写出发，表达了作者厌恶官场倾轧、希图摆脱世俗纷扰、向往恬静安闲的归隐生活的复杂情怀。诗中先以反问落笔：难道这秋天的景物不好吗？在如此美丽的秋日风光之中我又为什么情绪低落、心情沮丧呢？第二联出人意料，没有按常理回答自己心情沮丧的原因，而是以纯粹白描的手法，进一步描写秋色之美：秋风猎猎，酒旗飘扬，细雨蒙蒙，菊花送香。可是尽管面对这样令人着迷的美好风光，自己仍然改变不了低落、沮丧的心态和情绪，这是为什么呢？五、六两句对此做了回答：因为过度忧虑国事，致使自己过早衰老，两鬓秋霜；自己享受着朝廷俸禄，却于国事无补，因此内心充满羞愧。于是，尾联便转出思归的念头：何时轻车简从，回归故乡，过上无忧无虑的自在生活呢？归隐山林、超然物外的情怀油然而生，其中也隐含着对与世浮沉的苟且生活的憎恶。《乐府纪闻》一书中记载：“欧阳永叔中岁居颍日，自以集古一千卷，藏书一万卷，琴一张，棋一局，酒一壶，一老翁于五物间，称六一居士。”从中可以看出欧阳修当时亦官亦隐、潇洒闲适的心态，对我们理解这首诗颇有帮助。

注释

［1］秋怀：秋天的情怀。　［2］节物：季节物象，与季节相应的景物气象。黯然：情绪低落、心情沮丧的样子。　［3］酒旗：亦称酒望、酒帘等，古代酒店的招牌。用布缀于竿顶，悬在店门前，以招徕客人。　［4］包羞：忍受羞辱。　［5］鹿车：一说指古代的一种小车。《太平御览》卷七七五引汉应劭《风俗通》：“鹿车，窄小裁容一鹿也。”又一说为佛教语，三车之一，喻缘觉乘（中乘）。此处借用佛家语，以喻归隐山林。颍东：颍州（今安徽阜阳）。

别　　滁

花开浓烂柳轻明，酌酒花前送我行[1]。

我亦且如常日醉，莫教弦管作离声[2]。

此诗作于庆历八年（1048）。欧阳修于宋仁宗庆历五年（1045）八月被贬为滁州知州，在此地做了两年多的地方官，因其为政清明廉洁，当地父老对他有些不舍，他自己心中也不平静。有感于父老亲朋为他饯行时的情景，写下了这首诗。诗的前两句描写景物、交代作诗缘由：花光浓艳，柳丝轻盈而又色泽鲜明，在这花前柳下，父老亲朋依依不舍，深情把酒为自己送行。后两句重在抒情，其中第三句虽然表面上说自己和平日一样醉酒，但实际上是用醉酒来消解、掩盖自己内心的激动和离愁别绪。最后一句"莫教弦管作离声"，进一步显露出自己努力排解离别伤感的情态，格调开朗而不伤感，显示出超出常人的襟怀与气度。所以，全诗虽然抒发的是离别之情，但是基调乐观开朗，措辞委婉，笔调轻快，自然流畅，又耐人寻味，展现出"醉翁"特有的心态：乐观与豁达。

[1]浓烂：形容花朵浓密又鲜艳灿烂的样子。轻明：一作"轻盈"。　[2]亦且：又，而且。离声：别离之时的乐曲声。

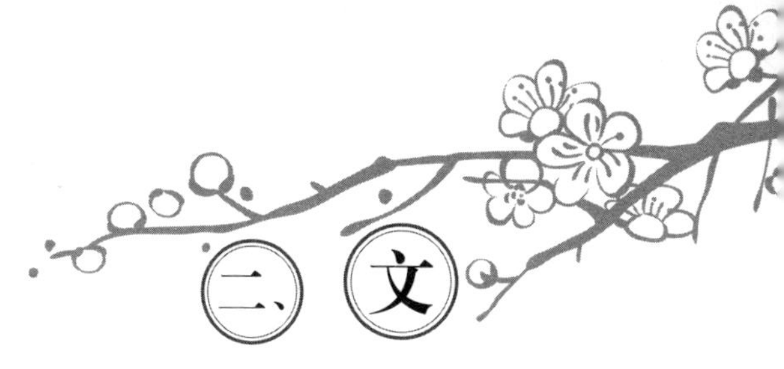

二、文

醉翁亭记[1]

环滁皆山也[2]。其西南诸峰，林壑尤美[3]。望之蔚然而深秀者[4]，琅琊也[5]。山行六七里[6]，渐闻水声潺潺[7]，而泻出于两峰之间者[8]，酿泉也[9]。峰回路转[10]，有亭翼然临于泉上者[11]，醉翁亭也。作亭者谁[12]？山之僧智仙也[13]。名之者谁[14]？太守自谓也[15]。太守与客来饮于此，饮少辄醉[16]，而年又最高，故自号曰醉翁也[17]。醉翁之意不在酒，在乎山水之间也。山水之乐[18]，得之心而寓之酒也[19]。

若夫日出而林霏开[20]，云归而岩穴暝[21]，晦明变化者[22]，山间之朝暮也。野芳发而幽香[23]，佳木秀而繁阴[24]，风霜高洁[25]，水落而石出者[26]，山间之四时也。朝而往，暮而归，四时之景不同，而乐亦无穷也。

至于负者歌于途[27]，行者休于树[28]，前者呼，后者应，伛偻提携[29]，往来而不绝者，滁人游也。临溪而渔[30]，溪深而鱼肥；酿泉为酒，泉香而酒洌[31]。山肴野蔌[32]，杂然而前陈者[33]，太守宴也。宴酣之乐，非丝非竹[34]，射者中[35]，弈者胜[36]，觥筹交错[37]，起坐而喧哗者，众宾欢也。苍颜白发，颓然乎其间者[38]，太守醉也。

已而夕阳在山[39]，人影散乱，太守归而宾客从也。树林阴翳[40]，鸣声上下，游人去而禽鸟乐也。然而禽鸟知山林之乐，而不知人之乐；人知从太守游而乐，而不知太守之乐其乐也[41]。醉能同其乐，醒能述以文者[42]，太守也。太守谓谁[43]？庐陵欧阳修也[44]。

导读

庆历五年（1045），欧阳修因支持范仲淹政治革新而被贬为滁州知州，本文作于被贬后的第二年。本文是作者在滁州所写的一篇游记，文中采取骈散结合的行文方式，以和谐而又从容舒缓的笔调，生动、鲜明地描绘了以醉翁亭为中心的滁州秀美的山水景物，充分表现出作者寄情山水、悠然自得的闲适心态，同时也反映出作者与民同乐的思想。全篇在精美的措辞中用了二十一个“也”字，错落之中又见从容不迫的闲雅情态。明人茅坤在《唐宋八大家文钞》中评价说：“文中之画。昔人读此文，谓如游幽泉邃石，入一层才见一层，路不穷，兴亦不穷，读已，令人神骨翛然长往矣。此是文章中洞天也。”点出此文的突出特点是“文中之画”，即有画的意境。清人张伯行《重订〈唐宋八大家文钞〉》卷六中说：“文之妙，鹿门（茅坤）评鉴之。朱子言欧公文字亦多是修改到妙处。顷有人买得他《醉翁亭记》稿，初说滁州四面有山凡数十字，末后改定，只曰‘环滁皆山也’五字而已。可见文字最要修改，故附录之。”赞美其修改加工之勤。清人过珙在其《古文评注》卷十中又从意蕴方面进行评价：“‘醉翁之意不在酒’及‘太守之乐其乐’两段，有无限乐民之乐意，隐见言外。若止认作风月文章，便失千里。”点出其思想价值。这些评价有助于我们对此文的理解和认识。

注释

［1］醉翁亭：在今安徽省滁州市西南七里。　［2］环：围绕。滁：滁州，今安徽省滁州市。　［3］林壑（hè）：山林与深谷。　［4］蔚（wèi）然而深秀：形容草木茂盛而又幽深秀丽的样子。　［5］琅琊（láng yá）：山名，在滁州西南十里。晋元帝司马睿在即位之前曾被封为琅琊王，又避难于此，山因此而得名。　［6］山行：在山中行走。　［7］潺潺（chán chán）：形容流水声。　［8］泻出：倾泻而出。　［9］酿泉：因其水澄清，可用来酿酒，故名。　［10］峰回路转：山峰回环，道路随转。　［11］翼然：像鸟张开翅膀一样。　［12］作：建造。　［13］智仙：琅琊山琅琊寺（一名开化寺）的和尚之法号。　［14］名：用作动词。　［15］太守：宋代州的长官称知

州，这里是用汉代郡之最高长官的旧称。自谓：自称。 [16] 辄（zhé）：就。 [17] 自号曰醉翁：自己取醉翁之号。 [18] 山水之乐：游览山水的乐趣。 [19] 得之心而寓之酒：在心里有所领会而寄托在酒上。 [20] 若夫：至于。林霏（fēi）：林中雾气。开：消散。 [21] 云归：烟云聚集。岩穴：山谷。暝（míng）：阴暗的样子。 [22] 晦明变化：或暗或明的变化。 [23] 野芳发：野花开。 [24] 佳木秀：好木长满枝叶。繁阴：浓密的树荫。 [25] 风霜高洁：指秋季天高气爽，霜色洁白。 [26] 水落而石出：水位下降，石头露出。 [27] 负者：背负东西的人。途：道路。 [28] 休于树：在树下休息。 [29] 伛偻（yǔ lǚ）：指弯腰曲背的老年人。提携：搀扶。 [30] 渔：捕鱼。 [31] 洌：清。 [32] 山肴（yáo）：指山中野味。蔌（sù）：菜。 [33] 杂然：错杂。陈：摆放。 [34] 非丝非竹：不用音乐。丝：弦乐。竹：管乐。 [35] 射者中（zhòng）：投壶的中了。射：投壶，古代酒席间一种游戏，以箭投壶，投中的为胜者。 [36] 弈（yì）：下棋。 [37] 觥（gōng）：用犀牛角做的酒杯。筹：筹码，行酒令之时用来计算饮酒杯数的东西。 [38] 颓然：精神不振，这里指过量饮酒后昏昏欲倒的醉态。 [39]已而：不久。 [40] 翳（yì）：遮盖。 [41] 乐其乐：乐他所乐。前一“乐”字用作动词。 [42] 述以文：用文章来记述。 [43] 谓：同“为”，是。 [44] 庐陵：宋代的郡名，也就是吉州，治所在今江西省吉安市。

卖 油 翁

陈康肃公尧咨善射[1]，当世无双，公亦以此自矜[2]。尝射于家圃[3]，有卖油翁释担而立[4]，睨之[5]，久而不去。见其发矢十中八九，但微颔之[6]。

康肃问曰：“汝亦知射乎？吾射不亦精乎？”翁曰：“无他[7]，但手熟尔[8]。”康肃忿然曰[9]：“尔安敢轻吾射[10]！”翁曰：“以我酌油知之[11]。”乃取一葫芦置于地，以钱覆其口[12]，徐以杓酌油沥之[13]，自钱孔入，而钱不湿。因曰：“我亦无他，惟手熟尔。”康肃笑而遣之[14]。

导读

本文生动地描述了陈尧咨的善射与自负和卖油翁沥油的高超技艺以及老成持重的情态，揭示出熟能生巧的道理，告诉人们不要骄傲自大、故步自封。

文章短小精悍，语言生动风趣，富有幽默感。尤其对陈尧咨的自负傲慢与卖油翁神态、语言的描写，惟妙惟肖。清人林景亮在《评注古文读本》中对此文作了细致的分析和评价。一评其篇法，指出："是篇以戒矜作柱，前路写'矜'字，后路写不必'矜'。起数语从'善射'叙入，是为叙事兼问难法。是文亦为辨体。其在陈尧咨一面，语皆作傲然口吻；在卖油翁一面，语皆作冷峻口吻。二者间出，遂生奇趣。"二评其章法，指出："通篇分三段。自起句至'自矜'为第一段，此段以善射作柱，惟'善射'，故'自矜'；自'尝射于家圃'至'但手熟尔'为中段，此段以卖油翁之轻视尧咨作柱，而以'睨之''微颔'逼出'手熟'二字；自'康肃忿然'以下为末段，此段以'酌油'作柱，为'手熟'之证。"三评其句法，指出："'汝亦知射乎'二语，为宕句法。"四评其字法，指出："'睨'字、'颔'字、'笑'字均称量而出，'笑'字又与'睨'字、'颔'字作呼应。"仔细对照，应该说其评价比较深入，也比较准确。

注释

[1]陈康肃公尧咨：即北宋时期的陈尧咨，宋真宗朝重臣。谥号康肃。公：旧时对男子的一种尊称。善射：擅长射箭。　[2]自矜（jīn）：自夸，自傲。　[3]家圃（pǔ）：家园，即家里（射箭的）场地。圃：原意是园子，这里指场地。　[4]释担：放下担子。释：放。　[5]睨（nì）：斜着眼看，这里是形容不在意的样子，有轻视的意味。　[6]但微颔（hàn）之：只是微微对此点头，意思是略微表示赞许，觉得还可以。但：只，不过。颔：点头。之：指示代词，这里指陈尧咨射箭十中八九这一情况。　[7]无他：无特别之处，即没有别的（奥妙）。　[8]但手熟尔：只不过手熟罢了。熟：熟练。尔：同"耳"，相当于"罢了"。　[9]忿（fèn）然：愤愤地。忿：同"愤"，发怒。　[10]安：疑问代词，这里表示反问，怎么。轻吾射：看轻我射箭（的本领）。轻：小

看，轻看，作动词用。　　［11］以我酌（zhuó）油知之：凭我倒油（的经验）知道这个（道理）。以：凭，靠。酌：原意是斟酒，这里指倒油。之：指示代词，这里指射箭也是凭手熟的道理。　　［12］覆：盖。　　［13］徐：慢慢地。沥之：注入葫芦。沥：倒，注。之：指示代词，指葫芦。　　［14］遣之：让他走。遣：打发。之：指代卖油翁。

秋　声　赋[1]

欧阳子方夜读书，闻有声自西南来者，悚然而听之[2]，曰："异哉[3]！"初淅沥以萧飒，忽奔腾而砰湃，如波涛夜惊，风雨骤至[4]。其触于物也，𫓧𫓧铮铮，金铁皆鸣[5]；又如赴敌之兵，衔枚疾走[6]，不闻号令，但闻人马之行声。予谓童子："此何声也？汝出视之！"童子曰："星月皎洁，明河在天[7]，四无人声，声在树间。"

予曰："噫嘻悲哉！此秋声也！胡为而来哉[8]？盖夫秋之为状也：其色惨淡，烟霏云敛；其容清明，天高日晶；其气栗冽，砭人肌骨；其意萧条，山川寂寥[9]。故其为声也，凄凄切切，呼号奋发。丰草绿缛而争茂，佳木葱茏而可悦[10]；草拂之而色变，木遭之而叶脱[11]；其所以摧败零落者，乃一气之余烈[12]。夫秋，刑官也，于时为阴[13]；又兵象也，于行用金[14]。是谓天地之义气，常以肃杀而为心[15]。天之于物，春生秋实。故其在乐也，商声主西方之音，夷则为七月之律[16]。商，伤也，物既老而悲伤；夷，戮也，物过盛而当杀[17]。

"嗟夫！草木无情，有时飘零。人为动物，惟物之灵[18]，百忧感其心，万事劳其形，有动于中，必摇其精[19]。而况思其力之所不及，忧其智之所不能；宜其渥然丹者为槁木，黟然黑者为星星[20]。奈何非金石之质，欲与草木而争荣[21]？念谁为之戕贼，亦何恨乎秋声[22]！"

童子莫对，垂头而睡。但闻四壁虫声唧唧，如助予之叹息[23]。

导读

本文作于宋仁宗嘉祐四年（1059），此时作者已经五十三岁，虽身居高位，但经历了三次被贬的遭遇，见惯了官场上的钩心斗角、朝廷内外的污浊和黑暗，忧国忧民，改革又无希望，而适逢冷落清秋之际，伤感和苦闷的情绪涌上心头，于是写下这篇以悲秋为主调的赋体佳作。赋的开头先是虚写，借助想象和比喻等手法，把无形无色的秋声写得特别生动、具体、可感，给人留下深刻的印象；中间又由虚转实，发挥赋体的长处，抓住秋色、秋容、秋气、秋意尽情铺陈、烘托、渲染，鲜明、生动地展现出秋天特有的景色和物象，具有画一般的意境。同时又从官制、阴阳、五行、音律、天象、训诂等方面对秋这一特殊季节做了比较全面的介绍和深入的说解，揭示出秋背后的深层文化意蕴。最后告诫世人：没有必要悲秋，也不应当恨秋、怨秋，而应自我反省，超然物外。此文显示出作者高超的艺术手法，其突出特点是把叙事、议论、写景和抒情融为一体，抓住了秋声的特征，纵情挥洒，极尽铺张扬厉之能事，妙喻迭出，累若贯珠。文中多方面、多层次地铺陈秋之情状：描其声，绘其容；写其气，达其意；状其色，传其情。笔酣墨饱，淋漓尽致。叙事则简洁明快，议论则慷慨纵横，抒情则沁人心脾。在语言形式上，此文最能体现欧阳修骈散结合的成就，句式参差错落，灵活自如。对偶上打破了骈四俪六的呆板形式，潇洒通脱，左右逢源。时而发为描述，时而转为议论；时而引经据典，时而纯用白描。文意曲折，一宕再宕，却又如行云流水，通畅无碍。难怪苏洵赞美其文章“纡余委备，往复百折，而条达流畅，无所间断，气尽语极，急言竭论，而容与闲易，无艰难劳苦之态”（《上欧阳内翰第一书》）。同时本文又韵散结合，铿锵悦耳，具有音乐般的节奏和美感。总之，这篇文章不仅做到了意与境谐，情与景融，形成具有整体感、动态感的艺术图画，而且在奇偶相间、韵散结合等各个方面都达到了十分完美的境地，是难得的佳篇。清人吴调侯、吴楚材在《古文观止》卷十中评价说：“秋声，无形者也，却写得形色宛然，变态百出。末归于人之忧劳，自少至老，犹物之受变，自春而秋，凛乎悲秋之意，溢于言表。结尾虫声唧唧，亦是从声上发挥，绝妙点缀。”应该说切中肯綮（qìng）。

注释

[1]赋：文体名。多用铺陈渲染的手法，讲究文采。它起于战国，盛于两汉。魏晋以前，主要是散体，后来随着骈文方得兴盛，赋体骈化，出现“骈赋”；唐代又由骈体转为律体，叫“律赋”；宋代用散文的形式写赋，称“文赋”。　[2]“欧阳子方夜读书”三句：欧阳先生（欧阳修自称）夜间正在读书，听到有声音从西南方向传来，惊恐地听着这种声音。欧阳子：作者自称。方：正，正在。悚（sǒng）然：惊恐、害怕的样子。　[3]异：奇怪。　[4]“初淅沥”四句：起初感觉像淅淅沥沥的雨声，又夹杂着萧萧飒飒的风声，忽然之间又变得奔腾不息，汹涌澎湃，像是江河里面的波涛在夜间突然兴起、风雨突然来到。淅沥（lì）：雨声。萧飒（xiāo sà）：风声。砰湃（péng pài）：同“澎湃”，形容波浪互相撞击。比喻声势浩大、气势雄伟的汹涌的波涛声。　[5]“其触于物也”三句：它碰到物体上，鏦鏦（cōng cōng）铮铮，好像是金属兵器相互撞击，都发出响声。鏦鏦（cōng cōng）铮铮：金属相互撞击之声。　[6]“又如”二句：又像趁着夜色奔袭敌人的军队，衔枚快跑。衔枚：古代行军时让士兵嘴里衔着一支筷子似的东西，叫“枚”，以防出声。多是在夜袭或在隐蔽军事行动时采取的行军方式。　[7]星月皎洁，明河在天：星星和月亮明亮洁净，浩瀚银河横在天空。明河：银河。　[8]“噫嘻悲哉”三句：啊，啊，悲伤啊！这是秋声啊！它为什么来呢？胡为：何为，为什么。胡：表示疑问或反诘，什么，怎样。　[9]“盖夫秋之为状也”九句：秋天的状态是这样的，它的色调凄惨暗淡，烟飞云收；它的姿容清新明净，天高日明；它的气候寒冷，刺人肌骨；它的意境萧条冷落，山川寂静空旷。状：状态、景象。霏（fēi）：飘扬，飘散。敛：收，收拢，聚集。日晶：日光明亮。栗冽（lì liè）：也作“栗烈”，寒冷。砭（biān）：刺，古代一种治病的石针，用石针扎穴位治病。这里指冷风刺骨。　[10]“凄凄切切”四句：凄凄切切，呼号奋起。青草丰美而竞相繁茂，嘉树茂盛而赏心悦目。缛（rù）：繁密的彩饰。葱茏（cōng lóng）：草木青翠而茂盛。佳木：美木，嘉树。可悦：可爱。　[11]“草拂之而色变”二句：草被它掠过颜色就会改变，树碰到它叶子就会凋落。　[12]“其所以摧败零落”二句：它之所以能摧残损坏，使花草树木凋枯零落的原因，就是凭借秋气的余威。一气：这里指秋气。　[13]“夫秋”三句：周代用天地四时来命名官职，秋官掌刑法，又用阴阳对四时，秋冬属阴。　[14]又兵象也，于行用金：

又是用兵的象征，在五行上属于金。兵象：古代秋季练兵，以备征伐，所以称秋为“兵象”。于行用金：在五行上属于金。行：五行，即金、木、水、火、土。在中国古代，人们认为四季变化是五行“相生”的结果，按照五行划分四季，而秋正值五行中的金，所以秋天又称“金天”。　　[15]“是谓天地之义气”二句：这就是所说的天地尊严之气，常把肃杀作为自己的意志。　　[16]“故其在乐也”三句：所以在音乐的五声中，商声是西方之声，夷则是七月的声律。商声：古代五声为宫、商、角（jué）、徵（zhǐ）、羽，商为其中之一。在古代，五声也被分配于四时，商属秋；五声又与五行相配，商声属金，主西方之音。夷则：十二律之一。十二律包括黄钟、大吕、太簇、夹钟、姑洗、仲吕、蕤（ruí）宾、林钟、夷则、南吕、无射（wú yì）、应钟。因为古代将十二律与十二个月相配，夷则与七月对应，所以说“夷则为七月之律”。　　[17]“商”六句：商，就是‘悲伤’，物已经衰老了，都会悲伤。夷，就是杀戮，物一过盛就该消灭。　　[18]“嗟夫”五句：唉！草木是无情之物，到时候就会衰落凋零；人作为动物，是万物中最有灵性的。惟物之灵：是动物中最有灵性的。语出《尚书·泰誓》：“惟人万物之灵。”惟：为，是。　　[19]“百忧感其心”四句：百般忧虑煎熬着他的心，万种烦恼事劳累他的身体；内心一被外物触动，必然要消损他的精神。中：内心。　　[20]“宜其渥（wò）然丹者”二句：当然是那红润的面色变得苍老枯槁，乌黑发亮的头发变得花白。渥然丹者：形容面色红润，正值青春年华。槁木：干枯的木头，比喻年老体衰。黟然黑者：指乌黑发亮的头发，比喻年轻。星星：斑白、花白，形容须发花白的样子。　　[21]“奈何非金石之质”二句：为什么要用并不像金石那样坚固的体质去和草木争荣呢？　　[22]“念谁为之”二句：想一想究竟是谁给自己带来了残害，又何必去怨恨这秋声呢？戕（qiāng）：杀害，残害。贼：杀戮，杀害。　　[23]“童子莫对”四句：书童没有回答我，低下头睡去了。只听得四壁虫鸣唧唧，好像在附和我的叹息。莫对：没有什么回答。

五代史伶官传序[1]

呜呼！盛衰之理，虽曰天命，岂非人事哉[2]！原庄宗之所以得天下，与其所以失之者，可以知之矣[3]。

世言晋王之将终也，以三矢赐庄宗而告之曰：“梁，吾仇也；燕王，吾所立，契丹，与吾约为兄弟，而皆背晋以归梁。此三者，吾遗恨也。与尔三矢，尔其无忘乃父之志[4]！”庄宗受而藏之于庙。其后用兵，则遣从事以一少牢告庙，请其矢，盛以锦囊，负而前驱，及凯旋而纳之[5]。

方其系燕父子以组，函梁君臣之首，入于太庙，还矢先王[6]，而告以成功，其意气之盛，可谓壮哉！及仇雠已灭，天下已定，一夫夜呼，乱者四应，仓皇东出[7]，未及见贼而士卒离散，君臣相顾，不知所归[8]。至于誓天断发，泣下沾襟，何其衰也！岂得之难而失之易欤？抑本其成败之迹，而皆自于人欤[9]！

《书》曰：“满招损，谦得益[10]。”忧劳可以兴国，逸豫可以亡身[11]，自然之理也。故方其盛也，举天下之豪杰，莫能与之争；及其衰也，数十伶人困之，而身死国灭，为天下笑[12]。夫祸患常积于忽微，而智勇多困于所溺，岂独伶人也哉[13]！作《伶官传》。

导读

本文是欧阳修为其《五代史记》中伶人敬新磨、景修、史彦琼、郭从谦等人的合传《伶官传》所作的序论。文中一方面历数后唐庄宗李存勖平梁以前，在忧患中奋起，英勇善战，所向无敌，完成先父李克用的遗愿，消灭三大仇敌，实现平定天下的丰功伟绩，另一方面又叙述其即位之后，因贪安乐，重用伶人和宦官，最后死于伶人之手的历史悲剧。前后对比，得出了“忧劳可以兴国，逸豫可以亡身”和“祸患常积于忽微，而智勇多困于所溺”的历史结论，揭示出国家兴盛与衰败不由天命而取决于“人事”的道理，以此告诫北宋王朝的当政者应该以史为鉴，居安思危，防微杜渐，能够忧劳兴国，杜绝骄侈淫逸。文章一唱三叹，跌宕顿挫，具有极强的感染力，受到众多文学批评家的好评。明人茅坤在《唐宋八大家文钞》卷四十四中评价说：“庄宗雄心处，与欧阳公之文可上下千古。”“此等文章，千年绝调。”清人李刚己曾指出：“自‘方其系燕父子以组’以下数行文字，横空而来，如风水相搏，洪涛巨浪忽起忽落，极天下之壮观，而声情之沉郁，气势之淋漓，与史公亦极为相近也。”两人都是从文章风格特征及其感染力着眼进行评价。其他如清人沈德潜则从其渊源上进行探讨。他在《唐宋八大家文读本》中指出：“抑扬顿挫，得

《史记》神髓，《五代史》中第一篇文字。”认为此文有借鉴司马迁《史记》之处，对我们理解此文很有启发意义。

注释

[1]《五代史记》是欧阳修撰写的纪传体史书，“二十四史”之一。后世为了与薛居正等官修的《五代史》相区别，故称为《新五代史》。全书共七十四卷，记载了自后梁开平元年（907）至后周显德七年（960）共五十三年的历史。伶（líng）官：古代称演戏的人为伶，在宫廷中授有官职的伶人叫伶官。 [2]“盛衰之理”三句：国家的兴盛与衰败的道理，虽说是由天命决定的，难道说不是人为的原因造成的吗？天命：天意。人事：人力能做到的事。 [3]“原庄宗之所以得天下”三句：考察后唐庄宗取得天下和失掉天下的原因，就可明白这一道理了。原：探讨，探究，考察。庄宗：五代后唐庄宗李存勖（xù），消灭后梁称帝，建立后唐。后来沉湎声色，治国乏术，用人无方，贪图游乐，特别是重用伶人、宦官，疏远、猜忌以至杀戮功臣，吝财暴敛，朝野离心。同光四年（926）四月死于兴教门之变，共在位三年。 [4]“世言晋王之将终也”数句：世人传言晋王李克用临死之时，曾把三支箭赐给庄宗，并告诉他说：“梁国是我的仇敌，燕王是我立的，契丹与我结为兄弟，但是后来都背叛了我去投靠了梁。这三件事是我的遗恨。给你三支箭，我希望你千万不要忘记你父亲复仇之志。”晋王：指唐五代晋之国主李克用，李存勖之父。矢：弓箭。梁：指五代时期朱温建立的后梁。朱温原本是黄巢起义军中将领，降唐后封为梁王，后篡唐自立，建后梁，当年他曾企图谋害李克用，由此结仇。燕王：指燕王刘守光的父亲刘仁恭。唐朝末期，幽州节度使刘仁恭借李克用之力上台，后来却不听李的调动，投靠了朱温。其子刘守光兵力逐渐强盛，朱温便封他为燕王，自称大燕皇帝。此处把刘仁恭也称为燕王。契丹：即契丹族，是发源于中国东北地区的古代游牧民族。唐末，契丹首领耶律阿保机统一各部，于后梁开平元年（907）即可汗位，并与李克用结拜为兄弟，结成军事同盟，并且约定联合灭梁。然而后来耶律阿保机却违背盟约，与梁结成盟约，合兵对付李克用。神册元年（916），耶律阿保机称帝，国号契丹。尔：人称代词，你，指庄宗李存勖。 [5]“庄宗受而藏之于庙”七句：庄宗接受三箭后收藏在祖庙里。此后庄宗领兵作战，便派下属官吏，用猪羊作祭品祭祀祖庙，然后再从宗庙里恭敬地取出箭来，用织锦作的袋子装着，背在身上冲杀在前，等打了胜仗回来之

后，又把箭放回太庙。庙：指宗庙。从事：古代官名。这里指下属官吏。少牢：古代祭祀所用祭品名。古人祭祀，如果用一牛、一羊、一猪，称太牢；只有一羊、一猪而无牛，称少牢。告庙：古代天子或诸侯出巡或遇兵戎等重大事件而祭告祖庙。及：等到。纳：收，交，归还。　　［6］“方其系燕父子以组”四句：当他用绳索捆绑住燕王父子，用木匣装着梁国君臣的头颅，放进太庙，交还三支箭于先王李克用的灵座前。组：绳子。函：木盒、木匣。此处作动词用，用木匣装。先王：已逝的前代君主。这里指晋王李克用。　　［7］“及仇雠（chóu）已灭”五句：等到仇敌已经被自己消灭，天下已经平定，一人在夜里叫喊发难，作乱的人四方响应，庄宗慌慌张张率兵东逃。仇雠：仇人，仇敌。　　［8］“未及见贼”三句：还没等见到乱贼，所率兵士就逃散了，君臣相视，不知到哪里去好。相顾：相视，互看。　　［9］“至于誓天断发”六句：以至于割下头发来对天发誓，泪下沾湿衣襟，这是何等的衰败啊！难道说是取得天下难，而失去天下容易呢？还是推究他成功与失败的原因，都是由于人事造成的呢？何其：多么，何等。用于感叹句。　　［10］“《书》曰”二句：《尚书》中说：“骄傲自满会招致损失，谦虚谨慎能得到益处。”语出《尚书·大禹谟》：“满招损，谦受益。”　　［11］“忧劳可以兴国”二句：忧虑劳苦可以使国家兴盛，安逸享乐可以使自身灭亡。　　［12］“故方其盛也”七句：所以当庄宗兴盛之时，整个天下的豪杰，没有谁能与他相争；等到他衰败之时，数十个伶官就把他控制住了，最后身死国灭，被天下人耻笑。举：整个，全部。　　［13］“夫祸患常积于忽微”三句：祸患经常是由微小的差错逐渐积累起来的，有智有勇的人，也多被所溺爱的人或事困扰，难道只是溺爱伶人才会有这样坏的结果吗？忽微：微小的事。

朋党论[1]

臣闻朋党之说，自古有之，惟幸人君辨其君子小人而已[2]。大凡君子与君子以同道为朋，小人与小人以同利为朋[3]，此自然之理也。

然臣谓小人无朋，惟君子则有之。其故何哉？小人所好者，禄利也；所贪者，财货也[4]。当其同利之时，暂相党引以为朋者，伪也[5]；及其见利而争先，或利尽而交疏，则反相贼害，虽其兄弟亲戚，不能相保[6]。

故臣谓小人无朋，其暂为朋者，伪也。君子则不然。所守者道义，所行者忠信，所惜者名节[7]。以之修身，则同道而相益；以之事国，则同心而共济，始终如一[8]。此君子之朋也。故为人君者，但当退小人之伪朋，用君子之真朋，则天下治矣[9]。

尧之时，小人共工、驩兜等四人为一朋，君子八元、八恺十六人为一朋[10]。舜佐尧，退四凶小人之朋，而进元、恺君子之朋，尧之天下大治[11]。及舜自为天子，而皋、夔、稷、契等二十二人并列于朝[12]，更相称美，更相推让，凡二十二人为一朋，而舜皆用之，天下亦大治[13]。《书》曰："纣有臣亿万，惟亿万心；周有臣三千，惟一心[14]。"纣之时，亿万人各异心，可谓不为朋矣，然纣以亡国[15]。周武王之臣，三千人为一大朋，而周用以兴[16]。后汉献帝时，尽取天下名士囚禁之，目为党人[17]。及黄巾贼起，汉室大乱，后方悔悟，尽解党人而释之，然已无救矣[18]。唐之晚年，渐起朋党之论，及昭宗时，尽杀朝之名士，或投之黄河[19]，曰："此辈清流，可投浊流[20]。"而唐遂亡矣。

夫前世之主，能使人人异心不为朋，莫如纣；能禁绝善人为朋，莫如汉献帝；能诛戮清流之朋，莫如唐昭宗之世。然皆乱亡其国[21]。更相称美、推让而不自疑，莫如舜之二十二臣，舜亦不疑而皆用之[22]。然而后世不诮舜为二十二人朋党所欺，而称舜为聪明之圣者，以能辨君子与小人也[23]。周武之世，举其国之臣三千人共为一朋，自古为朋之多且大，莫如周；然周用此以兴者，善人虽多而不厌也[24]。夫兴亡治乱之迹，为人君者，可以鉴矣[25]！

本文作于庆历四年（1044），是欧阳修作为谏官呈给宋仁宗皇帝的一篇奏章。此前仁宗皇帝进用范仲淹、韩琦、富弼等革新派人物，实行了一些改革措施，史称"庆历新政"。然而这一革新遭到一些守旧官僚的反对，并且以"朋党"的罪名来诬陷革新人士，并把担任谏官的欧阳修也牵连进去了，于是他写了这封奏章加以辩解。

全文共分为三个部分。开头第一自然段为第一部分，开门见山，直接提出全文的中心论点：朋党自古有之，关键在于君主能否分清他们是君子之党还是小人之党。第二部分共分三个层次（二、三、四自然段）展开，采用对比的论证方法，深入剖析君子之朋与小人之朋的本质差别以及对国家兴亡的利弊关系，反复强调辨明君子之朋与小人之朋的重要性。第一层把朋党的性质进行对比，指出君子以“同道”为朋，小人以“同利”为朋，君子之朋是“真朋”，小人之朋是“伪朋”，从而揭示出君子之朋与小人之朋在本质上的区别。第二层对朋党的历史作用进行对比。文中从历史事实出发，从正反两方面加以论证。正面以尧舜用君子之朋、退小人之朋达到天下大治的事实为例，反面以汉献帝、唐昭宗残害君子之朋而亡国的事实为例，又以纣不为朋而亡国、周朝为一大朋而国兴的事实，直接对比，强调辨明君子之朋与小人之朋的极端重要性。第三层将国君对待朋党的态度及其结果进行对比：那些各怀异心不能结为朋党、禁止君子结为朋党、杀戮朋党的国君最终都亡国了，而那些任用君子之朋的国君都兴国并且得到后人称颂，进一步强调辨明君子之朋与小人之朋的重要性。第三部分，也是文章的结尾，得出结论，首尾呼应，重申中心论点：关于朋党问题，关键在于君主能否分清他们是君子之党还是小人之党，希望皇上以史为鉴，用君子之朋，去小人之朋。清张伯行在其重订《唐宋八大家文钞》卷五中也是从这个角度入手，指出：“‘朋’之一字，本非恶也。自小人欲倾君子，无可为辞，则概以朋党目之，而思欲一网打尽矣。得公此论，为朋党名色昭雪分明，使人君辨其为君子之朋耶，小人之朋耶。果君子也，则非惟不嫌其有朋，而直欲以其身与之为朋矣。其论小人无朋一段，善形容小人之情状，真如铸鼎象物。至君子之朋，则以尧之十六人、舜之二十二人、武之三千人为言，可谓创论，而实至论。其法与孟子论好乐好勇、文王之囿等篇，同为千古不刊之文。”结论是本文“可谓创论，而实至论”，“为千古不刊之文”。评价极高。而清人吴楚材、吴调侯则从写作方法上对此文进行点评，其《古文观止》的按语中指出本文“反复曲畅”“婉切近人”，应该说抓住了本文的突出风格和特征。

［1］朋党：集团，派别。多指同类的人以恶相济而结成的集团。后指因政见不同而形成的相互倾轧的宗派。多为争夺权力、排斥异己互相勾结而成，以共同的目的为基础。 ［2］“惟幸人君”句：只是希望君主能分清他们是君子还是小人罢了。人君：君主，帝王。与下文的“主”同。 ［3］“大凡君子与君子”

二句：大抵君子与君子，因志同道合结为朋党；而小人与小人，则因利益相同结为朋党。 [4]“小人所好者”四句：小人所喜好的是利禄，所贪图的是钱财货物。 [5]“当其同利之时”三句：当他们的利益相同的时候，暂时互相勾结而成为朋党，这种朋党关系是虚伪的。相党：相互之间结为朋党。 [6]“及其见利而争先”五句：等到他们见到利益便争着抢在前头，或者利益已尽而交情疏远之时，就会反过来互相残杀，即使是兄弟亲戚，也不会互相保护。及：赶上，等到。贼害：残杀损害。 [7]“君子则不然”四句：君子却不是这样，他们所坚守的是道义，所奉行的是忠信，所珍惜的是名节。则：表示转折关系，相当于“而”“却”。 [8]“以之修身”五句：用这些来修身，那么志同道合就能互相促进。用来报效国家，就会同心协力而共成大事，始终如一。益：受益，增加。济：成，成就。 [9]“故为人君者”四句：所以做君主的，只应辞退小人的假朋党，进用君子的真正朋党，那么天下就可以太平了。但：只，仅，只是。退：辞退，不用。用：起用，进用，与上句“退”呼应。 [10]“尧之时”三句：尧之时，小人共工、驩兜等四人结成一个朋党，君子则有八元和八恺共十六人为一朋党。尧：传说中的中国古代帝王。死后通过禅让制度由舜继位。四人：指共工、驩（huān）兜、三苗、鲧（gǔn）等四人，为尧时的“四凶”。八元、八恺：传说上古帝王高辛氏，手下有八位能臣，人称“八元”；高阳氏的手下也有八位能臣，人称“八恺”。 [11]“舜佐尧”五句：舜辅佐尧，辞退“四凶”结成的小人朋党，进用“八元”“八恺”结成的君子朋党，尧的天下达到大治的境界。大治：天下安定太平。 [12]“及舜自为天子”二句：等到舜自己做了天子，皋陶（gāo yáo）、夔（kuí）、后稷（jì）、契（xiè）等二十二人同时列位于朝廷之上。皋：即皋陶，也作皋繇，相传为舜之臣，掌管刑狱。夔：相传为舜之臣，掌管音乐。稷：后稷，舜的农官，相传为周之始祖。契：为商之祖先，相传为舜臣，掌管教育。 [13]“更相称美”五句：彼此之间互相推举，互相谦让，总共二十二人结为一个朋党，而舜全部任用他们，天下也因此达到大治的状态。《史记·五帝本纪》载：舜派禹治水，“禹拜稽（qǐ）首，让于稷、契与皋陶”；任益为朕虞，“益拜稽首，让于诸臣朱虎、熊罴（pí）”；任伯夷为秩宗，“伯夷让夔、龙”。 [14]“《书》曰”数句：《尚书》上说：“商纣王有臣亿万，便有亿万条心；周有臣三千，却只是一条心。”《书》：《尚书》。此四句出自《尚书·周书·泰誓》：“受（纣）有臣亿万惟亿万心，予（周）有臣三千惟一心。” [15]“纣之时”四句：商纣王在位的时候，亿万人各怀异心，可以说是不结朋党了，然而纣王却因此而亡国。以：因此。 [16]“周武王之臣”三句：周武王朝中的臣子，三千人结成了一个大朋党，但周朝却因此而兴盛。用：因而，因此。　[17]“后汉献帝时”三句：东汉献帝在位的时候，把天下所有的名士都抓起来加以囚禁，视他们为党人。目为：视为，看作。　[18]“及黄巾贼起”五句：等到黄巾军举行起义，汉室大乱，然后才悔悟，完全解除了党锢之禁，释放了党人，然而局面已经无法挽救了。贼：原指偷东西的人，或做大坏事的人。后来演化为封建统治阶级对农民起义军的蔑称。　[19]“唐之晚年”五句：唐朝末期，又逐渐兴起朋党之争，等到昭宗当政之时，把朝廷中的名士都杀了，有的还被投到黄河里。朋党之议：指唐文宗、武宗、宣宗三朝延续十年之久的牛僧孺与李德裕两党之争，史称“牛李党争”。　[20]此辈清流，可投浊流：这些人自称为清流，应该把他们投到浊流中去。清流：比喻德行高洁、负有名望的士大夫。可：应当，应该。语出《旧五代史·梁书·李振传》：“此辈自谓清流，宜投于黄河，永为浊流。”　[21]“夫前世之主”八句：前代的君主，能使人人各怀异心，不结成朋党的，没有谁比得上纣王；能够禁绝善人结成朋党的，没有谁比得上汉献帝；能够杀戮清流朋党的，没有谁比得上唐昭宗那个时代，然而却都由此招致祸乱，使国家灭亡。莫：代词，没有谁，没有什么。　[22]“更相称美”三句：互相称道赞美，推举谦让而自信不疑的，没有谁超过舜的二十二位臣子，舜也不怀疑他们，而且都加以任用。更相：交互，互相。　[23]“然而后世不诮（qiào）”三句：然而后世的人并不讥笑舜被这二十二人所结成的朋党所欺骗，却赞美他是聪明的圣人，就是因为他能区别君子和小人。诮：责备，嘲讽。　[24]“然周用此”二句：但是周却因此而兴盛起来，原因就是善人虽然很多却还是感觉不满足。厌：满足。　[25]“夫兴亡治乱”三句：这些关于兴亡治乱的历史事实，做君主的应当作为借鉴了。迹：前人遗留的事物。这里指历史事实、事迹。

祭苏子美文[1]

维年月日，具官欧阳修谨以清酌庶羞之奠，致祭于亡友湖州长史苏君子美之灵曰[2]：

哀哀子美，命止斯邪！小人之幸，君子之嗟[3]。

子之心胸，蟠屈龙蛇[4]。风云变化，雨雹交加。忽然挥斧，霹雳轰车[5]。人有遭之，心惊胆落，震仆如麻[6]。须臾霁止，而回顾百里，山川草木，开发萌芽[7]。子于文章，雄豪放肆。有如此者，吁可怪邪！

嗟乎世人，知此而已。贪悦其外，不窥其内[8]。欲知子心，穷达之际[9]。金石虽坚，尚可破坏。子于穷达，始终仁义。惟人不知，乃穷至此。蕴而不见，遂以没地[10]。独留文章，照耀后世。

嗟世之愚，掩抑毁伤。譬如磨鉴，不灭愈光[11]。一世之短，万世之长。其间得失，不待较量[12]。哀哀子美，来举予觞。尚飨[13]！

导读

此文作于宋仁宗庆历八年（1048），当时，苏舜钦在苏州病逝，欧阳修写下这篇祭文表达对亡友的沉痛哀悼之情。文章主体由四部分构成。第一部分对苏舜钦表达哀悼，并且借此对其无辜削职乃至沦落而死鸣不平。第二部分重点是对苏舜钦的诗文成就和风格进行评价，赞美其卓越的文学才能和特殊风貌，特别揭示出他的诗文豪劲雄强、变化多端，让人惊心动魄的艺术特征。第三部分着力颂扬苏舜钦的道德品质，认为其为人的突出特点是无论穷达，始终以仁义为行为准则。第四部分一方面再度为其遭受压制、谗毁、贬谪深表愤慨和不平，另一方面强调：虽然苏舜钦生时遭受不公正的待遇，使他过早离世，但是却使他愈加声名卓著，万古流芳。文章笔势雄健，感情真挚深长，却没有落入凄凉、哀伤、憔悴的老套。清人孙琮评价此文说："通幅不作凄凉憔悴语，纯作豪杰自命语。一起写其文章变幻，真有蛟龙盘舞纸上，隐跃而出。后幅写其文章传世，真如日月昭垂，亘古不相磨灭。笔力之神，一至于此。"（见《山晓阁选宋大家欧阳庐陵全集》卷一引）确实把握住了此文的要点。

注释

[1] 苏子美：苏舜钦，字子美，北宋时期大臣，仁宗景祐元年进士，历任蒙山县令、大理评事、集贤殿校理，监进奏院等官职。曾支持范仲淹推行的庆历革新，遭到御史中丞王拱辰劾奏，罢职闲居苏州。庆历八年（1048），担任湖州长

史，未及赴任，因病去世，时年四十一岁。苏舜钦提倡古文，工诗词，有《苏学士文集》。　[2]“维年月日”三句：某年某月某日，本官欧阳修恭敬地以清酒和各种美食作为祭品，前来祭祀去世的朋友湖州长史苏君子美的在天之灵。维：语气词。用于句首或句中。具官：所具官位。唐宋以后，官吏在奏疏、函牍或其他应酬文字上，常把应写明的官职爵位写作具官，表示谦敬。作此祭文时，欧阳修任扬州知州，官衔为起居舍人、知制诰。清酌：古代祭祀所用的清酒。庶羞：各种美味食物。奠：祭奠。湖州：是环太湖地区因湖而得名的城市，在太湖南岸。长（zhǎng）史：官名，执掌事务历代不一，但多为幕僚性质的官员，最早设于秦代。　[3]“哀哀子美”四句：令人哀伤啊子美，寿命就到此为止了吗？小人高兴，君子叹息。小人：人格卑鄙的人。这里主要指反对庆历新政的人。君子：人格高尚的人。这里主要指新政的推行者和拥护者。　[4]子之心胸，蟠（pán）屈龙蛇：你的心胸，像龙蛇一样盘旋屈曲。　[5]忽然挥斧，霹雳轰车：忽然挥笔为文，如霹雳轰车一般。挥斧：喻挥笔为文。霹雳轰车：喻其文笔豪劲雄强。　[6]“人有遭之”三句：人有遇到的，吓得心惊胆落，被震撼倒地者像麻一样多。暗喻其诗文惊心动魄，令人拜伏，崇拜者多不可数。遭：遇，碰到。如麻：形容密集、多。　[7]“须臾霁（jì）止”四句：忽然间雨过天晴，回顾方圆百里，山川草木生机焕发，萌芽开花。须臾：片刻之间。霁：雨后或雪后转晴。　[8]贪悦其外，不窥其内：过分喜欢其外表，不能细心察看其内在品德。暗指人们只欣赏他的诗文，却没有仔细考察他的品行。　[9]欲知子心，穷达之际：要了解你的心地人格，应该在困顿与显达之际。　[10]蕴而不见，遂以没地：深藏不露，于是就这样埋没地下。蕴：藏。见（xiàn）：同“现”，显露。没地：埋入地下，指去世。　[11]譬如磨鉴，不灭愈光：如同磨治镜子，镜子不但不会使其消灭，反而使其更加明亮。鉴：镜子。　[12]“一世之短”四句：一世短暂，却换来万代长久。其中的得和失，不必等待比较和考量验证。长：长久。引申为影响深远。　[13]“哀哀子美”三句：哀痛啊子美，举起我的酒杯，来享用祭品。尚飨：又作“尚享”。旧时用作祭文的结语，表示希望死者来享用祭品的意思。

七贤画序[1]

某不幸，少孤[2]。先人为绵州军事推官时，某始生[3]。生四岁，而先人捐馆[4]。

某为儿童时，先妣尝谓某曰："吾归汝家时，极贫。汝父为吏至廉，又于物无所嗜[5]，惟喜宾客，不计其家有无以具酒食[6]。在绵州三年，他人皆多买蜀物以归，汝父不营一物，而俸禄待宾客，亦无余已[7]。罢官，有绢一匹，画为《七贤图》六幅。此七君子，吾所爱也。此外无蜀物[8]。"后先人调泰州军事判官，卒于任[9]。

比某十许岁时，家益贫[10]。每岁时，设席祭祀，则张此图于壁[11]。先妣必指某曰："吾家故物也[12]。"

后三十余年，图亦故暗[13]。某忝立朝，惧其久而益朽损，遂取《七贤》，命工装轴之，更可传百余年[14]，以为欧阳氏旧物，且使子孙不忘先世之清风，而示吾先君所好尚[15]。又以见吾母少寡而子幼，能克成其家，不失旧物[16]。

盖自先君有事后二十年，某始及第[17]，今又二十三年矣，事迹如此，始为作赞并序[18]。

导读

本文作于宋仁宗皇祐五年（1053），当时欧阳修四十七岁，在颍州居母丧。文章按照过去、现在、将来的时间顺序安排层次，以《七贤画》为线索和议题，颂扬父亲的廉洁、母亲的勤勉和循循善诱，同时表达了自己继承"先世之清风"的心愿。第一层着眼于"过去"，引用先母的谈话，叙述《七贤画》的来历，展现父亲"至廉"的风范和好客尚义的美德。也通过母亲的言语，展现出她对儿子的悉心教诲和引导。第二层着眼于现在，叙述自己当下所作所为，一写自己入朝为官，二写自己对《七贤画》的珍惜和爱护，让画工把它装裱成画轴，以便保存更长的时间。第三层是面向将来，要把《七贤画》作为欧阳氏的纪念品长久保存下去，一方面教育后代子孙不忘先祖的清廉风尚及其好客尚义的美德，同时也要后人见识其母在年轻守寡、儿子年幼的困难情况之下，却能担负起持家治业、教育子女的重担，又不损弃先父遗物的高尚品格和特殊节操。全文言近旨远，娓娓道来，而其意蕴则耐人寻味。清人林景亮在《评注古文读本》一书中对本文作了多方面的评价。第一，赞美本文的篇法："是篇名为序七贤画，实则序画此七贤之因，故为因流溯源法。文为传序体，而与序其人之姓氏、事业者不同。文生于情，施之是题，洵称佳构。”点出本文篇法是“因流溯源法”。第二，赞美本文的章法：“是篇章法，大致序《七贤画》之已往与现在及将来。首四句，追叙前事作起。次段自‘某为儿童时’至‘此外无蜀物’，皆系述母训，兼及父言，为出题张本，实是题之前一层。自‘后先人’至‘故物’为第三段，引起故物，亦尚系前一层。至‘后三十余年’以下一段，方是正文。末尾用年代总结，不胜今昔之感，顺势点明作序，以见饶有深意，亦情之不容已也。”点出本文章法是“大致序《七贤画》之已往与现在及将来”，即按照已往、现在、将来的时间顺序布局。第三，赞美本文的句法：“‘此七君子’两句，系父言，不另标‘曰’字，为带述句法。因两句中有‘吾’字在，口气显系父语，故可一直说下。惟在今世，要以能详为是。”点出其句法精巧。第四，赞美本文的字法：“曰‘捐馆’，曰‘卒’，曰‘有事’，一义而三易词，以避复沓也。”点出其用字精微，如文中“一义而三易词”，避免了重复之病。仔细品味，这些分析合乎文章实际。

［1］七贤：或指三国魏晋时期的“竹林七贤”。序：文体名。本文是为画作的序。　［2］某不幸，少孤：我不幸，小时候就死了父亲，成为孤儿。某：作者自称。孤：幼年死去父亲或父母双亡称孤。　［3］“先人为绵州军事推官”二句：先父做绵州军事推官时，我才出生。先人：指亡故的父亲。绵州：隋朝始置，在成都东北二百七十里，治巴西县（今属四川省绵阳市）。　［4］生四岁，而先人捐馆：长到四岁的时候，先父就不幸去世了。捐馆：对“死”的比较委婉的说法。捐：放弃。馆：指官邸。　［5］“某为儿童时”数句：我还是小孩子的时候，先母就曾对我说：我嫁到你们欧阳家时，你们家极为贫穷。你父亲为官特别廉洁，又对外物无所嗜好。先妣（bǐ）：亡母。归：女子出嫁。　［6］“惟喜宾客”二句：只喜欢交接宾客，不考虑自己家里有没有备办酒饭的钱。　［7］“在绵州三年”五句：在绵州任职三年，别人都大量购买蜀地的物产带回故乡，你父亲不购买一件物品，而总是把薪俸用在招待宾客上，这样就没有剩余的钱财了。营：购买，置办。　［8］“罢官”六句：任满离职之时，仅有一匹绢，用它画成了六幅《七贤图》。这七位君子，是我所敬重的人物。除此之外，就没有别的蜀地物产了。　［9］“后先人调泰州”二句：后来先父调任泰州军事判官，最后在任上去世。泰州：在江苏。　［10］“比某十许岁时”二句：等到我十多岁的时候，家里更

加贫穷了。比：及，等到。　　[11]“每岁时”三句：每逢年节摆案祭祀的时候，就在墙上张挂这幅图画。　　[12]“先妣必指某”句：先母必定指着它对我说：“这是我们家的旧物啊！”　　[13]后三十余年，图亦故暗：后来过了三十多年，《七贤图》陈旧暗淡了。　　[14]“某忝（tiǎn）立朝”五句：我愧列朝中为官，害怕它时间久了会更加腐朽损坏，于是就取出《七贤图》，叫画工把它装裱成画轴，这样还可以保存一百多年。忝：自谦之词，表示辱没他人，自己有愧。　　[15]“以为欧阳氏”三句：把它作为欧阳氏家族的祖传旧物，而且能使子孙们不忘先祖的清廉之风，还可以显示先父的爱好和崇尚。　　[16]“又以见吾母”三句：又能以此显现出先母虽然年轻守寡而且子女年幼，却能保全家庭，又不失旧物的风范。克成：完成，实现。　　[17]“盖自先君有事后”二句：大概自先父去世后二十年，我才考取进士。有事：指其父亲去世。及第：在中国古代进士科考试中，通过最后一级殿试考试之后中选的称及第，即成为进士，这是科举考试的最高功名。所以，“及第”特指考取进士。　　[18]“今又二十三年矣”三句：至今又是二十三年了，《七贤画》经历的事情如此令人难忘，我才为它作赞并加序言。今又二十三年：指从宋仁宗天圣八年（1030）欧阳修中进士到他作此文的皇祐五年（1053），正好是二十三年时间。赞：赞颂某人或某事的一种文体，多用韵文写成。

送徐无党南归序[1]

草木鸟兽之为物，众人之为人，其为生虽异，而为死则同，一归于腐坏、澌尽、泯灭而已[2]。而众人之中，有圣贤者，固亦生且死于其间，而独异于草木鸟兽众人者，虽死而不朽，逾远而弥存也[3]。其所以为圣贤者，修之于身，施之于事，见之于言，是三者所以能不朽而存也[4]。

修于身者，无所不获；施于事者，有得有不得焉；其见于言者，则又有能有不能也[5]。施于事矣，不见于言可也[6]。自《诗》《书》《史记》所传，其人岂必皆能言之士哉？修于身矣，而不施于事，不见于言，亦可也。孔子弟子有能政事者矣，有能言语者矣[7]；若颜回者，在陋巷，曲肱饥卧而已，其群居则默然终日如愚人[8]。然自当时群弟子皆推尊之，以为不敢望而及[9]，而后世更百千岁亦未有能及之者。其不朽而存者，固不待施于事，况于言乎？

予读班固《艺文志》、唐《四库书目》[10]，见其所列，自三代、秦、汉以来著书之士，多者至百余篇，少者犹三四十篇；其人不可胜数，而散亡磨灭，百不一二存焉。予窃悲其人，文章丽矣，言语工矣[11]，无异草木荣华之飘风，鸟兽好音之过耳也。方其用心与力之劳，亦何异众人之汲汲营营[12]？而忽焉以死者，虽有迟有速，而卒与三者同归于泯灭[13]。夫言之不可恃也盖如此[14]。今之学者，莫不慕古圣贤之不朽，而勤一世以尽心于文字间者，皆可悲也[15]！

东阳徐生，少从予学为文章，稍稍见称于人[16]。既去，而与群士试于礼部，得高第[17]，由是知名。其文辞日进[18]，如水涌而山出。予欲摧其盛气而勉其思也，故于其归，告以是言。然予固亦喜为文辞者，亦因以自警焉[19]。

本文是写给徐无党的一篇赠序，其写作时间是宋仁宗至和元年（1054），此时欧阳修在开封任翰林学士兼史馆修撰。文章立意取自《左传》，强调的是“三不朽”的人生价值观。《左传·襄公二十四年》：“太上有立德，其次有立功，其次有立言，虽久不废，此之谓不朽。”欧阳修在文中正是以这一观点劝勉徐氏要追求立德、立功、立言的人生价值，同时也借此批判当时弃道求文的艳丽文风，强调文道并重、先“道”后“文”的主张。当然，欧阳修对待“三不朽”的人生追求不是等量齐观，而是有主有次。他所强调的是“道”为本，即立德是根本；而“文”为末，即立言为末。所以他说：“修于身矣，而不施于事，不见于言，亦可也。”这就是立德为先、以“道”为本的思想主张。基于此，他严厉批评一味追求文章华丽、文风浮靡的不良倾向，认为这“无异草木荣华之飘风，鸟兽好音之过耳”。清人张伯行《重订〈唐宋八大家文钞〉》卷六中说：“宇宙有不朽之道三：立德、立言、立功是也。功不如德，言不如德与功。欧公此文，盖悲文章言语之无用，而慨学者勤一世以尽心于此者为可惜也。可谓返本之论矣。虽然，飘风之华，过耳之音，为文章丽而言语工者云尔也。夫丽与工，则岂立言之谓哉？世之人以妃青俪白、繁弦急管、妖冶眩目、淫哇聒耳者，误认以为立言，而不知古之所谓立言者，正不如此也。盖惟和顺积中，英华发外，故言出而明道觉世，如菽粟之可以疗饥，药石之可以愈病，高而为日月之经天，下而为江河之行地。自六经、四子而下，惟周、程、张、朱诸君子之书可以当之。如是然后可以谓之立言，而古圣贤之不朽者，胥借是以传焉。学者所当勤一世以尽心其间者，此也。岂曰言不足恃，而遂以为戒乎哉？因读此文而补其说。”对欧阳修此文的理解和分析比较深刻，值得一读。

［1］徐无党：婺（wù）州永康（今浙江永康）人，皇祐年间中进士甲科。后回归故里，故称“南归”。他曾向欧阳修学古文，又为《新五代史》作注，颇受时人称道。　［2］“一归于腐坏”句：一切都要归于腐烂败坏、终了、灭绝罢了。澌：尽。泯灭：灭绝。　［3］“虽死而不朽”二句：虽然死了但精神永垂不朽，时间越是久远就越加显示他们的存在。逾：更加，越发。弥：更加。　［4］“修之于身”四句：对自身品德加强修养，在事业上建立功勋，并且用语言文字把这一切表现出来，这三者就是圣贤所以不朽而且长存的缘故。见：同“现”，表现。是三者：即立德、立功、立言三不朽。《左传·襄公二十四年》：“太上有立德，其次有立功，其次有立言，虽久不废，此之谓不朽。”　［5］“施于事者”四句：如果要建功立业，就会有成功和不成功两种可能，受社会情况限制；如果要立言的话，则会有能和不能两种结果，受到个人天赋的限制。得：得到，获得。指成功。能：行，做得到。　［6］“施于事矣”二句：如果能够在事业上有所成就，不在语言上表现出来也是可以的。　［7］“孔子弟子”二句：在孔子的弟子当中，有长于建功立业的人，有长于立言的人。　［8］“若颜回者”四句：像颜回，身居陋巷，曲臂饥卧罢了，和众人群居之时则终日默不作声像个愚人。此数句一见《论语·雍也》：“子曰：‘贤哉回也！一箪食，一瓢饮，在陋巷，人不堪其忧，回也不改其乐。”曲肱（gōng）饥卧：《论语·述而》：“子曰：‘饭疏食饮水，曲肱而枕之，乐亦在其中矣。’”又见《论语·为政》：“子曰：‘吾与颜回言终日，不违如愚。’”　［9］以为不敢望而及：不敢比，达不到。意思是无人敢与他相比。语出《论语·公冶长》：“子贡曰：‘赐也何敢望回。回也闻一知十，赐也闻一知二。’”　［10］“予读班固”句：我读过《汉书·艺文志》、唐《四库书目》。《艺文志》：指的是汉代班固的《汉书·艺文志》。唐《四库书目》：唐代按照经、史、子、集四分法分类的书目，以甲乙丙丁为次。　［11］文章丽矣，

言语工矣：文章实在华丽，语言实在工巧。　　[12]“无异草木荣华”四句：但是都无异于草木繁盛的花随风飘散，鸟兽悦耳的声音从人的耳边一掠而过。他们创作时尽心竭力，实在劳苦，但是又与世俗之人为生活而急急忙忙地经营谋划有什么区别呢？荣华：开花，茂盛的花。《尔雅·释草》：“木谓之华，草谓之荣。”汲汲营营：不停止地经营、谋划。　　[13]“而忽焉以死者”三句：而忽然间死去，虽然有快有慢，但是最终都会同草木、鸟兽、世人一样归于消亡。三者：花草、鸟兽、众人。　　[14]夫言之不可恃也盖如此：立言之事不可依靠大概就是这样。恃：依赖，依靠。　　[15]“今之学者”四句：现今追求学问的人，他们全部羡慕古代圣贤能够名声不朽，可是只懂得用一辈子工夫在著述文字方面，那真是可悲的了！勤：劳倦，辛苦。　　[16]少从予学为文章，稍稍见称于人：从小就跟随我学习写文章，渐渐地得到人们的称赞。见称于人：被人称赞。　　[17]“既去”三句：学成后，又在礼部应考科举，名列前茅。学成离去后，与众多举子参加礼部考试，高科及第。高第：常指科举中式。　　[18]“由是知名”二句：从此声名为世所知。他的文章一天天地进步。日：一天天地。　　[19]“故于其归”四句：所以在他回家的时候，把此文赠送给他。同时，我自己本来也喜欢作文，也顺便以此文来警示自己。

非非堂记[1]

权衡之平物，动则轻重差，其于静也，锱铢不失[2]。水之鉴物，动则不能有睹，其于静也，毫发可辨[3]。在乎人，耳司听，目司视，动则乱于聪明，其于静也，闻见必审[4]。

处身者不为外物眩晃而动，则其心静，心静则智识明，是是非非，无所施而不中[5]。夫是是近乎谄，非非近乎讪，不幸而过，宁讪无谄[6]。是者，君子之常，是之何加[7]？一以观之，未若非非之为正也[8]。

予居洛之明年，既新厅事，有文纪于壁末[9]。营其西偏作堂，户北向，植丛竹，辟户于其南，纳日月之光[10]。设一几一榻，架书数百卷，朝夕居其中[11]。以其静也，闭目澄心，览今照古，思虑无所不至焉[12]。故其堂以非非为名云。

本文是欧阳修做西京留守推官时的作品，写作时间是宋仁宗明道元年（1032），虽然名为“记”，却是以议论为主的文章。全文以“静”字为核心，分三个层次推论出中心论点：只有在心如止水，具备了静观的条件下，才能坚持真理，纠正错误。文章的第一部分，即开头部分以议论展开，运用秤、水、人的耳目三个形象的比喻论证静对外物与人的极端重要性：用秤衡量物体的轻重，必须是在平静的条件下才能准确无误；观察映照在水中物体的形状，只有在水面平静无波澜的条件下才能看清楚；人的耳朵只有在安静的条件下才能听清楚外界的声音，眼睛只有在静观和外物不晃动的情况下才能看准确。第二部分是文章的中心和重点，也是以议论出之，说明为人处世也必须在不受外物干扰、平心静气的情况之下，才能明断是非，把问题处理得当，进而坚持真理、纠正错误，坚守住做人的原则和立场。第三部分主要是采用叙述之法归结全文，照应开头，清楚地交代了非非堂建造的背景、位置、布局、室外的点缀、室内的陈设以及所以命名为“非非堂”的原因等，眉目非常清楚。欧阳修此文虽然写的是“非非堂”，其实也是他人格精神的写照，体现了他自己为人的原则和立场。写作此文时，作者二十六岁，此后他经历了几次人生坎坷：宋仁宗景祐三年（1036），他为范仲淹遭遇不公正的待遇而鸣不平，写了《与高司谏书》，痛批高若讷的媚上欺下和庸腐无能，这是他第一次“非非”，即纠正他人错误，但是结果是被贬夷陵。宋仁宗庆历五年（1045），范仲淹、韩琦等以党论被罢官，欧阳修上《论杜衍范仲淹等罢政事状》一书，极力为之申辩，第二次“非非”，即纠正荒谬，但是又被贬滁州。本文正是他坚持真理、纠正错误的处世原则和立场的体现。文章议论与叙述相互结合，逻辑严密，层层深入，文理自然，如行云流水般舒畅自如，显示出极强的表现力。苏辙在《欧阳文忠公神道碑》一文中评价其文说：“公之于文，天材有余，丰约中度，雍容俯仰，不大声色，而义理自胜。短章大论，施无不可。有欲效之，不诡则俗，不淫则陋，终不可及。是以独步当世，求之古人，亦不可多得。”这篇《非非堂记》恰好印证了苏辙的评价。

注释

[1] 非非堂：宋仁宗明道元年（1032），欧阳修在河南府官衙西边所建的一间书房，名为“非非堂”。　[2]“权衡之平物”四句：用秤来称量东西，一晃动就会出现轻重的差异，在安定不动的时候，一点儿差错也没有。权衡：称量物体轻重的器具，一般指秤。权：秤砣。衡：秤杆；衡器的通称。锱铢（zī zhū）：古代重量单位，一两等于四锱，等于二十四铢。一般用来比喻极小的重量。　[3]“水之鉴物”四句：水映照物体时，一晃动就不能看明白，在平静的时候，一丝一毫都可以辨认清楚。鉴：照，映照。毫发：毫毛及头发。比喻极小的数量。　[4]“在乎人”六句：对于人而言，耳朵管听，眼睛管看，有扰动则听觉和视觉就会乱，在安静的状态下，听到的和看到的必定准确清楚。聪明：原指耳目。耳灵为聪，目清为明，故其引申义为智力强，天资高。审：准确，确切。　[5]“处身者不为外物”五句：处世立身之人，不被身外之物迷惑而动摇，那就可以说他的心地安静，心地安静就会智慧识见明白洞达，从而肯定正确的否定错误的，没有什么行为会不恰当。外物：身外之物，指名利、物欲。是是非非：肯定正确的否定错误的。　[6]“夫是是近乎谄（chǎn）”四句：肯定正确的近于谄媚，否定错误的近于诽谤，不幸错了受到指责，那么宁可被说成诽谤也不要被说成谄媚。谄：巴结，奉承。讪（shàn）：讥讽，诽谤。过：过错。　[7]“是者”三句：做事正确，是君子的正常表现，肯定它又会增加什么呢？　[8]“一以观之”二句：从总体上看，不如否定错误的更重要。　[9]“予居洛之明年”三句：我居住在洛阳的第二年，已经把重修使院大堂的事办完之后，专门写了一篇记述文字（1032 年写的《河南府重修使院记》）刻在壁之末。既新厅事：指重新修建河南府官署。新：翻新重修。　[10]“营其西偏作堂”五句：在官署西边建了一堂，门朝北，种上几丛翠竹，在堂屋的南面开辟窗户，接纳日月之光。　[11]“设一几一榻”三句：在堂中摆放一条几案，一张矮床，书架上摆了几百卷书，我早晚就居住在里面。榻：狭长而较矮的床，亦泛指床。　[12]“以其静也”四句：因为堂里清静，可以闭上眼睛使内心澄澈，用心灵观照古今，思绪就没有不可以到达的地方。澄心：使心澄澈。

养　鱼　记[1]

折檐之前有隙地，方四五丈，直对非非堂[2]，修竹环绕荫映，未尝植物。因洿以为池[3]，不方不圆，任其地形；不甃不筑，全其自然[4]。纵锸以浚之，汲井以盈之[5]。湛乎汪洋，晶乎清明[6]。微风而波，无波而平。若星若月，精彩下入[7]。予偃息其上，潜形于毫芒[8]，循漪沿岸，渺然有江湖千里之想[9]。斯足以舒忧隘而娱穷独也[10]。

乃求渔者之罟，市数十鱼，童子养之乎其中[11]。童子以为斗斛之水不能广其容，盖活其小者而弃其大者[12]。怪而问之，且以是对。嗟乎，其童子无乃嚚昏而无识矣乎[13]！予观巨鱼枯涸在旁，不得其所，而群小鱼游戏乎浅狭之间，有若自足焉[14]，感之而作《养鱼记》。

本文约作于宋仁宗明道元年（1032），此时欧阳修在洛阳任西京留守推官。全文由两部分构成。第一部分叙述自己在河南府官衙书房旁边，即非非堂前空地上挖掘池塘的经过，重点描写池塘的景观之美及自己内心的感受：池塘四周修竹环绕，绿荫掩映，池水深湛荡漾，晶莹透明，连人的须眉都能映照得清清楚楚。循着湖面的微波，沿着岸边散步，使人获得心旷神怡的感觉，足以抒发自己内心的忧郁不畅，并且使自己这困窘寡助之人得到安慰和快乐。第二部分是全文的主体，明写养鱼，实有寄托。写养鱼用对比之法，一方面写大鱼的困境，它们“不得其所”，惨遭抛弃，枯死在池塘旁边；另一方面写出小鱼的得志，它们在清澈的池水中自由自在地嬉戏，非常满足。两相对照，揭示出当时社会人才被弃、小人得志的黑暗现象。宋仁宗明道初年的历史背景是：章献太后垂帘听政，幸臣、宦官专权，小人当道，包括欧阳修自己在内的许多贤才被弃置不用，无法施展抱负。所以，作者正是通过“大鱼”与“小鱼”所受待遇的巨大反差，寄托自己内心怀才不遇的不平。文章用语清新自然，景物描写具有画境，尤其是“大鱼”与“小鱼”遭遇的对比，鲜明突出，给人的感觉特别强烈。

注释

［1］养鱼记：欧阳修在建完非非堂之后，又挖了个池塘养鱼。本文是他养鱼的体会，带有寓言的性质。［2］“折檐之前”三句：衙署屋檐下的回廊前有一块空地，有四五丈见方，正对着非非堂。［3］“修竹环绕”三句：周围修竹环绕，绿荫掩映，不曾种植花草。我就按照洼地的地势挖了个池塘。洿（wū）：挖掘。［4］不甃（zhòu）不筑，全其自然：没有用砖砌，也没有筑堤岸，保全了它的自然状态。甃：砌，垒。［5］“纵锸（chā）以浚（jùn）之”二句：用铁锹挖深、疏通，又取来井水把它灌满。锸：铁锹，掘土的工具。［6］湛（zhàn）乎汪洋，晶乎清明：池塘中的水深湛荡漾，晶莹清明。湛：深，清澈。［7］“微风而波”四句：微风吹时泛起清波，无波之时水面平静。星星月亮映在水中，光辉直透塘底。［8］“予偃息其上”二句：我在池塘旁睡卧歇息，形体状貌纤毫不差地映入池水之中。［9］“循漪沿岸”二句：顺水沿岸散步之时，渺茫之间有一种身处千里江湖之上的感觉。循：顺，依照。［10］斯足以舒忧隘而娱穷独也：这足以抒发我内心的忧郁不畅，使我这个困窘寡助的人得到快乐。隘：穷困，窘迫。穷独：孤独无依。［11］“乃求渔者之罟（gǔ）”三句：于是便请求渔民撒网打鱼，买了几十条活鱼回来，叫书童把它们放到池塘中养起来。罟：捕鱼的网。市：买。［12］“童子以为”二句：书童认为池塘中的水太少，又不能扩大它的容量，因此就只把小鱼养活起来而把大鱼抛弃了。斗斛（hú）之水：形容水量太少。斗斛：斗与斛。两种量器。一斛本为十斗，后来改为五斗一斛。［13］“其童子无乃”句：这个小童岂不是太愚蠢糊涂而又无知吗！无乃：岂不是，难道不是。嚚（yín）：愚蠢而顽固。［14］“予观巨鱼”四句：我看见大鱼被丢在旁边干枯失水，没有得到安身之处，而那群小鱼却在又浅又窄的池塘中游动嬉戏，好像自己很满足的样子。涸（hé）：水干。

苏 洵

苏洵（1009 — 1066），北宋文学家，字明允，号老泉，眉州眉山（今属四川）人。嘉祐年间得欧阳修推荐，以文章名世，曾任秘书省校书郎、霸州文安县主簿。有《嘉祐集》。苏洵为文首先强调以孟子、韩愈为宗，他自己曾说过："取《论语》、《孟子》、韩子及其他圣人贤人之文，而兀然端坐，终日以读之者七八年矣。方其始也，入其中而惶然，博观于其外，而骇然以惊。及其久也，读之益精，而其胸中豁然以明，若人之言固当然者，然犹未敢自出其言也。时既久，胸中之言日益多，不能自制，试出而书之，已而再三读之，浑浑乎觉其来之易矣"（《上欧阳内翰第一书》）。同时又强调独创性，指出为文"务一出己见，不肯蹑故迹"（曾巩《苏明允哀辞》），不抄袭陈说，有独到见解。从总体上看，其文继承韩愈古文传统，并受先秦纵横家说辞的影响，善于析理，笔力雄健，语言畅达，纵横捭阖，老辣简奥，逻辑性强，长于论辩，有战国纵横家之风。纵观其文，尤以策论见长，与其子苏轼、苏辙合称"三苏"，并同列为"唐宋八大家"。苏洵作诗虽然不多，但是情思厚重，质朴苍劲，以思力精深见长。宋人叶梦得对其诗评价较高，称其诗作"精深有味，语不徒发，正类其文"（《石林诗话》）。如其《九日和韩魏公》《题白帝庙》等都是较好的作品，但从实而论，成就明显不如其散文。

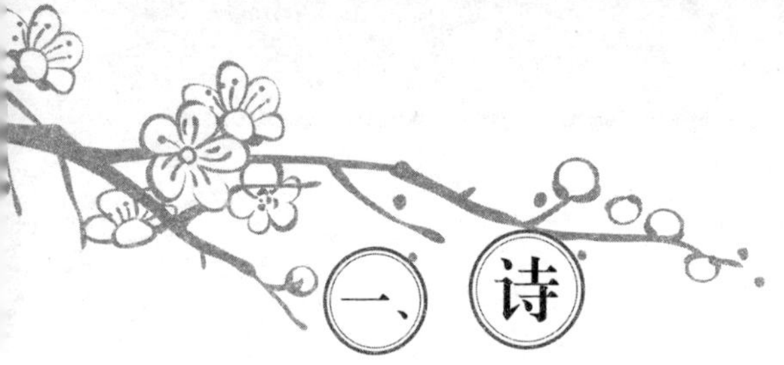

一、诗

九日和韩魏公[1]

晚岁登门最不才，萧萧华发映金罍[2]。
不堪丞相延东阁，闲伴诸儒老曲台[3]。
佳节久从愁里过，壮心偶傍醉中来。
暮归冲雨寒无睡，自把新诗百遍开。

导读

本诗作于英宗治平二年（1065）重阳节。就在十年前，苏洵从蜀地到了京师，幸运地得到当时的名人，也是朝廷重臣的韩琦和欧阳修的奖誉、荐举，但是，之后却没有得到朝廷重用。十年过去了，在重阳佳节到来之际，他受邀参加韩琦的家宴，在席上，韩琦乘兴赋《乙巳重阳》一诗，苏洵作了此诗相和。诗的首联出以自谦：自己“最不才”，又年纪老迈，白发苍苍却出现在这样高贵的场合。明为自谦，也隐含着怀才不遇的心态。颔联延续这一情思脉络，表示以自己的身份和才地，确实承受不起丞相的盛情，也愧随诸儒老列于曲台之间，还是以谦恭为主调，一用西汉公孙弘“开东阁以延贤人”（《汉书·公孙弘传》）之典，即以公孙弘喻韩琦好贤而自己不配这种礼遇；二言自己在太常寺修纂礼书之事，一个“闲”字透露出地位低微的感慨。颈联笔锋转换，描写自己心态的变化：佳节理应欢喜，自己却在愁里度过，透出“每逢佳节倍思亲”的愁绪；可是饮酒之后，壮心却在酒醉中激发出来，消解了自己的乡愁。这既是自己的心态描写，又委婉地表达出对韩琦美酒款待的感激之情。这两句诗构成鲜明的对照和映衬，意新语奇，是全诗的亮点。尾联描写自己激动和兴奋的情态，夜黑雨寒之际，睡意全无，反复吟咏韩琦新诗，表现出积极进取的生活态度。

注释

[1]九日：即重阳节。“九”在《易经》中为阳数，农历九月九日两阳数相重，故曰“重阳”。 [2]晚岁：晚年，指年纪大。苏洵此年已经五十七岁了，故称“晚岁”。金罍（léi）：原指饰金的大型酒器。泛指酒盏。 [3]曲台：指太常寺，掌礼乐郊庙社稷之事。

自尤并叙[1]

予生而与物无害。幼居乡间，长适四方，万里所至，与其君子而远其不义。是以年五十有一，而未始有尤于人，而人亦无以我尤者。盖壬辰之岁而丧幼女，始将以尤其夫家，而卒以自尤也。女幼而好学，慷慨有过人之节，为文亦往往有可喜。既适其母之兄程浚之子之才，年十有八而死。而浚本儒者，然内行有所不谨，而其妻子尤好为无法。吾女介乎其间，因为其家之所不悦。适会其病，其夫与其舅姑遂不之视而急弃之，使至于死。始其死时，余怨之，虽尤吾之人亦不直浚。独余友发闻而深悲之，曰：“夫彼何足尤者！子自知其贤，而不择以予人，咎则在子，而尚谁怨？”予闻其言而深悲之。其后八年，而予乃作自尤诗。

五月之日兹何辰？有女强死无由伸。
嗟余为父亦不武，使汝孤冢埋冤魂。
生死寿夭固无定，我岂以此辄尤人？
当时此事最惊众，行道闻者皆酸辛。
余家世世本好儒，生女不独治组紃[2]。
读书未省事华饰，下笔亹亹能属文[3]。
家贫不敢嫁豪贵，恐彼非偶难为亲。

汝母之兄汝叔舅，求以厥子来结姻。
乡人皆嫁重母族，虽我不肯将安云[4]？
生年十六亦已嫁，日负忧责无欢欣。
归宁见我拜且泣，告我家事不可陈[5]。
舅姑叔妹不知道，弃礼自快纷如纭[6]。
人多我寡势不胜，只欲强学非天真。
昨朝告以此太甚，捩耳不听生怒嗔[7]。
余言如此非尔事，为妇何不善一身？
嗟哉尔夫任此责，可奈狂狼如痴麏[8]。
忠臣汝不见泄冶，谏死世不非陈君[9]。
谁知余言果不妄，明年会汝初生孙。
一朝有疾莫肯视，此意岂尚求尔存？
忧怛百计惟汝母，复有汝父惊且奔[10]。
此时汝舅拥爱妾，呼卢握槊如隔邻[11]。
狂言发病若有怪，里有老妇能降神。
呼来问讯岂得已，汝舅责我学不纯。
急难造次不可动，坚坐有类天王尊。
导其女妻使为孽，就病索汝襦与裙。
衣之出看又汝告，谬为与汝增殷勤。
多多扰乱莫胜记，咎汝不肯同其尘。
经旬乳药渐有喜，移病余舍未绝根。
喉中喘息气才属，日使勉强餐肥珍。
舅姑不许再生活，巧计窃发何不仁！
婴儿盈尺未能语，忽然夺取词纷纷。
传言姑怒不归觐，急抱疾走何暇询[12]。
病中忧恐莫能测，起坐无语涕满巾。
须臾病作状如故，三日不救谁缘因？
此惟汝甥汝儿妇，何用负汝漫无恩？
嗟予生女苟不义，虽汝手刃我何言？

俨然正直好礼让，才敏明辨超无伦。
正应以此获尤谴，汝可以手心自扪[13]。
此虽法律所无奈，尚可仰首披苍旻[14]。
天高鬼神不可信，后世有耳尤或闻。
只今闻者已不服，恨我无勇不复冤。
惟余故人不责汝，问我此事久叹呻[15]。
惨然谓我子无恨，此罪在子何尤人？
虎咆牛触不足怪，当自为计免见吞。
深居高堂闭重键，牛虎岂能逾墙垣？
登山入泽不自爱，安可侥幸遭麒麟？
明珠美玉本无价，弃置沟上多缁磷[16]。
置之失地自当尔，既尔何咎荆与榛？
嗟哉此事余有罪，当使天下重结婚！

导读

这首诗作于宋仁宗皇祐四年（1052），重点述说自己的女儿八娘即世传“苏小妹”的婚姻悲剧。首先，苏洵在诗的序中介绍了本诗的写作缘起，即由八娘的婚姻不幸引起的，叙文点出了自己爱女八娘婚姻的不幸，以及作诗的主旨。八娘婚姻之不幸首先是其夫家不正常的家庭环境造成的：一是公公程浚“内行有所不谨”，二是婆婆“尤好为无法”，家庭多数成员也不讲究礼法，而八娘“介乎其间”，有时进言规劝，不但不被接受，反而招致怨愤，“因为其家之所不悦”。《自尤》诗的正文中写得更为具体：其一，“五月之日兹何辰”至“恐彼非偶难为亲”数句叙述由于女儿冤死，自己心中愤慨，并且介绍了自己的家世和女儿的才学及其品行。其二，“汝母之兄汝叔舅……谏死世不非陈君”数句介绍了八娘出嫁其表兄程之才的原因及其家庭矛盾，重点是其婆家人多不遵守礼法，肆意妄为，且人多势众，八娘常受欺负。其三，“谁知余言果不妄……何用负汝漫无恩”数句描述八娘被程家虐待致死的经过，主要是她在生孩子之后染病，程家不认真医治，带病回娘家，又被婆婆责怪“不归觐”，并且夺走婴儿，致使八娘病情加重而死。其四，“嗟予生女苟不义……当使天下重结婚”数句主要有两层意思。一是苏洵作为父亲，不能拯救自己女儿后的自责，紧扣本诗的题目，认为女儿的悲剧不能完全怨别人，而应该自省；本来知道自己女儿聪明贤德，又有才气，可是却没有选对婆家，所以主要责任在自己。二是表达对程家人，特别是对其大家长程浚的不满，并且揭露其种种丑恶行径。

八娘遭程家虐待致死之后，苏、程两家闹翻了。苏洵在《苏氏族谱亭记》（《嘉祐集》卷十四）中对程浚大加讨伐，深刻揭露其丑恶嘴脸。苏洵与儿子苏轼、苏辙在愤怒中与程浚及其子之才断交，两家几十年没有来往。后来，苏轼贬官惠州，程之才为广南路提点刑狱官，苏轼才与之恢复交往。《齐东野语》中的《老苏族谱记》载曰："其后东坡兄弟以念母之故，相与释憾。程正辅于坡为表弟，坡之南迁，时宰闻其先世之隙，遂以正辅为本路宪将，使之甘心焉。而正辅反笃中外之义，相与周旋之者甚至。坡诗往复倡和，中亦可概见矣。"东坡《与程正辅》一文中说："今吾老兄弟，不相从四十二年矣。"可见两家交恶时间之久。

注释

[1]尤：怨恨；归咎。　[2]组紃（xún）：丝绳带。　[3]亹亹（wěi wěi）：诗文或谈论动人，有吸引力，使人不知疲倦。　[4]乡人皆嫁重母族：民间重视与娘家联姻。　[5]归宁：旧指已婚妇女回娘家看望父母。　[6]舅姑叔妹：公公、婆婆、小叔子、小姑子。　[7]捩（liè）耳：形容束手无策的困态。　[8]狂狼：形容轻狂、放浪，形态举止不稳重。痴：愚笨。麕（jūn）：古同"麇"，指獐子。　[9]泄冶：春秋时期陈国大夫，因谏陈灵公与夏姬私通之事而被陈灵公所杀。　[10]忧怛：忧愁悲伤。　[11]呼卢：中国古代一种赌博游戏，犹今之掷骰子。削木为骰子，一面涂黑，画犊，一面涂白，画雉。共五子。五子全黑叫"卢"，得头彩。掷子时，高声喊叫，希望得全黑，所以叫"呼卢"。　[12]归觐（jìn）：归谒（君王）父母。　[13]心自扪：扪心自问，自我反省。　[14]苍旻（mín）：苍天。　[15]叹呻：叹息呻吟。　[16]多缁（zī）磷：喻操守不坚贞。《论语·阳货》："不曰坚乎？磨而不磷。不曰白乎？涅而不缁。"何晏集解："孔曰：磷，薄也；涅，可以染皂。言至坚者，磨之而不薄；至白者，染之于涅而不黑。喻君子虽在浊乱，浊乱不能污。"

老 翁 井

井中老翁误年华，白沙翠石公之家[1]。
公来无踪去无迹，井面团团水生花。
翁今与世两何与，无事纷纷惊牧竖[2]。
改颜易服与世同，无使世人知有翁[3]。

本诗作于宋仁宗嘉祐二年（1057），当时正是苏洵、苏轼、苏辙三父子踌躇满志之时，因为苏轼、苏辙兄弟二人同榜进士及第，苏洵也得到韩琦、欧阳修等名人的赏识和推荐，父子三人一时名震京师。可是就在这时，程夫人逝世的噩耗传来，父子三人急忙赶回眉山奔丧。在眉山城附近占卜墓地之时，发现了这口老翁井，苏洵有感于老井的境界状态，于是写下此诗。诗中着重描写泉边老翁独处深山，以“白沙翠石”为家，远离世俗、自洁自好的生活状况，隐喻了诗人自己不与世俗同流合污、追求超脱、保持高洁操守的精神境界。全诗借人喻己、含蓄蕴藉，是苏洵诗歌中的上品。

苏洵另有《老翁井铭》一文，可参看。

[1]误年华：荒废岁月年华。　[2]牧竖：牧童。　[3]改颜易服：改变脸色换掉衣服。意思是改变自己的节操和本色。

题白帝庙[1]

谁开三峡才容练，长使群雄苦力争[2]，
熊氏凋零余旧族，成家寂寞闭空城[3]。
永安就死悲玄德，八阵劳神叹孔明[4]。
白帝有灵应自笑，诸公皆败岂由兵[5]。

王文诰《苏诗总案》载，苏洵嘉祐四年（1059）冬“抵夔州，吊白帝祠、永安宫，作诗”。据此可知本诗作于嘉祐四年，诗中首联总写白帝城之险峻，自古为兵家必争之地。颔联与颈联分别列举事实，一方面证明此地为兵家“力争”之地，另一方面通过缅怀古人，提醒人们要吸取历史教训。尾联以议论为主，提出自己的见解：从楚国贵族，到公孙述、刘备、诸葛亮等，他们这些人最后都以失败告终，难道是军事上的问题吗？不是。白帝城的山河之险不是最重要的因素，偏安一隅更不是长久之计，关键是政治得失。苏洵在其《六国论》中强调过类似的观点，“六国破灭，非兵不利，战不善”，最重要的弊病在于政治和策略上的失误，即“赂秦”。楚国贵族、公孙述、刘备、诸葛亮诸人的失败，主要原因也不在军事，而是政治和策略方面存在问题。这应该是此诗的主旨。

［1］白帝庙：在今四川奉节县东十里白帝山（白帝城）中。据史籍记载是祭祀东汉时期公孙述之庙宇。　［2］三峡：一般指长江三峡。西起重庆市奉节县白帝城，东至湖北宜昌市南津关，自西向东依次为瞿塘峡、巫峡、西陵峡。练：柔软洁白的熟丝绢。　［3］“熊氏凋零”句：楚国贵族凋零。意思是楚国早已灭亡，

其旧族遗留下来。熊氏：楚贵族姓氏。成家：公孙述的国号。东汉初，公孙述起于成都，自立为帝，号成家。　　[4]永安：即白帝城。刘备在夷陵之战中大败后，逃入白帝城，将其改名为永安。玄德：刘备的字。“八阵”句：言诸葛亮创八阵图，为蜀国劳心费神，鞠躬尽瘁，死而后已。　　[5]“诸公皆败”句：这些人都失败了，难道就是因为仗没有打好吗？感叹偏居西南一隅不足以控制天下，山河之险也不是国家安全的保障，政治的好坏才是最重要的因素。诸公皆败：指公孙述战死、刘备兵败，等等。

送蜀僧去尘[1]

十年读《易》费膏火，尽日吟诗愁肺肝[2]。
不解丹青追世好，欲将芹芷荐君盘[3]。
谁为善相应嫌瘦，后有知音可废弹[4]。
拄杖挂经须倍道，故山春蕨已阑干[5]。

本诗当是苏洵晚年的作品，名为赠送之作，实则着重描写自己读书兼吟诗的生活状况，展现出特殊的情怀和追求。从总体上考察，全诗包含两层内容：一层描写自己十年治《易》，好学不倦，又耽于苦吟，不追求时尚与世俗趣味，以治学为乐的状况，真正体现了《易》学中的“天行健，君子以自强不息”的积极进取精神。另一层显露出由送蜀僧回归故乡而引发出来的思乡之情。因为蜀地也是作者的家乡所在，蜀僧回归故乡，而自己依然客居在外，自然产生乡愁。此诗颇受好评。宋人叶梦得《石林诗话》卷下：“苏明允至和间来京师，既为欧阳文忠公所知，其名翕然。韩忠献诸公皆待以上客。尝遇重阳，忠献置酒私第，惟文忠与一二执政，而明允乃以布衣参其间，都人以为异礼。席间赋诗，明允有‘佳节久从愁里过，壮心偶傍醉中来’之句，其意气尤不少衰。明允诗不多见，然精深有味，语不徒发，正类其文。

如读《易》诗云：‘谁为善相应嫌瘦，后有知音可废弹。’婉而不迫，哀而不伤，所作自不必多也。”对此诗评价很高。

［1］去尘：脱离闹市而回归乡野。　　［2］膏火：油灯之火。旧时以油点灯照明。膏：灯油。“尽日”句：说明自己作诗方式是苦吟，整天吟唱推敲，使得心肝肺都生愁苦。　　［3］丹青：丹即朱砂，青指石青，都是中国绘画中常用的颜料，所以常用来指代绘画。世好：世俗所爱好的。芹芷：芹是一种菜。一般专指旱芹，茎、叶可食，种子可制香料。芷是香味令人止步的草。这里虽然芹芷并称，但是重在芹，表达“献芹”之意，为自谦之词，谦称所赠东西不好。　　［4］“谁为”句：谁是善于相面的人，给我相面应该会嫌我的面容太瘦。自嘲之词。废弹：破琴绝弦，不复弹奏。用春秋时期伯牙与子期之典。《吕氏春秋·本味》：“伯牙鼓琴，钟子期听之。方鼓琴而志在太山。钟子期曰：‘善哉乎鼓琴，巍巍乎若太山。’少选之间，而志在流水。钟子期又曰：‘善哉乎鼓琴，汤汤乎若流水。’钟子期死，伯牙破琴绝弦，终身不复鼓琴，以为世无足复为鼓琴者。”　　［5］倍道：以加倍的速度赶路。蕨：菜名。多年生草本植物，嫩叶可食，名蕨菜。阑干：纵横交错。

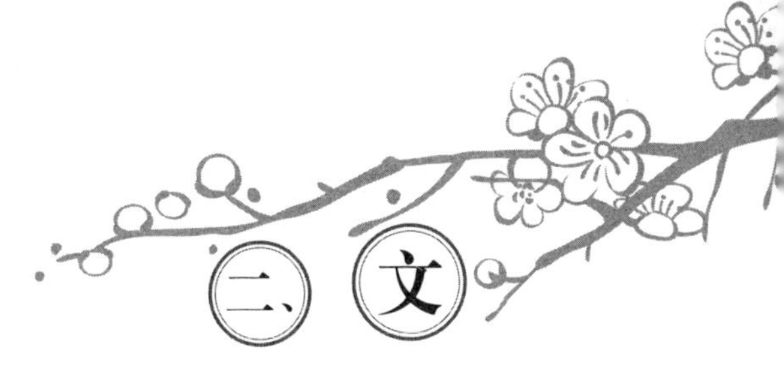

权书·六国[1]

六国破灭，非兵不利、战不善[2]，弊在赂秦[3]。赂秦而力亏，破灭之道也。或曰：六国互丧[4]，率赂秦耶[5]？曰：不赂者以赂者丧，盖失强援不能独完[6]。故曰：弊在赂秦也。

秦以攻取之外，小则获邑，大则得城，较秦之所得，与战胜而得者，其实百倍；诸侯之所亡[7]，与战败而亡者，其实亦百倍，则秦之所大欲，诸侯之所大患，固不在战矣！思厥先祖父暴霜露[8]，斩荆棘，以有尺寸之地，子孙视之不甚惜，举以予人，如弃草芥，今日割五城，明日割十城，然后得一夕安寝，起视四境，而秦兵又至矣。然则诸侯之地有限，暴秦之欲无厌[9]，奉之弥繁[10]，侵之愈急，故不战而强弱胜负已判矣[11]。至于颠覆[12]，理固宜然。古人云[13]：“以地事秦，犹抱薪救火，薪不尽，火不灭。”此言得之[14]。

齐人未尝赂秦，终继五国迁灭[15]，何哉？与嬴而不助五国也[16]。五国既丧，齐亦不免矣。燕、赵之君，始有远略，能守其土，义不赂秦，是故燕虽小国而后亡，斯用兵之效也。至丹以荆卿为计[17]，始速祸焉[18]。赵尝五战于秦，二败而三胜，后秦击赵者再，李牧连却之[19]。洎牧以谗诛[20]，邯郸为郡[21]，惜其用武而不终也。且燕、赵处秦革灭殆尽之际[22]，可谓智力孤危，战败而亡，诚不得已。向使三国各爱其地[23]，齐人勿附于秦，刺客不行，良将犹在，则胜负之数，存亡之理，当与秦相较，或未易量[24]。

呜呼！以赂秦之地封天下之谋臣，以事秦之心礼天下之奇才，并力西向[25]，则吾恐秦人食之不得下咽也。悲夫！有如此之势[26]，而为秦人积威之所劫[27]，日削月割，以趋于亡。为国者无使为积威之所劫哉！

夫六国与秦皆诸侯，其势弱于秦，而犹有可以不赂而胜之之势。苟以天下之大，下而从六国破亡之故事[28]，是又在六国下矣。

导读

这是一篇史论，论证战国时期六国对付秦国策略上的得失问题，阐明六国破灭的根本原因在于贿赂秦国，因为贿赂强秦自然帮助了敌人而削弱了自己，最后必然导致灭亡的命运。但是“醉翁之意不在酒”，谈古实为论今，其主旨是批判当时的宋王朝对辽和西夏的苟安政策。北宋时期，真宗皇帝在宋军对辽作战获胜的情况下却签订澶渊之盟，每年向辽输送大量绢帛与钱币；后来的仁宗皇帝不但以绢、币向辽求和，还以这种方式向西夏求和，同战国时期六国对秦国的策略同出一辙，十分危险。所以作者在文章末尾点明本意：宋王朝的这种贿赂敌人的政策，不但是重蹈覆辙，而且“又在六国下矣”，甚至连当年六国都不如。此文充分显示出苏洵散文善于议论说理的突出特色。曾巩曾评价他的文章说：“少或百字，多或千言，其指事析理，引物托喻，侈能尽之约，远能见之近，大能使之微，小能使之著，烦能不乱，肆能不流。其雄壮俊伟，若决江河而下也；其辉光明白，若引良辰而上也。”（《苏明允哀辞》）清人汪基在《古文喈凤新编》卷七中评价说：“齐、楚、燕、韩、赵、魏六国纵散而割地事秦，秦卒以次灭韩、赵、魏、楚、燕、齐。老泉借论，以慨时事。三晋亦以近秦先为所并。劈头以赂秦二字断定，下又于异中推言其同。韩先赂秦而先亡，魏、楚亦以地赂秦而亡，赵、燕、齐不赂秦而亦灭。赂不赂异，而破灭则同，故复设为问答以明之。宋当真、仁之间，虽未割地畀（bì）辽，而银币皆出之于地，三十万不已，增至五十，不亦犹地之屡割无厌邪？老苏此论，伤今吊古，无限深情。读至末段，直欲唾壶击碎。”对此文思想内涵的分析比较深刻。清人唐德宜在《古文翼》卷七中说：“以赂秦作主，而又补出不赂者以赂者丧，是非利害，了然如指诸掌。至其气雄笔健，段落紧密，尤自出人头地。篇末一结，若预烛南宋之主和，而深为寄慨，识更远到。”从写作方法上进行分析和评价，比较准确。

注释

［1］六国：战国时期的齐、楚、韩、赵、燕、魏六国。　［2］兵：兵器，武器。　［3］赂：用钱财买通别人，即贿赂。此处指六国用割地的办法来讨好秦国。　［4］互丧：接连灭亡。互：交替，接连。　［5］率：皆，都。　［6］强援：指强大的援助力量。完：保全。　［7］所亡：指六国所丧失的国土。　［8］暴（pù）霜露："暴"同"曝"，暴露在阳光下晒。这里指六国先人为国事饱经风霜之苦。　［9］无厌：不满足。　［10］弥：更加，越发。　［11］判：分明。　［12］颠覆：倾覆，指灭亡。　［13］古人：战国时期纵横家苏秦的族弟苏代。这是苏代对魏安釐（xī）王说的话。《史记·魏世家》："安釐王元年，秦拔我两城。二年，又拔我二城，军大梁下，韩来救，予秦温以和。……魏将段干子请予秦南阳以和。苏代谓魏王曰：'欲玺者段干子也，欲地者秦也。今王使欲地者制玺，使欲玺者制地，魏氏地不尽则不知已。且夫以地事秦，譬犹抱薪救火，薪不尽，火不灭。'"　［14］此言得之：这话说对了。　［15］迁灭：灭亡。　［16］与嬴：结交秦国。嬴（yíng）：秦国国君之姓，这里用来指代秦国。　［17］荆卿：即荆轲。战国时期刺客，也称庆卿、庆轲。曾受燕国太子丹的派遣谋刺秦王，失败后被杀。　［18］速祸：招致祸害。　［19］李牧：战国时期的赵国将领，与白起、王翦、廉颇并称"战国四大名将"。　［20］洎（jì）：及，等到。　［21］邯郸为郡：邯郸成为秦国的一个郡。邯郸本来是赵国的首都，李牧死后被秦军攻破，赵国灭亡。秦始皇十九年（前228）置邯郸郡。　［22］革灭殆尽：消灭得差不多了。殆：几乎，差不多。　［23］向使：如果；假使。三国：指战国时期的韩、魏、楚三个国家。　［24］或未易量：或许还不能轻易地估量或判断。即六国还不能轻易地灭亡。　［25］并力西向：齐心协力向西对抗西面的秦国。　［26］势：形势，情势。　［27］积威：长时间形成的威慑力。劫：胁迫，劫持。　［28］从六国破亡之故事：跟从六国走灭亡的老路。故事：六国灭亡的旧事。

名 二 子 说[1]

轮辐盖轸[2]，皆有职乎车[3]，而轼[4]，独若无所为者[5]。虽然，去轼，则吾未见其为完车也。轼乎，吾惧汝之不外饰也[6]。

天下之车，莫不由辙[7]，而言车之功者，辙不与焉。虽然，车仆马毙[8]，而患亦不及辙，是辙者，善处乎祸福之间也。辙乎，吾知免矣。

本文着重阐释自己的儿子苏轼、苏辙两个人名字的含义，从车入手说开去。句句说车，其实又句句说的是自己的两个儿子，两面关合，由轼和辙对车的功用来推测两个儿子未来的命运：苏轼将因为不会掩饰自己、太外露而遭遇坎坷；苏辙因为善处乎祸福之间，所以不会有大灾大难。阐释之中，自然包含警戒的意味，也包含了老泉自己的人生感慨。从后来苏轼兄弟一生的遭遇来看，老泉对自己的儿子确实了解透彻，有先见之明，正所谓“知子莫若父”。明人茅坤在《唐宋八大家文钞》卷十中说：“此老泉所以逆探两公之终身也。卒也，长公再以斥废，仅而能免；而少公终得以遗老自解脱，攸攸卒岁，亦奇矣。”赞美苏洵鉴识之精。

[1]名：名词作动词用，给……取名字。　[2]轮辐盖轸（zhěn）：车轮、辐条、车盖、车箱底部四面的横木，四者都是车上的部件。辐：车轮中连接车毂和轮辋的一条条直棍儿。盖：车的顶盖。轸：古代车厢底部四面的横木。　[3]皆有职乎车：每个都对车有相应的职责，即在车上都有各自的用途。　[4]轼：古代车厢前面用作扶手的横木。　[5]无所为者：无用的东西。　[6]不外饰：在外表上不加掩饰，太外露。　[7]由：经由，经过。辙：车辙，即车轮碾过

之后在地上留下的痕迹。　　[8]车仆：车翻了。仆：向前跌倒。毙：死。

木假山记

木之生，或蘖而殇[1]，或拱而夭[2]，幸而至于任为栋梁则伐[3]；不幸而为风之所拔，水之所漂，或破折，或腐；幸而得不破折，不腐，则为人之所材[4]，而有斧斤之患。其最幸者，漂沉汩没于湍沙之间[5]，不知其几百年，而其激射啮食之余[6]，或仿佛于山者[7]，则为好事者取去，强之以为山，然后可以脱泥沙而远斧斤。而荒江之溃[8]，如此者几何！不为好事者所见，而为樵夫野人所薪者[9]，何可胜数！则其最幸者之中，又有不幸者焉！

予家有三峰[10]，予每思之，则疑其有数存乎其间[11]。且其蘖而不殇，拱而不夭，任为栋梁而不伐，风拔水漂而不破折，不腐；不破折，不腐，而不为人所材，以及于斧斤；出于湍沙之间，而不为樵夫野人之所薪，而后得至乎此，则其理似不偶然也。

然予之爱之，则非徒爱其似山，而又有所感焉；非徒爱之，而又有所敬焉。予见中峰魁岸踞肆[12]，意气端重，若有以服其旁之二峰[13]。二峰者，庄栗刻峭[14]，凛乎不可犯[15]，虽其势服于中峰，而岌然决无阿附意[16]。吁[17]，其可敬也夫[18]！其可以有所感也夫！

本文作于嘉祐三年（1058），当时，苏洵从溪叟那里得到木山三峰，特别爱惜，把它放在庭中，并且写下这篇文章作为纪念。本文采取的是托物言志之法，通过记述树木生长过程中的坎坷遭遇，以及木假山的形成和被发现的艰难历程，托物寓意，咏物抒怀，借题发挥，隐喻当时社会上人才遭受压抑与摧残的不良现象，又借助家中木假山之形象，比喻其父子的人格与才能。同时，因为苏洵本人怀有远大的政治抱负，但是却一直未能得到施展，所以文中自然蕴含着他自己怀才不遇的深沉感慨。从艺术手法上看，文章对木假山的描写特别生动，随物赋形，志深笔长，动人情思。清人高梅亭评价此文时说：“从木中参出名理，大发议论，无限感慨。以幸不幸作眼目。末段寓已身分在内，‘有所感’三字，是作记之意。以幸不幸作眼目，以理数为归宿。写木假山，即是写已，皆有所感而发也。此六义中比体。又：前以幸不幸归本数字，后从数字转出理字，极变幻中，自成章法。”（见清沈德潜《唐宋八大家文读本》卷十七）清楚地揭示出本文的写作方法和寓意，很有眼力。近人林纾在评《嘉祐集》时也对本文做了分析：“以上种种，大概述其家难，几于不保其一身，盖有托而言也。后论中峰及左右二峰，中峰自喻，左右二峰喻轼、辙也。老泉之文似逊于东坡，而名位尤不及颍滨。父子相敬畏，不期流露于言表。”其见解也值得参考。

注释

［1］或蘖（niè）而殇（shāng）：有的刚发芽就早亡了。蘖：树木砍去后从残存茎根上又长出来的新芽。殇：没到成年就死去。　［2］或拱而夭：有的长到两手合抱那么粗的时候就夭折了。拱：两手合围，常用来表达树木的粗细。　［3］任为栋梁则伐：用它做房屋栋梁的时候就砍伐。　［4］为人之所材：被人们用作建筑材料。　［5］湍沙：湍急河水中的流沙。　［6］激射啮（niè）食：冲刷侵蚀。　［7］仿佛于山者：像山的形状。　［8］濆（fén）：水边，岸边。　［9］所薪：被樵夫或者乡下人当作烧柴。　［10］三峰：三座木假山。　［11］数：定数。与变数相连。数理学家认为国家的兴亡、人世的祸福皆由天命或某种不可知的力量所决定，故称“定数”。　［12］魁岸：高大魁梧。踞肆：傲慢放纵的样子。　［13］服其旁之二峰：使动用法，使两边的两座木山降服。　［14］庄栗：庄重，庄严。刻峭：高峻，挺拔。　［15］凛乎不可犯：凛然不可冒犯。　［16］岌（jí）然决无阿附意：挺拔高峻，坚决没有阿谀的意思。岌然：耸立、高大的样子。阿附：逢迎附和。　［17］吁（xū）：叹息，叹气。　［18］也夫：语气助词，表示感叹。

送石昌言使北引

昌言举进士时，吾始数岁，未学也。忆与群儿戏先府君侧[1]，昌言从旁取枣栗啖我[2]，家居相近，又以亲戚故甚狎[3]。昌言举进士，日有名[4]。吾后渐长，亦稍知读书，学句读、属对、声律，未成而废[5]。昌言闻吾废学，虽不言，察其意甚恨[6]。后十余年，昌言及第第四人[7]，守官四方，不相闻[8]。吾日以壮大，乃能感悔，摧折复学[9]。又数年，游京师，见昌言长安，相与劳苦如平生欢[10]，出文十数首，昌言甚喜称善。吾晚学无师，虽日为文，中甚自惭，及闻昌言说，乃颇自喜。今十余年，又来京师，而昌言官两制[11]，乃为天子出使万里外强悍不屈之虏庭，建大旆[12]，从骑数百，送车千乘，出都门，意气慨然。自思为儿时，见昌言先府君旁，安知其至此！

富贵不足怪。吾于昌言独有感也。丈夫生不为将，得为使，折冲口舌之间足矣[13]。往年彭任从富公使还[14]，为我言曰：既出境，宿驿亭，闻介马数万骑驰过[15]，剑槊相摩，终夜有声，从者怛然失色[16]。及明，视道上马迹，尚心掉不自禁[17]。凡虏所以夸耀中国者多此类，中国之人不测也[18]，故或至于震惧而失辞[19]，以为夷狄笑[20]。呜呼，何其不思之甚也[21]！昔者奉春君使冒顿，壮士、大马皆匿不见，是以有平城之役[22]。今之匈奴[23]，吾知其无能为也[24]。

《孟子》曰："说大人者，藐之[25]。"况于夷狄！请以为赠[26]。

本文作于宋仁宗嘉祐元年（1056）。这年九月，刑部员外郎、知制诰石昌言出使辽国，庆贺辽国国母生辰。此时恰好苏洵在京师求官，故人得以相遇，于是为他写下这篇赠序。因为苏洵的父亲名苏序，所以为了避家讳，将文体名改为"引"。

文章总体分为前后两个部分，前一部分侧重私情，生动叙述了二人之间深厚的情谊，语言亲切有味。后一部分是临别赠言，重点是讨论国家大事、民族大义。一方面总结汉朝、宋朝以往应对外敌的历史教训，让他借鉴历史经验，坚持民族气节；另一方面鼓励他藐视强敌，不辱使命，建功立业。文章前面情意深厚，措辞温婉，读来倍感亲切；后面格调激昂，慷慨陈词，充满英风浩气，显示出作者在民族大义上的气节和精神。清人储欣在《评注苏老泉集》中指出："序两人交与入情。后半激昂，公得为使，必有可观者。"把握住了此文的要点。清人林云铭在《古文析义》中对此文也做了分析："出使不辱君命，本是一桩大难事，时南北虽弭兵，然增币后，契丹未必不以宋为弱，若使者失辞，必至辱国矣。篇中前段琐琐叙来，止借来作昌言得为使的引子，把为使一节算作大丈夫第一等功业。其正意总在后段，中间折冲口舌四字，是一篇主脑。盖不失辞，由于不震惧；不震惧，由于勘破契丹伎俩，原不足畏。兵法云：强而示之弱，弱而示之强。知冒顿示弱之强，则知契丹示强之弱矣。妙在欲言今事，却引富公旧事；言时事，却引汉朝故事。且不斥言契丹，而曰今之匈奴。下语俱有斟酌，千古奇构。"对文章意蕴的把握和写作方法、艺术效果的分析、概括也比较到位，有助于我们对本文的理解和认识。

注释

[1]府君：汉朝时期称太守为府君，以后仍沿用。唐以后，不论爵秩，碑版通称死者为府君。这里"先府君"指先父，即作者的父亲苏序。　[2]啖（dàn）我：使动用法，让我吃。啖：吃。　[3]甚狎：特别亲近。　[4]日有名：名气一天天加大。　[5]未成而废：指苏洵早年治学曾半途而废。　[6]甚恨：深以为憾，特别遗憾。恨：遗憾。　[7]及第：指科举考试高中，特指考中进士，因榜上题名有甲乙次第，故名。　[8]守官四方，不相闻：四处为官，彼此之间听不到消息。　[9]摧折复学：改变平日的行为，重新开始发奋读书，即痛改前非而恢复学习。摧折：降低自己身份或改变平时的志趣行为。　[10]相与劳苦如平生欢：彼此慰劳，像往常一样欢乐。　[11]两制：唐、宋时期，翰林学士受皇帝之命，起草诏令，称为内制；中书舍人与他官加知制诰衔者为中书门下撰拟诏令，称为外制。翰林学士与中书舍人合称两制。　[12]大旆（pèi）：大旗，旗帜。旆：本意是古代旌旗末端形如燕尾的垂旒（liú），后来泛指旌旗。　[13]折冲口舌之间：凭口舌在外交谈判中制敌取胜。折冲：折

还敌方的战车，即制敌取胜。口舌：口和舌，引申为劝说、争辩、交涉时的言辞、言语。这里指外交辞令。 [14]“往年彭任”句：指庆历二年（1042），富弼以知制诰的身份出使契丹之时，有从者被其军威吓得心惊胆战之事。 [15]介马：披甲的战马。介：本义为人披甲衣。 [16]怛（dá）然失色：大惊失色。 [17]心掉不自禁：禁不住提心吊胆，恐惧得心理失控。 [18]不测：料想不到。 [19]失辞：言辞失当。 [20]以为夷狄笑：因此而被夷狄耻笑。夷狄：中国古代泛称除华夏族以外的各族、异族。 [21]何其不思之甚也：这是多么不可思议的事情啊！ [22]“昔者奉春君”三句：讲的是当年汉高祖刘邦不听刘敬的劝告，中了匈奴的圈套，贸然出击，被困平城之事。奉春君：指刘敬（原名娄敬），因功赐姓刘。冒顿（mò dú）：即冒顿单于。公元前209年（秦二世元年）杀父而自立，首次统一了北方草原，建立起庞大强盛的匈奴帝国。 [23]今之匈奴：指当时与宋对峙的辽国，即契丹人。 [24]无能为：不能做什么，无能为力。 [25]“就大人者”二句：意思是说服大人物，要藐视他。语出《孟子·尽心下》。这里是建议石昌言与辽国人理论是非不要胆怯，应当理直气壮，藐视他们。说（shuì）：游说，说服。 [26]请以为赠：请允许我以这篇序作为临别赠言。

管 仲 论

管仲相桓公，霸诸侯，攘夷狄[1]，终其身，齐国富强，诸侯不叛。管仲死，竖刁、易牙、开方用[2]，桓公薨于乱，五公子争立[3]。其祸蔓延，讫简公，齐无宁岁[4]。

夫功之成，非成于成之日，盖必有所由起；祸之作，不作于作之日，亦必有所由兆[5]。则齐之治也，吾不曰管仲，而曰鲍叔[6]；及其乱也，吾不曰竖刁、易牙、开方，而曰管仲。何则？竖刁、易牙、开方三子，彼固乱人国者，顾其用之者，桓公也[7]。夫有舜，而后知放四凶[8]；有仲尼，而后知去少正卯[9]。彼桓公，何人也？顾其使桓公得用三子者，管仲也。仲之疾也，公问之相[10]，当是时也，吾以仲且举天下之贤者以对，而其言乃不过曰竖刁、易牙、开方三子非人情[11]，不可近而已。

呜呼！仲以为桓公果能不用三子矣乎？仲与桓公处几年矣，亦知桓公之为人矣乎？桓公声不绝于耳，色不绝于目，而非三子者，则无以遂其欲[12]。彼其初之所以不用者，徒以有仲焉耳。一日无仲，则三子者可以弹冠相庆矣[13]。仲以为将死之言，可以縶桓公之手足邪[14]？夫齐国不患有三子，而患无仲。有仲，则三子者，三匹夫耳[15]。不然，天下岂少三子之徒[16]？虽桓公幸而听仲，诛此三人，而其余者，仲能悉数而去之邪？呜呼，仲可谓不知本者矣。因桓公之问，举天下之贤者以自代，则仲虽死，而齐国未为无仲也。夫何患？三子者，不言可也。

五霸莫盛于桓、文[17]，文公之才，不过桓公，其臣又皆不及仲。灵公之虐[18]，不如孝公之宽厚[19]。文公死，诸侯不敢叛晋，晋袭文公之余威，得为诸侯之盟主者，百有余年。何者？其君虽不肖，而尚有老成人焉[20]。桓公之薨也，一乱涂地，无惑也，彼独恃一管仲，而仲则死矣。

夫天下未尝无贤者，盖有有臣而无君者矣。桓公在焉，而曰天下不复有管仲者，吾不信也。仲之书[21]，有记其将死，论鲍叔、宾胥无之为人[22]，且各疏其短，是其心以为是数子者，皆不足以托国，而又逆知其将死，则其书诞谩不足信也[23]。吾观史鳍[24]，以不能进蘧伯玉而退弥子瑕[25]，故有身后之谏。萧何且死[26]，举曹参以自代[27]。大臣之用心，固宜如此也。夫国以一人兴，以一人亡。贤者不悲其身之死，而忧其国之衰，故必复有贤者，而后可以死。彼管仲者，何以死哉[28]？

导读

本文是一篇史论，分多个层次论证春秋时期的政治家管仲之失。文章第一部分首先指出管仲生前虽然具有强齐之功，霸诸侯，攘夷狄，使诸侯不叛，但是也造成乱齐之祸，使齐国长时间国无宁日，由此提出齐国之祸实由管仲的中心论点。接下来采取对比之法，从几个方面论证管仲之失。一失于未能除去奸佞之徒。历史上，舜放四凶，孔子诛杀少正卯，消除了隐患；但是管仲明知竖刁、易牙、开方是三个祸国殃民之人，却没有除掉。二失于不知治国之本在于得贤。贤人当朝，小人自然不敢也不能作乱，而管仲识小人，却没有举贤人。又用事实说话，以晋国做比较，说明有老成的贤人在，即使国君不肖，国家也不会灭亡。相比之下，齐国单靠一个管仲独木支撑，在他身后缺乏老成持重的贤人，所以他一死，国家就乱，这是不知本、不抓本造成的灾难。三失于临终之时的作为，也以比较之法论证，以卫国史鳝尸谏卫灵公用蘧伯玉，汉朝萧何临终前举荐曹参以自代等历史事实同管仲的行为进行比较，印证了管仲的失误：他临终之时只能揭示奸佞，却不能荐贤，所以国运难以为继。全文立意新颖，纵横开阖，层层推演，援古证今，反复对比，深刻阐述了举贤任能、防奸除害是立国的根本，告诫当代君王要吸取历史教训，把举贤任能作为根本国策，以保证国运长久，江山稳固。从历史上看，本文颇受好评，宋吕祖谦在《古文关键》中赞美此文说："老苏文率多是权书，惟此文句句的当，前亦可学，后不可到。此篇义理的当，抑扬反复，及警策处多。"清代文选家吴楚材、吴调侯也对此文特别关注，在《古文观止》中指出："通篇总是责管仲不能临殁荐贤，起伏照应，开阖抑扬，立论一层深一层，引证一段紧一段，似此卓识雄文，方能令古人心服。"誉之为"卓识雄文""令古人心服"，可见评价之高。

注释

［1］"管仲相桓公"三句：管仲做齐桓公的丞相，在诸侯中称霸，驱逐其他部族。管仲：齐国大夫，名夷吾，字仲。曾辅佐齐桓公成就霸业，是春秋初期政治家、军事家。桓公：春秋时齐国国君齐桓公，姓姜，名小白。因为得到管仲的有力辅佐，国势强盛，成为春秋五霸之一。攘：排除，驱逐。夷狄：古称东方部族为夷，北方部族为狄。常用以泛称除华夏族以外的各少数民族。　［2］"管仲死"二句：管仲死后，竖刁、易牙、开方等一批齐桓公的宠臣受到重用。　［3］"桓公薨（hōng）"二句：齐桓公是在内乱之中去世的，他死之后，他的五位公子为争夺王位而殊死争斗。薨：古代称诸侯或有爵位的大官死去。　［4］讫简公，齐无宁岁：一直到齐简公，齐国没有一年安宁。讫：通"迄"，直到。简公：即齐简公。　［5］亦必有所由兆：也必定有它由此而产生的征兆。兆：事情发生前的迹象。　［6］鲍叔：春秋时期齐国大夫鲍叔牙与管仲为少年友，起初，二人辅佐之人不同，鲍叔牙辅佐公子小白，管仲辅佐公子纠。襄公被杀，两位公子回国争夺王位，公子纠失败被杀，管仲也成了俘虏。公子小白夺得王位，即齐桓公。本来桓公打算任命鲍叔牙为丞相，但是鲍叔牙却推荐管仲做了齐相，从而使齐国富强，成为五霸之首。　［7］"彼固乱人国"三句：他们确实是搞乱国家的人，但是能够

重用他们的人，是桓公啊。固：确实。顾：但是。 [8]四凶：古代传说中因为不服从舜的控制而被流放的四个凶恶之人，即共工、驩兜、三苗、鲧，史称“四凶”。 [9]“有仲尼”二句：仲尼即孔子，他名丘，字仲尼。少正卯：春秋时期鲁国大夫，复姓少正，其名为卯。因为他聚徒讲学，得罪了孔子，所以孔子任鲁国司寇之后，把他杀了。 [10]“仲之疾”二句：管仲病重之时，齐桓公曾向他征求关于继任者的意见，问在他之后，谁可以做丞相。 [11]非人情：做事冷酷、无情，超越了正常的人情底线。 [12]无以遂其欲：没有办法实现他的欲望。遂：实现，满足。 [13]弹冠相庆：弹去帽子上的灰尘，同伙互相庆贺。语出《汉书·王吉传》。 [14]縶（zhí）桓公之手足邪：能用绳子捆住桓公的手脚吗？縶：用绳子拴住、捆住。 [15]匹夫：本义为平民中的男子，后泛指平民百姓。又引申为贬义词，指缺乏见识，或者有勇无谋的人。 [16]天下岂少三子之徒：天下难道就缺少三个他们这样的人吗？ [17]五霸莫盛于桓、文：在春秋五霸之中，国势强盛没有超过齐桓公、晋文公的。五霸：即齐桓公、晋文公、楚庄王、宋襄王、秦穆公这五个在春秋时期先后称霸的诸侯。也有说五霸为齐桓公、晋文公、楚庄王、吴王阖闾、越王勾践。 [18]灵公：即晋文公之孙，晋襄公之子夷皋，残暴无道之君。 [19]孝公：齐桓公之子昭，为人宽厚。桓公去世，五公子争夺王位，齐国于是大乱，太子昭出逃宋国，后来依靠宋襄公派兵护送回国，继承了王位。 [20]老成人：老成稳重、深孚众望之人。 [21]仲之书：即《管子》。传为管仲所著，其实为后人伪托。 [22]宾胥无：春秋时期齐国的大夫，曾与管仲、鲍叔牙等辅助齐桓公称霸。 [23]诞谩不足信也：虚妄怪诞不值得相信。 [24]史鰌：春秋时卫国大夫。名佗，字子鱼，也称史鱼。卫灵公时任祝史，以忠直敢谏著称于世。 [25]“以不能进”句：因为不能够进用蘧（qú）伯玉和斥退弥子瑕。蘧伯玉：春秋时期以贤著称的卫国的大夫。弥子瑕：春秋时期善于奉承的卫国大夫，深受卫灵公宠幸。 [26]萧何：西汉丞相，他在去世之前曾向惠帝推荐曹参继任自己的丞相之职。 [27]曹参：西汉名臣，在辅佐刘邦争夺天下之时战功卓著，萧何死后由他继任丞相。 [28]何以死哉：怎么就这样死了呢？

曾　巩

曾巩（1019—1083），建昌南丰（今江西南丰）人，字子固，居临川，“唐宋八大家”之一。其祖父曾致尧、父亲曾易占皆为北宋名臣。曾巩本人天资聪慧，记忆力超群，幼时读诗书，脱口能吟诵，年十二即能为文。但是曾巩家境贫寒，有一个兄长、四个弟弟、十个妹妹（其中一人夭折），父亲被罢官后身体也不好，曾巩肩负起养家的重任，同时刻苦力学。宋仁宗嘉祐二年（1057），曾巩进士及第，历任太平州司法参军，《宋英宗实录》检讨，越州通判，齐州、襄州、洪州、福州、明州、亳州、沧州等州知州。元丰四年（1081），以史学才能被委任为史官修撰，管勾编修院，判太常寺兼礼仪事。元丰六年（1083），卒于江宁府（今江苏南京），追谥为“文定”。有《元丰类稿》行世。

曾巩与王安石一样，为文主要效法欧阳修，但是王得欧公阳刚之气，曾得欧公阴柔之美。王安石散文如金戈铁马，精悍无敌；曾巩散文如凌波微步，从容舒缓。其议论说理，委曲周详，不急不躁，节奏安雅，同时又思致明晰，风格厚重简练。其诗也有一定成就，主要倾向是宗法欧阳修、梅尧臣，反映现实之作较多。从体制和艺术成就上看，他长于七言近体，描写景物、抒写情怀，有相当出色的佳作问世，但是同其散文成就相比，诗还是逊色一些。

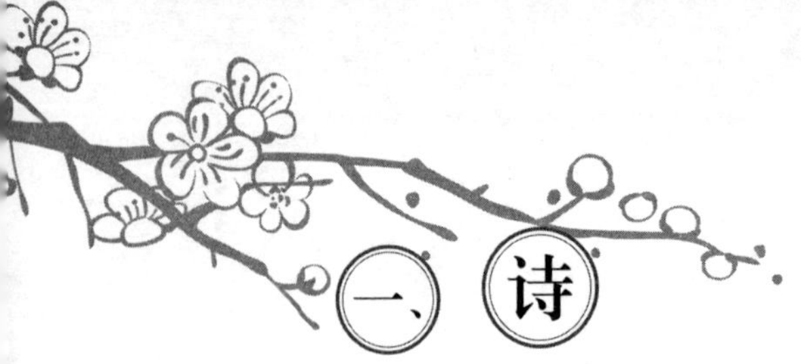

咏柳

乱条犹未变初黄，倚得东风势便狂[1]。
解把飞花蒙日月，不知天地有清霜[2]。

这是一首咏物诗，借咏柳树，讽刺那些仗势欺人、得志便猖狂，愚蠢可笑的势利小人和邪恶势力。诗的一、二两句着重描写柳树的轻狂之态：春天刚到，乱条还没有变为浅黄的时候，柳树就倚仗着东风的势力放荡、癫狂，张牙舞爪，有恃无恐，刻画出势利小人和邪恶势力的丑恶形态。三、四两句在前两句的铺垫之下水到渠成，既揭示其愚蠢，同时也发出警告：别以为你们乱絮纷纷，能够遮蔽天地日月，总有一天清秋霜冻，你们一定逃脱不了枯萎凋零的下场！“不知天地有清霜”一句为全诗的画龙点睛之笔，振聋发聩，促人警醒。全诗以拟人法写柳，语意双关，含义深刻，富有理趣，令人深思。

[1]初黄：初春的柳色。倚：仗恃，依靠。狂：轻狂，猖狂。　[2]解把：知道，懂得。飞花：飞柳，即柳絮。

西　楼

海浪如云去却回，北风吹起数声雷[1]。
朱楼四面钩疏箔，卧看千山急雨来[2]。

这是一首七言绝句。诗中通过描写暴风雨来临之际的壮美景观，展现了自己开阔的胸襟和豪迈的情怀。诗的开头两句以风和浪为中心，描写“山雨欲来风满楼”般的壮美景观，先写海上“如云”的大浪，突出其壮美的形态；再写海上狂风吹浪，发出惊雷一样的声音，这样暴风雨来临之际的特殊景象便生动地展现出来了。三、四两句通过挂帘子的特殊动作和卧看的特殊情态，展示出诗人自己非凡的气度和豪迈的情怀。一般情况下，山雨欲来、暴雨将至之际，人们习惯的反应是关窗帘、避风雨，而诗人却反其道而行之：挂起窗帘、直面风雨，特意欣赏暴风雨下的壮美景观，其胸怀和气度可见一斑。

[1] 数声雷：形容涛声巨大。　　[2] 朱楼：装饰华美、富丽堂皇之楼。这里指诗题所说的西楼。钩疏箔（bó）：挂竹帘。

城　南

雨过横塘水满堤，乱山高下路东西[1]。
一番桃李花开尽，惟有青青草色齐。

这也是一首七言绝句，诗人通过比较之法说明一种生活哲理：美丽的东西有时候命薄，而朴实的东西往往生命力长久。诗的开头两句写城南的环境：依山靠水，山势高低起伏，水分两路奔流。三、四句是诗眼，明写季节变换：鲜艳美丽的桃花、李花匆匆凋谢，花期短暂，小草却郁郁葱葱，碧绿一片，生命力依然旺盛。两相对比，暗示出这样一个哲理：美丽如花，往往生命力弱小；朴素无华如地上小草，往往更有生命力。诗人寓理于物，形象而又深刻，意味深长。

[1] 横塘：古池塘名，其地有二说：一说在今南京城南秦淮河南岸，一说在江苏省苏州市西南。但是这里应该是泛指一般水塘。乱山高下：指城南的地势，状态是群山高低起伏。路东西：指水向东西两路奔流。

多　景　楼[1]

欲收嘉景此楼中，徙倚阑干四望通[2]。
云乱水光浮紫翠，天含山气入青红。
一川钟呗淮南月，万里帆樯海外风[3]。
老去衣襟尘土在，只将心目羡冥鸿[4]。

导读

本诗是一首七言律诗，是曾巩中年之后离乡宦游，经过镇江之时，登上多景楼写下的。诗中着重刻画描写自己登楼远眺所见到的色彩明丽、山川掩映的壮阔景象，从中显露出诗人对壮美山川的深切感受和个人宽广的襟怀，更表现出诗人不安于现状、不甘于平庸的远大抱负和积极进取的人生态度。诗的头两句总括全篇，概括描写多景楼居高临下，境界开阔，万千景象尽收眼底的地势特征，集中在“四望通”三个字。三、四句是“诗眼”，也是全诗最为精彩之处，着力描写在多景楼上所见的壮丽景象，一是水光：“云乱水光浮紫翠”，其中“浮”字为点睛之笔，就是这个“浮”字使境界全出，使画一般的境界生动起来，表明在波光云影的迷离之中巍峨的建筑浮现出来，产生动态的美感。二是山色：“天含山气入青红”，其中“入”字为传神之笔，刻画出霞光和山色构成的浓丽色彩浸染了黄昏中的远方天空。第五句写月光下传来寺庙的钟声与和尚念经之声，使画面动静结合，使意境更加深邃。第六句以想象落笔，描写在波涛万里的海面上行进的风帆，让人联想到长江的广阔与远大，使眼中之景与想象中的景观融为一体，从而描绘出一幅气势壮阔、色彩明丽、水色山光相互映发的优美画卷，使读者得到赏心悦目的美感享受。诗的最后一联表现的是“老骥伏枥，志在千里”的情怀。先写自己年纪已老，饱经风尘，然后笔锋一转，用飞鸿展现出诗人不甘安于现状，更不能流于平庸的远大抱负和积极进取的精神。

注释

［1］多景楼：在今江苏镇江北固山甘露寺内，北临大江，遥控淮甸，形势险峻。　［2］徙倚：流连忘返之态。　［3］呗（bài）：梵呗，和尚念经之声。帆樯：指船的两个部件船帆和桅杆，这里指代船。　［4］冥鸿：高飞的鸿雁。

凝　香　斋[1]

每觉西斋景最幽，不知官是古诸侯。
一尊风月身无事，千里耕桑岁有秋。
云水醒心鸣好鸟，玉沙清耳漱寒流。
沉烟细细临黄卷，疑在香炉最上头[2]。

曾巩于熙宁四年（1071）任齐州（今山东省济南市）知州，熙宁五年（1072）游大明湖时写下这首诗。全诗着力描写西斋周围清幽的景色和境界，展现出诗人超脱之怀和愉悦之情。

诗中“幽”字是诗眼。八句诗都不离这个“幽”字。第一句表明大明湖畔的西斋本来地处清幽境界，自然为“幽”。第二句写自己身为一方“诸侯”，悠游西斋这一清幽之所，乐而忘身，身心自“幽”。第三句写州内大治，诗人悠闲无事，把酒为乐，正当清风明月，这又是一“幽”。第四句写自己身为齐州知州，眼望桑麻遍野，庄稼成熟，丰收在望，人民安居乐业，自己又有闲暇时间探幽揽胜，这样的社会环境还是一“幽”。第五句写湖水清幽，白云相映，好鸟相鸣，让人心灵清醒明澈，也是一“幽”。第六句写泉水击石，清音悦耳，更是一“幽”。最后两句描写自己在这清幽的环境中潜心书史，感到无异于置身庐山香炉峰，更显出情趣之幽、心境之幽。

[1] 凝香斋：原名西斋，位于济南大明湖畔。　[2] 香炉：庐山香炉峰。

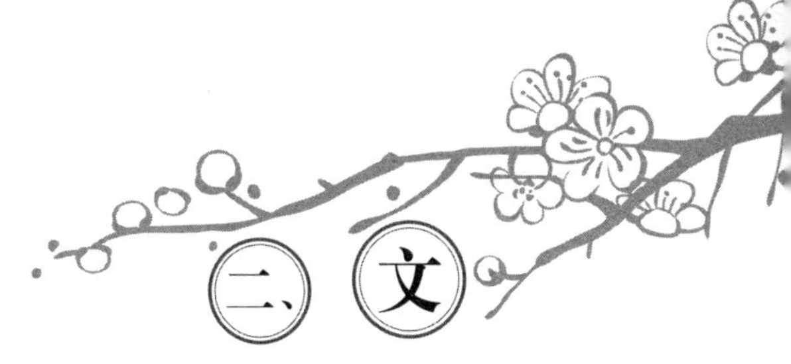

墨池记[1]

临川之城东[2]，有地隐然而高[3]，以临于溪[4]，曰新城。新城之上，有池洼然而方以长[5]，曰王羲之之墨池者[6]，荀伯子《临川记》云也[7]。羲之尝慕张芝[8]，临池学书，池水尽黑，此为其故迹，岂信然邪[9]？方羲之之不可强以仕[10]，而尝极东方[11]，出沧海[12]，以娱其意于山水之间[13]，岂有徜徉肆恣[14]，而又尝自休于此邪[15]？

羲之之书晚乃善[16]，则其所能[17]，盖亦以精力自致者[18]，非天成也[19]。然后世未有能及者，岂其学不如彼邪[20]？则学固岂可以少哉！况欲深造道德者邪[21]？

墨池之上，今为州学舍[22]。教授王君盛恐其不章也[23]，书“晋王右军墨池”之六字于楹间以揭之[24]。又告于巩曰：“愿有记。”推王君之心[25]，岂爱人之善，虽一能不以废[26]，而因以及乎其迹邪[27]？其亦欲推其事以勉其学者邪？夫人之有一能，而使后人尚之如此[28]，况仁人庄士之遗风余思[29]，被于来世者何如哉[30]！

庆历八年九月十二日，曾巩记。

本文是作者应抚州州学教授王盛之请而作。文章从墨池入手，依据王羲之“临池学书，池水尽黑”的传说，阐明王羲之的书法之所以取得杰出成就，关键是“以精力自致”的结果，而不是出于“天成”。作者由此扩展开去，指出学者应该加强道德修养，勤奋学习。很显然，作者认为勤学苦练对于事业上获得成就具有决定性作用，鼓励后人勤奋学习，这在今天仍有现实意义。此文名为记叙之文，实则以说理为主，安雅从容，娓娓道来。在欧阳修的门下士中，曾巩的确得老师真传。宋晁公武在《郡斋读书志》卷四中说："欧公门下士多为世显人，议者独以子固为得其传，犹学浮屠者所谓嫡嗣云。"（《郡斋读书志》卷四下）明王慎中称赞曾文："信乎能道其中之所欲言，而不醇不该之蔽亦已少矣。"（《曾南丰文粹序》）清姚鼐（nài）指出："宋朝欧阳修、曾公之文，其才皆偏于柔之美者也。欧公能取异己者之长而时济之，曾公能避所短而不犯。"（《复鲁絜非书》）这些都是正确的评价。

注释

［1］墨池：指东晋书法家王羲之墨池。传说是用墨笔练字后洗笔砚时染黑的水池。　［2］临川：县名，为江南西路抚州治所，即今江西省抚州市。　［3］隐然：形容不明显。　［4］临：靠近。　［5］洼然：低深。方以长：即长方形。　［6］王羲之：书法家。官至右军将军、会稽内史，所以世称王右军。　［7］荀伯子：南朝宋代人，曾任临川内史，著《临川记》六卷，其中记临川城东的新城山上有王羲之墨池。其实，王羲之的墨池遗迹，传说中还分多处，除临川之外，浙江会稽、江西庐山等地也有。　［8］张芝：东汉人，字伯英，以草书见长，后世称为"草圣"。王羲之非常钦佩他的书法。　［9］岂信然邪：难道的确如此吗？　［10］方：当。强以仕：勉强地走入仕途。王羲之曾任会稽内史，后称病去职，发誓不再做官，从此便隐居会稽山阴。　［11］尝极东方：曾经游遍了东方山水。王羲之辞官以后，"与东土人士尽山水之游，弋钓为娱"，"遍游东、中诸郡，穷诸名山，泛沧海"。（事见《晋书·王羲之传》）极：穷尽。　［12］出沧海：泛舟游大海。　［13］娱其意：使他的心情愉快。　［14］徜徉：闲游。恣肆：任情放纵。　［15］尝自休于此：自己曾经在这里停留。　［16］晚乃善：到晚年才高妙。　［17］能：指擅长书法。　［18］致：获得。　［19］天成：天生。　［20］岂其学不如彼邪：难道是刻苦学习的功夫不如王羲之吗？　［21］况：何况。深造道德：在品德方面加强修养。　［22］州学舍：抚州州学学舍。州学：州所办的官学。　［23］教授：官名。宋朝在路学、府学、州学均置教授，主管教育所属生员。其：指墨池。章：同"彰"，彰明。　［24］楹：柱子。揭：

举以标示，揭示。 [25]推：推测。 [26]一能：指一技之长。 [27]迹：指墨池。 [28]尚之如此：推崇他们到这样地步，即这样崇尚他们。 [29]仁人庄士：指有道德有学问而又立身正直的人。遗风余思：流传下来的德行风范。 [30]被于：影响到。何如哉：怎么样呢？

鹅湖院佛殿记

庆历某年某月日，信州铅山县鹅湖院佛殿成[1]，僧绍元来请记，遂为之记曰：

自西方用兵，天子、宰相与士大夫劳于谋议[2]，材武之士劳于力[3]，农工商之民劳于赋敛。而天子尝减乘舆、掖庭诸费[4]，大臣亦往往辞赐钱，士大夫或暴露其身，材武之士或秉义而死[5]，农工商之民或失其业。惟学佛之人不劳于谋议，不用其力，不出赋敛，食与寝自如也。资其宫之侈[6]，非国则民力焉，而天下皆以为当然，予不知其何以然也。今是殿之费，十万不已，必百万也；百万不已，必千万也；或累累而千万之不可知也。其费如是广，欲勿记其日时，其得邪？而请予文者又绍元也，故云尔。

本文当作于庆历年间，当时，宋用韩琦之策，出击西夏，但是败于好水川（今宁夏隆德西北）。不久，宋大将葛怀敏等与西夏战，又败于定川寨（今宁夏固原西北）。后来西夏久战疲惫，与宋议和。此文就是在这种背景下写成的。文章本来是作者应僧人之约请而作。一般这样的文章都是以颂扬为主，此文却反其道而行之，变颂扬为痛斥，以众多事实为基础，并且以朝野上下齐心协力为国事出力费心相对照，揭露佛教上层分子大兴土木、建造佛殿、挥霍财物、愚弄百姓的恶劣行为。《宋史·曾巩传》记载，曾巩知福州时，“福（州）多佛寺，僧利其富饶，争欲为主守，赇请公行。（曾）巩俾其徒相推择，识诸籍，以次补之。授帖于府庭，却其私谢，以绝左右徽求之弊”。从中可见曾巩为政清廉，对佛道与僧侣有所鄙视。这是本文写作的思想基础。明茅坤在《唐宋八大家文钞》中说：“公为记佛殿，而却本佛殿之所以独得劫民与国之财以自侈，亦是不肯放倒自家面目处。”点出本文写作宗旨。清人张伯行《重订〈唐宋八大家文钞〉》卷十五中也指出：“学佛之人，不惟不供赋役，而且耗国病民，偏于记佛殿详之，直为捐弃人伦者发一深省。”也看出本文的写作目的是警示捐弃人伦的佛教徒。

[1]信州：地名，宋属江南东路，治所在今江西省上饶市。铅山县：南唐保大十一年（953）置县。因永平镇西四里有铅山，遂以山名县，隶信州。北宋一度直属京师。位于今江西省东北部，属上饶市。　[2]谋议：谋划，计议。　[3]材武：文武双全，既有材力而又勇武。　[4]乘舆：古代特指天子和诸侯所乘坐的车子，泛指皇帝用的器物，也借指帝王。掖庭：宫中旁舍，妃嫔居住之处。　[5]秉义：坚守道义。秉：坚守，执持。　[6]资其宫之侈：提供经费，使其宫殿建造得更加奢侈。资：供给，资助。侈：奢侈。

清心亭记

嘉祐六年，尚书虞部员外郎梅君为徐之萧县[1]，改作其治所之东亭，以为燕息之所[2]，而名之曰“清心之亭”。是岁秋冬，来请记于京师，属余有亡妹殇女之悲，不果为[3]。明年春又来请，属余有悼亡之悲，又不果为。而其请犹不止。至冬，乃为之记曰：

夫人之所以神明其德，与天地同其变化者，夫岂远哉？生于心而已矣。若夫极天下之知，以穷天下之理，于夫性之在我者[4]，能尽之，命之在彼者[5]，能安之，则万物之自外至者，安能累我哉？此君子之所以虚其心也[6]，万物不能累我矣。而应乎万物，与民同其吉凶者，亦未尝废也。于是有法诫之设，邪僻之防，此君子之所以斋其心也[7]。虚其心者，极乎精微，所以入神也；斋其心者，由乎中庸，所以致用也。然则君子之欲修其身，治其国家天下者[8]，可知矣。

今梅君之为是亭，曰：不敢以为游观之美。盖所以推本为治之意[9]，而且将清心于此，其所存者，亦可谓能知其要矣。乃为之记，而道予之所闻者焉。十一月五日，南丰曾巩记。

导读

本文作于嘉祐七年（1062），此时曾巩在京师任职，应尚书虞部员外郎梅君之请，为清心亭作记。文中在对亭主梅县令的勤政尽职大加赞美的同时，紧扣“清心”二字，层层推演：如果当政君子能够自律，则能虚其心；己能虚其心，则治民也可以斋其心；虚心、斋心便可以经世致用，进而达到修身、齐家、治国、平天下的境界。这就是清心为治的政治主张。全文环环紧扣，逻辑严密，说服力很强。

注释

[1]尚书虞部员外郎：据《宋史·职官志三》可知此为官名，掌山泽、苑囿、场冶之事。萧县：古县名。宋时属徐州，今属安徽省。　[2]燕息：安息，休息。　[3]不果为：没有结果，没有完成。果：完成，实现。　[4]性：人的心性、自身道德等。　[5]命：天命。　[6]虚其心：使其心谦虚，即虚心、不自满。　[7]斋其心：即心斋，清心寡欲，排除一切思虑和欲望，保持心境的清净纯一。　[8]“虚其心者”等八句：强调由谦虚而入中庸的境界，实现修身、齐家、治国、平天下的人生理想。其意出自《礼记·中庸》：“唯天下至诚为能尽其性。能尽其性，则能尽人之性；能尽人之性，则能尽物之性；能尽物之性，则可以赞天地之化育”，“致广大而尽精微，极高明而道中庸”。　[9]推本为治：探究根源来治理地方，即推行中庸这一根本措施来治理地方，教化人民。

唐　　论

成康殁而民生不见先王之治[1]，日入于乱，以至于秦，尽除前圣数千载之法。天下既攻秦而亡之，以归于汉。汉之为汉，更二十四君[2]，东西再有天下，垂四百年。然大抵多用秦法，其改更秦事，亦多附己意，非放先王之法而有天下之志也。有天下之志者，文帝而已[3]。然而天下之材不足，故仁闻虽美矣，而当世之法度，亦不能放于三代[4]。汉之亡，而强者遂分天下之地。晋与隋虽能合天下于一，然而合之未久而已亡，其为不足议也。

代隋者唐，更十八君[5]，垂三百年，而其治莫盛于太宗之为君也。诎己从谏[6]，仁心爱人，可谓有天下之志。以租庸任民[7]，以府卫任兵[8]，以职事任官，以材能任职，以兴义任俗，以尊本任众。赋役有定制，兵农有定业；官无虚名，职无废事；人习于善行，离于末作。使之操于上者，要而不烦；取于下者，寡而易供。民有农之实，而兵之备存；有兵之名，而农之利在。事之分有归，而禄之出不浮；材之品不遗，而治之体相承。其廉耻日以笃，其田野日以辟。以其法修则安且治，废则危且乱，可谓有天下之材。行之数岁，粟米之贱，斗至数钱。居者有余蓄，行者有余资，人人自厚，几致刑措，可谓有治天下之效。

夫有天下之志，有天下之材，又有治天下之效，然而不得与先王并者，法度之行，拟之先王未备也。礼乐之具，田畴之制，庠序之教[9]，拟之先王未备也。躬亲行阵之间，战必胜，攻必克，天下莫不以为武，而非先王之所尚也。四夷万里[10]，古所未及以政者，莫不服从，天下莫不以为盛，而非先王之所务也。太宗之为政于天下者，得失如此。

由唐、虞之治[11]，五百余年而有汤之治[12]；由汤之治，五百余年而有文、武之治[13]；由文、武之治，千有余年而始有太宗之为君。有天下之志，有天下之材，又有治天下之效，然而又以其未备也，不得与先王并而称极治之时。是则人生于文、武之前者，率五百余年而一遇治世；生于文、武之后者，千有余年而未遇极治之时也。非独民之生于是时者之不幸也。士之生于文、武之前者，如舜、禹之于唐，八元、八恺之于舜[14]，伊尹之于汤，太公之于文、武[15]，率五百余年而一遇；生于文、武之后，千有余年，虽孔子之圣、孟轲之贤而不遇，虽太宗之为君，而未可以必得志于其时也。是亦士民之生于是时者之不幸也！故述其是非得失之迹，非独为人君者可以考焉，士之有志于道而欲仕于上者，可以鉴矣。

导读

本文基于三个要点纵论天下得失，最后归结到唐：一是天下之志，二是天下之材，三是治天下之效。总体上从志向、才能、效果三方面标准衡量古今、考察百代。首先综论周、秦、汉、隋之得失成败，然后以此为基础，竭力颂扬唐太宗之政治业绩，认为太宗有其志、有其材而遂有其效，其贞观之治为极盛。所以宋吕祖谦《古文关键》卷下评价说："此篇大意专说太宗精神处。"清人张伯行在《重订〈唐宋八大家文钞〉》中也强调这一点："唐太宗之治虽未及于古，然三代以下言治者必以贞观为极盛，由太宗有其志、有其材而遂有其效也。其论太宗为政于天下，著其所以得，而又原其所以不及于古者，炯炯如指上罗纹，子固留心经世如此。"在写作艺术和方法层面，后人也有评价。如明人茅坤在《唐宋八大家文钞》中指出："文格似弱，而其议则正当。"肯定其思想，但是指出其文格的不足。再如清人何焯《义门读书记》卷四十一："峻洁。此等议论，自曾、王以前，无人道来。"对其文风作了高度概括。清人刘大櫆评价说："后半上下古今，俯仰慨然，而淋漓道逸，有百川归海之致。"（见高步瀛《唐宋文举要》甲编卷七）这是就其文风而言，评价很高。

注释

［1］成康：周成王姬诵、周康王姬钊。殁：死。　［2］更二十四君：经过二十四个皇帝。　［3］文帝：刘恒，公元前 180 至前 157 年在位。　［4］三代：指夏、商、周三代。　［5］十八君：即唐代经过的十八个皇帝。此说有误，其

实唐代共经过二十一个皇帝。 [6] 诎(qū)己：委屈、约束自己。 [7] 租庸：即唐初施行的租庸调法。 [8] 府卫：唐代兵役制。府兵平日务农，农隙教练，征发时自备兵器资粮，分番轮流宿卫京师，防守边境。 [9] 庠(xiáng)序：指古代的地方学校，后也泛称学校或教育事业。 [10] 四夷：中国古代对中原周边各族之泛称，即东夷、南蛮、北狄和西戎的合称。 [11] 唐、虞：唐尧、虞舜，中国古代传说中的圣明君主。 [12] 汤：商汤，商朝开国之君，古称贤君。 [13] 文、武：指周之文王、武王。 [14] 八元、八恺：相传为上古帝王高辛氏、高阳氏手下的各八位贤臣。 [15] 太公：即姜子牙，姜姓，吕氏，名尚，字子牙，号飞熊。中国古代杰出的政治家、军事家，辅佐周武王灭商纣，为周开国元勋。旧时以伊(尹)、吕并称，以颂人之才德或地位。

送傅向老令瑞安序

向老傅氏，山阴人[1]。与其兄元老读书知道理。其所为文辞可喜。太夫人春秋高[2]，而其家故贫。然向老昆弟尤自守，不苟取而妄交，太夫人亦忘其贫。

余得之山阴，爱其自处之重，而见其进而未止也，特心与之[3]。向老用举者令温之瑞安[4]，将奉其太夫人以往。予谓向老学古，其为令当知所先后[5]。然古之道盖无所用于今，则向老之所守亦难合矣[6]。故为之言，庶夫有知予为不妄者[7]，能以此而易彼也。

本文是曾巩为送友人傅向老去瑞安做县令而作的一篇短序。全文只有一百余字，但是构思、措辞都非常讲究，在有限的文字之内，活脱脱地刻画出一个学古守道、贫贱不移的儒者形象：坚持自己的高洁操守，不苟取也不妄交；学习古道，自知先后进退；与古为徒，却难合于今……从实而论，作者在描写、赞颂朋友的同时，也寄寓了自己对当时社会现实的不平和怀才不遇的感慨。明人茅坤在其《唐宋八大家文钞》中评价说：“仅百余言，而构思、措辞，种种入彀，中有简而文、淡而不厌者。”指出其短小精悍的特征。

［1］山阴：浙江绍兴古县名。此县始设于秦代，得名于南部的会稽山，是会稽郡二十六县之一。［2］春秋：春季和秋季，常用来表示整个一年，泛指岁月和人的年岁。［3］与：赞许，赏识。［4］用举者：即由别人推荐。令：名词作动词用，做县令。温：即今浙江温州。瑞安曾属温州，故有此说。［5］知所先后：懂得应先做什么、后做什么。意思是知道什么是做县令的轻重缓急。［6］所守亦难合矣：意思是自己所坚持的为人操守与世俗之人难以相合，经常格格不入。［7］庶：表示希望发生或出现某事，并进行推测，但愿，或许。不妄：不虚假，不失真。

王安石

王安石（1021—1086），北宋政治家、思想家、文学家，字介甫，晚号半山，抚州临川（今江西省抚州市临川区）人。少好读书，有大志，庆历二年（1042）进士，历任淮南、鄞县、常州等地方官，曾上书仁宗，提出变法主张。神宗即位，召为翰林学士兼侍讲，任参知政事，拜相，实行变法，因遭反对，罢相。熙宁八年（1075）复拜相，次年辞相。退居江宁，封荆国公，世称王荆公，卒谥文，又称王文公。王安石诗、词、文兼擅，有《临川集》传世。其诗自成一家，退居江宁之前，多政治诗，或针对现实，或咏史怀古，或登临赠酬，以抒政治抱负；退居之后，有勇于改革、歌颂新法成效的诗章，也有借助佛理或山水排遣苦闷的作品。另外，王安石擅作集句诗。就风格而言，前期近体学杜甫，揭露时弊，反映社会矛盾，富于现实主义精神；古体学韩愈，劲峭雄奇，多用议论。后期在对仗、典故、格律、取境上精益求精，艺术性很高。词作不多，然质量较高。《桂枝香·金陵怀古》甚为有名，受到后世的好评。其散文创作内容丰富，形式多样。大体说来，其政论文有鲜明的针对性和强烈的现实性，雄健峭拔，说理深刻，战斗力强；其游记一类的散文寓理于山水风光之中，含义深刻，发人深省，绘景绘形也生动传神；其借记人以明理的散文则新颖奇特，出奇制胜。明茅坤说："王荆公湛深之识，幽眇之思，大较并本之古六艺之旨，而于其中别自为调，镵（chán）刻万物，鼓铸群情，以成一家之言者也。"又说："匠心所注，意在言外，神在象先，如入幽林邃谷，而杳然洞天，恐亦古来所罕者。"（《唐宋八大家文钞·临川文钞引》）评价比较准确。

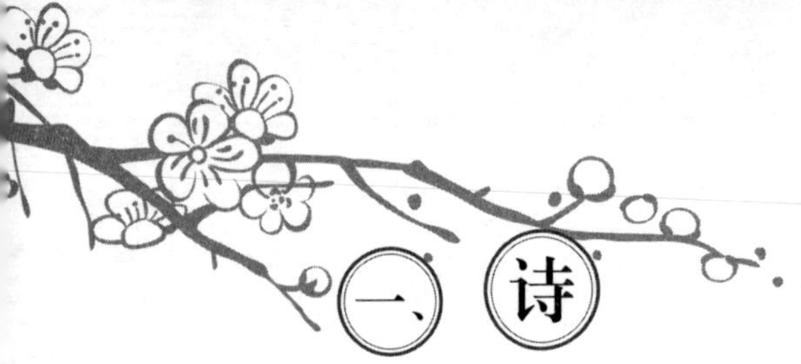

登飞来峰

飞来山上千寻塔，闻说鸡鸣见日升[1]。
不畏浮云遮望眼，只缘身在最高层[2]。

本诗作于皇祐二年（1050），诗中通过登飞来峰高塔之所见所感，一方面抒发了自己胸怀大志、坚定自信的情怀，另一方面又揭示了站得高、看得远的道理；既表现出诗人无所畏惧、勇往直前的进取精神，又含有理趣，体现了诗人的本色，充满哲理意味。

[1] 飞来山：飞来峰，又名灵鹫峰，在杭州灵隐寺对面。相传创建灵隐寺的印度高僧慧理曾说，这座山峰像是印度灵鹫山的一个小峰，不知什么时候飞来的，所以称之为“飞来峰”。千寻：古代以八尺为一寻，千寻极言其高。鸡鸣见日升：孟浩然《越中逢天台太一子》：“鸡鸣见日出。”飞来峰北为观沧海日出之处。　[2] 浮云遮望眼：西汉陆贾《新语·慎微》：“故邪臣之蔽贤，犹浮云之障日也。”东汉孔融《临终诗》：“谗邪害公正，浮云翳（yì）白日。”此诗的主要意理就是化用这种意思。只缘：只因为。

书湖阴先生壁[1]

茅檐长扫净无苔，花木成畦手自栽[2]。
一水护田将绿绕，两山排闼送青来[3]。

这首诗笔调轻松，刻画细致，生动地展现了湖阴先生家庭院内外环境的优美，也反映出诗人本身的闲适心境。诗的三、四两句，运用拟人化的艺术手法，把山水写得充满灵性，句新意美，耐人寻味。

[1]湖阴先生：即杨德逢，号湖阴先生，是王安石在江宁的邻居。　[2]长：经常。　[3]绿：指绿色的庄稼。排闼（tà）：推开门。闼：小门。青：指山色。

泊船瓜洲[1]

京口瓜洲一水间，钟山只隔数重山[2]。
春风又绿江南岸，明月何时照我还[3]？

导读

这首七言绝句具体的写作时间长期以来都存在争议，有人说是宋神宗熙宁元年（1068），作者应召自江宁府赴京任翰林学士，途经瓜洲时所作；有人说是神宗熙宁七年（1074），作者第一次罢相，自京还金陵，途经瓜洲时所作；还有人说是神宗熙宁八年（1075），作者第二次拜相，自江宁赴京，途经瓜洲时所作。虽然至今没有定论，但是诗意大体可以理解。

全诗借景抒情，寓情于景，着重抒发了自己眺望江南、思念家乡的心情。第一句写的是远望江南之时的所见之景：长江北岸的瓜洲渡口与长江南岸的“京口”仅仅是一水之隔，距离如此之近！而第二句接着联想开去：自己的家乡钟山距离这里只是隔着几座山，也不算远。这样，诗的前两句，由望中之景，引起思乡之情。第三句和第四句从季节的转换落笔，更深一层表达自己的乡思：春天又到江南了，大地又被春风染绿了，可是我这他乡之客什么时候才能回到故乡呢？其中“又”字表现出思乡之切，“绿”字更写出春天鲜活的生机、突出的特色。南宋洪迈《容斋续笔》卷八“诗词改字”一条中记载：“王荆公绝句云：‘京口瓜洲一水间，钟山只隔数重山。春风又绿江南岸，明月何时照我还？’吴中士人家藏其草，初云‘又到江南岸’，圈去‘到’字，注曰‘不好’，改为‘过’；复圈去而改为‘入’；旋改为‘满’。凡如是十许字，始定为‘绿’。”诗人先后用了“到”“过”“入”“满”等十多个字，最后才选定了这个“绿”字。那么，这个“绿”字究竟好在哪里呢？“到”“过”“入”“满”等字都比较抽象，缺乏生机和活力，更没有鲜明、生动的形象感，不足以表现春回大地、万物复苏的蓬勃生机和鲜明的春色。相比之下，“绿”字一是有鲜明的色彩，视觉效果强烈，草木又绿是新春来临的固有特色，也是春天标志化的形象，易于触动人们的感觉，引发联想；二是这里的“又绿江南岸”是形容词作动词用的使动用法，不仅使春风有了鲜明的视觉效果，又具备了动感效果，这样春风又有了人的灵性，是它把江南“染绿”了，赋予了江南大地无限生机。风一般只能以听觉和感觉来辨别、体会，本来没有色彩，视觉效果不佳。但是诗人在这里采用通感的挪移之法，用一“绿”字便使它具有了色彩，产生了视觉效果，使春风的感觉、听觉、视觉效应齐备，表现出春到江南所产生的一派生机，给人以强烈的美的感受。所以，程千帆曾评价说：“这个‘绿’字，的确很形象地写出了春风对于植物的绿化作用。……以春风为有色而且可染，是诗人功参造化处。”（《古诗今选》）评价特别精当。

［1］泊（bó）：栖止，停留，这里指船停泊靠岸。瓜洲：镇名。地处长江北岸、古运河入江口，北望扬州市，南与镇江市隔江相望，是历代联系大江南北的咽喉要冲。　［2］京口：古城名，其故址在江苏镇江市。一水间：相隔一水之间。一水：指长江。钟山：今南京市紫金山。古称金陵山，战国时楚国在此建金陵邑，即由此山得名。秦汉时期称钟山，人们认为此山为龙脉，是王气所“钟”（积聚）之处，故名。东吴时期，由于孙权的祖父名钟，为了避讳，又加此山是东汉末年秣县尉蒋子文的死地，因而改称“蒋山”。到了东晋初年，人们常常看到山顶上缭绕着紫金色的云彩，所以就叫它紫金山或金山。　［3］又绿江南岸：又使江南岸绿了。还：回，返回。

元　日[1]

爆竹声中一岁除，春风送暖入屠苏[2]。
千门万户曈曈日，总把新桃换旧符[3]。

这首七言绝句情景交融，描写出新春佳节之日热闹、欢乐的喜人景象。开头两句抓住有代表性的春节特殊生活细节进行刻画：大地回春，东风送暖，家家户户，热闹非凡；爆竹声声辞旧，屠苏美酒迎新。展现出春节特有的喜庆气氛，也透露出浓厚的生活气息。第三句紧承前面节日欢乐景象的描写，进一步渲染了节日的气氛，也显露出诗人自己的欢快之情：旭日东升，灿烂光明，千家万户都沐浴着金色的阳光。最后一句由景物描写转为议论，一方面阐明季节变换、新旧交替是不以人的意志为转移的客观规律，另一方面，揭示出哲理：新的代替旧的，进步的代替落后的，这是不可抗拒的历史发展规律。有人把此诗的写作同王安石在宋神宗时期实行变法革新联系起来，认为本诗抒发了他革新政治的思想感情，表现了他积极向上的奋发精神。如清人王相在《增补重订千家诗》中就指出："此诗自况其初拜相时得行君政，除旧布新，而始行己之政令也。"现代人熊柏畦在《宋八大家绝句选》中也持这样的观点："这首诗既是句句写新年，也是句句写新法。两者结合得紧密，天衣无缝，把元日的温暖光明景象，写得如火如荼，歌颂和肯定了实行新法的胜利和美好前途。"两人之说值得参考。

[1]元日：指正月初一日，即中国传统节日春节。　[2]爆竹：也叫炮仗、爆仗。一岁除：一年过去了。岁除：年终，除旧更新。除：改变，变换。屠苏：酒名。中国古代汉族有一种风俗，在农历正月初一饮屠苏酒以避瘟疫。　[3]千门万户：千家万户，极言人家之多。曈曈：形容太阳刚升起时明亮的样子。桃：桃符。中国古代传说桃木有压邪驱鬼的作用，所以在新年之际便用桃木板分别写上"神荼（tú）""郁垒"二神的名字，有时用纸画上二神的图像，悬挂、嵌缀或者张贴于门首，以祈福灭祸，这就是最早的桃符。后来，桃符演化为春联，用纸书写，分上下联，写上吉祥的语句。

梅　　花

墙角数枝梅，凌寒独自开[1]。

遥知不是雪，为有暗香来[2]。

本诗是王安石退居钟山时期的作品。此前他经历了多次挫折和打击。熙宁元年（1068），他在神宗皇帝的支持下实行变法革新，遭到保守派的强烈反对，谤议不断，熙宁七年（1074）春被罢黜相位。次年二月，他再次拜相，但是保守势力还是强烈反对他的各种革新主张。众口铄金，积毁销骨，熙宁九年（1076），王安石再次被罢相，退居钟山。当时他的孤独心态和艰难处境与凌霜傲雪的梅花非常相似，于是心有所感，写下这首五言绝句。这是一首以梅花为题的咏物诗，借物喻人，明写梅花，实则寄托了自己的情怀和遭遇。诗的前两句咏物，侧重描写梅花虽然处于恶劣的环境之下，处于不引人注目、不易为人所知、更不被人赏识的角落，却孤高傲世，不惧冰雪严寒，独自开放。“墙角”表明所处环境和位置的低劣简陋，“凌寒”显示其刚正不屈、无所畏惧的品格和操守，“独自开”更显示出超凡脱俗、孤高傲世的风貌。后两句亦花亦人，明写梅花的幽香袭人、格调悠远，暗寓自己高洁的品格和深远的情怀，自信会有久远的魅力。全诗使用白描手法，语言朴素，但是意蕴深远，耐人寻味。

［1］凌寒：严寒；冒着严寒。　　［2］遥知：从远处就知道。为（wèi）：因为，由于。暗香：幽香。

雪　　干

雪干云净见遥岑，南陌芳菲复可寻[1]。

换得千颦为一笑，春风吹柳万黄金[2]。

这首七言绝句是王安石退隐钟山时的作品，主要描写雪后春天的景色，重点是写柳。第一句先写远景：雪后天晴，视野开阔，连远处的小山都看得清清楚楚，从中可以看出诗人心情的畅快。第二句写近景：游观之时，郊野的花草芳香而艳丽，又可以观赏玩味了。“复可寻”三字显露出诗人兴奋的心态。三、四句是诗的重点，着重描写特别能够代表春天色彩的柳叶，手法别开生面。先写柳叶的形态：在漫长的寒冬，柳叶如西子愁眉紧锁，春天一到，马上舒展开来。后写柳色，以黄金做比，形象鲜明，活色生香。这一颦（pín）一笑的刻画，把春天的柳树写活了，把雪后春景写活了。程千帆对诗中的“换得千颦为一笑”一句特别欣赏，指出：“古人以柳叶比喻女子的眉毛，这里则反过来，以女子的眉毛比喻柳叶。”（《古诗今选》）确实精审。欧阳修曾在其《赠王介甫》一诗中称赞王安石：“翰林风月三千首，吏部文章二百年。老去自怜心尚在，后来谁与子争先。”对王安石晚年的才力大加赞赏，而这首诗恰好是个明证。

[1] 遥岑：远山。岑泛指山。南陌：南面的道路。陌：田间东西方向的道路。也泛指田间小路。　　[2] 千颦：拟人手法，表示皱眉。指柳叶在漫长的严冬不能舒展。一笑：指春天一到，无数柳叶一齐舒展开来。化用了《庄子·天运》中“东施效颦”的典故：“西施病心而颦其里，其里之丑人见而美之，归亦捧心而颦其里。其里之富人见之，坚闭门而不出；贫人见之，挈妻子而去之走。彼知颦美，而不知颦之所以美。”万黄金：形容众多的柳叶都呈现出嫩黄的、金子一样的颜色。

金陵即事三首（其一）[1]

水际柴门一半开，小桥分路入青苔[2]。

背人照影无穷柳，隔屋吹香并是梅。

这首七绝以柳、梅为重点，描写春天的风景。诗先从大处着笔，描写环境和景物：小院坐落在水边，柴门半开半掩；门前小桥分开小路，进入青苔之中。两句诗便描绘出美丽幽静的环境，令人神往。然后从细处入手，以拟人手法刻画柳树和梅花：那柳树似乎有些羞怯，背人照影；那梅也好像不愿见人，隔着房屋暗送香气。这样，前面两句描画出来的静态环境，有了这背人照影之柳、隔屋吹香之梅，便活动起来了，构成了一幅鲜明生动的春景图。

[1] 金陵：南京的古称。公元前 333 年，楚威王熊商于石头城筑金陵邑，这是金陵得名之源。即事：对眼前的事物、情景有所感触而创作。　[2] 水际：水边。一半开：柴门半开半闭的状态。

北陂杏花

一陂春水绕花身，身影妖娆各占春[1]。
纵被东风吹作雪，绝胜南陌碾成尘[2]。

这首七言绝句是王安石被贬江宁之后的作品，是一首杰出的咏物诗。诗中托物言志，明写杏花，实则借助杏花来表现自己的性格情操，特别是坚贞不屈、不与邪恶势力同流合污的顽强意志和精神。诗中首二句重在体物，极写杏花之美。第一句写杏花在池塘春水的围绕、呵护之下开放，所处环境干净纯洁。第二句紧承前一句的铺垫，极写杏花照水的美丽形态：花影清波，妩媚妖娆，给人以特殊的美感。后两句物我双关，亦花亦人，表明杏花对自己归宿的选择是：即使随风飘散如飞雪，也不流落凡尘，任人践踏！其实这就是诗人自己的人生态度和处世方式的显示：不向逆境屈服，不与邪恶势力同流合污，坚守自己的气节和情操。

[1]一陂(bēi)：一池。妖娆：娇媚的样子。　[2]纵：纵然，即使。绝胜：绝对胜过，一定超过。南陌：南边的道路，这里借指官场等追名逐利之所。

明妃曲二首[1]

其　一

明妃初出汉宫时，泪湿春风鬓脚垂[2]。
低徊顾影无颜色，尚得君王不自持[3]。
归来却怪丹青手，入眼平生几曾有[4]？
意态由来画不成，当时枉杀毛延寿[5]。
一去心知更不归，可怜著尽汉宫衣。
寄声欲问塞南事，只有年年鸿雁飞[6]。
家人万里传消息："好在毡城莫相忆[7]。
君不见，咫尺长门闭阿娇，人生失意无南北[8]。"

其　二

明妃初嫁与胡儿，毡车百两皆胡姬[9]。
含情欲说独无处，传与琵琶心自知。
黄金捍拨春风手，弹看飞鸿劝胡酒[10]。
汉宫侍女暗垂泪，沙上行人却回首：

“汉恩自浅胡自深，人生乐在相知心。”
可怜青冢已芜没，尚有哀弦留至今[11]。

这两首诗作于宋仁宗嘉祐四年（1059），当时的辽国、西夏交侵大宋，而宋廷屈辱求和，向两国纳贡，岁币百万。国家正是用人之际，朝廷却不重视人才，王安石空有报国之志，却一直没有得到重用，心存怀才不遇之感。于是借汉说宋，便由明妃故事引发开来。

这两首诗有分有合。第一首描写昭君辞汉的悲伤与哀怨，侧重刻画这一绝代佳人外在的、凄美绝伦的形象；第二首描写昭君出塞后的生活环境与心态，在延续前一首伤感哀怨基调的同时，侧重渲染其心态的悲苦与凄凉。从总体上看，两首诗都采取形象的刻画描写与抽象的议论说理相结合的手法，一方面人物形象丰满、凄美，生动感人，另一方面又在昭君故事的基础之上借题发挥，既委婉地表达了自己怀才不遇的情思意绪，又显现出诗人对事理、人生多层面的哲理性思考，既有感人的形象和动人的情韵，又有带着深刻哲理的议论，兼有唐诗与宋诗之长，是颇有创新意义的杰作。

第一首诗一开始就着力刻画鲜明、生动的悲伤美人的形象。先是从侧面写其姿容之凄美：鬓脚低垂，美丽的面庞流着伤心的泪水。然后又从旁观者的反应着笔，反衬出昭君的动人姿色以及动静相宜的优雅气质和绰约风度：低徊顾影，面无颜色；自怜自伤，徘徊留恋。这对她来说不是其美貌的最佳状态，而是最缺乏光彩的时候，却使得君王为其美貌惊倒、失态，不能控制自己，其容颜之美可想而知。接着又通过汉元帝的行动和感受进一步衬托昭君的绝色之美：一怪画师画得不真，二说自己平生从未见到如此美丽的绝代佳人。这样便把昭君之美写到了极致。这时，诗人转换手法，由形象刻画转为议论说明，对历史进行翻案：毛延寿因为画王昭君容貌不真而被杀头是冤枉的，因为人的风神和姿态从来都是画不出来的，何况王昭君这样的绝色美人，她的神情意态哪是画笔可以表现的呢？由此更加深了关于王昭君之美的认知。接下来的四句诗描写王昭君思念家乡、怀恋故国的情怀，以及家人的安慰之语，借此升华出带有普遍意义的深刻议论，达到了哲理的高度：人生之中，得意与失意不在于空间距离的远近。

第二首也是从铺陈描写开始，先用一笔写胡地环境，然后从心态上进行描写。

心中之情无处述说，只好借助琵琶来倾诉。接着又从神情上刻画其心中的悲哀，昭君一边手弹琵琶，“劝胡”饮酒；一边眼“看飞鸿”，心向“塞南”。通过这一心不在焉的细节，巧妙地刻画出昭君内心的矛盾复杂与难以言说的凄苦。此后又借侍女等人的悲哀情态进一步渲染悲凉气氛，最后再度升华，转为哲理性的议论：“人生乐在相知心”，即人生最乐是遇到知己。此句由昭君故事引发出来，也是王安石自己对人生的理解和感悟。

总的来说，前后两首诗在昭君的形象描写方面相互补充，活脱脱刻画出楚楚动人的绝代佳人形象，始终贯穿着伤感的基调，弥漫着悲凉的色彩。其中不仅有对王昭君悲剧命运的同情和描绘，也在其中蕴含了诗人自己怀才不遇的情思，同时又加入了自己哲理性的议论和思考，生发出三条哲理：一是画学哲理“意态由来画不成”，即人的气质、风神用画是不能充分表现出来的；二是生活哲理“人生失意无南北”，即人生在世，得意与失意不在空间距离的远近；三是人生哲理，即人生中最乐之事是拥有知己。

这两首诗问世后引起很大非议。自宋至近代，屡有人批评其“悖理伤道”“持论乖戾”。朱自清在《语文续拾》中有文驳斥这些论调，关于第一首，他指出：“细读这首诗，王安石笔下的明妃本人，并未离开那‘怨而不怒’的旧谱儿；不过‘家人’给她抱不平，口气却有点‘怒’了。‘家人’怒，而身当其境的明妃并没有怒，正见其忠厚之极。”关于第二首，他说：“但是青冢芜没之后，哀弦流传不绝，可见后世人所见的还只是个悲怨可怜的明妃；明妃并未变心可知。王深父、范冲之说，都只是断章取义，不顾全局，最是解诗大病。”

注释

［1］明妃：即王昭君，名嫱，字昭君（一说昭君非表字），西汉人，晋朝时为避司马昭讳，故称“明妃”“王明君”。　［2］初出汉宫：写王昭君起程远嫁匈奴辞别汉宫的场面。泪湿春风：泪流满面。春风：这里指代面庞。　［3］低徊：徘徊，流连。此处形容明妃出宫时自怜自伤、徘徊留恋的样子。不自持：控制不住自己。指汉元帝初见明妃，被她的美貌惊得不能自控，有些失态。　［4］归来：回来，回到原处。这里是回过头来的意思。丹青手：画师，画家。入眼平生几曾有：平生未曾见过这样的美人。几曾：反问语气，表示未曾，何尝。　［5］意态由来画不成：人的风神姿态从来是画不出的。枉杀毛延寿：错杀了毛延寿。枉：

冤枉，过失。毛延寿：汉元帝时画工，擅长人物画像。据晋葛洪《西京杂记》记载，他贪图钱财，王昭君没有用钱财贿赂他，他就故意把她画得很丑，使她没有机会得到宠幸。事情被揭发后，毛延寿被汉元帝处死。　［6］塞南事：自己国家之事。塞南：指汉朝所属地域。　［7］毡城：古代匈奴等游牧民族所居毡帐集中地，多借称其王庭所在之处。　［8］咫（zhǐ）尺：比喻很近的距离。周制八寸为咫，十寸为尺。阿娇：汉代陈婴的孙女，汉武帝的表妹。武帝儿时因为深深爱上这位表妹，曾许诺说：长大后如果娶了阿娇，就造一座金屋将她藏起来。后来阿娇因得罪汉武帝而失宠，被禁闭于长门宫内。无南北：无论南北。这里指无论汉还是匈奴。　［9］胡儿：指胡人，多用为蔑称。这里指匈奴首领呼韩邪单于。毡车：以毛毡为篷的车子。此处指匈奴迎亲之车。胡姬：原指北方或西方的外族少女，此处指匈奴女子。　［10］黄金捍拨：弹琵琶用的经过黄金涂饰过的拨子。春风手：形容弹奏手法高超美妙。　［11］青冢（zhǒng）：相传为王昭君墓。因上面的草色常青，故称为“青冢”，地址在今内蒙古呼和浩特市南大黑河畔。芜没：荒芜埋没。

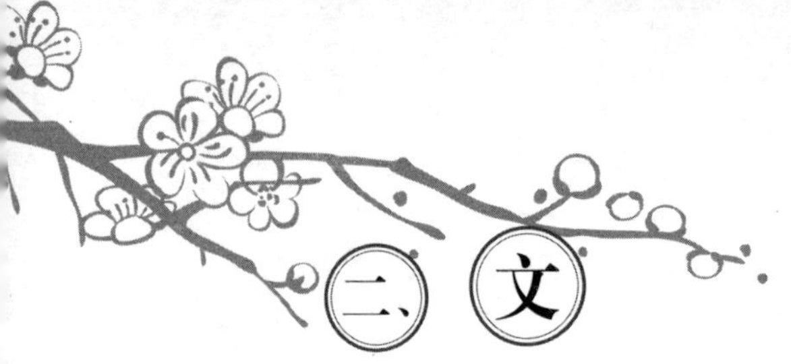

二、文

伤仲永

金溪民方仲永[1]，世隶耕[2]。仲永生五年，未尝识书具[3]，忽啼求之。父异焉，借旁近与之[4]，即书诗四句，并自为其名[5]。其诗以养父母、收族为意[6]，传一乡秀才观之[7]。自是指物作诗立就[8]，其文理皆有可观者[9]。邑人奇之[10]，稍稍宾客其父[11]，或以钱币乞之[12]。父利其然也[13]，日扳仲永环谒于邑人[14]，不使学。

余闻之也久。明道中[15]，从先人还家[16]，于舅家见之，十二三矣。令作诗，不能称前时之闻[17]。又七年，还自扬州，复到舅家，问焉，曰："泯然众人矣[18]。"

王子曰[19]：仲永之通悟[20]，受之天也[21]。其受之天也，贤于材人远矣[22]。卒之为众人[23]，则其受于人者不至也[24]。彼其受之天也[25]，如此其贤也，不受之人，且为众人；今夫不受之天，固众人，又不受之人，得为众人而已耶[26]？

本文作于宋仁宗庆历三年（1043）。伤，是哀伤的意思。文中通过"神童"方仲永的具体事例来阐述人的天资与后天成才的关系，说明后天的教育在人的成长过程中的决定性作用。

文章首先叙事，从仲永幼年聪颖、长大后却平平常常的前后变化引发读者思考，从而为后面的议论说理做好了铺垫；然后在后半部分就事说理，深入剖析，并由哀伤仲永而哀伤“众人”，深刻地阐述了不加强后天学习的严重危害。全文流畅自然，读后有水到渠成之感。

注释

[1]金溪：地名，即现在江西省金溪县。 [2]世隶耕：世代都以耕田为业。隶：属于。 [3]尝：曾经。书具：书写工具，指笔、墨、纸、砚等。 [4]旁近：附近，旁边，这里指邻居。 [5]自为其名：自题其名，也就是自己题上自己的名字。 [6]收族：和同一宗族的人搞好关系。收：聚集，团结。以……为意：以……作为写诗的内容。 [7]秀才：这里不是指科举中的秀才，而是指一般学识优秀的士人。 [8]自是：从此。立就：立刻写就。 [9]文理：文采和道理，即今所说的形式与内容。 [10]邑人：同乡的人。 [11]稍稍：渐渐。宾客其父：把他的父亲当作宾客来款待，即请他父亲去做客。 [12]乞：求取。原为乞讨，这里指花钱求仲永题诗。 [13]利其然：即“以其然为利”，把这种情况看作有利（可图）。 [14]扳：牵引，拉着。环谒（yè）：四处拜访。 [15]明道：宋仁宗赵祯的年号。 [16]先人：这里指王安石死去的父亲。 [17]称（chèn）：相当，符合。 [18]泯（mǐn）然：消失，不见了。这里是毫无特色的意思。 [19]王子：王安石的自称。 [20]通悟：通达聪慧。 [21]受之天：“受之于天”的省略语，意思是先天得到的。 [22]贤于材人：胜过有才能的人。材人：有才能的人，这里指后天培养起来的人才。 [23]卒：最终。众人：一般人。 [24]受于人：接受教育，指后天学习所得。天、人对举，一指先天禀赋，一指后天学习。不至：不到，没有达到（要求）。 [25]彼：他。 [26]“今夫不受之天”四句：现在没有天赋的，本来就只是普通人，又不接受教育，那不是比普通人还要不如吗？

游褒禅山记[1]

褒禅山亦谓之华山，唐浮图慧褒始舍于其址[2]，而卒葬之，以故其后名之曰褒禅[3]。今所谓慧空禅院者，褒之庐冢也[4]。距其院东五里，所谓华山洞者，以其乃华山之阳名之也[5]。距洞百余步，有碑仆道[6]，其文漫灭[7]，独其为文犹可识[8]，曰花山。今言“华”如“华实”之“华”者，盖音谬也。其下平旷，有泉侧出，而记游者甚众，所谓前洞也。由山以上五六里，有穴窈然[9]，入之甚寒，问其深[10]，则其好游者不能穷也，谓之后洞。余与四人拥火以入[11]，入之愈深，其进愈难，而其见愈奇。有怠而欲出者[12]，曰：“不出，火且尽[13]。”遂与之俱出。盖余所至，比好游者尚不能十一，然视其左右，来而记之者已少。盖其又深，则其至又加少矣。方是时，余之力尚足以入，火尚足以明也。既其出，则或咎其欲出者[14]，而余亦悔其随之，而不得极夫游之乐也[15]。

于是余有叹焉。古人之观于天地、山川、草木、虫鱼、鸟兽，往往有得，以其求思之深而无不在也。夫夷以近[16]，则游者众；险以远，则至者少。而世之奇伟瑰怪非常之观[17]，常在于险远，而人之所罕至焉[18]，故非有志者不能至也。有志矣，不随以止也[19]，然力不足者，亦不能至也。有志与力，而又不随以怠，至于幽暗昏惑而无物以相之[20]，亦不能至也。然力足以至焉，于人为可讥，而在己为有悔。尽吾志也而不能至者，可以无悔矣，其孰能讥之乎？此余之所得也。

余于仆碑，又以悲夫古书之不存，后世之谬其传而莫能名者，何可胜道也哉！此所以学者不可以不深思而慎取之也。

四人者：庐陵萧君圭君玉[21]，长乐王回深父[22]，余弟安国平父、安上纯父[23]。至和元年七月某日[24]，临川王某记。

本文作于宋仁宗至和元年（1054）七月，当时王安石三十四岁。当年四月，他从舒州（今安徽潜山县）通判任上任职期满，在离任赴京的途中路过褒禅山，与众人共同游览，又在当年七月以追记的形式写下了这篇游记。文章叙述与议论相互结合，自然分成两大部分。其中前一部分是叙事，主要叙述褒禅山如何得名、原来名称、山上之洞、游山之人所留下的碑文，特别是自己与其余四人如何入洞游览观赏，最终却没能穷尽全部景观、半途而废的状况。非常详尽，为后一部分的议论做了铺垫。后一部分是议论，着重谈自己游山与听到“音谬”和“谬传”之后的感受，深刻地揭示了两个道理：一是要干大事、实现自己的远大理想，既需要一定的物质条件，更需要坚定的志向和顽强的毅力，尤其是要有坚持到底、深入探索、百折不回的精神，决不能浅尝辄止，半途而废；二是从所见残碑引出自己的思考，认为古代文献资料留存不足，以讹传讹很常见，因而解决问题、研究学问不应当轻信盲从，必须“深思”“慎取”，不能简单草率。这两点议论切合事理，有的放矢，发人深省。清人吴调侯、吴楚材在《古文观止》卷十一中指出：“借游华山洞，发挥学道。或叙事，或诠解，或摹写，或道故，意之所至，笔亦随之。逸兴满眼，余音不绝。可谓极文章之乐。”清林云铭在其《古文析义》卷十五中又对此文做了深入的解说：“凡记游，必叙山川之胜与夫闻见之奇，且得尽其所游之乐，此常调也。兹但点出山名、洞名，随以不尽游为慨，若如此便止，有何意味？精采处全在古人观物有得上发出一段大议论，即把上文所以不得尽游重叙一番，惟尽吾志以赴之，若果不能至，则与力可至而不至者异矣。譬之学者，六合之外，存而不论，即是有得处。末以山名误字推及古书，作无穷之感。俱在学问上立论，寓意最深。”二人之论，有助于我们理解这篇佳作。

注释

［1］褒禅山：旧称华山，亦称含山，在今安徽省马鞍山市含山县。因唐贞观年间慧褒禅师结庐山下，卒葬于此而得名。　［2］浮图：梵语音译，对佛或佛教徒的称呼，也专指和尚。也作“浮屠”“佛图”。这里指和尚。舍：名词作动词用，建房居住。　［3］禅（chán）：特指佛教的，也指静思。　［4］庐冢（zhǒng）：生前的庐舍（禅房）和死后的坟墓。　［5］阳：山的南面或水的北面。这里指山的南面。　［6］仆（pū）：向前倒。　［7］漫灭：磨灭，模糊不清。这里指碑文经过风雨剥蚀，已经模糊不清。　［8］文：此处“文”的意思与前句不同，前者指文章，后者指碑上残存的文字。　［9］窈（yǎo）然：深远、幽深的样子。　［10］问其深：考察它的深度。　［11］拥火：拿着火把。　［12］怠：懒惰，懈怠。这里指因懒惰而不愿前进。　［13］且：将要，即将。　［14］咎（jiù）：责备，责怪。　［15］极：穷尽，竭尽。　［16］夷以近：平坦而又距离近。这里指道路平坦而且距离近的地方。　［17］瑰（guī）怪：瑰丽奇异。非常之观：特殊的景观。　［18］罕至：很少到达。这里指人的

足迹很少到达，代指荒凉偏僻的地方。 [19]不随以止也：不跟随别人而半途停止。 [20]无物以相(xiāng)之：没有东西帮助他。相：辅助，佑助。 [21]庐陵：地名，位于江西省，即今江西吉安。萧君圭君玉：即萧君圭，字君玉，其生平不详。 [22]长乐：郡治在今福建省闽侯县。王回深父：即宋代理学家王回，字深父。 [23]安国平父：即王安石的长弟王安国，字平父。安上纯父：即王安石的幼弟王安上，字纯父。 [24]至和元年：至和为宋仁宗赵祯的年号，至和元年即1054年。

同学一首别子固[1]

江之南有贤人焉[2]，字子固，非今所谓贤人者，予慕而友之[3]。淮之南有贤人焉[4]，字正之[5]，非今所谓贤人者，予慕而友之。二贤人者，足未尝相过也[6]，口未尝相语也，辞币未尝相接也[7]。其师若友[8]，岂尽同哉[9]？予考其言行[10]，其不相似者何其少也！曰：学圣人而已矣。学圣人，则其师若友，必学圣人者。圣人之言行岂有二哉？其相似也适然[11]。

予在淮南，为正之道子固，正之不予疑也[12]。还江南，为子固道正之，子固亦以为然[13]。予又知所谓贤人者，既相似，又相信不疑也。子固作《怀友》一首遗予[14]，其大略欲相扳以至乎中庸而后已[15]。正之盖亦常云尔[16]。夫安驱徐行[17]，辚中庸之廷[18]，而造于其室[19]，舍二贤人者而谁哉[20]？予昔非敢自必其有至也[21]，亦愿从事于左右焉尔[22]。辅而进之[23]，其可也。

噫！官有守[24]，私有系[25]，会合不可以常也。作《同学一首别子固》，以相警且相慰云[26]。

本文作于宋仁宗庆历四年（1044）。庆历元年（1041），在京应试的王安石与

同样在京参加进士考试的曾巩相识，因为志同道合，成为好友。庆历二年（1042），王安石进士及第，赴扬州任签判一职，而曾巩科场失意，落第后回到家乡南丰（今属江西）。两人虽然天各一方，但是经常有书信往来。庆历四年（1044），王安石回临川探亲，特意去拜访曾巩，并互相赠文送别。此文就是王安石在读了曾巩《怀友一首寄介卿》一文后写的。曾巩赠文中有这样一段话："介卿（王安石初字介卿，后改介甫）官于扬，予穷居极南，其合之日少，而离别之日多。"颇为动情。本文虽然题目为《同学一首别子固》，但是在写作过程中却没有单从曾巩一人着笔，而是采取相互映衬之法，实线从曾巩、孙正之说起，互相衬托，虚线处处与自己相关联，表现出作者和两位友人之间互相敬慕、勉励，以期携手共进的情怀。其中也显示出王安石青年时期的高远情怀：企慕圣人、有志于天下。

文章由三部分构成，第一部分一方面介绍了曾子固、孙正之和作者自己的相互关系，同时也说明了"同学"的真正含义：真正意义上的"同学"在于同道，在于共同向圣人学习，而不在形迹上是否相过、相语、相接。第二部分侧重介绍曾、孙两人不仅有"相似"的人格风范，而且彼此"相信""不相疑"，尽管从未有过交接，却都因为作者的介绍心心相印，成为志同道合的"同学"。这种"同学"精神介于圣人和贤人之间，超越空间、不拘形迹，是神交，是高度的信任。同时，在这一部分，作者表达了自己的意愿：要追随曾、孙，互相勉励，共登圣人殿堂，达到"中庸"的人生境界，表现出高远的人生追求。第三部分点到题目，显出"别"意，说明在官者必为职守所拘，在私者也有人事牵累，聚少别多是无奈之事，还是相互勉励、相互慰藉吧。

文章以映衬之法行文，语言在平淡之中又包含深厚的情意，耐人寻味。清唐德宜在《古文翼》卷八中引高介石语评价说："学以圣人为归，固不在形迹求合，借自己穿插两贤，于不同处见其学之不侔而相似。错综变化，趣极生动。"清吴楚材、吴调侯在《古文观止》卷十一中也对此文有所评论，指出："别子固而以正之陪说，交互映发，错落参差。至其笔情高寄，淡而弥远，自令人寻味无穷。"两者都抓住了此文的要点，值得一读。

注释

［1］子固：曾巩，字子固。　［2］江：即长江。贤人：有才德的人。　［3］予：人称代词，我。慕：钦佩，仰慕。友：以……为朋友，这里指和曾巩做

朋友。　[4] 淮：即淮河。　[5] 正之：即孙侔（móu），字少述，初名处，字正之，吴兴（今浙江湖州）人。一生隐逸不仕，仁宗庆历、皇祐间与王安石、曾巩游。王安石曾为其写过《送孙正之序》。　[6] 未尝相过：从来没有相互登门拜访过。未尝：不曾。过：访问，探望。　[7] 辞：这里指书信。币：帛，古人通常用作礼物相互赠送，代指礼物。相接：交接。　[8] 若：连词，与，和。　[9] 岂尽同哉：难道完全相同吗？　[10] 考：考察，考核。　[11] 适然：应当，当然。　[12] 不予疑：不怀疑我。宾语前置句，即"不疑予"的倒装。　[13] 以为然：认为是这样。然：是，对，是这样。　[14] 遗（wèi）：给予，赠送。　[15] 扳：拉。中庸：儒家奉行的道德标准。已：结束，停止。　[16] 常：通"尝"，曾经。尔：语气词。　[17] 安驱徐行：安安稳稳缓步慢行。　[18] 辚（lìn）：车轮碾过。廷：通"庭"。　[19] 造：到，去，造访。室：内室。语出《论语·先进》："子曰：'由（子路）也升堂（厅堂）矣，未入于室（内室）也。"比喻学习由浅入深的过程。　[20] 舍：弃，废止。　[21] 自必：自己坚信，自以为必然。有至：达到。　[22] 从事于左右：跟随在左右奔走。从：跟从，跟随。事：做，从事。　[23] 辅而进之：在他们的帮助下前进。　[24] 守：职守，如同今天常说的工作岗位。　[25] 私有系：有个人私事的牵挂。　[26] 相警且相慰：互相告诫并且互相慰勉。警：告诫，警策。云：句尾助词。

答司马谏议书[1]

某启：昨日蒙教[2]，窃以为与君实游处相好之日久[3]，而议事每不合，所操之术多异故也[4]。虽欲强聒[5]，终必不蒙见察[6]，故略上报[7]，不复一一自辨；重念蒙君实视遇厚[8]，于反复不宜卤莽[9]，故今具道所以[10]，冀君实或见恕也。

盖儒者所争[11]，尤在于名实[12]。名实已明，而天下之理得矣[13]。今君实所以见教者，以为侵官、生事、征利、拒谏，以致天下怨谤也。某则以为受命于人主[14]，议法度而修之于朝廷，以授之于有司[15]，不为侵官；举先王之政，以兴利除弊，不为生事；为天下理财，不为征利；辟邪说，难壬人[16]，不为拒谏。至于怨诽之多，则固前知其如此也。人习于苟且非一日[17]，士大夫多以不恤国事、同俗自媚于众为善[18]。上乃欲变此[19]，而某不量敌之众寡，欲出力助上以抗之，则众何为而不汹汹然？盘庚之迁[20]，胥怨者民也[21]，非特朝廷士大夫而已。盘庚不为怨者故改其度，度义而后动[22]，是而不见可悔故也[23]。

如君实责我以在位久，未能助上大有为，以膏泽斯民[24]，则某知罪矣；如曰今日当一切不事事[25]，守前所为而已，则非某之所敢知[26]。

无由会晤，不任区区向往之至[27]。

导读

这是宋神宗熙宁三年（1070），王安石给司马光的一封回信，实质上是一篇驳论文。作文的缘起是熙宁二年（1069）二月，王安石在宋神宗支持下，开始推行新法，一方面限制了豪强、贵族的一些特权，另一方面新法在执行过程中也出现了一些弊病，引起了反对派的猛烈攻击，其中的代表人物就是当时担任右谏议大夫的司马光。熙宁三年（1070），当新法迅速推行之际，司马光接连三次写信给王安石，要求废除新法。在信中，他列举了王安石在变法中的“侵官、生事、征利、拒谏、怨谤”五个罪名，因此王安石才写了这封回信。信中对这些罪名逐一加以驳斥，揭露了以司马光为代表的因循守旧的保守派的思想实质，直刺对方要害，表达了自己推行新法的鲜明态度和坚定立场。

文章第一部分阐明回信的缘由和目的，表明自己的立场和态度，并且坦率地亮出了双方分歧的焦点。第二部分是全文的重点，针对司马光所列罪状，一一辩驳，同时也委婉地加以指责和批评。首先，作者先从原则性高度阐明双方看问题出现分歧的关键所在，就是名和实的问题，潜台词是对方所列罪状只看到事物的表面现象——名，而没有看到事物的本质——实，指出决定进行变法是皇帝的意旨，新法是经过朝廷的认真讨论而后订立的，新法的推行是交由具体主管部门去执行的，名正言顺。然后，顺势逐一驳斥了对方的责难，指出“侵官、生事、征利、拒谏，以致天下怨谤”的“罪名”不成立。在为自己辩白的同时，不时反唇相讥，间接说明了对方违忤当今皇帝的旨意和“先王”之政、不为天下兴利除弊的错误。其中“辟邪说，难壬人”的批评相当严厉。第三部分进一步深入，一方面继续反击一些人对新法的怨谤，另一方面明确自己的立场和态度。王安石的反击从几个方面入手：一是直接批判怨谤者习惯于苟且偷安、不忧国事、附和流俗、讨好众人；二是列举盘庚迁都的历史事例，说明反对者多并不代表措施有问题；三是欲擒故纵，先说对方责备自己在位日久，没有能帮助皇帝干出一番大事，施惠于民，自己是知罪的，然后突然反戈一击——如果今日那些什么事情都不做、只知墨守成规的人不分青红皂白，横加指责，那我不敢领教——批判的锋芒又显露出来了。文章虽然是针锋相对，但是行文特别讲究：首先是行文简洁、结构安排非常严谨；其次是论证方法多样，反驳、引导、对比、证明、启发、类推……变化多端，说理深刻；三是语气有时委婉，有时直接，刚柔相济，表现力强。

注释

[1]司马谏议：司马光，字君实，北宋史学家，历史名著《资治通鉴》的编撰者，当时任右谏议大夫。　[2]某：自称。启：用在书信的开头或结尾的自谦之词，与禀告或陈述意近。蒙教：承蒙指教，这里指接到来信。　[3]窃：谦辞，指自己。　[4]术：方法，策略。这里主要指的是治理天下的政治方略。　[5]虽欲强聒（guō）：虽然要强作辩解。聒：声音嘈杂，使人厌烦。　[6]见察：被您理解。　[7]上报：给您回信。　[8]重（chóng）念：再思。视遇厚：待我优厚。　[9]反复：来往，往还，特指书信往返。卤莽（lǔ mǎng）：粗疏，鲁莽。卤通“鲁”，不礼貌。　[10]具道：具体详细地说明。所以：原因，情由。　[11]儒者：尊崇儒学、通习儒家经书的人。汉代以后泛指一般读书人。　[12]名实：名称、概念与实际存在的事物。在中国古代哲学中，“名、实”是一对范畴，指的是辞、概念（或名称）与事实、实在。名实关系问题曾经引起中国古代各派哲学家的注意，墨、名、儒、法各家先后提出了自己的名实观，形成了历史上著名的“名实之争”。　[13]天下之理得矣：天下之理就得到了。　[14]受命于人主：特指受君主之命，受皇帝的委任。　[15]有司：指主管某部门的官吏。　[16]辟邪说，难壬（rén）人：驳斥歪理邪说，责难巧辩谄媚的坏人。辟：批评，驳斥。难：责难，诘问。壬人：巧言谄媚、不行正道的人。　[17]人习于苟且非一日：人们习惯于苟且偷安已经不是一天两天了。苟且：苟且偷安，得过且过。　[18]“以不恤（xù）国事”句：以不关心国事、附和世俗、讨好众人为善。　[19]上：圣上，皇帝，这里指宋神宗赵

项（xū）。 [20] 盘庚：商朝君主。商原来建都在黄河以北，常有水灾，社会不安定。为此，盘庚迁都到殷（今河南安阳小屯村一带），史称“盘庚迁殷”。 [21] 胥：都。 [22] 度（duó）义而后动：考虑是否合理而后行动。度：揣度，考虑。 [23] 是：正确，认为做得对。 [24] 膏泽：比喻给予恩惠。斯民：指老百姓。 [25] 一切不事事：什么事都不做。前一“事”字是动词，从事，做；后一“事”字是名词，事情。 [26] “守前所为”二句：墨守前人的陈规旧法罢了，就不是我敢领教的了。 [27] 不任区区向往之至：客套话，仰慕至极。不任：不胜，表示程度极深。区区：真情挚意。向往：仰慕，崇敬。

祭欧阳文忠公文[1]

夫事有人力之可致[2]，犹不可期[3]，况乎天理之溟漠[4]，又安可得而推[5]？惟公生有闻于当时[6]，死有传于后世[7]，苟能如此足矣，而亦又何悲？如公器质之深厚[8]，智识之高远，而辅学术之精微[9]，故充于文章[10]，见于议论[11]，豪健俊伟，怪巧瑰琦[12]。其积于中者[13]，浩如江河之停蓄[14]；其发于外者[15]，烂如日星之光辉[16]。其清音幽韵[17]，凄如飘风急雨之骤至[18]；其雄辞闳辩[19]，快如轻车骏马之奔驰。世之学者，无问乎识与不识[20]，而读其文，则其人可知。

呜呼！自公仕宦四十年[21]，上下往复[22]，感世路之崎岖，虽屯邅困踬、窜斥流离[23]，而终不可掩者[24]，以其公议之是非[25]。既压复起[26]，遂显于世。果敢之气[27]，刚正之节[28]，至晚而不衰。

方仁宗皇帝临朝之末年，顾念后事，谓如公者，可寄以社稷之安危[29]。及夫发谋决策[30]，从容指顾[31]，立定大计，谓千载而一时[32]。功名成就，不居而去[33]，其出处进退，又庶乎英魄灵气，不随异物腐散，而长在乎箕山之侧与颍水之湄[34]。然天下之无贤不肖[35]，且犹为涕泣而歔欷[36]，而况朝士大夫、平昔游从，又予心之所向慕而瞻依[37]？

呜呼！盛衰兴废之理，自古如此。而临风想望不能忘情者，念公之不可复见，而其谁与归[38]！

导读

本文作于宋神宗熙宁五年（1072）。当年八月，欧阳修在颍州（今安徽阜阳）逝世，当时身居相位的王安石闻讯之后，怀着十分悲痛的心情，写下了这篇祭文。文中首先对欧阳修的一生作了高度的评价，点明其人生达到了不朽的境界，然后从三个方面具体说明：其一，生动而又准确地概括出欧阳修的文学成就——立言；其二，赞颂和说明欧阳修的高尚道德与品格——立德；其三，标举欧阳修的政治作为——立功。立德、立言、立功，实现了中国古代士大夫所追求的“三不朽”的人生境界，这是对欧阳修一生的高度概括和评价。文章最后直接抒发了对欧阳修的敬仰之情，真挚感人。全文结构严密，行文流畅，句式骈散结合，情动于中而形于言，文气一贯，情辞合一。明人茅坤在《唐宋八大家文钞》中指出：“欧阳公祭文，当以此为第一。”评价很高。清人林云铭在《古文析义》卷十五中说：“欧公文章，在当时后世鲜有不知者，然其气节、功业，与出处、进退之大节，皆无有诡于正，诚一代之完人也。是篇段段叙来，可与本传相表里，而一气浑成，渐近自然，又驾大苏而上之矣。”认为比苏轼的祭文更好，评价也很高。

注释

［1］欧阳文忠公：欧阳修历仕仁宗、英宗、神宗三朝，官至翰林学士、枢密副使、参知政事，死后谥号“文忠”，故世称“欧阳文忠公”。　［2］致：达到，做到。　［3］犹：还，尚且。　［4］况乎：何况，况且。天理：自然的法则，天道。溟漠：幽晦广远。　［5］推：推断，推求。　［6］闻：声誉，名声。　［7］传：流传，这里指其道德文章可以流传不朽。　［8］器质：才识，素质，这里主要指才识和品质。　［9］辅学术之精微：以精深微妙的学问辅之。　［10］充：装满；装入，充满。　［11］见（xiàn）：同“现”，表现，显现。　［12］瑰琦（guī qí）：瑰丽奇异。　［13］积于中者：蕴积在胸中。　［14］浩：本义是水势浩大的样子，引申为盛大、巨大。停蓄：停留蓄积，汇聚在一起。　［15］发于外者：表现在外面的。这里指在文章中表现出来的。　［16］烂：灿烂。如：如同。　［17］清音幽韵：音韵清幽，形容文章造诣极深。　［18］飘风：

旋风，暴风。骤至：骤然间到来。 [19]闳（hóng）：通“宏”，大，宏大。 [20]无问：不论，不用问。 [21]自公仕宦四十年：自从欧阳公走上仕途四十年以来。从欧阳修在宋仁宗天圣八年（1030）中进士后任西京（今河南洛阳）留守推官，到宋神宗熙宁四年（1071）致仕，前后正好四十年。 [22]上下往复：其官职或升或降，有时外放，有时入京回朝，变化不定。 [23]屯邅（zhūn zhān）：处境险厄，前进困难。踬（zhì）：跌倒。窜斥：放逐，流放。流离：流亡离散，辗转不定。 [24]掩：掩盖，埋没。 [25]以其公议之是非：因为是非自有公论。以：因为。公议：众人的评论、公断。是非：对与错。 [26]既压复起：当指欧阳修于宋仁宗景祐三年（1036）因为替范仲淹鸣不平而被贬为夷陵（今湖北宜昌）令，直到仁宗康定元年（1040）才被召回朝中任职，宋仁宗嘉祐五年（1060）又从翰林学士擢为枢密副使、参知政事，成为朝廷重臣，从被压抑到受重用，前后变化很大。压：压抑，压制，这里指被贬官。起：由下向上，起来，这里指被起用。 [27]果敢：勇敢并有决断。 [28]刚正：为人刚强正直。 [29]“方仁宗皇帝临朝之末年”四句：指欧阳修颇得仁宗皇帝的信任，曾参与确定皇位继承人、辅佐太子继位的大事。宋仁宗嘉祐六年（1061），参知政事欧阳修与宰相韩琦一起奏请仁宗立嗣子赵曙为太子，仁宗准奏。嘉祐八年（1063）三月，仁宗皇帝驾崩，欧阳修等又辅佐太子赵曙即位，号“英宗”。临朝：临御朝廷，即执政。顾念：考虑，顾及。后事：身后之事，即皇帝死后皇位继承之事。寄：寄托，托付。社稷：指国家。 [30]发谋决策：出谋划策，决定策略。 [31]指顾：手指顾盼，即指挥。 [32]“立定大计”二句：立即确定继位的国家大计，一时之间立下影响千秋万代的功勋。 [33]不居而去：不居功而是离开隐居。 [34]“其出处进退”四句：出仕或隐退，又近似于英雄的灵魂和仙灵之气不随身躯的腐烂而消散，而会长留在箕山之旁与颍水之滨。异物：特指人死后的遗体。箕山：山名，在今河南登封市东南。《孟子·万章上》：“益避禹之子于箕山之阴。”《史记·伯夷列传》：“太史公曰：余登箕山，其上盖有许由冢云。”后世遂以“箕山之志”为隐居不仕的代称。颍水：颍河，相传是因为纪念春秋郑人颍考叔而得名，其源头在登封市境内的颍谷。湄：水边，岸旁。 [35]无贤不肖：无论贤与不贤之人，这里指全国上下各类人等。 [36]且犹：尚且。歔欷（xū xī）：感叹，抽泣声。 [37]“而况朝士大夫”二句：何况一同上朝的士大夫、平日交往的朋友，还有我这样心中一直敬慕而且瞻仰依恃的人呢？朝：用作动词，一同上朝。平昔：平时，平日。向慕：一向仰慕。 [38]其：副词，表示未来的时间，相当于“将、将要”。谁与归：和谁同道呢？

读孟尝君传[1]

世皆称孟尝君能得士[2]，士以故归之，而卒赖其力，以脱于虎豹之秦[3]。嗟乎[4]！孟尝君特鸡鸣狗盗之雄耳[5]，岂足以言得士[6]？不然，擅齐之强[7]，得一士焉，宜可以南面而制秦[8]，尚何取鸡鸣狗盗之力哉[9]？夫鸡鸣狗盗之出其门，此士之所以不至也[10]。

本文是《史记·孟尝君列传》的读后感，其实是一篇短小精悍的驳论文。文章紧紧围绕“士”的标准问题进行辨析，揭示了具有经世之才的贤士与只会偷盗欺诈的“鸡鸣狗盗”之徒的巨大差异，进而驳斥了“孟尝君能得士”的传统观点，义正词严地把孟尝君归到“鸡鸣狗盗”之徒的行列，说明他只是这些低劣下贱之徒的头目罢了，观点令人耳目一新。文章波澜起伏，极尽起、承、转、合之态，其结构在起伏变化中不失严谨之致。清人余诚在《重订古文释义新编》卷八中评价说：“通篇八十八字，而有四层段落，起承转合无不毕具，洵简劲之至。然非此等生龙活虎之笔，寥寥数语中，何能得此转折，何能得此波澜。文与可画竹，尺幅而具寻丈之观，此其似之。至议论之正大，尤堪千载不磨。”指出其语言风格和结构特征。清唐德宜在其《古文翼》卷八中也赞美说：“意凡四折，一气盘旋，其笔力眼界，俱到绝顶。”指出此文在文意、文气、笔力、眼界等方面的特点，确实符合实际。

[1] 孟尝君：战国时期齐国贵族田文，因其字为孟，封地在尝邑，又承袭了父亲的爵位，因此人称“孟尝君”。以得士闻名天下，门下有食客数千。与平原君赵胜、信陵君魏无忌、春申君黄歇并称为“战国四公子”。　[2] 得士：使士

人投奔、归附，获得贤士。据《史记·孟尝君列传》记载，孟尝君在其封地薛（今山东滕州市）招徕食客数千人，不分贵贱，待遇优厚。　［3］虎豹之秦：比喻秦政残暴，像虎豹一样。　［4］嗟乎：感叹词，相当于“唉”。　［5］特：但，仅，只是。鸡鸣狗盗：《史记·孟尝君列传》记载，孟尝君起初被扣留在秦国做人质，为了逃回，他的一个门客钻狗洞夜入秦宫，盗出秦王的狐裘，送给秦王的一个爱妾，孟尝君靠秦王此妾的关节才获得释放。逃归途中，孟尝君又靠一个门客装鸡叫，骗开了函谷关的城门，这样才逃回齐国。雄：枭雄，首领。耳：语气词，相当于“而已”。　［6］岂足以言得士：哪里称得上是得到了贤士呢？　［7］擅：拥有，据有。　［8］宜可以南面而制秦：应该能南面称王而制服秦国。南面：面朝南。中国古代以面朝南为尊位，君主临朝面朝南而坐，因此把登上帝位称为“南面为王”。此处是称帝之意。　［9］尚何取鸡鸣狗盗之力哉：为什么还要用这些鸡鸣狗盗之辈出力呢？　［10］“夫鸡鸣狗盗”二句：鸡鸣狗盗之徒出现在他的门下，这就是贤士不到他这里来的原因。

知　人[1]

贪人廉，淫人洁，佞人直，非终然也[2]，规有济焉尔[3]。王莽拜侯，让印不受[4]，假僭皇命，得玺而喜[5]，以廉济贪者也。晋王广求为冢嗣[6]，管弦遏密[7]，尘埃被之[8]，陪扆未几[9]，而声色丧邦，以洁济淫者也[10]。郑注开陈治道，激昂颜辞[11]，君民翕然，倚以致平，卒用奸败，以直济佞者也[12]。於戏[13]！“知人则哲，惟帝其难之”[14]，古今一也。

本文是一篇议论文。文章共分三个部分，通过历史事实，论述知人之难。第一部分开门见山，直接提出中心论点：知人之难主要就在于难辨人的假象，因为心怀叵测的人往往善于伪装自己，使人难辨真伪。如贪人往往装廉，淫人总是装洁，佞人总是装直。第二部分列举事实加以论证，举出汉之王莽是“以廉济贪者”，隋之杨广是“以洁济淫者”，唐之郑注是“以直济佞者”，揭示出这三种奸佞之徒装假扮伪已达到无以复加的地步，造成了极大的危害。需要说明的是：郑注作为唐文宗时的工部尚书充翰林侍讲学士，曾提出过很多有益的政见，帮助唐文宗削弱宦官权势，结果被杀。王安石把他也看作奸臣，是受了一些历史著作的影响，不够客观和公正。第三部分借助经典抒发自己的感慨：古往今来，知人实难，而帝王知人、识人就更难了。带有借古喻今的意味。本文短小精悍，但是议论深刻，说理透彻，有时又带有感情色彩。尤其是将三种人的假象与本质进行对比，更增加了论证的效果。清人刘熙载说：“半山（王安石）文善用揭过法，只下一二语，便可扫却他人数大段，是何简贵！”（《艺概·文概》）本文正好印证了这一点。

［1］知人：了解人的内心，有知人之明。　［2］“贪人廉”四句：贪婪的人有时表现得清廉，荒淫的人有时表现得纯洁，巧言谄媚的小人有时表现得特别正直，但不会始终这样。终然：始终，到底。　［3］规有济：通过谋划和伪装达到目的。规：谋划，计划。济：本义是渡过河流，引申为成功、达到目标。　［4］王莽拜侯，让印不受：王莽拜新都侯时，辞印不接受。（见《汉书·王莽传》）　［5］假僭（jiàn）皇命，得玺而喜：假称皇帝命令，得到传国玺便暗自心喜。指当年汉平帝驾崩后，王莽假称汉高祖显灵，求传国玺，使王舜谕指元后。元后不得已，投玺于地，舜将玺授莽，莽大悦。（见《汉书·元后传》）　［6］晋王广：指隋文帝次子、晋王杨广。他继帝位之后，荒淫无道，民不聊生，很快被农民起义军推翻。（见《隋书·炀帝纪》）冢嗣（zhǒng sì）：中国古代指王侯的嫡长子，即太子。杨广本为次子，但是他不甘心，采取各种手段与长子杨勇争夺皇位继承权。　［7］遏密：指帝王等死后停止举乐。　［8］尘埃被之：尘埃盖满了管弦等乐器。隋文帝驾崩前，杨广以此伪装自己。　［9］陪扆（yǐ）：即皇位。扆：皇帝座位之后所摆放的屏风，这里指代帝位。未几：不久，很快。杨广即位只有十二年，隋朝就灭亡了。　［10］“而声色丧邦”二句：不久因为贪图声色亡国，这就是用纯洁来伪装自己，从而达到荒淫的目的。　［11］“郑注开陈”二句：郑注陈述治国平天下的道理和方略，面上的表情和使用的言辞都激昂慷慨。郑注：唐文宗朝大臣，因为参与策划诛杀宦官，事情败露后被宦官诛杀。事

见《旧唐书·郑注传》。开陈：陈述，进言。[12]“君民翕（xī）然”四句：国君和百姓都异口同声地称赞他，以为这样做能天下太平，可后来他终于因为邪恶狡诈被杀，这是用表面上的正直达到邪恶的目的。翕然：一致。形容言论、行为一致。致平：实现天下太平。卒：最终。用：因为。奸：邪恶奸诈。[13]於戏（wū hū）：同“呜呼”。[14]知人则哲，惟帝其难之：能真正了解人，那就是明智的哲人，就是尧、舜那样的帝王也不容易做到啊！语出《尚书·皋陶谟》。哲：聪明，有智慧，此处指明智的人。

回苏子瞻简[1]

某启：承诲喻累幅，知尚盘桓江北[2]。俯仰逾月，岂胜感怅[3]。得秦君诗，手不能舍[4]。叶致远适见，亦以为清新妩丽，与鲍谢似之[5]。不知公意如何？余卷正冒眩，尚妨细读[6]。尝鼎一脔，旨可知也[7]。公奇秦君，数口之不置[8]，吾又获诗，手之不舍。然闻秦君尝学至言妙道[9]，无乃笑我与公嗜好过乎[10]？未相见，跋涉自爱[11]，书不宣悉[12]。

本文作于宋神宗元丰七年（1084）。此年正月，苏轼调离黄州贬所，被量移为汝州团练副使，乘船赴汝州的途中，在仪真、常州、宜兴之间停留游览，七月途经金陵。当时，王安石第二次罢相，年老多病，退居金陵蒋山。王安石与苏轼本来分属新、旧两党，平时在政见上颇有不合。不过二人的性格都有耿介正直的一面，并且同样忧国忧民，并无个人恩怨。何况苏轼陷入“乌台诗案”，面临杀头之罪时，王安石也曾上书解救。还应该注意的是，王、苏二人对对方的诗才与文才都很欣赏。此时双方又都是失意之人，苏轼劫后余生，王安石被罢黜相位，心灵上有共鸣之处。于是，苏轼前去探望这位老宰相，二人相见，分外欢洽，同游金陵胜景，酣饮唱和。苏轼离开之后，二人也有书信往来。“苏门四学士”之一秦观的《淮海闲居集》编成后，苏轼在给王安石的信中附带捎去了秦观的部分诗文，并且赞美有加，极力推荐，希望王安石多加荐誉，以便引起世人重视。本文正是王安石读过秦观诗文后的回信。信中主要包含两方面内容：一是从总体风格和特征入手，对秦观的诗歌作出高度评价，指出其诗“清新妩丽”，认为与鲍照、谢朓之诗相似，具有很高的成就和地位。二是直接或间接地反映出作者自己和苏轼奖掖后进、不掩人善的高尚道德与宽广胸怀。可想而知，苏轼的大力推荐、王安石的高度评价和赞赏对秦观诗文的传播和影响会产生很大的推助作用。宋人王楙（mào）在《野客丛书》卷六中说：“仆谓二公皆一时伟人，其所不相能者，特立朝议论间耳。然其文章妙处，各自心服，何尝以平日议论不相能之故，并以其所长者忌之，苟如是，何以为二公？”对王安石与苏轼二人之关系做了说明，有助于我们理解和认识这篇文章。

［1］苏子瞻：苏轼，字子瞻。　［2］“承诲喻累幅”二句：承蒙你长篇来信教诲晓谕，知道你仍然在江北逗留。累幅：篇幅长。盘桓：徘徊，流连。　［3］俯仰逾月，岂胜感怅：一低头一抬头之间就过去了一个多月（指时间过得快），怎么能不感慨惆怅。逾：越过，超过。　［4］得秦君诗，手不能舍：得到秦观的诗作，爱不释手。秦君即秦观，与黄庭坚、晁补之、张耒同称“苏门四学士”。其诗精致细密，虽有些诗有“高古”情调，但就多数而言，秀丽有余，气魄较弱，有“女郎诗”之讥。其词当时极负盛名，被视为正宗的婉约派作家，多写男女恋情、身世感叹，情韵悠长，秀丽含蓄，回味无穷。有《淮海集》。　［5］“叶致远适见”三句：叶致远正好看见，也认为其诗清新妩丽，与鲍照、谢朓诗风相似。叶致远：即王安石之婿叶涛，字致远。鲍谢：鲍照、谢朓。鲍照，南朝宋文学家，曾任参军，人称“鲍参军”。抱负远大，沉沦一生，诗中常抒发寒门出身的正直之士被压抑的痛苦。乐府诗《拟行路难》十八首为其代表作。谢朓，南朝齐诗人，字玄晖，陈郡阳夏（今河南太康）人。曾任宣城太守，世称“谢宣城”。其山水诗圆美流转，精警工丽，善于熔裁。“余霞散成绮，澄江静如练”“天际识归舟，云中辨江树”，皆深为人称道，与谢灵运并称“大小谢”。　［6］余卷正冒眩，尚妨细读：其他诗卷正值我头晕眼花，还需要细读。　［7］尝鼎一脔（luán），旨可知也：品尝鼎中的一块肉，全鼎之中肉的滋味就可以知道了。尝：品尝、辨味。鼎：古代烹煮用的器物。意思是：读过秦观的几首诗，他的诗的风格特点我就了解了。　［8］公奇秦君，数口之不置：您认为秦君是个奇才，赞不绝口。奇秦君：以秦君为奇，

认为秦君是个奇才。　[9]至言妙道：至理名言，精妙之道。这里指黄老之学。　[10]无乃笑我与公嗜好过乎：岂不笑我与您喜欢过头了吗？　[11]跋涉：旅途艰苦。自爱：爱护自己的身体。　[12]书不宣悉：书信不能尽言，意思是信中不能说得周全。

老杜诗后集序[1]

予考古之诗，尤爱杜甫氏作者[2]。其辞所从出，一莫知穷极，而病未能学也[3]。世所传已多，计尚有遗落，思得其完而观之。然每一篇出，自然人知非人之所能为[4]，而为之者，惟其甫也，辄能辨之[5]。

予之令鄞[6]，客有授予古之诗世所不传者二百余篇。观之，予知非人之所能为，而为之实甫者，其文与意之著也[7]。然甫之诗其完见于今者，自予得之。世之学者至乎甫，而后为诗不能至，要之不知诗焉尔[8]。呜呼！诗其难惟有甫哉？自《洗兵马》下序而次之[9]，以示知甫者，且用自发焉[10]。皇祐壬辰五月日，临川王某序。

本文是一篇诗论，作于宋仁宗皇祐四年（1052），内容主要有两层。一是对杜甫的诗歌创作给予了高度的评价，揭示杜诗“莫知穷极”的境界，表达了作者自己对杜诗的喜爱、敬仰之情。二是说明编辑杜甫诗集的过程和主要目的。其中，编辑过程主要是他在做鄞县令之时完成的，而他编辑此书的真正目的，主要是想以此匡正诗坛流弊、启发学杜诗的人。此文相当简练，但表达的意思极为深刻。全文抒情、叙事、议论相结合，语言简练，内涵深刻，情感人，事动人，理服人。明人茅坤在《唐宋八大家文钞》中评价此文有“深沉之思，简劲之言”，确实把握住了本文的主要特点。

注释

[1]老杜：杜甫与李白合称“李杜”。为了同李商隐与杜牧合称的“小李杜”相区别，所以杜甫与李白又合称“大李杜”，因此，杜甫也常被称为“老杜”。　[2]“予考古之诗”二句：我考察古诗，特别喜欢杜甫的诗。　[3]“其辞所从出”三句：杜诗的意蕴博大精深，完全不知道它的边际，担忧的是自己不能学。病：忧虑。　[4]非人之所能为：不是平凡的人所能做到的。　[5]惟其甫也，辄能辨之：正因为是杜甫的作品，就能辨认。惟其：表示因果关系，正因为。　[6]令鄞（yín）：做鄞县令。令：用作动词。鄞：县名，宋时属越州，治所即今浙江宁波市。王安石从庆历七年（1047）至皇祐元年（1049）在此做县令。　[7]著：明了，显著。　[8]要之不知诗焉尔：总之是不懂得诗而已。要之：要而言之，总之。　[9]《洗兵马》：杜甫于乾元二年（759）春写下的诗作。序而次之：作序并加以编排。序：作序。次：编次，编排。　[10]“以示知甫者”二句：以此给了解杜甫的人看，并且能自己启发自己。

苏 轼

苏轼（1037—1101），北宋文学家、书画家，字子瞻，眉州眉山（今属四川）人。嘉祐二年（1057）进士，深受梅尧臣和主考官欧阳修赏识。仁宗末年，上制策，要求政治改革。王安石变法时，因政见不合，上书反对变法，未被采纳，便请外调，出任杭州通判，转知密、徐、湖三州。元丰二年（1079）因“乌台诗案”入狱，后贬黄州，乃筑室东坡，号东坡居士。哲宗即位，高太后临朝，起用司马光，召苏轼任中书舍人，翰林学士，知制诰。因反对尽废新法，引起旧党疑忌，出知杭、颍、定三州。绍圣元年（1094）哲宗亲政，又被贬至惠州、儋（dān）州。徽宗即位后遇赦北还，死于常州。谥文忠。有《东坡集》《东坡乐府》传世。苏轼为通才，就文学成就而言，在诗、词、文方面都取得杰出成就。其诗内容极其丰富，有政治诗、山水诗、田园诗、哲理诗、登临怀古诗、题画诗等。风格奔放灵动，姿态横生，豪迈劲拔，议论英发，想象丰富，比喻新颖。其词不仅写爱情、离别、旅况等传统题材，还写报国壮志、农村生活、贬谪感慨，扩大了词反映社会生活的功能。词风有的格调婉约，有的格调豪放，与辛弃疾并称“苏辛”。继承屈原、李白的积极浪漫主义精神，常以诗为词，将诗赋、史传、口语入词，增强了词的生命力。作为北宋诗文革新运动的领袖，苏轼的散文向来与韩愈、柳宗元、欧阳修并提。他的散文形式多种多样，内容极其丰富。其政论文说理透辟、文笔恣肆；其山水游记熔描写、记叙、议论于一炉，情、景、意、理交融，自由奔放，挥洒自如，确如行云流水，“于物无所不收，于法无所不有，于情无所不畅，于境无所不取，滔滔莽莽，有若江河”（袁宏道《雪涛阁集序》），总体特征是清雄奔放，痛快淋漓，是“唐宋八大家”之一，也是其中的翘楚。

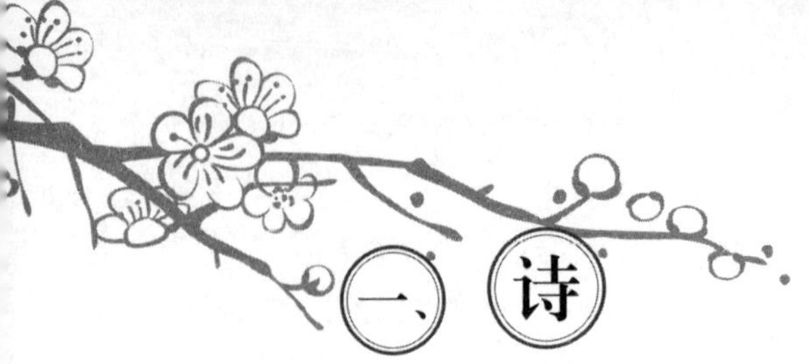

一、诗

和子由渑池怀旧[1]

人生到处知何似，应似飞鸿踏雪泥。
泥上偶然留指爪，鸿飞那复计东西。
老僧已死成新塔，坏壁无由见旧题[2]。
往日崎岖还记否，路长人困蹇驴嘶[3]。

导读

本诗作于宋仁宗嘉祐六年（1061）冬季。此年八月，苏轼参加贤良方正直言极谏科考试，入为第三等（一二等为虚设，三等实为一等），除大理评事、凤翔签判。十一月，苏轼赴凤翔任所，苏辙送兄长苏轼至郑州西门外。回到京师之后，苏辙作《怀渑池寄子瞻兄》一诗寄给苏轼，这首诗是苏轼的和作。当年赴京应试之时，曾路经渑池，兄弟二人同住县中僧舍，并且都在其墙壁上题了诗。如今兄长苏轼赴陕西凤翔做官，又要经过渑池，所以苏辙作诗既话手足之情，又有怀旧之意。苏辙写道："相携话别郑原上，共道长途怕雪泥。归骑还寻大梁陌，行人已度古崤（xiáo）西。曾为县吏民知否？旧宿僧房壁共题。遥想独游佳味少，无言骓马但鸣嘶。"苏轼的和诗同样用八齐韵，却挥洒自如，不见拘束之态。和诗虽然说是"怀旧"，但是重在说理，哲理意味很浓。前四句使用比喻之法说明人生偶然之理，形象地把人生比作"飞鸿踏雪泥"：大雁在旅途中偶然在雪泥上暂时栖息，留下指爪印迹，但是雁飞雪化之后，很快就一点痕迹都没有了；人生的行踪，就像雪泥鸿爪，充满了偶然，转眼之间，就了无痕迹，难以追寻。第三联紧承上两联，借事说理，通过叙说当年的老僧已死、当时题诗已经不见的人事变化，说明事物的消亡、人事的变迁是不以人的意志为转移的客观规律，进而说明人生也是飘忽不定，在某处偶然留下的痕迹随着时间的推移也自然会消失，所以不必介怀。诗的最后两句紧扣诗题“怀旧”二字，回忆当年兄弟二人赴京赶考之时“马死于二陵，骑驴至渑池”的往事，表达了对兄弟二人共同经历过的岁月的深切怀念，同时暗示弟弟以往的人生经历虽有坎坷，但是不必计较其中得失，还要砥砺前行。显示出乐观、旷达的人生态度。本诗最精彩之处是以“雪泥鸿爪”比喻人生无常，充满偶然，既生动形象，又充满哲理意味。

[1]渑（miǎn）池：今河南渑池县。嘉祐元年（1056），苏轼与苏辙赴京应试，路过渑池，曾于奉闲僧舍住宿。　[2]老僧：指僧人奉闲。苏辙《怀渑池寄子瞻兄》题下自注：“昔与子瞻应举，过宿县中寺舍，题其老僧奉闲之壁。”塔：古时候僧人死后，用塔来安葬其骨灰。　[3]蹇（jiǎn）驴：瘸腿而又体弱的驴子。苏轼在这首诗题下自注：“往岁，马死于二陵（按即崤山，在渑池西），骑驴至渑池。”

王维吴道子画[1]

何处访吴画？普门与开元[2]。
开元有东塔，摩诘留手痕[3]。
吾观画品中，莫如二子尊。
道子实雄放，浩如海波翻[4]。
当其下手风雨快，笔所未到气已吞。
亭亭双林间，彩晕扶桑暾[5]。
中有至人谈寂灭，悟者悲涕迷者手自扪[6]。
蛮君鬼伯千万万，相排竞进头如鼋[7]。
摩诘本诗老，佩芷袭芳荪[8]。

今观此壁画，亦若其诗清且敦[9]。
祇园弟子尽鹤骨，心如死灰不复温[10]。
门前两丛竹，雪节贯霜根[11]。
交柯乱叶动无数，一一皆可寻其源[12]。
吴生虽妙绝，犹以画工论[13]。
摩诘得之于象外，有如仙翮谢笼樊[14]。
吾观二子皆神俊，又于维也敛衽无间言[15]。

导读

本诗是苏轼的组诗《凤翔八观》之三，体制上属于七言古诗，作于宋仁宗嘉祐六年（1061），此年苏轼二十六岁，在凤翔府签判任上。凤翔的普门与开元二寺的壁间，有王维与吴道子这两位唐代开元、天宝年间著名画家的佛教画，苏轼在游观二寺时见到之后，写下观感。全诗主要包括三个部分。第一部分为开头六句，一是交代王、吴二人画迹之所在，二是对两位画家的画学成就先做概要评价，充分肯定其崇高的历史地位。第二部分（七至二十六句）分别刻画和描写二人所画的画像及其艺术境界和造诣。其中前十句专门描绘、评价吴道子画，生动、形象地揭示出吴画的主要艺术特征，重点突出其笔力和气势，高度概括为“雄放”二字，并有生动细致的描绘。后十句专门评价王维之画，并由画及人，又及其诗。首先交代王维的特殊身份（既是画家，更是杰出的诗人），然后顺理成章地揭示其画的特殊艺术特征：画中有诗，诗画同风，以“清敦”为突出特征。接着把其画与其人联系起来，认为王维的画品与诗品一样，出自其高洁的人品。第三部分将王维的画与吴道子的画进行比较，做出更加深刻的评价，强调：吴画虽然妙绝，但是毕竟是画工之画；王画妙在笔墨之外，即意生象外，画中有诗，形神兼备又神与物游，所以艺术造诣更高。全诗结构形散而神不散，开阖自如，如行云流水。清人方东树在其《昭昧詹言》中对此诗作了评价，指出：“神品妙品，笔势奇纵；神变气变，浑脱浏亮。一气奔赴中，又顿挫沉郁。所谓‘海波翻’‘气已吞’‘一一可寻源’‘仙翮谢笼樊’等语，皆可状此诗。”认为此诗为“神品妙品”，无以复加。

注释

［1］王维：字摩诘，号摩诘居士。唐代诗人、画家，又擅长音乐，并且参禅奉佛，学庄信道。长于五言，是盛唐山水田园诗的代表人物，又因为他是佛教徒，故有“诗佛”之称。其画被推崇为南宗山水画之祖。苏轼评价王维的诗与画说：“味摩诘之诗，诗中有画；观摩诘之画，画中有诗。”吴道子：又名道玄。唐代画家，被尊为画圣。擅画佛道、神鬼、人物、山水、鸟兽、草木、楼阁等，其中尤以佛道、人物见称于世。　［2］普门、开元：即凤翔的普门寺和开元寺。王维的画在开元寺，画的是墨竹；吴道子的画在两寺都有，画的是佛像。　［3］手痕：指开元寺东塔上王维的画。痕：手迹。　［4］雄放：雄健、豪放。　［5］双林：据佛教传说，佛逝世于天竺国拘施那城阿利罗跋提河边的娑罗双树间。故后常以“双树”或“双林”比喻佛入灭之处。这里指的是吴道子画中所画的两株娑罗树。彩晕：彩色的云气。扶桑：古代神话中海外的大桑树，据说是太阳出来的地方。暾（tūn）：刚升起的太阳。　［6］至人：古时指具有很高的道德修养，超脱世俗，顺应自然而长寿的至高无上之人。这里指释迦牟尼佛。寂灭：消灭，消逝。佛教用语，是涅槃一词的意译，指超脱生死的理想境界。自扪：用手抚摸着自己的胸口。　［7］蛮君：中国古代对蛮人的戏称，此处指天竺国的君王。鬼伯：鬼中之长，鬼王，即阎王。鼋（yuán）：大鳖，俗称癞头鼋。　［8］佩芷（zhǐ）袭芳荪（sūn）：这是沿用屈原香草美人的笔法形容王维的诗歌风格和特征。佩芷：佩戴香草。芷：香草名。袭：穿衣，穿戴。芳荪：香草名。　［9］清且敦：清秀新颖，浑厚朴实。　［10］祇（qí）园弟子：佛教徒。“祇园”二字是位于印度西北塞特马赫特的“祇树给孤独园”或“祇园精舍”的简称。在佛教传说中，相传侨萨罗国给孤独长者从波斯国王子祇陀处买到此园，建筑精舍，把它献给释迦牟尼，作为其居住和弘扬佛法的场所。鹤骨：形容清奇不凡的气质，多指修道者的形貌。心如死灰：这里指佛门弟子六根清净、断绝尘念、内心孤寂、态度冷漠的状态。此语出自《庄子·齐物论》：“形固可使如槁木，而心固可使如死灰乎？”　［11］雪节、霜根：表面是形容竹子的清劲之状，实则赞美王维清劲的节操和品格。　［12］交柯：交错的树枝。　［13］画工：专门从事绘画的工匠。　［14］象外：超脱于物象之外，即有象外之意。这里指王维的画在物象之外还有更加深长的意味，其实就是“画中有诗”的意思。仙翮（hé）谢笼樊（fán）：以飞鸟冲破樊笼比喻王维

之画突破形似，达到遗貌取神的状态和境界。翮：本义指羽毛中间的空心硬管，即翎管。这里指代鸟。谢：谢绝，离开。笼樊：指鸟笼。　　[15]神俊：神采飞扬，笔力雄俊。敛衽（liǎn rèn）：整理衣襟，表示恭敬的意态。无间言：没有不同意见。

游金山寺[1]

我家江水初发源，宦游直送江入海[2]。
闻道潮头一丈高，天寒尚有沙痕在。
中泠南畔石盘陀，古来出没随涛波[3]。
试登绝顶望乡国，江南江北青山多。
羁愁畏晚寻归楫，山僧苦留看落日[4]。
微风万顷靴纹细，断霞半空鱼尾赤[5]。
是时江月初生魄，二更月落天深黑[6]。
江心似有炬火明，飞焰照山栖鸟惊[7]。
怅然归卧心莫识，非鬼非人竟何物。
江山如此不归山，江神见怪惊我顽。
我谢江神岂得已，有田不归如江水[8]。

这首诗也是苏轼熙宁六年（1073）任杭州通判时的作品。从思想内容上说，主要是三点：一是写乡愁；二是写羁旅宦游之愁；三是写归隐田园的心愿。前八句饱含深情地描写自己登高远望时产生的浓厚乡思。从实而论，登上金山寺，想望见诗人的西蜀老家是不可能的，但是诗人还是执着地要“试登绝顶望乡国”，充分表现出苏轼当时思乡心切，几乎不能自已。中间八句着重写羁旅宦游的愁思，但不是直接描写，而是通过描写傍晚和夜间江上的景色，特别是“二更月落天深黑”以后的浓重夜色，映衬出自己内心浓厚的羁旅愁思。最后六句借“江神见怪”这一幻想中的事情，表达出自己厌倦官场和羁旅宦游生涯、希望归隐田园的情怀，这是苏轼当时心境的真实反映。从艺术角度考察，本诗最突出的特色是寓景于情，以“我”观物，使物尽着“我”之色彩。对此，程千帆作了精辟评价，他说：“诗题为游寺，通篇寓情于景。其写蜀人远宦，写冬季来游，写金山特色，写登山望乡，都很分明。以下转入山僧留看落日，但以‘微风’二句略作形容后，便将难见之江中炬火代替了常见之江干落日，从而抒其所见所感。至于炬火是否江神示意，则更不加以说明，留供读者推想。起结遥相呼应，不可移易地写出了蜀士之远游，而中间由泛述金山，而进写傍晚江干断霞，深夜江中炬火。笔次骞腾，兴象超妙，而依然层次分明。”（《宋诗精选》）应该说，这一评价是相当准确的。

注释

［1］金山寺：位于今江苏镇江市区西北的金山上，始建于东晋明帝时。初名泽心寺，唐朝时改为金山寺，北宋宋真宗将其改为龙游禅寺。宋时山在江心。　［2］我家江水初发源：我的家乡是长江的源头。江：长江。古人早有长江出于岷山之说。岷山就是蜀山，苏轼为蜀人，所以说自己的家乡是长江的发源地。宦游：古代指外出求官或做官。　［3］中泠（líng）南畔石盘陀：中泠泉的南畔有巨石突兀不平。中泠：泉名，在金山之西。盘陀：形容石头突兀不平。　［4］羁（jī）愁：旅愁。归楫（jí）：回去的船。楫本来是船桨，这里指代船。山僧：指金山寺中宝觉、圆通两位长老。　［5］“微风万顷”二句：微风吹拂，水面泛起靴子上的细纹一样的微波；半天晚霞飘浮在空中，好像鱼尾血那样红。　［6］初生魄：农历初三之月。苏轼游金山寺的时间是农历十一月初三。　［7］江心似有炬火明：长江江心好似有点燃的火把，非常明亮。苏轼诗原注：“是夜所见如此。”飞焰照山栖乌惊：飞腾的火焰之光照到山中，栖息的乌儿因之受惊。　［8］谢：告诉。

有美堂暴雨[1]

游人脚底一声雷，满座顽云拨不开[2]。
天外黑风吹海立，浙东飞雨过江来。

十分潋滟金尊凸，千杖敲铿羯鼓催[3]。
唤起谪仙泉洒面，倒倾鲛室泻琼瑰[4]。

导读

这首诗是苏轼熙宁六年（1073）任杭州通判时的作品。通篇都在描写暴雨，前四句着重于铺叙渲染：突然的雷声，聚集的浓云，预示了猝不及防的暴雨即将来临；黑风海立，飞雨过江，一句想象，一句写实，凸显出暴雨的特征。后四句转变了手法，使用大量的比喻，浓墨重彩，多方面表现暴雨的形态。“十分潋滟金尊凸”写飞来之雨如金杯中斟满的酒高出了杯面，表现的是雨势。“千杖敲铿羯鼓催”，写急雨一来，如千根鼓杖急速击打着羯鼓，铿铿锵锵，表现的是暴雨之声，突出了“急”的特征。然后又神思万里，穿越时空，联想起喝醉了酒的诗仙李白：仿佛是天公要把这位醉酒的谪仙唤醒，所以便用这流泉一样的大雨浇他的脸面，以便让他写出翻江倒海的诗篇。全诗句新语奇，出人意表，充分展示出诗人当时的活泼心态。

注释

[1]有美堂：宋人梅挚（梅清慎）所建之堂。宋仁宗嘉祐二年（1057），他出任杭州的知县，宋仁宗亲自为他作诗《赐梅挚知杭州》饯行，诗中有“地有湖山美，东南第一州”这句。到达任所之后，梅挚怀着对天子赐诗的感激之情，在吴山顶上建造了览胜赏景的“有美堂”，以志荣耀。　[2]顽云：密布不散的乌云，即浓云。　[3]潋滟（liàn yàn）：水波荡漾的样子。凸：高出周围，与“凹”相对。敲铿（kēng）：敲击。铿：撞击；又为象声词，形容有节奏而响亮的声音。羯（jié）鼓：中国古代一种鼓，腰部细，起源于羯族。　[4]谪仙：自天上被贬到人世的仙人，指的是唐代大诗人李白。唐孟棨《本事诗·高逸》：“李太白初自蜀至京师，舍于逆旅。贺监知章闻其名，首访之。既奇其姿，复请所为文。出《蜀道难》以示之。读未竟，称叹者数四，号为‘谪仙’。”鲛室：传说是海中鲛人所居之室，或谓龙宫。这里当指海。琼瑰：泛指珠玉。又一说是次于玉的美石。

新城道中二首

其　一

东风知我欲山行，吹断檐间积雨声[1]。
岭上晴云披絮帽，树头初日挂铜钲[2]。
野桃含笑竹篱短，溪柳自摇沙水清。
西崦人家应最乐，煮芹烧笋饷春耕[3]。

其　二

身世悠悠我此行，溪边委辔听溪声[4]。
散材畏见搜林斧，疲马思闻卷旆钲[5]。
细雨足时茶户喜，乱山深处长官清。
人间歧路知多少，试向桑田问耦耕[6]。

这两首诗是苏轼熙宁六年（1073）任杭州通判时的作品。其中第一首诗中着力描写山水景色和轻松自由的田园生活，所写景物特别具有乡村特色，其中“野桃含笑竹篱短，溪柳自摇沙水清”一联既是优美的画境，也是苏轼当时心境的写照。最后一联既是写农家之乐，也表现出诗人自己对田园生活的喜爱。第二首诗明写山间旅途之坎坷，暗写人生旅途之崎岖，表现出仕途坎坷与官场倾轧造成的不安心理。“身世悠悠我此行”一联，语意双关，由山行引出自己对人生旅途的思索。接下来的颔联便紧承上联，以散材和疲马自况，揭示出自己当时的地位和处境：激烈的党争、官场的角逐使自己身心疲惫，本来就不堪大任，在朝廷更没有立足之地，所以请求外调，做地方官，就如同沙场上疲惫不堪的战马，一听到鸣金收兵的号令，赶紧回头。颈联明写春雨给茶农带来的喜悦，并颂扬新城县令曹端友为官清正，暗里则批评当时官僚的昏聩无道和对百姓的压榨，只有“乱山深处长官清”，其他地方如何？

虽未明言，但是人们自然能体会得到。尾联既用双关语感叹世路的艰难与坎坷，又通过向农夫问路，含蓄表达出自己归隐田园的想法，展现出诗人厌倦仕途的心态。

注释

[1] 吹断檐间积雨声：吹断了屋檐间连日以来积雨的声音。　[2] 絮帽：棉絮作的帽，即丝棉帽。钲（zhēng）：古代乐器，又名丁宁。形似钟而狭长，有长柄可执，击之而鸣，古代军队在行军时敲打。　[3] 西崦（yān）：原指崦嵫山，传说中的日落处，这里泛指山。饷：本义是给在田间里劳动的人送饭，泛指用食物款待别人。这里用本义，即送饭到田头。　[4] 委：抛弃，舍弃。此处意思是放下。辔（pèi）：驾驭牲口的嚼子和缰绳。　[5] 散材：古时指栎树等无用之木，后世常比喻全真养性、不为世用之人。旆（pèi）：本意是古代旌旗末端形如燕尾的垂旒，引申泛指旌旗。　[6] 耦（ǒu）耕：二人并耕，这里指耕地之人。

饮湖上初晴后雨二首[1]

其　一

朝曦迎客艳重冈，晚雨留人入醉乡[2]。
此意自佳君不会，一杯当属水仙王[3]。

其　二

水光潋滟晴方好，山色空蒙雨亦奇[4]。
欲把西湖比西子，淡妆浓抹总相宜[5]。

导读

这两首诗是苏轼熙宁六年（1073）的作品。宋神宗熙宁三年（1070），苏轼三十五岁。这年正月，为迎接上元节，皇帝有旨，要买浙灯庆祝，苏轼上《谏买浙灯状》，认为此举浪费，增加朝廷与百姓负担。神宗皇帝接受了苏轼的意见，下诏停止此事。苏轼大喜过望，于是又连续上书，先后写下《上皇帝书》《再上皇帝书》，全面批评王安石推行的新法。当年皇帝在殿前策进士之时，有些应试举子附和王安石的变法主张和措施，竞相批评旧法的错误和不足。苏轼对此很有意见，专门作了《拟进士对御试策》一道，暗里讽刺神宗皇帝。王安石的同党大怒不已，侍御史知杂事谢景温诬奏苏轼居父丧期间，在蜀地与京师往来过程中经商做买卖。皇帝下诏，责成湖北运司查核此事。经过一番彻底、详细的核查，没有查到一点证据，只好作罢。对这次诬告，苏轼心中坦然，听其查验，一句辩解都没有。但经过这次事件，苏轼深深感到官场倾轧之苦，在朝为官不易，风险太多，便请求到外地做地方官，以便躲避这些矛盾和纷争。苏轼的请求获得批准，熙宁四年（1071）以太常博士、直史馆去做杭州通判。本年七月，苏轼离开京城，奔赴陈州，拜谒张方平，又去看望自己的弟弟苏辙。九月，苏轼兄弟共同奔赴颍州，前去拜见恩师欧阳修。最后兄弟两人在颍州分手。十一月二十八日，苏轼到达杭州任所。在杭州期间，苏轼的生活比较闲雅，公余常游览山水，获得闲适之乐。熙宁六年（1073）写下这两首诗。

第一首诗描写自己流连诗酒的佳兴，从容潇洒，为下面第二首做了铺垫，让人们首先了解西湖早晨天晴时的状态与晚上在雨中泛舟时的状态：晴朗的早晨，晨曦染红了西湖周围的群山；傍晚泛舟西湖，天上飘来丝丝细雨。晴时和雨时，景色都很迷人，但客人并没有完全领略到西湖之美，所以应该酌酒和西湖的守护神“水仙王”一同鉴赏。

第二首在第一首的基础之上，深入刻画描写西湖的水光山色，以美女西施比西湖，生动形象，新奇可喜，充分揭示出西湖美的内涵。说明西湖之美与西子之美主要在神采，在于天生丽质。所以西湖无论是晴也好，雨也好，都美妙非凡，就像西子一样，淡妆也好，浓抹也好，都美丽无比。这首诗遂成歌咏西湖的绝唱，从中也可以看出苏轼当时闲雅与活泼的心态。

[1] 饮湖上：乘船在湖上饮酒。湖：杭州西湖。 [2] 朝曦：清晨的阳光。 [3] 水仙王：西湖旁边在宋代有水仙王庙，专门祭祀钱塘龙君，所以称钱塘龙君为水仙王。 [4] 潋滟：水波荡漾的样子。方好：正是美的时候。空蒙：烟雨迷蒙的样子。 [5] 欲：想要，如果。西子：春秋时期越国著名的美女，即西施。相宜：合适。

东 坡[1]

雨洗东坡月色清，市人行尽野人行[2]。
莫嫌荦确坡头路，自爱铿然曳杖声[3]。

本诗作于被贬黄州之时，具体时间是宋神宗元丰三年（1080）。苏轼被贬黄州后的第一个思想变化是转向佛老。正好黄州城南有一座庙，名安国寺。里边环境幽雅，有茂林修竹、陂池亭榭，于是苏轼“间一二日辄往，焚香默坐，深自省察，则物我相忘，身心皆空，求罪垢所从生而不可得。一念清净，染污自落，表里翛然，无所附丽。私窃乐之……”（《黄州安国寺记》）很明显，此时苏轼精神世界已经超脱尘世，达到“物我相忘，身心皆空”的禅境。《与子由弟十首》中的第二篇文章就更加清楚地表现出他将佛老融合为一的精神境界：“子由为人，心不异口，口不异心；心即是口，口即是心。近日忽作禅语，岂世之自欺者耶？欲移之于老兄而不可得。如人饮水，冷暖自知，死生可以相代，祸福可以相共，惟此一事，对面相分付不得。珍重！珍重！”佛家“如人饮水，冷暖自知”的禅机与老子祸福相依的思想融合成通明透彻的人生感悟。《东坡》一诗就是这种思想状态下的作品。诗中写出见月色清明，闻杖声铿铿，忽然觉悟的精神境界。诗的前两句着重描写雨后东坡的特殊环境，突出了它宁静而又清幽的特征，充满禅意：经过雨水的洗涤，月色更加清白透明；赶集的人也都回家安寝了，四周寂静无声，天地空明，真让人感觉六根清净。后两句由外在的环境描写转向自己心境的展示：尽管道路坎坷不平，但是在这样宁静清幽的境界里，手杖敲击山石，发出清脆响亮的声音，更衬托出环境的清静，有“蝉噪林逾静，鸟鸣山更幽”的相同效果，顿感超脱尘世，身心皆空，体现出其超脱、觉悟的精神境界。

[1]东坡：苏轼被贬官到黄州后生活的地方，地址在今湖北黄冈东。 [2]市人：到城里集市上赶集的人。隐指追名逐利奔走于仕途的人。野人：山野之人，在野的无官职的居士，苏轼自指。 [3]荦（luò）确：怪石嶙峋貌，道路险峻不平状。铿（kēng）然：象声词，形容声音响亮。此指手杖敲击山石所发之声。曳（yè）：拖，拉，牵引。

武昌酌菩萨泉送王子立[1]

送行无酒亦无钱，劝尔一杯菩萨泉。
何处低头不见我，四方同此水中天。

本诗是苏轼被贬黄州时期的作品，主旨是表达自己的向佛之心。唐布袋和尚有诗云：“手把青秧插满田，低头便见水中天。六根清净方为道，退步原来是向前。”显然，苏轼这首诗中追求一尘不染、清净如水的境界与布袋和尚是一致的，在句法和命意上也明显借鉴了布袋和尚的诗作，其向佛之心也明白可见。

[1] 酌：倒酒，喝酒。这里是以泉水代酒。菩萨泉：在今湖北鄂州市西樊山。王子立：苏轼弟弟苏辙的女婿，也是苏轼的弟子。

洗 儿 诗[1]

人皆养子望聪明，我被聪明误一生。
惟愿我儿愚且鲁，无灾无难到公卿[2]。

宋神宗元丰三年（1080），苏轼因为反对王安石新法，又在诗文中讥讽“新进”，被构陷入狱，这就是“乌台诗案”，苏轼有幸免得一死，贬谪黄州。在黄州期间，侍妾王朝云为苏轼生下一个男孩儿，《洗儿诗》就是为这个男孩儿而作。洗儿，是中国古代的一种习俗，又叫“洗三朝”，即在婴儿出生的第三天要给他洗澡。全诗以戏谑的语气出之，基调非常反常：人家养子盼望聪明，我却被聪明耽误了一生，所以希望我的儿子愚蠢、鲁钝，只要是无灾无难、平平安安地达到公卿的地位就好。自古以来人们生子，谁不期盼他聪明伶俐、前程远大？这是人之常情。但是就苏轼而言，这是有感而发，包含了深刻的人生体验。苏轼本人就因为聪明绝顶，是是非非都看得清清楚楚，眼里揉不得一点沙子，总是仗义执言，所以经常得罪高官显贵，尤其是奸佞小人，仕途屡受重创。所以这些带有戏谑意味的诗句、反常的想法包含他痛定思痛之后对人生的思考，要而言之，就是希望自己的儿子能够平平安安、无灾无难地度过一生，不忍心让他再步自己的后尘。这是作为父亲的心愿，也包含了很深的人生感慨。诗中全是议论说理，不加一点描绘或铺陈，读之却使人怦然心动。

[1]洗儿：旧俗，婴儿出生后三日或满月时替其洗身，称“洗儿”。 [2]公卿：古代官爵名称，即“三公九卿”的简称，这里泛指高官。公卿始于夏朝，周代沿袭。公是周代封爵之首，卿是古时高级长官或爵位的称谓。

琴　诗

若言琴上有琴声，放在匣中何不鸣[1]？
若言声在指头上，何不于君指上听？

本诗是苏轼元丰四年（1081）于黄州所作。作者在《与彦正判官书》中谈到此诗是他听人弹琴后有感而作，并自认此诗为“偈（jì）”，即类似佛经的颂词。以议论为诗是宋诗突出的特点。宋人严羽早就在其《沧浪诗话》中说：“盛唐诸公，惟在兴趣，羚羊挂角，无迹可求。……近代诸公乃作奇特解会，遂以文字为诗，以才学为诗，以议论为诗。”明人屠隆在其《文论》一文中批评：“……宋人多好以诗议论。夫以诗议论，即奚不为文而为诗哉？”其持论虽未免过偏，但宋人在诗中好发议论则的确成癖。这是其偏重理性思辨的艺术思维方式所致。在这方面，苏轼无疑是代表人物，而这首诗就是代表作品之一。全诗纯以议论出之，不着一字刻画描绘，但是其中包含着深刻的哲理，它说明：弹琴是人与乐器——琴的统一，相互依存，相互影响，相互制约，缺一不可。有琴没有人的指头弹奏不行，有指头没有琴也不行。二者只有相互配合，形成一个有机的整体，才能弹奏出美妙的乐曲。所以，此诗包含了朴素的辨证法思想：任何事物都不是孤立存在的，而是普遍联系，相互影响、相互制约的。

[1] 若：如果。何：为什么。

题西林壁[1]

横看成岭侧成峰，远近高低各不同[2]。
不识庐山真面目，只缘身在此山中[3]。

苏轼于宋神宗元丰七年（1084）五月间由黄州贬所改迁汝州团练副使，赴汝州时经过九江，与友人参寥同游庐山。瑰丽的山水触发逸兴壮思，于是写下了若干首庐山记游诗，这是其中之一。

在宋代，对以苏轼为代表的诗人而言，诗歌艺术的重心随创作主体艺术思维方式和艺术观念的变异已经偏移，具体说来就是尚意、尚理，以意胜，以理胜。在这种艺术思维方式和艺术观念的作用下，诗歌创作中便鲜明地展现出偏重理性思辨的趋向，苏轼之作，尤其如此。其诗歌的观念发生了深刻的变化，传统的“言志”“缘情”已不被作为诗歌追求的唯一目标，而表现出明显的对哲理的追求，尤其是人生哲理的趋归。这首诗就是如此。

诗人在对庐山远近高低的山势进行观照中得到一种启示，然后通过诗的形式把它表现出来：只缘置身山中，因而才不识庐山的真面目。点出人类认识难以避免的一种局限，即当局者迷，旁观者清，所以看事物、看问题，必须多层面、多角度，既能入乎其内识其精微，又能出乎其外把握总体。很明显，这首诗的主旨不在于对客观景物的描绘，也不在于诗人主观情志的抒发和表现，而在于主体对客体的理性思辨，表现出引人深思的人生哲理，具有奇妙的理趣。

[1] 题：书写。西林壁：庐山西麓的西林寺墙壁。　[2] 横看：庐山总体为南北走向，横看即从东面、西面看。　[3] 不识：不知道，不认识。真面目：本来面貌。这里指庐山的真实面貌和色彩。缘：因为。

惠崇春江晚景二首（其一）[1]

竹外桃花三两枝，春江水暖鸭先知。
蒌蒿满地芦芽短，正是河豚欲上时[2]。

本诗作于神宗元丰八年（1085），是苏轼在汴京（今河南开封）为惠崇所画的《春江晚景》图所写的题画诗。一说此诗作于江阴。诗中描写欣欣向荣的初春景色，句新意美，应该说这是惠崇画境的再现，更是苏轼心境的写照。诗中先描写画中境界，第一句是远景：竹林外，三两枝桃花；第二句是近景：不远处的江中有几只鸭子在戏水觅食；第三句写江岸景物：满地的蒌蒿，短短的芦芽，与远处桃花、近处鸭群合成一幅春意盎然、欣欣向荣的春景图。这样，诗人只用短短的三句诗便再现了惠崇的画境。第四句是诗人由画境引发的联想：桃花开了，鸭下水了，蒌蒿满地，芦芽破土了，这不正是那肥美的河豚快要上市的时节吗？苏轼用想象得出的虚境补充了惠崇的画境，构成了"诗中有画，画中有诗"的美好境界，创造了题画诗中的极品。

[1] 惠崇：北宋僧人，擅画鹅、雁、鹭鸶，尤长于小景。《春江晚景》是其

所作画名，共两幅，一幅是鸭戏图，一幅是飞雁图。诸多注本，有用“晓景”有用“晚景”，此从《东坡全集》及清以前注本用“晚景”。　　[2] 蒌蒿：多年生草本植物，叶子互生，背面密生灰白色细毛，花冠筒状，有青蒿、白蒿等种。河豚：此处指肉质鲜美但有剧毒的一种鱼类。

登州海市[1]

东方云海空复空，群仙出没空明中。
荡摇浮世生万象，岂有贝阙藏珠宫[2]？
心知所见皆幻影，敢以耳目烦神工！
岁寒水冷天地闭，为我起蛰鞭鱼龙[3]。
重楼翠阜出霜晓，异事惊倒百岁翁[4]。
人间所得容力取，世外无物谁为雄？
率然有请不我拒，信我人厄非天穷[5]。
潮阳太守南迁归，喜见石廪堆祝融[6]。
自言正直动山鬼，岂知造物哀龙钟[7]。
伸眉一笑岂易得，神之报汝亦已丰[8]。
斜阳万里孤鸟没，但见碧海磨青铜。
新诗绮语亦安用？相与变灭随东风[9]。

宋神宗元丰八年（1085），苏轼已经五十岁了，还在宦游的路途上奔波。本年二月，他抵达南都，拜见张方平。不久，苏轼要居住在常州的请求获得批准，于是便按时前往，于五月到达常州任所。可是在常州还是没能住多久，六月又改知登州。十月，苏轼到达登州。在登州任所才五天，他又被召回朝廷，任礼部郎中。虽然这一年多在旅途之上，但是苏轼天性豁达，加之贬谪生活刚刚结束，心情还是比较愉快的。因此一路上吟诗作文，并不寂寞，也未见出多少羁旅愁思。本诗就是这种情况下的作品。诗有小序，写道："予闻登州海市旧矣。父老云：尝见于春夏，今岁晚，不复见矣。予到官五日而去，以不见为恨，祷于海神广德王之庙。明日见焉，乃作此诗。"其实，苏轼没有来登州之前，就已表现出对登州海市的向往。这次到了登州，见到了海市，欣喜惊奇之情，一见于诗。诗中首先描写海市的奇幻景象，接着描写自己内心的惊诧与喜悦；最后感谢上天对自己的恩赐，幸运地见到海市奇观。全诗的基调是快乐轻松的。应该指出的是：本诗虽然是写景诗，却不是一味写景状物，而是在景语和情语中穿插议论。唐人之景物诗，大都是让景物客观地呈现，而把意蕴的索解留给读者，任你去生发、联想、意会，而本诗则除"重楼翠阜出霜晓"一句客观描绘之外，全用议论，直接站出来说理，语语说尽，不留余地，以理服人，其偏重理性思辨的艺术思维特征一看便知。

[1]登州：州名。宋代属京东路，领蓬莱、文登、黄、牟平四县，州治在蓬莱。今为山东蓬莱、栖霞以东一带。　[2]贝阙（què）：想象中水神居所中以贝壳为宫室的门楼。　[3]天地闭：天地进入闭藏的时节。古代以立秋、立冬为天地"闭"藏之时。这里指立冬。蛰（zhé）：动物冬眠蛰伏。　[4]翠阜（fù）：指碧绿的山丘。异事：不平常的事。海市本来常见于春夏之际，却在冬十月见到了，因此说是"异事"。惊倒：因为震惊而倾倒。　[5]不我拒：宾语前置句，意思是不拒绝我。　[6]潮阳太守：指唐代曾任潮州刺史的韩愈，他在唐宪宗时，由刑部侍郎贬为潮州刺史。石廪堆祝融：此为韩愈《谒衡岳庙遂宿岳寺题门楼》诗中所写景物："紫盖连延接天柱，石廪（lǐn）腾掷堆祝融。"紫盖、天柱、石廪、祝融皆为山峰名。衡山有七十二峰，经常包裹在云雾之中，平时不易见到，因此韩愈见到时称"喜"。苏轼这里是借此以比自己见到海市之时的喜悦。　[7]山鬼：山神。造物：古人认为有一个创造万物的神力，叫作造物。一般指天。龙钟：形容身体衰老、行动不灵便的样子。　[8]伸眉：扬眉，形容得意、舒畅。　[9]绮（qǐ）语：美妙的词语。亦安用：又有什么用。

书鄢陵王主簿所画折枝二首（其一）[1]

论画以形似，见与儿童邻[2]。
赋诗必此诗，定非知诗人。
诗画本一律，天工与清新[3]。
边鸾雀写生，赵昌花传神。
何如此两幅，疏澹含精匀。
谁言一点红，解寄无边春[4]。

王文诰《苏集总案》将本诗编于元祐二年（1087）七月至十二月，当时苏轼五十二岁，在翰林学士知制诰兼侍读任上。苏轼曾以陈怀立为自己作画的实际效果为例，说明作画要达到传神的效果，画家本身应该具备应有的素质，这种素质，用苏轼的话说就是“萧然有意于笔墨之外者也”，即要求画家不但要在绘画本身下功夫，而且还要在“笔墨之外”下功夫，也就是要有学识、修养等画外功夫。在这首诗中，苏轼多方面地阐述了自己的绘画主张：第一，诗中批评专重形似的绘画倾向，主张以神似为主；第二，提出绘画的基本风格和特征，即“天工与清新”，也就是浑然天成，自然清新。这一见解在他的其他作品如《白水山佛迹岩》《巫山》等诗中也有所表述。第三，强调把握关键，以少总多。用苏轼的话说就是“谁言一点红，解寄无边春”。如何以少总多呢？其实关键还在于“传神”。这一点，他在《赠李道士》诗中有所阐述：“世人只数曹将军，谁知虎头非痴人。腰间大羽何足道，颊上三毛自有神。”（《世说新语·巧艺》载：“顾长康画裴叔则，颊上益三根毛。人问其故，顾曰：‘裴楷俊朗有识具，正此是其识具。看画者寻之，定觉益三毛如有神明，殊胜未安时’。”）以顾恺之的绘画实践为据，说明通过传神之笔可以做到以少总多。

[1] 鄢陵：地名，即今河南鄢陵县。主簿：官名。汉代中央及郡县官署多置此官职，职责是主管文书，办理事务。到了魏晋时期，主簿逐渐变为将帅重臣的主要僚属，参与机要，总领府事。唐宋时皆以主簿为初事之官。折枝：花卉画法之一，不画全株，只画从树干上折下来的部分花枝，故名。　[2] 见：见解，见识。邻：相邻，接近。　[3] 天工：天然形成的工巧，与“人工”相对。　[4] 谁言：谁说，有谁敢说。

澄迈驿通潮阁二首（其二）[1]

余生欲老海南村，帝遣巫阳招我魂[2]。
杳杳天低鹘没处？青山一发是中原[3]。

元符三年（1100）正月，宋哲宗去世，宋徽宗继位，大赦天下。这年五月，苏轼在经历了海南岛三年流放生涯后量移廉州。他六月渡海，七月到达廉州。到了九月，又改为舒州团练副使，永州安置。北行到达英州的时候，又被复授朝奉郎，提举成都玉局观，外州军任便居住。本年年底，苏轼过岭。苏轼本来以为此生再也回不到中原，突然遇赦北归，确实大喜过望。这首诗就是这种心境的体现。诗中主要描写自己的心理活动：本来以为这辈子剩下的时光都将要在海南度过了，最后必将老死在这里了，没敢想能够活着回到故土。想都不敢想的事情却突然发生了，便不免归心似箭。

[1]澄迈驿：驿站名，其地址在澄迈县（今海南省北部）。通潮阁：一名通明阁，其遗址位于海南省澄迈县老城城西，澄江水畔，因为它“潮水依城”，所以名为通潮阁。　[2]帝遣巫阳招我魂：老天派遣女巫为我招魂。帝：天帝。巫阳：古代传说中的女巫。此处之天帝暗指朝廷，招魂其实是召还之意。　[3]杳杳（yǎo yǎo）：幽远的样子。鹘（hú）：隼。中原：故国河山。

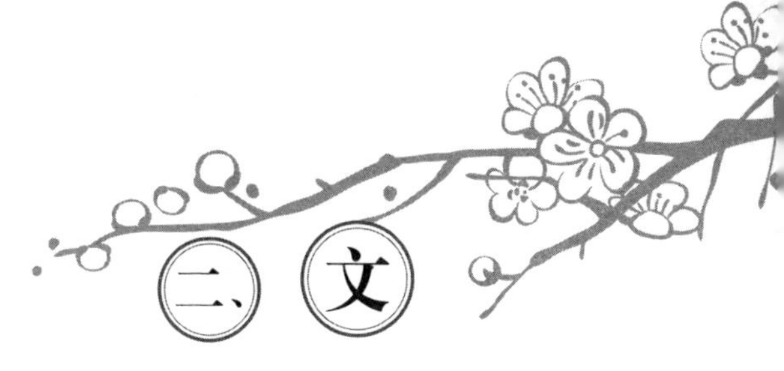

刑赏忠厚之至论

尧、舜、禹、汤、文、武、成、康之际[1]，何其爱民之深，忧民之切，而待天下之以君子长者之道也。有一善，从而赏之，又从而咏歌嗟叹之，所以乐其始而勉其终；有一不善，从而罚之，又从而哀矜惩创之[2]，所以弃其旧而开其新[3]。故其吁俞之声[4]，欢休惨戚[5]，见于虞、夏、商、周之书[6]。成、康既没[7]，穆王立，而周道始衰，然犹命其臣吕侯而告之以祥刑[8]。其言忧而不伤，威而不怒，慈爱而能断，恻然有哀怜无辜之心，故孔子犹有取焉[9]。传曰："赏疑从与"，所以广恩也；"罚疑从去"，所以慎刑也[10]。当尧之时，皋陶为士[11]，将杀人，皋陶曰"杀之"三，尧曰"宥之"三[12]，故天下畏皋陶执法之坚，而乐尧用刑之宽。四岳曰："鲧可用[13]。"尧曰："不可，鲧方命圮族[14]。"既而曰："试之。"何尧之不听皋陶之杀人，而从四岳之用鲧也？然则圣人之意，盖亦可见矣。《书》曰："罪疑惟轻，功疑惟重。与其杀不辜，宁失不经[15]。"呜呼！尽之矣！

可以赏，可以无赏，赏之过乎仁；可以罚，可以无罚，罚之过乎义[16]。过乎仁，不失为君子；过乎义，则流而入于忍人[17]。故仁可过也，义不可过也。

古者，赏不以爵禄，刑不以刀锯。赏以爵禄，是赏之道行于爵禄之所加[18]，而不行于爵禄之所不加也。刑以刀锯，是刑之威施于刀锯之所及，而不施于刀锯之所不及也。先王知天下之善不胜赏，而爵禄不足以劝也[19]；知天下之恶不胜刑，而刀锯不足以裁也[20]。是故疑则举而归之于仁。以君子长者之道待天下，使天下相率而归于君子长者之道，故曰忠厚之至也。

《诗》曰："君子如祉，乱庶遄已。君子如怒，乱庶遄沮[21]。"夫君子之已乱[22]，岂有异术哉？时其喜怒而无失乎仁而已矣。《春秋》之义，立法贵严，而责人贵宽。因其褒贬之义，以制赏罚，亦忠厚之至也。

这是苏轼二十二岁时应礼部考试的试文，作于宋仁宗嘉祐二年（1057）。苏轼紧扣题目，着力阐述古代的贤君赏善惩恶，都是本着忠厚宽大的原则，从而归纳出"使天下相率而归于君子长者之道"这一结论。主考官是欧阳修，详定官是梅尧臣。批卷之时梅主张取为第一名，欧阳修虽然心中也很赏识苏轼，但是又怀疑可能是他的门生曾巩所作。此外，他又考虑到文中"皋陶曰'杀之'三，尧曰'宥之'三"这两句话没有注明出处，最后决定取为第二名。到了苏轼入谢的时候，欧阳修问到那两句话的出处，"东坡笑曰：'想当然耳！'"（龚颐正《芥隐笔记》）

苏轼此文的中心思想是以仁政治国，也就是"以君子长者之道待天下，使天下相率而归于君子长者之道"。具体来说就是"立法贵严而责人贵宽"，"罪疑惟轻，功疑惟重"，"与其杀不辜，宁失不经"，实际上就是要赏罚分明。苏轼的这种主张与欧阳修等人的政治主张一致。同时，北宋初文坛深受"五代文弊"的影响，"风俗靡靡，日以涂地"，朝廷上的有识之士，虽然致力于矫正"五代文弊"，"罢去浮巧轻媚丛错采绣之文"，恢复两汉三代的朴实文风，不过收效不大，"余风未殄，新弊复作"，"求深者或至于迂，务奇者怪僻而不可读"（均见苏轼《谢欧阳内翰书》）。在这种情况下，苏轼这篇"有孟轲之风"（梅尧臣语）的文章朴实畅达，有为而作，不同流俗，正好适合欧、梅的口味，所以受到称赏和奖拔便是情理之中的事情。

[1]尧、舜、禹、汤、文、武、成、康之际：即唐尧、虞舜，经夏（禹）、

商（汤），到西周前期。　[2]惩创：惩戒、警戒之意。　[3]弃：抛弃。　[4]吁：叹词，表示不同意。俞：叹词，表示允许。　[5]欢休惨戚：欢喜与悲哀。休：喜乐。戚：忧愁、悲伤。　[6]虞、夏、商、周之书：《尚书》的四个组成部分，这里总指《尚书》。　[7]没：同"殁"，死。　[8]吕侯：周穆王时的司寇。　[9]"其言忧而不伤"五句：指周穆王对吕侯有关"祥刑"一段话（见《尚书·吕刑》）的评价。取：采取、采用。"孔子犹有取焉"说的是孔子删定六经时录入《尚书》之事。　[10]"传（zhuàn）曰"至"所以慎刑也"：《尚书·大禹谟》："罪疑惟轻，功疑惟重。"孔安国传云："刑疑附轻，赏疑从重，忠厚之至。"传：解说经义的文字。与：给。去：舍去。慎刑：谨慎用刑。　[11]皋陶：又作咎繇，被舜（作者误为尧）任为士，掌管刑罚。　[12]皋陶曰"杀之"三，尧曰"宥之"三：据杨万里《诚斋诗话》载，欧阳修问苏轼："……皋陶曰杀之三，尧曰宥之三，此见何书？"坡曰："事在《三国志·孔融传》注。"欧退而阅之无有。他日再问坡，坡云："曹操灭袁绍，以袁熙妻赐其子丕，孔融曰：昔武王伐纣，以妲己赐周公。操惊问何经见，融曰：以今日之事观之，意其如此。尧、皋陶之事，某亦意其如此。"欧退而大惊曰："此人可谓善读书，善用事，他日文章必独步天下。"　[13]四岳：相传为尧舜时分管四方诸侯的部落首领。一说是羲和的四个儿子（皆为尧臣），一说为官名。鲧：相传为禹之父，受四岳推举，奉尧之命治水，但是费时九年，治水不成，被处死。　[14]方命：违命。圮（pǐ）族：残害同族。　[15]经：常道，意思是应遵循的常规。　[16]义：合宜。　[17]忍人：凶残之人。　[18]加：施及。　[19]劝：倡导。　[20]裁：制裁。　[21]"君子如祉"四句：意为君子如果乐于招纳贤士，斥退小人，那自然就可以平息祸乱。语出《诗经·小雅·巧言》，但这里语序颠倒了。　[22]已：平息，制止。

留　侯　论

古之所谓豪杰之士者，必有过人之节[1]。人情有所不能忍者，匹夫见辱[2]，拔剑而起，挺身而斗，此不足为勇也。天下有大勇者，卒然临之而不惊[3]，无故加之而不怒，此其所挟持者甚大[4]，而其志甚远也。

夫子房受书于圯上之老人也[5]，其事甚怪；然亦安知其非秦之世有隐君子者出而试之[6]？观其所以微见其意者[7]，皆圣贤相与警戒之义，而世不察，以为鬼物[8]，亦已过矣。且其意不在书[9]。当韩之亡，秦之方盛也，以刀锯鼎镬待天下之士，其平居无罪夷灭者[10]，不可胜数；虽有贲、育[11]，无所复施。夫持法太急者[12]，其锋不可犯，而其末可乘[13]。子房不忍忿忿之心，以匹夫之力，而逞于一击之间[14]。当此之时，子房之不死者，其间不能容发[15]，盖亦已危矣。千金之子，不死于盗贼，何者？其身之可爱，而盗贼之不足以死也。子房以盖世之才，不为伊尹、太公之谋[16]，而特出于荆轲、聂政之计[17]，以侥幸于不死，此圯上之老人所为深惜者也。是故倨傲鲜腆而深折之[18]，彼其能有所忍也，然后可以就大事，故曰："孺子可教也。"

楚庄王伐郑，郑伯肉袒牵羊以逆[19]。庄王曰："其君能下人，必能信用其民矣。"遂舍之。勾践之困于会稽，而归臣妾于吴者，三年而不倦[20]。且夫有报人之志[21]，而不能下人者，是匹夫之刚也。夫老人者，以为子房才有余而忧其度量之不足，故深折其少年刚锐之气，使之忍小忿而就大谋。何则？非有平生之素[22]，卒然相遇于草野之间，而命以仆妾之役，油然而不怪者[23]，此固秦皇之所不能惊，而项籍之所不能怒也。

观夫高祖之所以胜，而项籍之所以败者，在能忍与不能忍之间而已矣。项籍惟不能忍，是以百战百胜而轻用其锋；高祖忍之，养其全锋而待其弊，此子房教之也。当淮阴破齐而欲自王，高祖发怒，见于词色。由此观之，犹有刚强不忍之气，非子房其谁全之[24]？

太史公疑子房以为魁梧奇伟，而其状貌乃如妇人女子，不称其志气。呜呼！此其所以为子房欤[25]！

本文作于宋仁宗嘉祐六年（1061），是应制之作。留侯，指张良，字子房。他曾辅佐汉高祖刘邦统一天下，被封为留侯。作者根据《史记·留侯世家》评论张良，把张良的性格高度概括成"能忍"两个字，并且进一步推论出"能忍"是事业成功与否的关键。应该说这一结论并不符合张良的全部性格和全部活动，不免有些片面。作者晚年也认识到自己思想的局限，在《答李端叔书》中说：“轼少年时，读书作文，专为应举而已。……故每纷然诵说古今，考论是非，以应其名耳。……妄论利害，搀说得失，此正制科人习气，譬之候虫时鸟，自鸣自已，何足为损益？”不过本文依然是一篇好文章。全文紧扣“忍小忿而就大谋”这一中心论点展开论述，以“忍”字贯通全篇，又恰当地使用历史材料，或解说故事，或引证史迹，或正反对比，构思严谨巧妙，行文流利畅达，富有说服力。

注释

[1]节：指节操。　[2]匹夫：平常人。见辱：被侮辱。　[3]卒（cù）然：突然间。卒：通“猝”。临：面对。　[4]挟持：抱负。　[5]“夫子房”句：据《史记·留侯世家》记载：当年张良派刺客在博浪沙锤击秦始皇，但事情没有成功，于是他便更改姓名逃到下邳，在圯（yí）上遇到一位老人。这位老人故意将鞋子丢到圯下，叫张良去捡，还要求他把鞋给穿好才行。张良忍气吞声地一一照办，经过多次考验，老人认为“孺子可教矣”，于是就给了他一部兵书，即《太公兵法》，并告知张良：“十三年，孺子见我济北，谷城山下黄石即我矣。”圯：桥。　[6]隐君子：隐居的君子，这里指圯上老人。　[7]微：稍稍。见：同“现”。　[8]以为鬼物：认为圯上老人是鬼物，这是古时人迷信所致。　[9]其意：圯上老人的意思。　[10]“以刀锯鼎镬（huò）”二句：意思是说秦王凶狠残暴，嗜杀成性。镬：无足的大鼎，形同大锅。夷灭：灭族。　[11]贲（bēn）、育：孟贲和夏育，古代著名的勇士。　[12]持法：执法。　[13]乘：用。　[14]逞：称心快意。一击之间：指张良派刺客在博浪沙椎（chuí）击秦始皇的事情。《史记·留侯世家》记载：张良作为韩国贵族，对秦灭韩极度愤恨，下决心报仇，他找到一个大力士，作铁椎重百二十斤。“秦皇帝东游，良与客狙击秦皇帝博浪沙中，误中副车。秦皇帝大怒，大索天下，求贼甚急，为张良故也。”　[15]间不能容发：形容形势危急到极点。　[16]太公：指姜太公。　[17]荆轲、聂政之计：指两个刺客行刺之事，即荆轲刺秦王与聂政刺韩相侠累。　[18]鲜腆（xiǎn tiǎn）：没有礼貌。鲜：缺乏。腆：美好。　[19]“楚庄王伐郑”二句：事见《左传·宣公十二年》。郑伯：郑襄公。逆：迎接。　[20]“勾践之困于会稽”三句：指越王勾践被吴国打败之

后所处的窘境。 [21]报人：向人报仇。 [22]素：素交，旧交。 [23]油然：舒迟的样子。 [24]“当淮阴”六句：说的是张良劝刘邦隐忍之事，见《史记·淮阴侯列传》。当时刘邦被项羽围困在荥阳，形势危急，而韩信破齐之后，想自己在那里称王，于是就派人向刘邦请求封他为“假王”。刘邦大怒，当时就骂道：“吾困于此，旦暮望若来佐我，乃欲自立为王。”在张良等人提示下，刘邦马上省悟过来，于是又改口骂道：“大丈夫定诸侯，即为真王耳，何以假为？”接着又派张良到齐地，立韩信为齐王，向他征兵击楚。淮阴：韩信，曾封淮阴侯。 [25]“太史公”以下五句：是作者对张良的评价，认为他虽然表面柔弱，而腹有良谋，胸怀大志，并以司马迁之言为据来证明自己的观点。《史记·留侯世家》：“太史公曰：余以为其人计魁梧奇伟，至见其图，状貌如妇人好女，盖孔子曰：‘以貌取人，失之子羽。’留侯亦云。”称（chèn）：相称。

贾谊论

非才之难，所以自用者实难[1]。惜乎！贾生[2]，王者之佐，而不能自用其才也。

夫君子之所取者远，则必有所待；所就者大，则必有所忍[3]。古之贤人，皆负可致之才[4]，而卒不能行其万一者，未必皆其时君之罪，或者其自取也[5]。

愚观贾生之论，如其所言，虽三代何以远过[6]？得君如汉文[7]，犹且以不用死。然则是天下无尧舜，终不可有所为耶？仲尼圣人，历试于天下[8]，苟非大无道之国，皆欲勉强扶持，庶几一日得行其道。将之荆，先之以冉有，申之以子夏[9]。君子之欲得其君，如此其勤也。孟子去齐，三宿而后出昼，犹曰：“王其庶几召我[10]。”君子之不忍弃其君，如此其厚也。公孙丑问曰：“夫子何为不豫？”孟子曰：“方今天下，舍我其谁哉？而吾何为不豫[11]？”君子之爱其身，如此其至也。夫如此而不用，然后知天下之果不足与有为，而可以无憾矣。若贾生者，非汉文之不用生，生之不能用汉文也[12]。

夫绛侯亲握天子玺而授之文帝[13]，灌婴连兵数十万，以决刘、吕之雌雄[14]，又皆高帝之旧将。此其君臣相得之分，岂特父子骨肉手足哉[15]？贾生，洛阳之少年。欲使其一朝之间，尽弃其旧而谋其新，亦已难矣[16]。为贾生者，上得其君，下得其大臣，如绛、灌之属，优游浸渍而深交之[17]，使天子不疑，大臣不忌，然后举天下而唯吾之所欲为，不过十年，可以得志。安有立谈之间，而遽为人痛哭哉[18]！观其过湘为赋以吊屈原，纡郁愤闷，趯然有远举之志[19]。其后以自伤哭泣，至于夭绝[20]。是亦不善处穷者也。夫谋之一不见用，安知终不复用也？不知默默以待其变，而自残至此[21]。呜呼！贾生志大而量小，才有余而识不足也。

古之人有高世之才，必有遗俗之累[22]。是故非聪明睿哲不惑之主，则不能全其用。古今称苻坚得王猛于草茅之中[23]，一朝尽斥去其旧臣，而与之谋。彼其匹夫略有天下之半[24]，其以此哉！愚深悲生之志，故备论之。亦使人君得如贾谊之臣，则知其有狷介之操[25]，一不见用，则忧伤病沮，不能复振。而为贾生者，亦谨其所发哉[26]！

导读

这是苏轼在嘉祐六年（1061）应制科试时所献二十五篇《进论》之一。文章着重论述贾谊的人生悲剧，并且指出其根源在于他“不能自用其才”，又不能忍耐和等待，急于求成，一遇挫折便悲痛伤心，不能振作。此外，还不善于等待时机，不善于处穷。虽有大志而气量太小，才虽有余而识见不足。这里，苏轼对贾谊性格悲剧及其形成原因的揭示不无道理，但把贾谊的失败完全归咎于他的性格则有失偏颇。从实而论，权豪势要的排挤与打击，对贾谊来说是最致命的，而这一点被作者忽略了。司马迁所撰《屈原贾生列传》乃《史记》中名篇。之所以将贾谊与屈原合传，是因为他们二人有相同的命运与遭际。苏轼此论从贾谊本身剖析其悲剧产生之根源，属于内在原因的探究。全文一唱三叹，寄寓了对贾生的深切同情。若干年后，当苏轼自己在仕途遭遇挫折时，是否常常引贾谊为戒呢？

注释

[1]“非才之难”二句：意思是能够运用自己的才能实在很难。[2]贾生：即贾谊，“生”是汉代对儒者的习惯称谓。[3]“夫君子之所取者远”四句：意谓君子应胸怀广阔，志向远大，同《留侯论》“所挟持者甚大，而其志甚远也”意思相同。[4]可致之才：能够实现功业、抱负的才能。[5]自取：即不能待且忍，所以说是“自取”。[6]三代：指夏、商、周三代。[7]汉文：汉文帝刘恒，在位时减轻赋役和刑罚，恢复和发展生产，促进了社会的繁荣和国家的强盛。历史上把他和汉景帝统治的时期相提并论，称为“文景之治”。[8]“仲尼圣人”二句：意思是说当年孔子不辞辛苦，带领门徒周游列国，极力宣扬自己的政治主张。历试：一次次地尝试。[9]“将之荆”三句：此数语见《礼记·檀弓上》。苏轼所引与原文有出入。之：去，往。荆：指楚国。冉有、子夏：孔子的两个弟子。申：重申，一说当“继”解。[10]“孟子去齐”三句：写孟子去齐之事。当时孟子不满于齐王不行王道，打算离开齐国，又期望齐王醒悟过来，召他回去，因而在齐国边境等了三天，但最终没有音信，只好离去。事见《孟子·公孙丑下》。[11]“公孙丑问曰”至“而吾何为不豫”：此处有误，作者错把充虞说成公孙丑。《孟子·公孙丑下》：“孟子去齐，充虞路问曰：‘夫子若有不豫（不高兴）色然。……’（孟子）曰：‘彼一时，此一时也。五百年必有王者兴，其间必有名世者。由周而来，七百有余岁矣。以其数，则过矣；以其时考之，则可矣。夫天未欲平治天下也；如欲平治天下，当今之世，舍我其谁也？吾何为不豫哉？’”[12]“非汉文之不用生”二句：意在批评贾谊，说不是汉文帝不重用贾谊，而是贾谊不能为汉文帝所重用。照应开头，即贾谊“不能自用其才也”。[13]“夫绛侯亲握”句：事见《史记·孝文本纪》。绛侯：指周勃，吕后死后，他主持平定诸吕之乱，使汉文帝以代王入为皇帝，是大汉功臣。玺：皇帝玉印。[14]“灌婴连兵数十万”二句：指汉功臣灌婴连兵数十万同周勃诛诸吕之事。见《史记·灌婴列传》。[15]特：仅仅，只是。[16]“贾生”至“亦已难矣”：指权贵排挤、打压贾谊之事。见《史记·屈原贾生列传》。[17]优游：优哉游哉，从容自如之态。浸渍：逐渐渗透。[18]而遽为人痛哭哉：用贾谊语，见《治安策》：“臣窃惟事势，可为痛哭者一，可为流涕者二，可为长太息（叹息）者六。”[19]“观其过湘为赋”三句：写贾谊被贬之时郁闷悲

愤之状。趯（tì）然：超然。远举：原指高飞，实为远隐。《史记·屈原贾生列传》："贾生既辞往行，闻长沙卑湿，自以寿不得长，又以适去，意不自得。及渡湘水，为赋以吊屈原。"《吊屈原赋》中"凤漂漂其高逝兮，固自引而远去；袭九渊之神龙兮，沕深潜以自珍"，也可见贾谊忧愤之思。　[20]"其后以自伤"二句：写贾谊之死。夭绝：即夭折。《史记·屈原贾生列传》："居数年，（梁）怀王骑，坠马而死，无后。贾生自伤为傅无状，哭泣岁余，亦死。"贾谊死时三十三岁。　[21]自残：自己害自己。　[22]遗俗之累：被世俗之人遗弃之祸。累：累赘、祸害。　[23]苻（fú）坚：十六国时期前秦皇帝，先后攻灭前燕、前凉、代国，统一北方大部分地区。383年攻晋，在淝水大败，为羌族首领姚苌所杀。王猛：十六国时期前秦大臣，出身贫寒。他曾拜见桓温，扪虱而谈天下大势，后为苻坚重臣。　[24]匹夫：此处指苻坚。　[25]狷介：性情正直，不肯同流合污。操：节操。　[26]谨：谨慎，引申为注意、小心。发：发挥自己的才智。

教战守策

夫当今生民之患[1]，果安在哉[2]？在于知安而不知危，能逸而不能劳。此其患不见于今[3]，而将见于他日。今不为之计[4]，其后将有所不可救者。

昔者先王知兵之不可去也[5]，是故天下虽平，不敢忘战。秋冬之隙，致民田猎以讲武[6]，教之以进退坐作之方[7]，使其耳目习于钟鼓旌旗之间而不乱[8]，使其心志安于斩刈杀伐之际而不慑[9]，是以虽有盗贼之变，而民不至于惊溃。及至后世，用迂儒之议[10]，以去兵为王者之盛节，天下既定，则卷甲而藏之[11]。数十年之后，甲兵顿弊[12]，而人民日以安于佚乐[13]；卒有盗贼之警，则相与恐惧讹言[14]，不战而走。开元、天宝之际，天下岂不大治？惟其民安于太平之乐，豢于游戏酒食之间[15]，其刚心勇气消耗钝眊[16]，痿蹶而不复振[17]。是以区区之禄山一出而乘之[18]，四方之民，兽奔鸟窜，乞为囚虏之不暇[19]，天下分裂[20]，而唐室固以微矣。

盖尝试论之：天下之势，譬如一身[21]。王公贵人所以养其身者，岂不至哉[22]？而其平居常苦于多疾[23]。至于农夫小民，终岁勤苦而未尝告病，此其故何也？夫风雨霜露寒暑之变，此疾之所由生也。农夫小民，盛夏力作而穷冬暴露，其筋骸之所冲犯[24]，肌肤之所浸渍[25]，轻霜露而狎风雨[26]，是故寒暑不能为之毒。今王公贵人处于重屋之下[27]，出则乘舆，风则袭裘[28]，雨则御盖[29]，凡所以虑患之具莫不备至[30]。畏之太甚而养之太过，小不如意，则寒暑入之矣。是故善养身者，使之能逸而能劳，步趋动作，使其四体狃于寒暑之变[31]，然后可以刚健强力，涉险而不伤。夫民亦然。今者治平之日久，天下之人骄惰脆弱，如妇人孺子，不出于闺门。论战斗之事，则缩颈而股栗；闻盗贼之名，则掩耳而不愿听。而士大夫亦未尝言兵，以为生事扰民，渐不可长[32]。此不亦畏之太甚而养之太过欤？

且夫天下固有意外之患也。愚者见四方之无事，则以为变故无自而有，此亦不然矣！今国家所以奉西北之虏者[33]，岁以百万计[34]，奉之者有限，而求之者无厌，此其势必至于战。战者，必然之势也，不先于我，则先于彼；不出于西，则出于北。所不可知者，有迟速远近，而要以不能免也[35]。天下苟不免于用兵，而用之不以渐，使民于安乐无事之中，一旦出身而蹈死地[36]，则其为患必有不测。故曰：天下之民知安而不知危，能逸而不能劳，此臣所谓大患也。臣欲使士大夫尊尚武勇，讲习兵法；庶人之在官者[37]，教以行阵之节；役民之司盗者[38]，授以击刺之术。每岁终则聚于郡府，如古都试之法[39]，有胜负，有赏罚。而行之既久，则又以军法从事。然议者必以为无故而动民，又挠以军法[40]，则民将不安；而臣以为此所以安民也。天下果未能去兵[41]，则其一旦将以不教之民而驱之战[42]。夫无故而动民，虽有小恐，然孰与夫一旦之危哉[43]？

今天下屯聚之兵[44]，骄豪而多怨，陵压百姓而邀其上者[45]，何故？此其心以为天下之知战者，惟我而已。如使平民皆习于兵，彼知有所敌[46]，则固已破其奸谋而折其骄气。利害之际，岂不亦甚明欤？

1061年，苏轼参加了“材识兼茂明于体用科”考试，在秘阁考试之后，宋仁宗

又亲临崇政殿，御试制科策问。苏轼在这种情况下写下了包括本文在内的一系列针砭时弊的政论文，希望宋仁宗能够虚心采纳，有补于时。北宋中叶以后，民族矛盾上升为主要矛盾，辽和西夏成为宋朝西北边疆的严重威胁，战争随时可能爆发。面对空前的危机，宋朝的执政者怯于外敌，唯图苟安，为历代所少见。苏轼清醒地认识到这种严峻的现实，并且充分认识到宋朝与辽和西夏的战争不可避免，所以在文章中明确提出，“知安而不知危，能逸而不能劳”是当时的最大祸害；然后用正反两方面的史实以及个人养生之道来论证、说明国家防御之策；接着根据形势，阐明战争的必然性，最后提出教民战守的具体方案。全文说理透彻，逻辑严密，有很强的说服力。

注释

[1]患：祸患，灾难。　[2]果安在哉：究竟在哪里呢？　[3]此其患：即文中所说的“当今生民之患”。　[4]之：指“知安而不知危，能逸而不能劳”的危急情况。计：对策。　[5]先王：指夏、商、周三代帝王。　[6]“秋冬之隙”二句：秋冬农闲的时候，召集人民去打猎，以讲习武事。　[7]进退坐作：即前进、后退、坐下、起立等军事训练时的基本动作。　[8]钟鼓旌旗：古代作战时所使用的指挥用具。　[9]安：安稳、习惯。　[10]迂儒：迂腐的读书人。　[11]卷甲：收起武器装备。　[12]顿：通“钝”，不锋利。弊：破败坏损。　[13]佚乐：悠闲安乐。　[14]相与恐惧讹言：相互之间恐惧惊慌，传布谣言。　[15]豢（huàn）：养。　[16]消耗钝眊（mào）：勇气消耗殆尽。眊：眼睛不明。　[17]痿蹶（wěi juě）：虚弱颓废。　[18]禄山：安禄山，本为胡人。唐玄宗时一度得宠，为平卢、范阳、河东节度使。天宝末年，起兵叛乱，攻陷洛阳、长安，自称大燕皇帝。后来发生内讧，为其子安庆绪所杀。乘之：利用时机。　[19]乞为囚虏之不暇：乞求做俘虏都来不及。　[20]天下分裂：指安史之乱后国家分裂、割据的局面。　[21]一身：周身，整个身体。　[22]至：周到。　[23]平居：平时。　[24]冲犯：侵袭。　[25]浸渍：浸泡。　[26]狎：轻视。　[27]重屋：重檐大屋。　[28]袭裘：古代盛礼时，掩上裼（xī）衣而不使羔裘见于外，谓之袭裘。裘：皮衣。　[29]御盖：打伞。　[30]虑患：考虑祸患。　[31]狃（niǔ）：习惯。　[32]渐不可长：防微杜渐，不让坏东西滋长。渐：事物发

展的开端。　[33]西北之虏：指西夏和宋北边的辽国，当时是宋的主要威胁。虏：古代汉族对敌人的蔑称。　[34]岁以百万计：是举成数，指北宋当时输辽岁币增为银二十万两，绢三十万匹；输西夏岁银七万两，绢十五万三千匹，茶三万斤。虽不足百万，但也是沉重的负担。　[35]要以不能免：指战争总归不能避免。　[36]出身：献身。蹈死地：走上战场。　[37]庶人：平民。在官者：在官府服役。　[38]司盗者：缉捕盗贼的差役。　[39]都试之法：集合军队，定期到都城演习武事的训练方法。　[40]挠：束缚，困扰。　[41]果：果真，果然。　[42]其：表示推测的语气词，即大概，但这里的意思是肯定的。　[43]孰与：何如，怎么样。　[44]屯聚之兵：在地方上驻扎的军队。　[45]邀其上：要挟上级。　[46]敌：匹敌，对手。

上梅直讲书

某官执事[1]：轼每读《诗》至《鸱鸮》[2]，读《书》至《君奭》[3]，常窃悲周公之不遇。及观《史》，见孔子厄于陈、蔡之间，而弦歌之声不绝[4]，颜渊、仲由之徒相与问答[5]。夫子曰："'匪兕匪虎，率彼旷野[6]。'吾道非耶？吾何为于此？"颜渊曰："夫子之道至大，故天下莫能容。虽然，不容何病[7]？不容然后见君子。"夫子油然而笑曰[8]："回，使尔多财，吾为尔宰[9]。"夫天下虽不能容，而其徒自足以相乐如此。乃今知周公之富贵，有不如夫子之贫贱。夫以召公之贤，以管、蔡之亲[10]，而不知其心，则周公谁与乐其富贵，而夫子之所与共贫贱者，皆天下之贤才，则亦足与乐乎此矣。

轼七八岁时，始知读书[11]。闻今天下有欧阳公者[12]，其为人如古孟轲、韩愈之徒；而又有梅公者从之游，而与之上下其议论[13]。其后益壮，始能读其文词，想见其为人，意其飘然脱去世俗之乐[14]，而自乐其乐也。方学为对偶声律之文[15]，求升斗之禄[16]，自度无以进见于诸公之间[17]。来京师逾年[18]，未尝窥其门[19]。今年春[20]，天下之士群至于礼部[21]，执事与欧阳修公实亲试之[22]，轼不自意[23]，获在第二[24]。既而闻之，执事爱其文，以为有孟轲之风，而欧阳公亦以其能不为世俗之文也而取焉。是以在此。非左右为之先容[25]，非亲旧为之请属[26]，而向之十余年间，闻其名而不得见者，一朝为知己。退而思之，人不可以苟富贵[27]，亦不可以徒贫贱[28]，有大贤焉而为其徒，则亦足恃矣。苟其侥一时之幸，从车骑数十人，使闾巷小民聚观而赞叹之，亦何以易此乐也。

传曰："不怨天，不尤人[29]。"盖"优哉游哉，可以卒岁[30]"。执事名满天下，而位不过五品，其容色温然而不怒，其文章宽厚敦朴而无怨言，此必有所乐乎斯道也。轼愿与闻焉。

导读

梅直讲，即梅尧臣，北宋诗文革新运动的倡导者，当时任国子监直讲，故称梅直讲。在北宋嘉祐二年（1057）正月举行的礼部考试中，他为参详官，主要负责编排评定等具体事务。苏轼参加此次礼部考试，梅尧臣作为考官，对苏轼的试卷大加赞赏，"以为有孟轲之风"，于是便推荐给主考官欧阳修，"文忠惊喜，以为异人。欲以冠多士，疑曾子固所为。子固，文忠门下士也，乃置公第二"（苏辙《东坡先生墓志铭》）。本文是苏轼中进士之后给梅尧臣的一封信，信中着重抒写自己中第后的由衷喜悦，表达了受到欧、梅识拔，前辈奖许的感激之情，通篇贯穿一个"乐"字，洋溢着春风得意与巧遇知己的喜悦之情。

注释

[1]某官执事：指代梅尧臣。某官：古代书信中常被用来代称对方官职。执事：古时举行典礼时担任专职的人。　　[2]《鸱鸮（chī xiāo）》：《诗经·豳（bīn）风》中的一篇。周公是周武王之弟，姓姬，名旦，他的采邑在周（今陕西岐山之北），因此被称为周公。《毛诗序》："《鸱鸮》，周公救乱也。成王未知周公之志，公乃为诗以遗王，名之曰《鸱鸮》焉。"周成王对周公救乱之举有怀疑，认为有异志，因此周公托言鸱鸮表明心志。救乱指周公讨伐武庚、管叔、蔡叔之事。　　[3]《君奭（shì）》：《尚书·周书》中的一篇。周武王

死后，召公（名奭）与周公共同辅佐成王，但是召公却怀疑周公有野心，周公为此作《君奭》一文为自己辩白。　[4]“及观《史》”三句：《史》指《史记》。陈、蔡是周王朝的两个诸侯国。据《史记·孔子世家》载，陈、蔡大夫对楚国人聘孔子一事横加阻拦，“于是乃相与发徒役围孔子于野。不得行，绝粮。从者病，莫能兴。孔子讲诵弦歌不衰”。　[5]颜渊：孔子的弟子，名回，字子渊。仲由：孔子的弟子，字子路。　[6]“匪兕（sì）匪虎”二句：语出《诗经·小雅·何草不黄》。匪：同“非”。兕：犀牛。率：原意是沿着，诗中引申为奔忙。　[7]病：忧虑。　[8]油然：一作“犹然”，舒缓的样子。　[9]宰：这里指家臣。以上是孔子与其弟子的对话，见《史记·孔子世家》，文字上有删节。　[10]管、蔡：管叔和蔡叔，周公的两个弟弟。　[11]“轼七八岁时”二句：苏轼自述。他自己在《陈太初尸解》中说：“吾八岁入小学，以道士张易简为师。”　[12]欧阳公：指欧阳修，当时的文坛领袖。　[13]上下：原意为增加、减少，此处引申为讨论、商榷。　[14]意：同“臆”，猜测。　[15]对偶声律之文：指当时进士科考试中必考的诗、赋等讲究对仗、押韵的文体。　[16]升斗之禄：俸禄微薄的意思。　[17]度：揣测。　[18]来京师逾年：苏轼自述来京赶考所费时日。苏轼与弟弟苏辙于嘉祐元年（1056）五月随父到达京师（今河南开封），九月参加乡试；第二年正月参加礼部考试，三月与其弟苏辙同科进士及第。逾年：超过一年，即过了嘉祐元年。　[19]窥其门：登门拜访的意思。　[20]今年春：指嘉祐二年（1057）正月。　[21]礼部：官署之名，为六部之一。掌管礼乐、祭祀、封建、宴乐以及学校贡举的政令。　[22]执事与欧阳修公实亲试之：指嘉祐二年（1057），欧阳修为主考官，梅尧臣为参详官，知礼部贡举一事。　[23]不自意：自己没有料想到。　[24]获在第二：苏轼在嘉祐二年（1057）进士科考试时为第二名。　[25]左右：指欧、梅二人身边的亲信。先容：事先进行推荐、疏通。　[26]属：同“嘱”，原为嘱咐，此处是托人、打招呼的意思。　[27]苟富贵：以不正当的手段谋富贵。　[28]徒贫贱：无所作为而白白地处于贫贱的地位。徒：徒然，枉然。　[29]“不怨天”二句：语见《论语·宪问》。怨：埋怨。尤：责备。　[30]“优哉游哉”二句：《左传·襄公二十一年》作“《诗》曰‘优哉游哉，聊以卒岁’”。优哉游哉：形容悠然自得的样子。

日　喻

生而眇者不识日[1]，问之有目者。或告之曰："日之状如铜盘。"扣盘而得其声。他日闻钟[2]，以为日也。或告之曰："日之光如烛。"扪烛而得其形[3]。他日揣籥[4]，以为日也。日之与钟、籥亦远矣，而眇者不知其异，以其未尝见而求之人也。

道之难见也甚于日[5]，而人之未达也[6]，无以异于眇。达者告之，虽有巧譬善导[7]，亦无以过于盘与烛也。自盘而之钟[8]，自烛而之籥，转而相之，岂有既乎[9]！故世之言道者，或即其所见而名之[10]，或莫之见而意之[11]，皆求道之过也。然则道卒不可求欤？苏子曰："道可致而不可求[12]。"何谓"致"？孙武曰[13]："善战者致人[14]，不致于人。"子夏曰[15]："百工居肆以成其事，君子学以致其道。"莫之求而自至，斯以为"致"也欤？

南方多没人[16]，日与水居也，七岁而能涉，十岁而能浮，十五而能没矣。夫没者，岂苟然哉[17]？必将有得于水之道者[18]。日与水居，则十五而得其道；生不识水，则虽壮，见舟而畏之。故北方之勇者，问于没人，而求其所以没，以其言试之河，未有不溺者也。故凡不学而务求道，皆北方之学没者也。

昔者以声律取士[19]，士杂学而不志于道；今也以经术取士[20]，士知求道而不务学。渤海吴君彦律[21]，有志于学者也，方求举于礼部，作《日喻》以告之。

本文作于宋神宗元丰元年（1078）十月十二日（一说十三日）。写作缘起，本文末尾有交代："渤海吴君彦律，有志于学者也，方求举于礼部，作《日喻》以告

之。”写作背景，篇末也有说明：“昔者以声律取士，士杂学而不志于道；今也以经术取士，士知求道而不务学。”这几句话关涉甚大。熙宁四年（1071）二月，神宗皇帝采纳王安石的建议，用经义、策论试进士，而罢去自唐以来诗赋取士的制度，助长了当时空谈义理、不重实学的风气。特别是熙宁八年（1075）六月，王安石《三经新义》（三经指《诗经》《尚书》《周礼》）颁行以后，“士趋时好，专以王氏《三经义》为捷径，非徒不观史，而于所习经外，他经及诸子无复读者。故于古今人物及世治乱兴衰之迹，亦漫不省”（朱弁《曲洧旧闻》卷三）。苏轼既认识到过去以诗赋取士的偏颇——“士杂学而不志于道”，又看到现在“以经术取士”的弊端——“士知求道而不务学”。正是在这种背景之下，苏轼写下这篇文章。其目的，苏轼自己在《乌台诗案》中说得明白：“元丰元年（1078），轼知徐州。十月十三日，在本州监酒正字吴琯锁厅得解，赴省试。轼作文一篇，名为《日喻》，以讥讽近日科场之士但务求进，不务积学，故皆空言而无所得。以讥讽朝廷更改科场新法不便也。”这虽是在逼供情况下写出的供词，但是批评“以经术取士”的弊端以及以诗赋取士的不足则是本文的宗旨。

文章以生动形象的比喻入手，引出“道可致而不可求”这一中心论点，揭示出“道”只能通过长期的实践而自然达到，不可能一蹴而就。即使有“达者告之”，也不可能一下子得到。

注释

[1] 眇（miǎo）：一目失明，这里指双目失明。 [2] 他日：有一天。 [3] 扪：摸。 [4] 揣：摸。籥（yuè）：一种像笛子的管乐器，一般比笛子短。 [5] 道：道理，真理。此处专指儒家的学术思想。 [6] 达：通达，懂得。 [7] 巧譬：巧妙的比喻。导：引导，指点。 [8] 之：到。 [9] 转而相之，岂有既乎：一个接一个地比来比去，哪有止境呢。既：尽头，止境。 [10] 名之：称呼它。 [11] 莫之见而意之：根本没有见到它（道），却单凭主观进行臆测。意：通“臆”，猜想、猜测。 [12] 致：导致，达到。 [13] 孙武：春秋时期齐国杰出的军事家，著有《孙子兵法》。 [14] 善战者致人：语出《孙子·虚实篇》，意思是善于作战的人，让敌人听我调动，自投罗网。 [15] 子夏：孔子的学生，卫国人。 [16] 没人：能潜水的游泳能手。 [17] 岂苟然哉：难道是轻易做到的吗？苟然：轻易，随便。 [18]

水之道：水性。　　[19]以声律取士：以律诗和律赋取士，唐朝和宋初都用此法进行考试，选拔进士。　　[20]以经术取士：以儒家经典为考试的主要内容。　　[21]渤海：郡名，宋代属河北路滨州，郡所在今山东富阳一带。吴君彦律：吴琯，字彦律。苏轼知徐州之时他是监酒。

喜雨亭记

亭以雨名，志喜也[1]。古者有喜则以名物，示不忘也。周公得禾，以名其书[2]；汉武得鼎，以名其年[3]；叔孙胜狄，以名其子[4]。其喜之大小不齐，其示不忘一也。

余至扶风之明年[5]，始治官舍，为亭于堂之北，而凿池其南，引流种木，以为休息之所。是岁之春，雨麦于岐山之阳[6]，其占为有年[7]。既而弥月不雨[8]，民方以为忧。越三月乙卯乃雨[9]，甲子又雨[10]，民以为未足。丁卯大雨[11]，三日乃止。官吏相与庆于庭，商贾相与歌于市，农夫相与忭于野[12]，忧者以乐，病者以愈，而吾亭适成。

于是举酒于亭上以属客[13]，而告之曰："五日不雨可乎？"曰："五日不雨则无麦。""十日不雨可乎？"曰："十日不雨则无禾。"无麦无禾，岁且荐饥[14]，狱讼繁兴[15]，而盗贼滋炽。则吾与二三子，虽欲优游以乐于此亭，其可得耶？今天不遗斯民，始旱而赐之以雨，使吾与二三子得相与优游而乐于亭者，皆雨之赐也。其又可忘邪？

既以名亭，又从而歌之，曰："使天而雨珠，寒者不得以为襦[16]；使天而雨玉，饥者不得以为粟。一雨三日，伊谁之力[17]？民曰太守，太守不有[18]。归之天子，天子曰不。归之造物，造物不自以为功。归之太空，太空冥冥。不可得而名，吾以名吾亭。"

导读

关于本文的创作年代，文中云："余至扶风之明年。"扶风，旧郡名，即宋之凤翔府（今属陕西）。苏轼于嘉祐六年（1061）十二月任凤翔府签判，此文当作于嘉祐七年（1062）。喜雨亭位于凤翔府城东北。文章通篇紧扣"喜雨亭"三字，先叙修亭，然后记雨，再进一步渲染百姓久旱逢雨的欢乐，又以对话的方式阐述雨水对百姓生活的重要性。最后以对雨的赞歌收笔。作者对亭子本身没有任何具体描绘，对其周围景色也只字未提。读过此文，我们体会到文章中深深蕴含着民以食为天的思想和与民同乐的感情，这是本文最突出的特色。

注释

[1]志：记，记载。　[2]周公得禾，以名其书：周成王之弟唐叔虞得到两禾共生一穗的嘉禾，进献成王。成王又把它赐给周公，周公作《嘉禾》一文。事见《尚书·微子之命》。《归禾》《嘉禾》为《尚书》篇名，均佚。　[3]汉武得鼎，以名其年：据《史记·孝武本纪》记载，汉武帝元狩七年夏六月中得宝鼎于汾水，于是便改年号为元鼎。鼎一般用青铜制成，被作为立国的宝器，盛于殷周时期。　[4]叔孙胜狄，以名其子：当年鲁文公命叔孙得臣率兵打败了入侵的狄军，并俘获狄君侨如，把叔孙得臣的儿子宣伯改名侨如，以示庆祝。事见《左传·文公十一年》。　[5]扶风：宋称凤翔府，治所在今陕西凤翔县。这里沿用旧称。　[6]雨（yù）麦：即天上下麦。"雨"在此处作动词用。岐山：在凤翔东北。　[7]占：占卜。有年：丰收之年。　[8]弥月：满一个月。　[9]越：到。乙卯：三月初八。　[10]甲子：三月十七日。　[11]丁卯：三月二十日。　[12]忭（biàn）：高兴，喜悦。　[13]属（zhǔ）客：以酒劝客。　[14]荐饥：连年饥荒。荐：频仍，屡次。　[15]狱讼：诉讼案件。　[16]襦（rú）：短袄。　[17]伊：语助词。　[18]太守：当时凤翔知府宋选。

凌虚台记

国于南山之下[1]，宜若起居饮食与山接也。四方之山，莫高于终南；而都邑之丽山者[2]，莫近于扶风。以至近求最高，其势必得。而太守之居，未尝知有山焉[3]。虽非事之所以损益[4]，而物理有不当然者[5]，此凌虚之所为筑也。

方其未筑也，太守陈公杖履逍遥于其下[6]。见山之出入于林木之上者，累累如人之旅行于墙外而见其髻也。曰："是必有异。"使工凿其前为方池，以其土筑台，高出于屋之危而止[7]。然后人之至于其上者，恍然不知台之高[8]，而以为山之踊跃奋迅而出也。公曰："是宜名凌虚。"以告其从事苏轼，而求文以为记。

轼复于公曰："物之废兴成毁，不可得而知也。昔者荒草野田，霜露之所蒙翳[9]，狐虺之所窜伏[10]。方是时，岂知有凌虚台耶？废兴成毁，相寻于无穷[11]，则台之复为荒草野田，皆不可知也。尝试与公登台而望，其东则秦穆之祈年、橐泉也[12]，其南则汉武之长杨、五柞[13]，而其北则隋之仁寿、唐之九成也[14]。计其一时之盛，宏杰诡丽，坚固而不可动者，岂特百倍于台而已哉[15]了？然而数世之后，欲求其仿佛，而破瓦颓垣，无复存者。既已化为禾黍荆棘丘墟陇亩矣，而况于此台欤？夫台犹不足恃以长久，而况于人事之得丧，忽往而忽来者欤？而或者欲以夸世而自足，则过矣！盖世有足恃者，而不在乎台之存亡也！"

既已言于公，退而为之记。

本文作于宋仁宗嘉祐八年（1063）。当时苏轼二十八岁，正在大理评事签书凤翔府（今陕西凤翔）判官任上。这年正月，陈希亮（字公弼）接替宋选知凤翔，其对待下属十分严苛，因此僚吏不敢仰视。凌虚台是陈希亮在凤翔时所筑之台，台成以后请苏轼作记，苏轼便借机讽之。因此，本文的主旨是讥讽陈希亮，意在提示他：官高、位显、权重并不足恃，弄不好便遭覆亡之祸。关于这一点，苏轼自己在《陈公弼传》中有所说明："轼官于凤翔，实从公二年。方是时，年少气盛，愚不更事，屡与公争议，至形于言色，已而悔之。"《三苏文范》卷十四引杨慎之言说："《喜雨亭记》全是赞太守，《凌虚台记》全是讥太守。《喜雨亭》直以天子造化相形，见得有补于民；《凌虚台》则以秦汉隋唐相形，见得无补于民，而机局则一也。"这篇短文共分两段。第一段记叙凌虚台的建造过程及设计之巧妙；第二段则借凌虚台引发出深深的历史沧桑感与忧患意识，指出不仅一台不足恃，就是秦皇汉武隋唐之雄伟宫殿，数世之后，也"无复存者"，进而将对陈希亮的讽谏暗寓其中。

[1]国：原指郡国，这里指凤翔。南山：即终南山，在今陕西西安市南，为秦岭主峰之一。　[2]丽：依附，靠近。　[3]未尝知有山：不知道有终南山。　[4]损：损害。益：益处。　[5]而物理有不当然者：按事物的常理不应该这样。　[6]陈公：陈希亮。　[7]危：屋脊。　[8]恍然：好像，仿佛。　[9]蒙翳（yì）：遮蔽。　[10]虺（huǐ）：毒蛇。　[11]相寻于无穷：意思是废兴与成败之事循环往复，无穷无尽。　[12]祈年、橐（tuó）泉：秦代的两座宫殿名。一个是秦孝公时建造，一个是秦惠公时建造。　[13]长杨、五柞（zuò）：汉武帝时的两座宫殿名，其旧址都在今陕西省周至县。　[14]仁寿：杨素为隋文帝所建之宫，见《隋书·杨素传》。九成：唐宫名，由隋代的仁寿宫改成。　[15]特：只，仅。

超 然 台 记

凡物皆有可观。苟有可观，皆有可乐，非必怪奇玮丽者也。铺糟啜醨[1]，皆可以醉；果蔬草木，皆可以饱。推此类也，吾安往而不乐[2]？

夫所谓求福而辞祸者，以福可喜而祸可悲也。人之所欲无穷，而物之可以足吾欲者有尽。美恶之辨战乎中，而去取之择交乎前，则可乐者常少，而可悲者常多，是谓求祸而辞福。夫求祸而辞福，岂人之情也哉？物有以盖之矣[3]。彼游于物之内，而不游于物之外[4]。物非有大小也，自其内而观之[5]，未有不高且大者也。彼挟其高大以临我，则我常眩乱反复，如隙中之观斗，又焉知胜负之所在？是以美恶横生，而忧乐出焉。可不大哀乎！

余自钱塘移守胶西[6]，释舟楫之安[7]，而服车马之劳[8]；去雕墙之美，而蔽采椽之居[9]；背湖山之观，而适桑麻之野。始至之日，岁比不登，盗贼满野，狱讼充斥；而斋厨索然，日食杞菊[10]，人固疑余之不乐也。处之期年[11]，而貌加丰，发之白者日以反黑。余既乐其风俗之淳，而其吏民亦安予之拙也。于是治其园圃，洁其庭宇，伐安丘、高密之木[12]，以修补破败，为苟全之计。而园之北，因城以为台者旧矣；稍葺而新之，时相与登览，放意肆志焉[13]。南望马耳、常山[14]，出没隐见，若近若远，庶几有隐君子乎？而其东则卢山[15]，秦人卢敖之所从遁也。西望穆陵[16]，隐然如城郭，师尚父、齐桓公之遗烈[17]，犹有存者。北俯潍水[18]，慨然太息[19]，思淮阴之功[20]，而吊其不终。台高而安，深而明，夏凉而冬温。雨雪之朝，风月之夕，余未尝不在，客未尝不从。撷园蔬[21]，取池鱼，酿秫酒[22]，瀹脱粟而食之[23]，曰："乐哉游乎！"

方是时，余弟子由适在济南，闻而赋之，且名其台曰"超然"。以见余之无所往而不乐者，盖游于物之外也。

本文作于熙宁八年（1075）。超然台在宋密州（今山东省诸城市）北城上。在北宋时期的新旧党争中，苏轼感到苦闷与不适，所以自请外调，于神宗熙宁四年（1071）通判杭州，至七年（1074）移知密州。熙宁八年（1075）修葺超然台，文章即写于此时。虽属景物记，但是超然台上说超然，也是自抒胸襟与怀抱。文章总体上分为三个部分。一、二自然段主要以议论出之，从正、反两方面阐发作者超然物外、无往而不乐的人生态度，为第一部分。第二部分即第三段，重在叙事。主要写自己由杭州到密州生活环境的变化，叙述自己在艰难的环境中怎样悠然自处，以及修葺废台，登台眺远，台上游乐等事，抒发其超然物外之情。第三部分即最后一段，意在点题："以见余之无所往而不乐者，盖游于物之外也。"不过从字里行间，我们还是能体味出作者超然之乐后面的一丝苦闷。

注释

[1]铺（bù）糟啜（chuò）醨：吃酒糟，饮淡酒。语出《楚辞·渔父》："众人皆醉，何不餔其糟而啜其醨。" [2]安往：去哪里。 [3]盖：掩盖，蒙蔽。 [4]游：指游心，即游心物外。 [5]自其内：从事物内部。 [6]钱塘：代指浙江杭州。胶西：胶河以西，即今山东胶州、高密一带，此处指密州。 [7]释：舍弃。 [8]服：从事于。 [9]蔽：掩蔽。采椽之居：形容房舍简陋。采：栎木。 [10]"始至之日"至"日食杞菊"：写自己在胶西的生活。苏轼《后杞菊赋》序云："余仕宦十有九年，家日益贫，衣食之奉，殆不如昔者。及移守胶西，意且一饱，而斋厨索然，不堪其忧，日与通守刘君廷式，循古墙废圃，求杞菊食之，扪腹而笑。"岁比不登：连年收成不好。比：频，多次。登：收成。杞菊：枸杞与菊花。其嫩芽、叶可食。菊，或说为菊花菜，即茼蒿。 [11]期（jī）年：整整一年。 [12]安丘、高密：安丘在今山东潍坊南，高密在今山东胶州西北。 [13]放意肆志：由性而为，放纵情志。 [14]马耳、常山：两山名，都在今山东诸城南。 [15]卢山：本名故山，在诸城南。因战国人卢敖隐居于此，所以更名为卢山。《淮南子·应道训》有"卢敖游于北海"句。许慎注云："卢敖，燕人，秦始皇召为博士，使求神仙，亡而不返也。" [16]穆陵：即穆陵关，故址在今山东临朐东南的大岘山上。 [17]师尚父：即吕尚，又称姜太公。齐桓公：名小白，为春秋五霸之一。 [18]潍水：潍河，源于山东五莲县，流经诸城，至昌邑入莱州湾。 [19]太息：叹息。 [20]淮阴：指代韩信，他辅佐刘邦平定天下，建立了不朽的功勋，被封为淮阴侯。被吕后以谋叛罪诛杀，不得善终。 [21]撷（xié）：摘。 [22]秫（shú）酒：高粱酒。秫：高粱，可以酿酒。 [23]瀹（yuè）：煮。脱粟：只脱去糠皮的糙米。

放鹤亭记

熙宁十年秋[1]，彭城大水[2]。云龙山人张君之草堂[3]，水及其半扉。明年春，水落，迁于故居之东，东山之麓。升高而望，得异境焉，作亭于其上。彭城之山，冈岭四合，隐然如大环，独缺其西十二[4]，而山人之亭，适当其缺。春夏之交，草木际天[5]；秋冬雪月，千里一色。风雨晦明之间，俯仰百变。山人有二鹤，甚驯而善飞。旦则望西山之缺而放焉，纵其所如[6]，或立于陂田，或翔于云表，暮则傃东山而归[7]，故名之曰“放鹤亭”。

郡守苏轼，时从宾佐僚吏往见山人。饮酒于斯亭而乐之，揖山人而告之[8]，曰：“子知隐居之乐乎？虽南面之君[9]，未可与易也。《易》曰：‘鸣鹤在阴，其子和之[10]。’《诗》曰：‘鹤鸣于九皋，声闻于天[11]。’盖其为物，清远闲放，超然于尘垢之外。故《易》《诗》人以比贤人君子隐德之士。狎而玩之[12]，宜若有益而无损者，然卫懿公好鹤则亡其国[13]。周公作《酒诰》[14]，卫武公作《抑戒》[15]，以为荒惑败乱无若酒者，而刘伶、阮籍之徒以此全其真而名后世[16]。嗟夫！南面之君，虽清远闲放如鹤者，犹不得好，好之则亡其国。而山林遁世之士[17]，虽荒惑败乱如酒者，犹不能为害，而况于鹤乎？由此观之，其为乐，未可以同日而语也。”山人忻然而笑曰[18]：“有是哉！”乃作放鹤、招鹤之歌曰：“鹤飞去兮西山之缺，高翔而下览兮择所适。翻然敛翼[19]，宛将集兮[20]，忽何所见，矫然而复击[21]。独终日于涧谷之间兮，啄苍苔而履白石。”“鹤归来兮，东山之阴[22]。其下有人兮，黄冠草履葛衣而鼓琴[23]。躬耕而食兮，其余以汝饱。归来归来兮，西山不可以久留。”

元丰元年十一月初八日记。

导读

本文是作者元丰元年(1078)知徐州时作。云龙山人张天骥当时与苏轼过从甚密，张所筑放鹤亭，坐落在徐州城南“冈岭四合”“草木际天”的云龙山上。在亭子落成之时，苏轼便应其所请，为之作记。文章先叙亭写鹤，即简述放鹤亭的修建经过、所在位置、四周景色，以及鹤的朝放暮归。然后以议论出之，说明隐居之乐。最后以放鹤招鹤之歌作结，首尾呼应，自然而然，不露斧凿之痕。文章通过写鹤来写隐者，又通过写隐者来寄托感慨，命意很深。

注释

[1]熙宁十年：1077年。　[2]彭城：今徐州。　[3]云龙山：山名，在今徐州市城南。张君：字天骥，因为他居云龙山，故号云龙山人。　[4]西十二：西面的十分之二。　[5]际天：连天，接天。　[6]纵其所如：任凭它到什么地方。如：往，到。　[7]傃：向。　[8]揖(yī)：拱手礼。　[9]南面之君：古代以面向南为尊位，帝王之位南向，所以称为南面之君。此处用庄子语意，《庄子·至乐》：“死，无君于上，无臣于下，亦无四时之事，从然以天地为春秋，虽南面王乐，不能过也。”　[10]“鸣鹤在阴”二句：见《易·中孚·九二》。　[11]“鹤鸣于九皋”二句：见《诗经·小雅·鹤鸣》。　[12]狎：亲近。　[13]卫懿公好鹤则亡其国：说的是卫懿公因爱好养鹤而失去人心，致使卫国被狄人所灭之事。见《左传·闵公二年》。　[14]《酒诰》：《尚书》篇名。《尚书·康诰》序：“成王既伐管叔、蔡叔，以殷余民封康叔，作《康诰》《酒诰》《梓材》。”《酒诰》孔安国传云：“康叔监殷民，殷民化纣嗜酒，故以戒《酒诰》。”　[15]《抑戒》：指《抑》，《诗经·大雅》篇名。《毛诗序》云：“《抑》，卫武公刺厉王，亦以自警也。”其中第三章有“颠覆厥德，荒湛于酒”句。　[16]刘伶、阮籍：魏晋间名士，“竹林七贤”中的两个人，都以好酒闻名。　[17]遁世：避世，指隐居。　[18]忻(xīn)：同“欣”，高兴。　[19]翻然：回飞之状。　[20]宛：好像。　[21]矫然：强健之状。　[22]阴：山北。古人以山北水南为阴。　[23]草履：草鞋。葛衣：用葛草编织而成的衣服。

石钟山记

《水经》云[1]：“彭蠡之口有石钟山焉[2]。”郦元以为下临深潭[3]，微风鼓浪，水石相搏[4]，声如洪钟[5]。是说也[6]，人常疑之。今以钟磬置水中[7]，虽大风浪不能鸣也[8]，而况石乎？至唐李渤始访其遗踪[9]，得双石于潭上，“扣而聆之[10]，南声函胡[11]，北音清越[12]，桴止响腾[13]，余韵徐歇[14]”，自以为得之矣[15]。然是说也，余尤疑之。石之铿然有声者[16]，所在皆是也[17]，而此独以钟名[18]，何哉？

元丰七年六月丁丑[19]，余自齐安舟行适临汝[20]，而长子迈将赴饶之德兴尉[21]，送之至湖口[22]，因得观所谓石钟者。寺僧使小童持斧，于乱石间择其一二扣之，硿硿焉[23]，余固笑而不信也[24]。至莫夜月明[25]，独与迈乘小舟至绝壁下[26]。大石侧立千尺[27]，如猛兽奇鬼，森然欲搏人[28]；而山上栖鹘[29]，闻人声亦惊起，磔磔云霄间[30]；又有若老人咳且笑于山谷中者[31]，或曰：“此鹳鹤也[32]。”余方心动欲还[33]，而大声发于水上，噌吰如钟鼓不绝[34]。舟人大恐[35]。徐而察之[36]，则山下皆石穴罅[37]，不知其浅深，微波入焉[38]，涵澹澎湃而为此也[39]。舟回至两山间[40]，将入港口，有大石当中流，可坐百人，空中而多窍[41]，与风水相吞吐[42]，有窾坎镗鞳之声[43]，与向之噌吰者相应[44]，如乐作焉[45]。因笑谓迈曰[46]：“汝识之乎[47]？噌吰者，周景王之无射也[48]；窾坎镗鞳者，魏庄子之歌钟也[49]。古之人不余欺也[50]。”

事不目见耳闻而臆断其有无[51]，可乎？郦元之所见闻殆与余同[52]，而言之不详；士大夫终不肯以小舟夜泊绝壁之下[53]，故莫能知；而渔工水师[54]，虽知而不能言。此世所以不传也[55]。而陋者乃以斧斤考击而求之[56]，自以为得其实[57]。余是以记之，盖叹郦元之简，而笑李渤之陋也。

导读

这是一篇游记，带有考辨性质，具有议论文的一些特征。石钟山在今江西省湖口县的鄱阳湖畔，山因居县城南北，分为上、下二钟山。元丰七年（1084）正月，宋神宗出手札命苏轼由黄州（今湖北黄冈）移任汝州（今河南省汝州市）团练副使、本州安置。本年三月文书到，四月苏轼离黄州，计划走水路经长江、淮河入洛赴任所。他先到江西，游庐山，五月到筠州（今江西省高安市），同弟弟苏辙（时监筠州盐酒税）话别，六月送长子苏迈赴饶州德兴县（今江西省德兴市）做县尉。途经湖口游石钟山之后，苏轼写下这篇文章。文章通篇围绕着石钟山得名的由来，夹叙夹议，以考辨为主：先写郦道元和李渤对山名由来的看法，提出要证明和要反驳的观点；接着以夜游石钟山的实地考察，证明并补充了郦道元的观点，驳斥了李渤的说法，进而提出了事不目见耳闻不能臆断其有无的论断，表现出作者注重调查研究的求实精神，同时交代了写作意图。清吕留良在《晚村先生八家古文精选》中说："此翻案也，李翻郦，苏又翻李，而以己之所独得，详前之所未备，则道元亦遭简点矣。文最奇致，古今绝调。"

注释

［1］《水经》：我国古代地理著作，其主要内容是记述江河水道的分布情况。晋代郭璞曾为此书作注，已佚。北魏郦道元为之作注，名《水经注》。　［2］彭蠡（lí）：湖名，即鄱阳湖，在江西省北部。"彭蠡之口，有石钟山焉"两句和下文所引郦道元的四句话，在今本《水经注》里找不到，可能是佚文。　［3］郦元：即郦道元，北魏人，官至御史中丞，所著《水经注》不但注释文字翔实可信，而且相当优美，表现力极强，在地理学和文学上都有很高价值。　［4］搏：击。　［5］洪：大。　［6］是说：这个说法。　［7］磬（qìng）：古代用玉和石制成的打击乐器。　［8］鸣：发声。　［9］李渤：唐人，写过《辨石钟山记》一文。遗踪：陈迹。　［10］扣：通"叩"，敲击，敲打。聆：听。　［11］南声：南边（山石）的声音。函胡：同"含糊"，声音模糊不清。　［12］北音：北边（山石）的声音。清越：清亮高亢。　［13］桴（fú）止响腾：鼓槌停了，

声音还在传扬。 [14]余韵徐歇：余音慢慢停下来。 [15]得之：得到它。这里指弄清了石钟山得名的原因。 [16]铿（kēng）然：形容敲击物体（金石）所发出的声响。 [17]所在皆是：各处都是如此。 [18]独以钟名：单单用钟来命名。 [19]六月丁丑：指元丰七年六月初九。 [20]齐安：今湖北黄冈。适：往，到……去。 [21]赴：赴任。饶：饶州，唐置，治所在今江西省鄱阳县，宋时为饶州府。 [22]之：他，即苏轼的长子苏迈。 [23]硿硿焉：敲击石头的声音。焉：同“然”。 [24]固：本来，自然。 [25]莫夜：暮夜，即晚上。莫：同“暮”。 [26]绝壁：峭壁。 [27]侧立：斜立。 [28]森然：阴森的样子。搏：捉，抓取。 [29]栖鹘（hú）：栖息的隼。 [30]磔磔（zhé zhé）：鸟鸣声。这里指鹘的鸣叫声。 [31]咳：咳嗽。 [32]或曰：有人说。鹳（guàn）鹤：水鸟名，形似鹤但顶部不红，羽毛灰白，颈长嘴尖。 [33]心动：心惊。 [34]噌吰（chēng hóng）：象声词，形容钟声响亮而又厚重。 [35]舟人：船工，船夫。 [36]徐而察之：慢慢地察看它。 [37]穴：洞孔。罅（xià）：裂缝。 [38]焉：这里是指示代词，指石洞、石缝。 [39]涵澹：水流动激荡的样子。澎湃：波涛奔腾的样子。 [40]两山：指南之上钟山与北之下钟山。 [41]空中：中空，即石头的中间是空的。窍：小孔。 [42]风水：风浪。相吞吐：相互交替着进进出出。 [43]窾坎（kuǎn kǎn）：击物的声音。镗鞳（tāng tà）：敲击钟鼓的声音。 [44]向：刚才，先前。相应：相呼应。 [45]如乐作焉：如同音乐演奏起来一样。 [46]因：于是，因此就。 [47]识：明白，知道。 [48]周景王：东周国君。无射（yì）：本为周景王所铸之钟发出的声音，此声合于十二律中的第十一律“无射”，所以便以此代钟名。 [49]魏庄子：即魏绛（jiàng），春秋时晋国大夫，谥“庄子”。歌钟：即古乐钟，又名编钟，用十六口钟按音阶排列的乐器。据《左传》记载，鲁襄公十一年（前562），郑国把两肆（套）歌钟和其他乐器献给晋悼公，悼公分一肆即十六口钟给魏绛。 [50]不余欺：即“不欺余”，没有欺骗我们。宾语前置句。 [51]臆断：凭主观猜测作出判断。 [52]殆：大概，差不多。 [53]终：终究，总。 [54]渔工：渔夫，打鱼的人。水师：船夫。 [55]此世所以不传也：这便是世上所以不能把石钟山得名的实情传下来的原因。 [56]陋者：见识浅薄的人。乃：竟然。斧斤：斧头。考击：敲打。 [57]实：事物的真实情况。

书吴道子画后

知者创物，能者述焉[1]，非一人而成也。君子之于学，百工之于技，自三代历汉至唐而备矣[2]。故诗至于杜子美[3]，文至于韩退之[4]，书至于颜鲁公[5]，画至于吴道子，而古今之变，天下之能事毕矣。道子画人物，如以灯取影，逆来顺往，旁见侧出，横斜平直，各相乘除[6]，得自然之数[7]，不差毫末；出新意于法度之中，寄妙理于豪放之外[8]。所谓游刃余地[9]，运斤成风[10]，盖古今一人而已。余于他画，或不能必其主名[11]，至于道子，望而知其真伪也。然世罕有真者，如史全叔所藏，平生盖一二见而已。

元丰八年十一月七日书。

本文作于元丰八年（1085），是吴道子画的跋语。吴道子，唐代著名画家，“画塑兼工”，善于掌握“守其神，专其一”的艺术法则，千百年来被奉为“画圣”。本文虽短，却深刻地阐述了艺术创作的基本规律，总结了前人，特别是唐代画家吴道子的创作经验，颇有启发性。文章首先指出：文学艺术的发展是一个承前启后、创新与继承兼具、逐渐走向完善的过程，而唐代的诗、文、书、画，正是在继承和发展前人创作经验和成果的基础上，才达到几乎尽善尽美的境界。接着，作者着重以吴道子画为例，深入分析其艺术创作成就，总结其艺术创作经验。作者认为吴道子超越了所有的职业画家，而其高明的地方就在于，他不仅能做到“画人物，如以灯取影……不差毫末”，即所谓形似，还能“出新意于法度之中，寄妙理于豪放之外”：既守法度，又出新意；既风格豪放，又寓有妙趣。总之，他的画既形似，又神似，“游刃余地，运斤成风”，达到了炉火纯青、出神入化的境界，与一般拘守尺寸者有天壤之别。跋文最后自言能鉴别吴画的真伪，并指出当时假冒伪劣之作太多，而真迹则十分罕见。

[1]“知者创物”二句：语出《周礼·考工记》。知者：智者。“知”同“智”。述：著述，有遵循承继的意思。　[2]三代：三个朝代，即夏、商、周。　[3]杜子美：即杜甫，字子美。　[4]韩退之：即韩愈，字退之。　[5]颜鲁公：即颜真卿。　[6]乘除：以数学术语论画法，意思是作画笔法相互协调，自行变化增减，非常准确。　[7]自然之数：自然之理，即客观实际。　[8]“出新意于法度之中”二句：这两句话的意思是在规矩之中展示出新意，在豪放之外寓有妙趣，总体上是形神兼备。法度：规矩、法则，规律。钱钟书在《宋诗选注》中对这两句话有十分精当的分析与评价，他说：“从分散在他（苏轼）著作里的诗文看来，这两句话也许可以现成的应用在他自己身上，概括他在诗歌里的理论和实践。后面一句说：‘豪放’要耐人寻味，并非发酒疯似的胡闹乱嚷。前面一句算得‘豪放’的定义，用苏轼所能了解的话来说，就是‘从心所欲，不逾矩’。用近代术语来说，就是：自由，是以规律性的认识为基础，在艺术规律的容许之下，创造力有充分的自由活动。这正是苏轼所一再声明的，作文该像‘行云流水’或‘泉源涌地’那样的自在活泼，可是同时候很谨严的‘行于所当行，止于所不可不止’。李白以后，古代大约没有人赶得上苏轼这种‘豪放’。”　[9]游刃余地：形容技术精湛、熟练，运用自如。语出《庄子·养生主》：“今臣之刀十九年矣，所解数千牛矣，而刀刃若新发于硎。彼节者有间，而刀刃者无厚，以无厚入有间，恢恢乎其于游刃必有余地矣。”　[10]运斤成风：比喻手法高超，动作熟练，技术出神入化。语出《庄子·徐无鬼》。　[11]必其主名：肯定判断出它的作者。必：肯定。主名：作者。

文与可画筼筜谷偃竹记[1]

竹之始生，一寸之萌耳[2]，而节叶具焉。自蜩腹蛇蚹[3]，以至于剑拔十寻者[4]，生而有之也[5]。今画者乃节节而为之，叶叶而累之[6]，岂复有竹乎[7]？故画竹，必先得成竹于胸中，执笔熟视[8]，乃见其所欲画者，急起从之[9]，振笔直遂[10]，以追其所见，如兔起鹘落[11]，少纵则逝矣[12]。与可之教予如此。予不能然也，而心识其所以然。夫既心识其所以然而不能然者，内外不一，心手不相应，不学之过也。故凡有见于中而操之不熟者[13]，平居自视了然，而临事忽焉丧之，岂独竹乎？子由为《墨竹赋》以遗与可曰[14]："庖丁，解牛者也，而养生者取之[15]；轮扁，斫轮者也，而读书者与之[16]。今夫夫子之托于斯竹也[17]，而予以为有道者则非耶？"子由未尝画也，故得其意而已。若予者，岂独得其意，并得其法。

与可画竹，初不自贵重。四方之人持缣素而请者[18]，足相蹑于其门[19]。与可厌之，投诸地而骂曰："吾将以为袜材[20]！"士大夫传之，以为口实[21]。及与可自洋州还，而余为徐州[22]。与可以书遗余曰："近语士大夫，吾墨竹一派，近在彭城[23]，可往求之。袜材当萃于子矣。"书尾复写一诗，其略曰："拟将一段鹅溪绢[24]，扫取寒梢万尺长[25]。"予谓与可："竹长万尺，当用绢二百五十匹[26]，知公倦于笔砚，愿得此绢而已！"与可无以答，则曰："吾言妄矣，世岂有万尺竹哉？"余因而实之[27]，答其诗曰："世间亦有千寻竹，月落庭空影许长。"与可笑曰："苏子辩则辩矣[28]，然二百五十匹绢，吾将买田而归老焉。"因以所画《筼筜谷偃竹》遗予曰："此竹数尺耳，而有万尺之势。"筼筜谷在洋州，与可尝令予作《洋州三十咏》，《筼筜谷》其一也。予诗云："汉川修竹贱如蓬[29]，斤斧何曾赦箨龙[30]。料得清贫馋太守[31]，渭滨千亩在胸中[32]。"与可是日与其妻游谷中，烧笋晚食，发函得诗，失笑喷饭满案[33]。

元丰二年正月二十日，与可没于陈州[34]。是岁七月七日，予在湖州曝书画[35]，见此竹，废卷而哭失声[36]，昔曹孟德祭桥公文，有"车过""腹痛"之语[37]，而予亦载与可畴昔戏笑之言者[38]，以见与可于予亲厚无间如此也。

导读

本文作于元丰二年（1079）七月七日。关于本文的写作因由，文中有交代：苏轼在晾晒书画时，发现文与可生前送给自己的一幅《筼筜（yún dāng）谷偃竹图》，见物生情，就写了这篇杂记。本文以画为线索，叙述作者和文与可的深挚友谊及睹物思人的悲痛。但本文的精彩处，不在于再现文与可的音容笑貌及二人的深厚友谊，主要在于对文与可绘画经验的总结和作者自己的创作体会，具体而言就是：优秀作品的创作过程是作者从了然于心（必先得成竹于胸中）到了然于手（心手相应），并且要及时把握住稍纵即逝的灵感，还要注意以少总多（“咫尺万里”）等问题，充分反映出作者独特而又带有普遍性的文艺创作观。

注释

[1]文与可：文同，字与可，苏轼的从表兄，自号笑笑先生，世称石室先生。是北宋画家，“文湖州竹派”的创始人。筼筜谷：在洋州（今陕西省洋县）。筼筜：大竹之名。　[2]萌：嫩芽。　[3]蜩（tiáo）：蝉。蚹（fù）：蛇蜕下的皮。竹笋表面紧包着一层一层的笋壳，与蜩腹蛇蚹形状相似，所以用来比喻竹子。　[4]剑拔：指竹生长速度快，并且挺拔有力。寻：古代的长度单位，一寻等于八尺。　[5]生而有之：从生出来就有的东西，即自然生长的结果。　[6]乃节节而为之，叶叶而累之：一节一节地勾画，一叶一叶地添加。累：添加，堆砌。　[7]岂复有竹乎：怎么能画出竹子的真正意味和神韵呢？米芾《画史》：“子瞻作墨竹，从地一直起至顶。余问何不逐节分，曰：‘竹生时何尝逐节生？’运思清拔，出于文同与可，自谓‘与文拈一瓣香’。”　[8]熟视：认真观察。　[9]从：追随，捕捉。　[10]振笔直遂：挥笔径直去画，一气呵成。　[11]兔起鹘落：兔子跃起，鹰隼疾落，极为迅捷。　[12]少纵则逝：稍稍放松，便马上消失。　[13]中：心中，内心。　[14]遗（wèi）：赠送。　[15]“庖丁”三句：庖丁解牛时，顺着牛的筋骨脉络与结构，既快又不使刀受损，游刃有余，十分自如。文惠王看了以后，从中悟出了养生之道。见《庄子·养生主》。庖丁：名叫“丁”的厨工。　[16]“轮扁”三句：说的是齐桓

公在堂上读书时，轮扁从堂下经过，他对桓公说：砍木作轮，下手慢，轮子就太松太滑，不结实；太快了，轮子便滞涩不好插进去。必须恰到好处，既不快，又不慢。而这火候、速度虽然内心清楚，却没法说清楚。即使父子间口头传授也不行，所以古人之道无法传下来。书传没用，它只不过是古人留下的糟粕。齐桓公赞同他的说法。庄子借这个故事来说明物性即道不可言传，见《庄子·天道》。轮扁：匠人的名字。读书者：指齐桓公。　[17]夫子：指文与可。　[18]缣（jiān）素：都是丝织品。白色的叫素，黄色的叫缣。　[19]足相蹑：脚踩着脚，形容到文与可这里求画的人多。　[20]袜材：做袜子的材料，指求画的缣素。　[21]口实：话柄。　[22]“及与可自洋州还”二句：文同于熙宁八年（1075）知洋州，十年（1077）由洋州回到京城（今河南开封），苏轼于熙宁十年（1077）四月知徐州。　[23]彭城：即徐州。　[24]鹅溪：地名，在今四川省盐亭县西北，出产名贵的“鹅溪绢”，当时常用来作画。　[25]扫取寒梢：指画竹。扫取：画。寒梢：指竹。　[26]匹：古时一匹是四十尺。　[27]实之：当真实的东西。　[28]辩：能说会道，善于言辞。　[29]汉川：汉水，这里指洋州，因为洋州在汉水上游。　[30]箨（tuò）龙：竹笋的别名。箨：竹笋上一片一片的皮。　[31]太守：指当时任洋州知府的文与可。　[32]渭滨千亩在胸中：这是玩笑话，双关语，一是说渭水之上的千亩竹子被文与可吃了；一是说文与可“成竹在胸”，赞美他绘画时的创作方法。《史记·货殖列传》有“渭川千亩竹”语，这里是借渭滨指代洋州。　[33]失笑：禁不住笑出声来。　[34]陈州：州名，治所在今河南淮阳。　[35]湖州：今浙江吴兴，苏轼于元丰二年（1079）由徐州改知湖州。　[36]废卷：放下画卷。　[37]“昔曹孟德祭桥公”二句：《三国志·魏书·武帝纪》中载，曹操年轻时“任侠放荡，不治行业”，但是睢阳（今河南商丘）人桥玄却称他为“命世之才”，曹操因此而名声大振。建安七年（202），曹操遣使祭桥玄说：“承从容约誓之言：‘殂逝之后，路有经由，不以斗酒只鸡过相沃酹，车过三步，腹痛勿怪。’虽临时戏笑之言，非至亲之笃好，胡肯为此辞哉？”　[38]畴昔：从前。

答言上人

某启：去岁吴兴仓卒为别[1]，至今耿耿[2]。谴居穷陋[3]，往还断尽[4]。远辱不遗[5]，尺书见及[6]，感怍殊深[7]。比日法体佳胜[8]，札翰愈精健[9]，诗必称是[10]，不蒙见示，何也？雪斋清境，发于梦想，此间但有荒山大江，修竹古木，每饮村酒，醉后曳杖放脚[11]不知远近，亦旷然天真[12]，与武林旧游[13]，未见议优劣也[14]。何时会合一笑[15]，惟万万自爱[16]。不宣。

导读

这封信作于元丰三年（1080）七月。言上人，即苏轼在湖州时的友人释法言。当时苏轼因“乌台诗案”谪居黄州，这是他给法言的信。信中虽然是描述自己的贬谪生活，但却写得轻松悠闲，充满“旷然天真”之趣，充分体现了苏轼面对挫折及不幸遭际时的达观心态。信中对黄州环境、景色的描写别有意味。

注释

[1]“去岁”句：指元丰二年（1079）七月，苏轼因“乌台诗案”被捕及送御史台狱之事。仓卒：仓促，匆匆忙忙。　[2]耿耿：有心事，心中不安之状。　[3]谴居：谪居，贬居。　[4]往还断尽：和亲戚朋友之间的来往全都断了。　[5]远辱不遗：承蒙您离得很远却没有把我忘掉。辱：谦辞，承蒙。　[6]尺书见及：您寄来的信已经收到了。　[7]怍（zuò）：惭愧。　[8]比日：近日。法体：对僧人身体的尊称，这里指法言的身体状况。　[9]札翰：书信。　[10]诗必称是：您的诗作也一定好。　[11]曳杖：拖着拐杖。　[12]旷然天真：形容心胸开阔，真率自然，无拘无束的样子。　[13]武林：指杭州。旧游：老朋友。　[14]未见议优劣：不容易分辨出谁优谁劣。　[15]会合：指相见。　[16]自爱：自己珍重。

书临皋亭

东坡居士酒醉饭饱，倚于几上，白云左缭，清江右洄[1]，重门洞开，林峦坌入[2]。当是时，若有思而无所思，以受万物之备，惭愧[3]！惭愧！

元丰三年（1080）五月，苏轼移居临皋亭。亭在今湖北黄冈市南的长江边上。这篇短文既生动地描绘出临皋亭周围的景色，又显示出自己超然旷达之襟怀，情景交融，意趣盎然。

[1] 清江右洄：清澈的长江水在右边回旋而流。 [2] 林峦：树林和山峦。坌（bèn）入：一起涌来。 [3] 惭愧：难得，这里是欣喜、幸运的意思。

记承天寺夜游

元丰六年十月十二日夜[1]，解衣欲睡，月色入户，欣然起行。念无与为乐者，遂至承天寺，寻张怀民[2]。怀民亦未寝，相与步于中庭。庭下如积水空明，水中藻、荇交横[3]，盖竹柏影也。何夜无月？何处无竹柏？但少闲人如吾两人者耳[4]。

本文作于苏轼贬官黄州时期，主要叙述的是夜游承天寺的情景。承天寺故址在今湖北省黄冈市南。作者在文中截取与张怀民月下漫步寺庭这一片段，略略几笔就充满了诗情画意，描绘出一种明净清幽的境界，将自己宁静恬适的心境充分展示了出来，言简而意深，字少而境美。

[1]元丰六年：1083年。这时苏轼已贬居黄州四年。　[2]张怀民：张梦得，清河（今属河北）人，当时也被贬到黄州。　[3]藻：水藻。荇（xìng）：荇菜，一种水生植物，根生水里，叶子浮在水面。　[4]闲人：这里指没有官职的自由闲散之人。

答谢民师书

轼启：近奉违[1]，亟辱问讯[2]，具审起居佳胜[3]，感慰深矣。轼受性刚简[4]，学迂材下，坐废累年[5]，不敢复齿缙绅[6]。自还海北[7]，见平生亲旧，惘然如隔世人，况与左右无一日之雅[8]，而敢求交乎？数赐见临，倾盖如故[9]，幸甚过望，不可言也。

所示书教及诗赋杂文[10]，观之熟矣。大略如行云流水，初无定质[11]，但常行于所当行，常止于所不可不止，文理自然，姿态横生。孔子曰："言之不文，行而不远[12]。"又曰："辞达而已矣[13]。"夫言止于达意，即疑若不文[14]，是大不然。求物之妙，如系风捕影[15]；能使是物了然于心者，盖千万人而不一遇也，而况能使了然于口与手者乎！是之谓辞达。辞至于能达，则文不可胜用矣[16]。扬雄好为艰深之辞[17]，以文浅易之说[18]，若正言之[19]，则人人知之矣。此正所谓“雕虫篆刻”者[20]，其《太玄》《法言》皆是类也[21]，而独悔于赋[22]，何哉？终身雕篆而独变其音节[23]，便谓之“经”[24]，可乎？屈原作《离骚经》[25]，盖风、雅之再变者[26]，虽与日月争光可也，可以其似赋而谓之“雕虫”乎？使贾谊见孔子[27]，升堂有余矣[28]。而乃以赋鄙之[29]，至与司马相如同科[30]。雄之陋[31]，如此比者甚众[32]。可与知者道，难与俗人言也[33]，因论文偶及之耳。欧阳文忠公言文章如精金美玉[34]，市有定价，非人所能以口舌定贵贱也。纷纷多言，岂能有益于左右，愧悚不已[35]。

所须惠力法雨堂字[36]，轼本不善作大字，强作终不佳，又舟中局迫难写，未能如教。然轼方过临江[37]，当往游焉。或僧欲有所记录，当为作数句留院中，慰左右念亲之意。今日已至峡山寺[38]，少留即去。愈远，惟万万以时自爱。不宣。

导读

本文作于宋哲宗元符三年（1100），又题作《与谢民师推官书》。谢民师，名举廉，字民师，元丰八年（1085）进士，颇有诗名。元符三年（1100），谢民师在广东做幕僚，正巧遇苏轼自海南遇赦北还，六月过海，十月至广州。当时谢民师携带诗文谒见苏轼，很得苏轼的赏识。曾敏行《独醒杂志》卷一载：“东坡自岭南归，民师袖书及旧作遮谒。东坡览之，大见称赏，谓民师曰：‘子之文，正如上等紫磨黄金，须还子十七贯五百。’遂留语终日。”苏轼离开广州后，谢民师多次写信问候。本篇是苏轼行至广东清远时写给谢民师的第二封信。信中先述交谊。苏轼晚年连遭贬谪，历经坎坷，饱尝世态炎凉、人情冷暖，不敢也不愿轻易结交官府中人。故旧星散、交游断绝，而素无往来的谢氏，却多次问讯过往，情深意厚，对方的殷殷相待，使苏轼感到“倾盖如故”。接下来重点谈论文艺，着力阐述文贵自然的主张，以及对孔子“辞达”内涵的理解和认识，即从“了然于心”到“了然于口与手”，同时对扬雄“好为艰深之辞，以文浅易之说”的雕琢之风进行了批评。信的结尾对谢民师求索墨迹作出恳切的说明、答复，并告诉他自己以后的行踪。

注释

[1]奉违：离别。奉：表示尊敬的用语。　[2]亟（qì）：屡次。辱：表示客气的谦词，意思是承蒙。问讯：写信问候。　[3]具审：完全了解。　[4]受性刚简：秉性刚直简慢。　[5]坐废累年：因事被贬职好多年。　[6]复齿缙绅：再排列在官僚士大夫的行列。齿：列。缙绅：原指古代官员的装束，这里指代官员。　[7]还海北：渡海回到北方。宋哲宗元符三年（1100），苏轼在儋耳（今海南儋州市）遇赦后，渡海北还。海：南海。　[8]左右：对人的敬称，意同“您”。这里指谢民师。雅：素常，指旧交情。　[9]倾盖如故：一见如故。倾盖：途遇友好，停车靠近交谈，马车上的伞盖倾斜相交。引申为朋友相交亲切。　[10]书教：官场应用之文，主要是书启、谕告等。　[11]初无定质：本来没有固定的体式。　[12]言之不文，行而不远：语言没有文采，传播就不会久远，语见《左传·襄公二十五年》。“不文”原作“无文”。　[13]辞达而已矣：文辞只要能够准确达意就够了。　[14]疑若不文：怀疑不需要文采。　[15]求物之妙，如系风捕影：探求事物的微妙就像拴住风、捉住影子一样。　[16]“辞至于能达”二句：意谓“辞”能够到“达”的地步，那么文采便用不完（用不胜用）。　[17]扬雄：字子云，西汉文学家、语言学家、哲学家。　[18]文：文饰、掩饰。说：内容。　[19]正言之：直截了当地说出来。　[20]雕虫篆刻：原指虫书、刻符两种书体，此处的意思是雕琢字句。　[21]《太玄》《法言》：扬雄的两部著作，《太玄》模拟《周易》，《法言》模拟《论语》。前者谈哲理，后者谈政治。　[22]悔于赋：扬雄曾后悔作赋，认为这是小孩子的雕虫小技，不是大丈夫应该做的事情。　[23]独变其音节：指《太玄》《法言》与扬雄之赋相比，仅仅是句法音节不同，其实都是雕虫篆刻之作。　[24]便谓之“经”：便以为是“经”书，指扬雄以为自己所作的《太玄》《法言》就是经书。　[25]《离骚经》：即屈原的《离骚》，被后人尊为经。　[26]盖风、雅之再变者：风、雅指《诗经》中的“国风”和“小雅”，这里指代《诗经》。再变，说的是《离骚》与《诗经》之关系，意思是《离骚》继承和发扬了《诗经》的优良传统。　[27]使贾谊见孔子：假如贾谊能遇见孔子，成为孔子的弟子。贾谊，西汉文帝时政论家、文学家，也是大辞赋家。　[28]升堂：入门、升堂、入室比喻治学的三种境界，是一个

由浅入深的渐进过程。 [29] 以赋鄙之：因为作赋，所以轻视他，指扬雄因贾谊作过赋而贬低、轻视之。扬雄《法言·吾子》："诗人之赋丽以则，辞人之赋丽以淫。如孔氏之门用赋也，则贾谊入堂，相如入室矣，如其不用何！" [30] 至与司马相如同科：甚至于把贾谊和司马相如等类齐观。司马相如：西汉辞赋家。科：品类，级别。 [31] 陋：识见低下。 [32] 比：类。 [33] "可与知者道"二句：可以跟聪明智慧的人说，很难同俗人说明白。此语见司马迁《报任安书》。知者：同"智者"。 [34] 欧阳文忠公：欧阳修，文忠是他的谥号。 [35] 愧悚（sǒng）：惭愧、恐惧。 [36] 惠力：寺名，即惠力寺，在江西省樟树市。法雨堂：惠力寺中的堂名。谢民师替该寺向苏轼求字，要他书写"法雨"两字。 [37] 临江：指临江郡，宋朝行政区域名称，其地在今江西省樟树市。 [38] 峡山寺：即广庆寺，中国古代名刹之一，在今广东清远县东清远峡。

方山子传

方山子，光、黄间隐人也[1]。少时慕朱家、郭解为人[2]，闾里之侠皆宗之[3]。稍壮，折节读书[4]，欲以此驰骋当世，然终不遇。晚乃遁于光、黄间，曰岐亭[5]。庵居蔬食，不与世相闻。弃车马，毁冠服，徒步往来山中，人莫识也。见其所著帽，方屋而高[6]，曰："此岂古方山冠之遗像乎[7]？"因谓之方山子。

余谪居于黄，过岐亭，适见焉[8]。曰："呜呼！此吾故人陈慥季常也，何为而在此？"方山子亦矍然问余所以至此者[9]。余告之故。俯而不答，仰而笑，呼余宿其家。环堵萧然[10]，而妻子奴婢皆有自得之意。

余既耸然异之[11]。独念方山子少时，使酒好剑[12]，用财如粪土。前十有九年，余在岐下[13]，见方山子从两骑，挟二矢，游西山，鹊起于前，使骑逐而射之，不获。方山子怒马独出[14]，一发得之。因与余马上论用兵及古今成败，自谓一世豪士。今几日耳，精悍之色，犹见于眉间，而岂山中之人哉！

然方山子世有勋阀[15]，当得官，使从事于其间，今已显闻[16]。而其家在洛阳，园宅壮丽，与公侯等；河北有田，岁得帛千匹，亦足以富乐。皆弃不取，独来穷山中，此岂无得而然哉？

余闻光、黄间多异人，往往阳狂垢污[17]，不可得而见。方山子傥见之与[18]？

导读

本文是一篇传记体散文，作于元丰四年（1081），当时苏轼在黄州。方山子即陈慥，字季常，是凤翔知府陈希亮的儿子，苏轼任凤翔签判时便与他交游，实为好友。文章着力描写陈季常的“异人”形象，其写法也与通常传记大异其趣，不是像一般传记那样历述传主的世系与生平行事，而是别开生面地精心选材，突出其前后不同的生活态度与行为方式。文中先概述陈季常少年、壮年、晚年各个时期的为人、取号方山子的原因，以及两人的岐亭相遇；然后采取对比之法，突出表现其“异人”特征：一是通过陈季常早年一身侠气、豪迈雄放的气概与其晚年安于隐居、心地恬淡相对比，突出其侠士与隐士集于一身的奇异生活与行为方式；二是通过其功臣门第、万贯家私与其独居穷山、甘于贫困的生活进行对比，突出他的隐居，既不同于一般乐山乐水的闲士之隐，也不同于一般仕途失意的士大夫之隐，所以更为奇异。那么，陈季常为什么会有如此奇异的生活方式与行为呢？作者因为刚以诗文被祸，不敢直言，怕其有悖于时，所以隐约其词，在结尾处委婉地说：“余闻光、黄间多异人，往往阳狂垢污。”虽不直言，却借“余闻”暗示出天机：原来陈季常的奇异之举是“阳狂垢污”，以不同寻常的行为方式掩饰、压抑胸中的愤激与矛盾，是一种矛盾心态的曲折表现。其实，这也折射出苏轼当时的心态。

注释

［1］光、黄：即光州、黄州。光州治所在今河南省潢川县，黄州治所在今湖北省黄冈市，与光州相邻。　［2］朱家、郭解：二人均为西汉游侠，以解救危难著名。事见《史记·游侠列传》。　［3］闾里：乡里。宗：尊奉，崇拜。　［4］

折节：改变以前的志向、行为。　[5]岐亭：宋代镇名，在今湖北省麻城市西南。　[6]方屋：方形帽顶。　[7]方山冠：汉代祭祀宗庙之时，乐人所戴之冠。此种冠前高七寸，后高三寸，长八寸，以五彩縠纱制作。唐、宋时是隐士们戴的帽子。　[8]“余谪居”三句：苏轼《岐亭五首叙》：“元丰三年（1080）正月，余始谪黄州，至岐亭北二十五里，山上有白马青盖来迎者，则余故人陈慥季常也。为留五日，赋一篇而去。”　[9]矍（jué）然：惊奇相视之状。　[10]环堵萧然：极言居住条件简陋，室内空空荡荡。堵：墙壁。　[11]耸然异之：十分惊异。　[12]使酒：饮酒后使性放纵。　[13]岐下：指凤翔府，治所在今陕西凤翔县，因为岐山在其境内，故称岐下。嘉祐七年（1062），苏轼任凤翔府签判时，陈希亮（陈慥之父）任凤翔府的知府，苏轼与陈慥相互交往。　[14]怒马：策马狂奔。　[15]勋阀：功臣的门第。　[16]显闻：名声显著。　[17]阳狂垢污：假装疯癫，并有意给自己涂抹污垢。阳：同“佯”。　[18]傥：或许，也许。与：同“欤”，疑问词。

前赤壁赋

壬戌之秋[1]，七月既望[2]，苏子与客泛舟游于赤壁之下[3]。清风徐来，水波不兴[4]。举酒属客[5]，诵明月之诗[6]，歌窈窕之章[7]。少焉[8]，月出于东山之上，徘徊于斗牛之间[9]。白露横江，水光接天。纵一苇之所如[10]，凌万顷之茫然[11]。浩浩乎如冯虚御风[12]，而不知其所止；飘飘乎如遗世独立[13]，羽化而登仙[14]。

于是饮酒乐甚，扣舷而歌之[15]。歌曰：“桂棹兮兰桨，击空明兮溯流光。渺渺兮予怀[16]，望美人兮天一方[17]。”客有吹洞箫者，倚歌而和之[18]。其声呜呜然，如怨如慕，如泣如诉；余音袅袅[19]，不绝如缕[20]。舞幽壑之潜蛟[21]，泣孤舟之嫠妇[22]。

苏子愀然，正襟危坐而问客曰：“何为其然也？”客曰：“‘月明星稀，乌鹊南飞[23]’，此非曹孟德之诗乎？西望夏口[24]，东望武昌[25]，山川相缪，郁乎苍苍[26]，此非孟德之困于周郎者乎[27]？方其破荆州，下江陵，顺流而东也，舳舻千里[28]，旌旗蔽空，酾酒临江[29]，横槊赋诗，固一世之雄也，而今安在哉[30]？况吾与子渔樵于江渚之上[31]，侣鱼虾而友麋鹿；驾一叶之扁舟，举匏樽以相属[32]。寄蜉蝣于天地，渺沧海之一粟。哀吾生之须臾[33]，羡长江之无穷。挟飞仙以遨游，抱明月而长终。知不可乎骤得，托遗响于悲风[34]。”

苏子曰：“客亦知夫水与月乎？逝者如斯[35]，而未尝往也；盈虚者如彼，而卒莫消长也。盖将自其变者而观之，则天地曾不能以一瞬；自其不变者而观之，则物与我皆无尽也，而又何羡乎？且夫天地之间[36]，物各有主；苟非吾之所有[37]，虽一毫而莫取。惟江上之清风，与山间之明月，耳得之而为声，目遇之而成色，取之无禁，用之不竭，是造物者之无尽藏也[38]，而吾与子之所共适[39]。”

客喜而笑，洗盏更酌。肴核既尽，杯盘狼藉[40]。相与枕藉乎舟中，不知东方之既白[41]。

导读

宋神宗元丰三年（1080），苏轼被贬为黄州团练副使。元丰五年（1082），他先后两次游览黄州城外的赤壁（赤鼻矶），写下两篇赋。前一篇人们称作《前赤壁赋》，后一篇人们称为《后赤壁赋》。《前赤壁赋》写于元丰五年（1082）七月。文章写景、抒情、议论结合，诗情、画意、哲理兼备，充分表现出作者独特的生命意识和旷达乐观的人生态度。全文按照特殊的时间顺序，自然分成夜游之乐、乐极生悲、诉悲之由、转悲为喜这样四个部分，生动展示了苏轼在遭受贬谪时特殊的心路历程。文章开篇展示作者在清风明月的夜景之中，泛舟赤壁，面对如诗如画的美妙景色所产生的飘飘欲仙、仿佛进入极乐世界的快感。然后又由客人呜呜咽咽的箫声，不着痕迹、非常自如地引入悲凉境界，造成浓烈的哀伤气氛。接着水到渠成地过渡到文章的主体，以赋体抑客申主的传统方式，由“客”用对比之法说出乐极生悲的原因。而“客”作为一个客体，本来是主体的一个化身，所以这也正是苏轼自己内心深处的思考。一是那曾经写出“月明星稀，乌鹊南飞”优美诗句的曹操，当年率领千军万马，横槊赋诗，真是一世英雄，可是转眼之间化为乌有；与他相比，我们这些时运不济、仕途坎坷之辈，只有“渔樵于江渚之上，侣鱼虾而友麋鹿”、泛舟喝酒的份儿了。前途渺茫，难道不可悲吗？二是我们这样的人像蜉蝣一样寄生于天地之间，如同沧海一粟般渺小；生命短暂，只在须臾之间，而长江滚滚，无穷无尽——两相对比，能不让人感到悲伤吗？三是谁不想长生不老，挟飞仙遨游，与明月长终，可是这只是幻想，现实中根本做不到，所以只有“托遗响于悲风”的悲哀。针对“客人”的回答，文章顺理成章地牵出“主人”的一番议论，通过人生哲理的深刻阐述，说服了“客人”，实际上也是完成了作者自己在生命意识上的大彻大悟，从而“主”与“客”共饮入睡，直至东方之“既白”。

全文最精彩的地方是通过抑客申主的方式即景说理，即事说理，开导客人。先是以水月为喻，说明人与自然、人与宇宙的相互关系：就这水而言，虽然不断流淌，但是却不曾离去；那月亮尽管时圆时缺，但是最终也没有减少或增加。如果从“变”的角度来观察，那么生命、万物瞬息万变；如果从“不变”的角度来观察，万物与我们人类都是无穷无尽的，我们又羡慕什么呢？这是从变与不变的角度看问题。从得失的角度观察：天地之间，物各有主，如果不该是你的，一丝一毫也不要索取，一切听其自然，忘怀得失；只有这清风明月是大自然的恩赐，或用或取，没人禁止，又无穷无尽，我们可以尽情享受。这就是苏轼的生命意识，就是他对人生的哲理性思考。可是这样深邃的哲理却是借着清风白露、水月交辉、古今融汇、时空链接，充满诗情画意的美妙境界表现出来的，显现出他经过了死亡的考验和贬谪的磨难之后，对人生、功业、生命、宇宙等问题的顿悟，达到人生境界的升华，不但自己完成了大彻大悟的心路历程，也给后人以无限的启迪。清人余诚《重订古文释义新编》卷八中说：“起首一段，就风月上写游赤壁情景，原自含共适之意。入后从渺渺予怀，引出客箫，复从客箫借吊古意，发出物我皆无尽的大道理……而平日一肚皮不合时宜都消归乌有，哪复有人世兴衰成败在其意中。游览，小事耳，发出这等大道理，遂堪不朽。”评价非常恰当。

从体裁上看，本文虽名曰赋，其实文备众体：一方面它确实在一定程度上保留了传统赋体的情韵与气势，特别是诗一般的意味；另一方面它又冲破了传统赋体在对偶句式、声律规则等方面的拘束和限制，多用散文的笔调和表现手法，长短结合，参差变化；或韵或散，灵活自如；有时轻快流动，有时节奏鲜明；有时自然平易，有时精美工整。从构思上看，文章以情感变化为线索，从月夜泛舟的快乐舒畅，不由自主地又陷入怀古伤今的悲哀；通过极具哲理意味的开导，产生顿悟，又回到欢乐畅快的境界。因游起兴，见景生情；由情入理，画龙点睛。整体上变化多端，却脉络分明；波澜起伏，姿态横生；舒卷自如，展示出行云流水般的神奇与潇洒。

如果说苏轼把中国古代散文的艺术水平发展到了极致，那么他的这篇《前赤壁赋》便是散文宝库中的极品。

注释

[1]壬戌：宋神宗元丰五年（1082）。 [2]既望：阴历每月的十六日。望：指阴历十五日。 [3]苏子：苏轼自称。 [4]兴：起，动。 [5]属（zhǔ）客：劝客，斟酒给客人喝。 [6]明月之诗：指曹操（字孟德）《短歌行》，其中有“明明如月，何时可掇”和“月明星稀，乌鹊南飞”之句。 [7]窈窕：指《诗经·陈风·月出》一诗。诗首章为：“月出皎兮，佼人僚兮，舒窈纠兮，劳心悄兮。”“窈纠”和“窈窕”音义相近。 [8]少焉：片刻，不一会儿。 [9]斗牛：斗宿和牛宿两个星宿。 [10]纵：任凭。 [11]凌：凌跨超越。万顷：形容江面极为宽广。 [12]冯（píng）虚御风：乘风在天空中飞行。冯：同“凭”。虚：这里指天空。 [13]遗世独立：离开人世，自由自在。遗：离开。 [14]羽化：道教用语，把飞升成仙说成羽化。 [15]扣：敲打。舷：船帮。 [16]渺渺：形容悠远的样子。予怀：我怀，这里指我的思念。 [17]美人：心中思慕之人。 [18]倚歌：根据歌声伴奏。 [19]袅袅：形容连绵不断的样子。 [20]如缕：像细丝。 [21]舞：使……起舞，这里是使动用法。 [22]泣：有泪无声是泣，这里是使动用法。嫠（lí）妇：寡妇。 [23]“月明”两句：曹操《短歌行》中的两句诗。 [24]夏口：今湖北武昌。 [25]武昌：今湖北鄂城。 [26]郁乎：形容繁茂的样子。 [27]周郎：周瑜早年得志，才二十四岁便做中郎将。 [28]舳舻（zhú lú）：指战船。 [29]酾（shī）酒：原意是斟酒，这里是饮酒的意思。 [30]安在：在什么地方。 [31]渔樵：名词作动词用，指捕鱼、打柴。 [32]匏（páo）樽：酒器。匏是葫芦的一种，匏樽为古时的酒器。 [33]须臾：片刻。 [34]遗响：余音，这里指箫声。悲风：秋风。 [35]逝者如斯：语出《论语·子罕》：“子在川上曰：‘逝者如斯夫，不舍昼夜。’” [36]且夫：况且，再说。 [37]苟：如果，假若。 [38]造物者：大自然。无尽藏（zàng）：原来是佛家语，这里的意思是说自然界有无穷无尽的宝藏。 [39]共适：共同享用。适：享用，消受。 [40]狼藉：形容乱七八糟的样子。 [41]既白：天已经亮了。

苏　辙

苏辙（1039—1112），北宋文学家，字子由，一字同叔，晚号颍滨遗老，眉州眉山（今属四川）人。苏辙于宋仁宗嘉祐二年（1057）登进士第，后历任秘书省校书郎、商州军事推官、河南留守推官、右司谏、御史中丞、尚书右丞、门下侍郎等职。宋高宗时累赠太师、魏国公，宋孝宗时追谥“文定”。苏辙与父亲苏洵、兄长苏轼齐名，合称“三苏”。以散文著称于世，擅长政论和史论。有《栾城集》等行于世。

苏辙对文章写作有自己的见解，认为作文不能单纯靠学，而靠养气：“以为文者，气之所形。然文不可以学而能，气可以养而致。”（《上枢密韩太尉书》）这气怎么养呢？靠“周览广游”，即多接触事物，多体验生活。这种主张源于韩愈的“气盛言宜”之说又有所发展。从创作实际上看，其文确有秀杰之气，波澜起伏，颇有气势。如其《孟德颂》，写曹操，文中浩然之气“发越于外”；《上枢密韩太尉书》，秀杰之气充溢其中。应该说明的是：苏辙的诗也有一定的成就，语言质朴自然又不乏清丽俊逸的风致，但是从总体上看，他的散文成就更高一些。

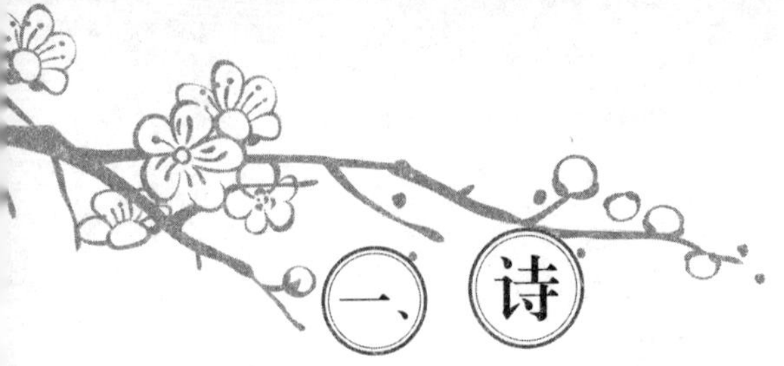

一、诗

逍遥堂会宿二首

其　一

逍遥堂后千寻木，长送中宵风雨声[1]。
误喜对床寻旧约，不知漂泊在彭城[2]。

其　二

秋来东阁凉如水，客去山公醉似泥[3]。
困卧北窗呼不起，风吹松竹雨凄凄[4]。

这两首诗作于熙宁十年（1077）。本年四月，苏辙送苏轼赴徐州任所，在徐州陪着兄长住了一百多天，八月十六日苏辙离徐州，赴南京（今河南省商丘市）签判任。诗当作于四月到八月期间，描写的是兄弟住在一起时的情景和心境。第一首描写由当时的景物和环境所引起的情思。其中前两句是写景。半夜里，幽森的古木送来萧萧的风雨之声，不禁联想到十七年前兄弟二人在京师怀远驿所见之景，也是夜雨，也是对床夜话，当年约定要早退出官场，归隐山林，兄弟长相守望；今夜对床，误以为实现了对床共听夜雨的盟约，特别高兴，清醒过来之后，明白了眼前不过是漂泊在彭城，原来是空欢喜！不久还要离别。于是伤感之情油然而生。苏轼在其《感旧诗》叙中说："嘉祐中予与子由同举制策，寓居怀远驿，时年二十六，而子由二十三耳。一日秋风起，雨作，中夜翛（xiāo）然，始有感慨离合之意。"说的就是这种触景伤情的情态。第二首是诗人想象自己离开徐州之后兄长苏轼的心情和处境。第一句明写秋凉，实则设想自己离去后兄长一定会感觉孤独、凄凉。第二句化用晋人山简故事。山简镇守襄阳时，优游闲适，但是嗜好喝酒，一喝就醉。（见《晋书·山简传》）苏辙这里以山简比苏轼，说他离去后，兄长一定很苦闷，一定会借酒浇愁。第三、四句更进一步，既凭想象写苏轼酒后沉醉不起的情态，又以风雨凄凄的环境描写加重了凄凉的气氛，也增加了诗的感伤色彩。总之，两诗基调凄凉，情思苦闷，特别动人。陈衍在《宋诗精华录》中谈到此诗时说："写雨凄凄，情亦凄凄。"评价特别准确。

［1］千寻：极言古木之高。一寻为八尺。中宵：中夜，半夜。　［2］对床：意思是两人对床而卧。彭城：徐州古称。　［3］东阁：一作"官阁"。客去：一作"别后"。客：苏辙自指。山公醉似泥：据《晋书·山简传》载，山简为襄阳太守时，"每出嬉游，多之（习家）池上，置酒辄醉，名之曰高阳池。时有童儿歌曰：'山公出何许，往至高阳池。日夕倒载归，茗酊无所知。……'"这里山公指代苏轼。　［4］北窗：一作"纸窗"。凄凄：形容悲伤和凄凉。

游 西 湖

闭门不出十年久，湖上重游一梦回。
行过闾阎争问讯，忽逢鱼鸟亦惊猜[1]。
可怜举目非吾党，谁与开樽共一杯[2]？
归去无言掩屏卧，古人时向梦中来。

本诗作于政和二年（1112）。此前几十年，因为宋徽宗继哲宗之后，更加迫害

元祐党人，所以苏辙杜门颍水之滨，自号颍滨遗老，终日默坐，不再与外人相见。可是这一年，也是他去世这一年，他却改变了几十年足不出户的习惯，重游颍昌西湖，并且写下了两首纪游诗，这是其中之一。诗的第一联直抒感慨：十年闭门不出，今日重游湖上，恍然如梦，又如隔世，显露出深深的孤独感。接下来颔联则从侧面进行烘托，通过描述市民和鱼鸟对自己出游西湖的反应（百姓问询，“鱼鸟惊猜”；人很陌生，物也惊奇），从侧面凸显出诗人深居简出的生活太久了，与现实生活隔得太远了。颈联接着描写自己孤独、寂寞的感受：十年之间，人世沧桑，故旧凋丧，亲党不见，已经没有人与自己举杯同饮了。孤独、寂寞难以言表。尾联写自己“无言”而归，闭门而卧，只有古人时常入梦，在孤独、寂寞之中，又增加了无可奈何的情态。

[1]闾阎：原指古代里巷内外的门，后泛指平民百姓。　[2]可怜：怜悯，可惜，值得怜悯。开樽：亦作“开尊”。意思是举杯（饮酒）。

北渚亭

四楹虚彻地无邻，断送孤高与使君[1]。
午夜坐临沧海日，半天吟看泰山云[2]。
青徐气接川原秀，常碣风连草木薰[3]。
莫笑一樽留恋久，下阶尘土便纷纷[4]。

本诗是作者游山东济南时所作。“北渚”在山东省济南市。“北渚亭”为曾巩在济南任职时所建，亭址似在今大明湖北岸。全诗描写自己在北渚亭上登高远望时所见的壮丽景色，表现了高雅脱俗的情怀。首联描写北渚亭所处的地势以及自己登上亭子后的感受：登高望远，视野空旷，有超尘脱俗之感。中间两联具体描写在北渚亭上所能领略到的奇丽风光。先从时间入手，说明半夜时分，亭上可见沧海日出，中午可见泰山云海。然后从空间着笔，上句从想象入手，说在亭上可见青州和徐州秀丽的山川原野连成一片，极言其平旷；下句也是从想象出发，把常山与碣石山纳入其中，增加了诗境的立体感，整体上构成奇丽壮阔的意境。尾联描写自己留恋此亭，不愿下阶，因为下面尘土纷纷，特别污浊。从中可见作者高洁的情怀。

[1] 楹：厅的柱子。地无邻：言其地势很高，与其他物体远。断送：丧失，毁灭。 [2] 午夜：半夜，夜里十二点前后。《玉篇·午部》："午，交也。"十二时辰中的午时是上午和下午相交的时段，12点便称为正午、中午，"中""正"的意思即表明此时是一个中点。同样半夜也是一个中点——上半夜和下半夜的中点，因此半夜也称午夜。 [3] 青徐：青州和徐州的并称。常碣：即河北省的常山与碣石山。 [4] 樽：古代的盛酒器具，下方多有圈足，上有镂空，中间可点火对器中的酒加热。泛指酒杯。

槛　泉　亭

连山带郭走平川，伏涧潜流发涌泉[1]。
汹汹秋声明月夜，蓬蓬晓气欲晴天[2]。
谁家鹅鸭横波去，日暮牛羊饮道边。
滓秽未能妨洁净，孤亭每到一依然[3]。

苏辙在齐地三十三年期间，遍览济南名胜，而且留下较多的题咏，本诗就是其

中的佳作。

槛泉亭是宋人刘诏修建的，他曾在齐地任寺丞之职，住在趵突泉附近，因为山水风光秀美，所以一时名士多宴集其家。本诗着力描写槛泉及其周围景物，寄托了个人的情怀。首联描写槛泉的地势和形态特征：该泉连山带郭，奔流在平川沃野，其源头隐伏于山涧，潜流于地下。“伏涧潜流”刻画细致精妙。颔联与颈联采取铺排之法，描写槛泉的动态景观：明月之下，涛声汹汹入耳；晴天之时，晓气蓬蓬而出，如烟如雾；鹅鸭横波，牛羊饮溪。诗境由此活动起来，构成一幅清丽的画卷，颇具山野风味。尾联表达自己游览此亭的感受，以议论出之：污秽没有能够妨碍洁净的山泉，每游此亭都是这样。其实是由泉水寄托自己的情怀：无论如何都不受污浊之物污染，保持自己高洁的情操。

［1］郭：古代在城的外围加筑的一道城墙，即外城。伏涧潜流：隐伏于山涧之中、潜藏在地底下的水流。　［2］汹汹：形容波涛的声音。　［3］滓（zǐ）秽：污浊，污秽。

次韵子瞻夜坐

月入虚窗疑欲旦，香凝幽室久犹薰[1]。
清风巧为吹余瘴，疏雨时来报断云[2]。
南海炎凉身已惯，北方毁誉耳谁闻[3]。
遥知挂壁瓢无酒，归舶还将一酌分。

本诗作于哲宗绍圣四年（1097），苏辙五十九岁。绍圣初年，章惇执政，新党

再度得势，元祐党人几乎全遭迫害。苏辙先后被贬汝州（今属河南）、筠州（今江西高安）。三年后更遭诬陷，说他为臣不忠，远放雷州半岛。苏氏兄弟屡遭贬谪，饱受迁谪之苦。苏轼于绍圣四年（1097）十二月十七日写下《十二月十七日夜坐达晓寄子由》一诗，苏辙此诗就是针对苏轼诗的次韵之作。诗中主要描写自己的贬谪生涯。首联点明“夜坐”的主题，从中可见其长夜无眠的状态。颔联写夜景：烟瘴之地的夜晚，清风疏雨，一片凄凉。颈联一方面写出自己孤独寂寞的情绪：从北到南，屡经贬谪，身处烟瘴蛮荒之地，无依无靠；另一方面也显露出超脱和自慰的心态：反正已经习惯了南海炎凉与人世的炎凉，现在无所谓了；何况到了这样偏远之地，毁誉褒贬的声音已经听不到了，倒是耳根清静了。尾联借助想象，表达自己对兄长的思念之情。全诗语言质朴自然，又不乏清丽俊逸的风致，在苏辙的众多诗作中，无疑是一首佳作。

[1] 欲旦：天要亮了。　　[2] 瘴：瘴气。指南方山林中湿热蒸郁能致人疾病的有毒气体，多指热带原始森林里动植物腐烂后生成的毒气。断云：片云。　　[3] 北方毁誉：指朝廷中新党之人对自己的攻击和诽谤。

二、文

上枢密韩太尉书[1]

太尉执事[2]：辙生好为文，思之至深。以为文者，气之所形[3]，然文不可以学而能，气可以养而致[4]。孟子曰："我善养吾浩然之气[5]。"今观其文章，宽厚宏博，充乎天地之间，称其气之小大[6]。太史公行天下[7]，周览四海名山大川[8]，与燕、赵间豪俊交游[9]，故其文疏荡[10]，颇有奇气。此二子者，岂尝执笔学为如此之文哉？其气充乎其中而溢乎其貌，动乎其言而见乎其文，而不自知也。

辙生十有九年矣。其居家所与游者，不过其邻里乡党之人；所见不过数百里之间，无高山大野可登览以自广[11]；百氏之书[12]，虽无所不读，然皆古人之陈迹[13]，不足以激发其志气。恐遂汩没[14]，故决然舍去[15]，求天下奇闻壮观，以知天地之广大。过秦、汉之故都[16]，恣观终南、嵩、华之高[17]，北顾黄河之奔流，慨然想见古之豪杰。至京师[18]，仰观天子宫阙之壮，与仓廪、府库、城池、苑囿之富且大也[19]，而后知天下之巨丽。见翰林欧阳公[20]，听其议论之宏辩[21]，观其容貌之秀伟，与其门人贤士大夫游，而后知天下之文章聚乎此也。太尉以才略冠天下[22]，天下之所恃以无忧[23]，四夷之所惮以不敢发[24]，入则周公、召公[25]，出则方叔、召虎[26]。而辙也未之见焉。

且夫人之学也，不志其大[27]，虽多而何为[28]？辙之来也，于山见终南、嵩、华之高，于水见黄河之大且深，于人见欧阳公，而犹以为未见太尉也。故愿得观贤人之光耀[29]，闻一言以自壮[30]，然后可以尽天下之大观而无憾者矣。

辙年少，未能通习吏事[31]。向之来[32]，非有取于斗升之禄[33]，偶然得之，非其所乐。然幸得赐归待选[34]，便得优游数年之间，将以益治其文，且学为政[35]。太尉苟以为可教而辱教之[36]，又幸矣！

导读

本文是作者在宋仁宗嘉祐二年（1057）考中进士后写给韩琦的信。文中首先表达了对韩琦的敬仰之情，以及希望能得到接见的心情，同时又阐明了文章风格与作者修养、阅历的关系，在见解上确实有独到之处，历来受到重视。明茅坤《唐宋八大家文钞》选入此文，并且评价说："胸次博大。"清林云铭在《古文析义》卷九中评价说："文本于气一语，千古正谛。但从来上书当路，鲜有不自衒所长，以求其罗致援拔。此却为作文养气上起，见何等奇创！篇中以激发志气四字做个主脑，其行文错落奔放，数百言中有千万言不尽之势，想落笔时正当志气激发之后也。当与《孟子》《史记》二书并读。"赞美此文构思奇巧，气势动人。清张伯行在《重订〈唐宋八大家文钞〉》卷九中也是从"气"着眼，进行评价："苏家兄弟论文，每好说个气字，不知圣贤养气功夫，全在集义，而此所谓旷览山川、交游豪俊，特以激发其志气耳，与孟子浩然之气，全无交涉也。其行文顾盼自喜，英气勃勃，自是令人叹服。"赞美此文以气胜。清余诚在《古文释义》卷八中从另一个角度进行评价："通体无一干求仕进语，而纡徐婉转中，盛气足以逼人，的是少年新得意人文字。本传称子由为人沉静简洁，为文汪洋淡泊，而有秀杰之气，读此足窥见一斑云。"人文并评，重点是分析其风格特征，"为人沉静简洁，为文汪洋淡泊，而有秀杰之气"三句，抓住了要点。而清代文选家沈德潜则从渊源上进行探讨，其《唐宋八大家文读本》卷二十六中指出："虽以孟子、司马迁并举，然通篇文字多从太史公周游天下数语生出，一往疏宕之气，亦如公之评太史公文。"揭示了苏辙文章与司马迁的关系，很有见地。

注释

[1] 枢密：枢密使，在宋代是掌握军事事务的最高长官。韩太尉：韩琦，宋

仁宗嘉祐初任枢密使。他的职务相当于秦、汉时的太尉，因此苏辙称他为“韩太尉”。　[2]执事：对对方的敬称。　[3]气之所形：气的表现形式。　[4]养而致：通过修养而获得。　[5]浩然之气：语出《孟子·公孙丑上》，指正大、刚直之气。　[6]称（chèn）：相称。　[7]太史公：司马迁，曾任太史令，所以称太史公。　[8]周览：游览遍了。　[9]豪俊：英雄豪杰。　[10]疏荡：潇洒恣肆而不受拘束，针对文章风格而言。　[11]自广：使自己眼界开阔。　[12]百氏之书：指诸子百家的著作。　[13]陈迹：这里指过去的事迹。　[14]汩（gǔ）没：埋没。　[15]舍去：离开。　[16]秦、汉之故都：主要是指秦、西汉都城长安和东汉都城洛阳两地。　[17]恣观：尽情游览。终南：山名，即终南山，在今陕西省西安市南，为秦岭主峰之一。嵩（sōng）：山名，即嵩山，五岳之一，在今河南省登封市境内。华：山名，即华山，五岳之一，在今陕西省华阴市南。　[18]京师：指北宋都城汴京（今河南省开封市）。　[19]仓廪：粮仓。府库：仓库。苑囿：园林。　[20]翰林欧阳公：指欧阳修，时任翰林学士。　[21]宏辩：雄辩。　[22]才略：才能和谋略。冠天下：天下第一。　[23]恃：凭仗。　[24]四夷：四方边境的外族，主要指当时的少数民族。惮：畏惧。发：发难。　[25]入：在朝为官。周公、召公：二人曾辅佐周成王，都是西周名臣。　[26]出：指离朝在外地为官。方叔、召虎：两人都是周宣王时的名臣。方叔曾征讨猃狁（xiǎn yǔn，匈奴于周朝时的名称），召虎曾征讨淮夷，都是立了大功的臣子。　[27]不志其大：没有立下远大的志向。　[28]多：指博学。　[29]光耀：这里指风采。　[30]自壮：自己给自己鼓励。　[31]吏事：指做官的事务。　[32]向：过去。　[33]斗升之禄：形容微薄的俸禄。　[34]待选：等待选拔。　[35]为政：办理政事。　[36]苟：如果。辱教：谦辞，承蒙教导的意思。

为兄轼下狱上书

臣闻困急而呼天，疾痛而呼父母者，人之至情也。臣虽草芥之微[1]，而有危迫之恳[2]，惟天地父母哀而怜之。

臣早失怙恃[3]，惟兄轼一人相须为命[4]。今者窃闻其得罪，逮捕赴狱，举家惊号，忧在不测。臣窃思念轼居家在官，无大过恶[5]。惟是赋性愚直，好谈古今得失。前后上章论事，其言不一。陛下圣德广大，不加谴责。轼狂狷寡虑[6]，窃恃天地包含之恩，不自抑畏。顷年通判杭州及知密州日，每遇物托兴，作为歌诗，语或轻发。向者曾经臣僚缴进，陛下置而不问。轼感荷恩贷[7]，自此深自悔咎，不敢复有所为，但其旧诗已自传播。臣诚哀轼愚于自信[8]，不知文字轻易，迹涉不逊[9]。虽改过自新，而已陷于刑辟[10]，不可救止。

轼之将就逮也，使谓臣曰："轼早衰多病，必死于牢狱，死固分也[11]。然所恨者，少抱有为之志，而遇不世出之主[12]，虽龃龉于当年[13]，终欲效尺寸于晚节[14]。今遇此祸，虽欲改过自新，洗心以事明主[15]，其道无由[16]。况立朝最孤，左右亲近，必无为言者。惟兄弟之亲，试求哀于陛下而已。"臣窃哀其志，不胜手足之情，故为冒死一言。

昔汉淳于公得罪，其女子缇萦请没为官婢，以赎其父，汉文因之遂罢肉刑[17]。今臣蝼蚁之诚[18]，虽万万不及缇萦，而陛下聪明仁圣，过于汉文远甚。臣欲乞纳在身官以赎兄轼，非敢望末减其罪，但得免下狱死为幸。兄轼所犯，若显有文字，必不敢拒抗不承，以重得罪。若蒙陛下哀怜，赦其万死[19]，使得出于牢狱，则死而复生，宜何以报[20]？臣愿与兄轼洗心改过，粉骨报效，惟陛下所使，死而后已！

臣不胜孤危迫切，无所告诉，归诚陛下[21]。惟宽其狂妄，特许所乞。臣无任祈天请命激切陨越之至[22]。

苏轼才高八斗，学富五车，品行高尚，性格直率，本来就已经遭到小人的嫉妒，又旷达豪放，无所顾忌，出口成章，下笔成诗，终于惹下大祸，这就是宋神宗元丰年间由他的诗文引起的一场文字狱——"乌台诗案"。宋神宗元丰二年（1079）三月，苏轼由徐州调任湖州。按照惯例，他写了《湖州谢上表》，文章中既有自谦之词，更少不了要感谢皇恩浩荡；当然，其中也夹带一点牢骚话，涉及当时特别敏感的新法问题。文中“愚不识时，难以追陪新进；老不生事，或能牧养小民”两句话，成了真正的把柄，被无限上纲，最终被送进御史台的监狱，成为阶下囚，将有杀头之罪。苏辙听到哥哥被捕下狱，惊恐哭号，立即写就《为兄轼下狱上书》一文，字字血，声声泪，从多个角度请求神宗皇帝宽大苏轼。文章首先以困急、痛极必求助于父母的人之常情来感动皇上，以视君如父母的方式拉近情感距离，表明自己的生身父母亡故，只有依靠君父哀怜，才能起死回生，救出自己的哥哥。然后以难以割舍的手足之情打动神宗皇帝。接着又极力解释申诉，说明兄长虽然有罪，但是罪有可恕，摆出多种理由为兄长开脱：一是兄长性情迂腐耿直，说话不加考虑，有嘴无心，以前说什么自己都记不得，经常前后不一，不是故意犯罪。二是兄长以前说话、作诗太随便，有人上告，蒙您宽大，不加追究，他自己已经深深后悔和内疚，知道改正，现在再也不敢了。三是说被抓住的犯罪证据都是过去的旧作，现在他已经不这样做了，却因此陷入刑辟，除了皇上没有谁能救得了；四是通过自己之口，传达兄长心迹，说他自知有过，会改过自新，洗心革面，终生报答您。五是说汉朝女子缇（tí）萦为救父亲，情愿做奴婢，自己为救兄长，情愿舍弃一切。六是再次向皇上发誓，表忠心：如果皇帝您放了我哥哥，我们弟兄粉身碎骨报效您！一句话，若免了我哥哥的死罪，我们做什么都可以。有情，有理，有义，不愧手足兄弟，不愧文章大家，不愧绝世好文！清人沈德潜在《唐宋八大家文读本》卷二十五中评价说：“若明辨无罪，恐于触上之怒，故认好谈古今，语或轻发，不求湔（jiān）雪，祇望末减，以免下狱论死为幸也。情辞哀恻，如赤子牵衣呼吁于慈父前，至尊自应感动。”其中“情辞哀恻”四字颇中肯綮（qìng）。

［1］草芥：以小草自比，极言微不足道。　［2］危迫之恳：危急事态下的恳求。　［3］怙恃（hù shì）：依仗，凭借。有时也用“怙恃”作为父母的代称。　［4］相须为命：互相依靠着过日子。须：通“需”。　［5］过恶：过错，罪过。　［6］狂狷寡虑：放纵而不遵礼法，又缺乏思考。　［7］感荷恩贷：感谢施恩宽宥。感荷：感谢。恩贷：施恩宽宥，多用于帝王。　［8］愚于自信：愚在过于自信，自信到了愚蠢的程度。　［9］不逊：无礼。　［10］刑辟（xíng pì）：刑法，刑律。　［11］分（fèn）：意料，料想。　［12］不世出：非世间所常有，世上罕见的。　［13］龃龉（jǔ yǔ）：上下牙齿不相对应，

比喻意见不合，相抵触。　[14]晚节：晚年的节操。　[15]洗心：比喻除去恶念或杂念，改过自新。　[16]其道无由：找不到门径、无法办到。　[17]“昔汉淳于”至“遂罢肉刑”：西汉淳于意，姓淳于，名意，获罪当刑，其小女儿缇萦上书汉文帝，请求自为官婢，代父赎罪。汉文帝大受感动，并因此事而废除了肉刑。没（mò）：即“没入”，充公。主要指没收犯罪者的家属或财产入官。官婢：指古时因罪没入官府作奴婢的女子。语出《史记·孝文本纪》：“妾愿没入为官婢，赎父刑罪，使得自新。”　[18]蝼蚁：指蝼蛄和蚂蚁，用来代表微小的生物，比喻力量薄弱或地位低微的人。　[19]赦（shè）：赦免。万死：即万死之罪。形容罪大恶极。　[20]宜何以报：应该用什么来报答皇帝陛下呢？　[21]无所告诉，归诚陛下：没有地方诉说，只有把自己诚恳的想法告诉陛下。　[22]无任：敬辞，不胜。陨越：犹颠坠，丧失。

黄州快哉亭记

江出西陵[1]，始得平地，其流奔放肆大；南合沅、湘[2]，北合汉、沔[3]，其势益张。至于赤壁之下，波流浸灌[4]，与海相若[5]。清河张君梦得[6]，谪居齐安[7]，即其庐之西南为亭，以览观江流之胜，而余兄子瞻名之曰“快哉”。

盖亭之所见，南北百里，东西一舍[8]，涛澜汹涌，风云开阖。昼则舟楫出没于其前，夜则鱼龙悲啸于其下，变化倏忽[9]，动心骇目[10]，不可久视。今乃得玩之几席之上[11]，举目而足[12]。西望武昌诸山，冈陵起伏，草木行列[13]，烟消日出，渔夫樵父之舍，皆可指数。此其所以为快哉者也。至于长洲之滨，故城之墟[14]，曹孟德、孙仲谋之所睥睨[15]，周瑜、陆逊之所骋骛[16]，其流风遗迹，亦足以称快世俗[17]。

昔楚襄王从宋玉、景差于兰台之宫，有风飒然至者，王披襟当之，曰：“快哉此风！寡人所与庶人共者耶？”宋玉曰：“此独大王之雄风耳，庶人安得共之[18]！”玉之言盖有讽焉[19]。夫风无雄雌之异，而人有遇不遇之变。楚王之所以为乐，与庶人之所以为忧，此则人之变也，而风何与焉[20]？

士生于世，使其中不自得，将何往而非病[21]？使其中坦然，不以物伤性[22]，将何适而非快？今张君不以谪为患，窃会计之余功[23]，而自放山水之间，此其中宜有以过人者。将蓬户瓮牖无所不快[24]，而况乎濯长江之清流[25]，揖西山之白云[26]，穷耳目之胜以自适也哉[27]！不然，连山绝壑，长林古木，振之以清风，照之以明月，此皆骚人思士之所以悲伤憔悴而不能胜者，乌睹其为快也哉[28]！

元丰六年十一月朔日[29]，赵郡苏辙记[30]。

本文作于元丰六年（1083）。在元丰年间，苏轼的友人张梦得谪居黄州，在其屋舍西南建造一亭，以便登临观赏四周风光，恰好苏轼也因“乌台诗案”谪居于此，并且给张梦得的亭子起名为“快哉亭”。苏辙来此，写下此文。文章总体分前、后两个部分。前半部分主要描写快哉亭周围的景观及此亭之所以取名“快哉”的缘起。后半部分是抒情议论，主要表达的是类似于范仲淹“不以物喜，不以己悲”的情怀，展示出宽广的心胸与旷达的人生态度，同时对张梦得及兄长苏轼两人虽然身处逆境却能泰然处之、保持乐观的人生态度表示敬佩。文章紧扣“快哉”二字，从观览山河形胜入手，中间凭吊古迹，怀想旧时人物，即景抒情，就事议论，情、景、理融为一体，行文曲折，姿态横生。苏轼对苏辙有这样的评价：“其文如其为人，故汪洋澹泊，有一唱三叹之声，而其秀杰之气终不可没。”（《答张文潜书》）还是兄长最了解弟弟。明人茅坤在《唐宋八大家文钞》中有言：“入宋调而风旨自佳。”赞美其“风旨”。清人张伯行在《重订〈唐宋八大家文钞〉》卷九中，从写作风格上进行评价：“有萧洒闲放之致。”赞美其“萧洒闲放”的风格。而清人沈德潜在其《唐宋八大家文钞读本》中则从意蕴入手进行评价：“金玉锦绣、五鼎大烹，焉往非病？中无自得之实也；空室蓬户，疏食饮水，焉往非乐？不亏性天之真也。子由虽非几此，而见能及之，借题发挥，真觉触处皆是。”强调文中具有“自得”“天真”之趣。清吴楚材、吴调侯《古文观止》中也选入此文，并且评价说：“前幅握定‘快哉’二字，后幅俱从谪居中生意，文势汪洋，笔力雄壮，读之令人心胸旷达，宠辱皆忘。”无论是对文章意蕴的索解、结构的分析，还是对风格的概括，都很精到。

注释

[1]江：即长江。西陵：即西陵峡，又名夷陵峡、巴峡，为长江三峡之一，在今湖北巴东与宜昌之间。 [2]沅、湘：湖南境内的两条主要河流沅水和湘江。流经洞庭湖，注入长江。 [3]汉、沔（miǎn）：指汉水和沔水。 [4]浸灌：漫进，灌入。 [5]与海相若：与大海相似。 [6]张梦得：张怀民，字梦得。于宋神宗元丰六年（1083）贬黄州，与苏轼往来甚多。 [7]齐安：南齐置，隋开皇十八年(598)改名黄冈县，在今湖北麻城市西南，即黄州。 [8]一舍：古代以三十里为一舍。 [9]倏(shū)忽：很快地，迅疾的样子。 [10]动心骇目：形容惊心动魄的状态。动：波动。骇：惊吓，震惊。 [11]玩：欣赏，赏玩。几：小桌。 [12]举目而足：放眼一望，就能看个够。 [13]草木行列：草木排列成行。 [14]故城之墟：旧城遗址。墟：有人住过而现已荒废的地方。 [15]曹孟德、孙仲谋之所睥睨（pì nì）：指赤壁之战，曹操、孙权在这里发生冲突。曹操字孟德。孙权字仲谋。睥睨：眼睛斜着看，表示傲视或厌恶。这里是敌对的意思。 [16]周瑜、陆逊：都是孙权手下名将。骋骛（chěng wù）：驰骋，奔走。 [17]称快世俗：让世俗之人高兴叫好。 [18]“昔楚襄王”至“庶人安得共之”：取自宋玉《风赋》。楚襄王：一般指楚顷襄王，楚怀王之子，战国时期楚国国君。宋玉、景差皆为楚大夫，以辞赋见称于世。兰台：即今湖北钟祥市东。飒（sà）然：拟声词，风声。寡人：古代君主谦恭的自称。庶人：平民百姓。 [19]盖有讽焉：大概是有所讽刺吧。 [20]何与（yù）焉：有什么关联呢。何与：何如，何干。 [21]病：忧虑，忧愁。 [22]不以物伤性：不因为自然和人世等外界事物损害自己的性情。 [23]会计(kuài jì)：征收钱粮等公务。 [24]蓬户瓮(wèng)牖（yǒu）：蓬草编门，破瓮做窗。形容生活条件非常艰苦。瓮：盛水或酒等使用的陶器。牖：窗。 [25]濯（zhuó）：洗。 [26]挹（yì）：舀，这里有尽情观览之意。 [27]穷耳目之胜：尽情享受所见所闻的自然风景名胜。穷：穷尽，彻底。自适：悠然闲适而自得其乐。 [28]乌睹其为快也哉：哪里会看出这些是令人愉快的事物呢？乌：疑问代词，相当于“为什么”“哪里”。 [29]元丰六年：元丰是北宋神宗皇帝赵顼的年号。六年即1083年。朔日：阴历每月的初一。 [30]赵郡：苏辙的祖籍。苏辙祖上为赵郡栾城（今属河北）人。

六　国　论

愚读六国世家[1]，窃怪天下之诸侯以五倍之地，十倍之众，发愤西向，以攻山西千里之秦[2]，而不免于灭亡，常为之深思远虑，以为必有可以自安之计。盖未尝不咎其当时之士虑患之疏[3]，而见利之浅，且不知天下之势也[4]。

夫秦之所以与诸侯争天下者，不在齐、楚、燕、赵也，而在韩、魏之郊；诸侯之所与秦争天下者，不在齐、楚、燕、赵也，而在韩、魏之野。秦之有韩、魏，譬如人之有腹心之疾也。韩、魏塞秦之冲，而蔽山东之诸侯[5]，故夫天下之所重者，莫如韩、魏也。昔者范雎用于秦而收韩[6]，商鞅用于秦而收魏[7]；昭王未得韩、魏之心[8]，而出兵以攻齐之刚、寿，而范雎以为忧。然则秦之所忌者可以见矣。秦之用兵于燕、赵，秦之危事也。越韩过魏而攻人之国都，燕、赵拒之于前，而韩、魏乘之于后，此危道也。而秦之攻燕、赵，未尝有韩、魏之忧，则韩、魏之附秦故也。夫韩、魏，诸侯之障，而使秦人得出入于其间，此岂知天下之势邪？委区区之韩、魏，以当强虎狼之秦，彼安得不折而入于秦哉？韩、魏折而入于秦，然后秦人得通其兵于东诸侯，而使天下遍受其祸。

夫韩、魏不能独当秦，而天下之诸侯，借之以蔽其西，故莫如厚韩亲魏以摈秦[9]。秦人不敢逾韩、魏以窥齐、楚、燕、赵之国，而齐、楚、燕、赵之国因得以自安于其间矣。以四无事之国，佐当寇之韩、魏，使韩、魏无东顾之忧，而为天下出身以当秦兵。以二国委秦[10]，而四国休息于内，以阴助其急，若此，可以应夫无穷，彼秦者将何为哉？不知出此，而乃贪疆埸尺寸之利[11]，背盟败约，以自相屠灭，秦兵未出，而天下诸侯已自困矣。至使秦人得间其隙，以取其国，可不悲哉！

导读

本文从“势”字着眼，居高临下，从大处着笔，论证六国是非。文章以一“怪”、一“虑”、一“咎”起笔，逐次推出中心论点。然后就当时天下之形势进行分析和论证。一方面从正面指出当时的天下大势是：韩、魏居天下之中心，既是秦国的腹心之疾，也是山东六国赖以生存的屏障，是成败关键。另一方面又以范雎、商鞅处心积虑地图谋韩、魏，从反面证明这一点。进而批评韩、魏附于秦国，其他四国不支援韩、魏的愚蠢做法是不知天下之势，是走向灭亡的一条死路。接着指出，韩、魏与齐、楚、燕、赵四国若互相支援，唇齿相依，就能够立于不败之地。但是遗憾的是，六国恰恰没有做到这一点，最终相继覆灭，所以作者最后深责六国之不晓天下大势、不识大局、贪利背盟、自相攻伐，最后走向灭亡。文章结尾，作者对六国的结局发出深深的感叹。明人茅坤在《唐宋八大家文钞》卷一百五十中评价说：“识见大而行文亦妙。”对其思想见识与艺术成就都给予高度肯定。清人沈德潜在《唐宋八大家文读本》卷二十五中指出：“厚韩、魏以摈秦，此即苏秦说赵之说也。子由窥破此旨而畅言之，觉天下大势确不可易。老泉论其弊，子由论其势。”将苏氏父子同论六国之文加以比较，揭示出此文的要点。此外清人吴楚材、吴调侯《古文观止》卷十一中的评价也值得一读：“是论只在不知天下之势一句，苏秦之说六国，意正如此。当时六国之策，万万无出于亲韩、魏者。计不出此，而自相屠灭，六国之愚，何至于斯？读之可发一笑。又：感叹作结，遗恨千古！”充分肯定苏辙所论，指出“六国之策，万万无出于亲韩、魏者”一点，是会心之论。

注释

［1］六国世家：指司马迁《史记》中的六国《世家》。　［2］山西：指秦国所处之地。崤山或华山以西为山西，也即关西。　［3］咎：责备，归咎。疏：粗略，不周密。　［4］势：形势，天下大势。　［5］山东：指战国时期秦以外其他六国的地理位置。当时以崤山或华山以东为山东，也常以此指代六国。　［6］范雎（jū）：战国时期政治家、纵横家、战略家。魏国芮城（今山西芮城）人。初仕魏，后入秦，为秦昭襄王相。是秦国历史上承前启后的一代名相，与秦昭襄王上

承秦孝公、商鞅变法图强之志，下开秦始皇、李斯统一帝业。《史记》有传。 [7]商鞅：战国时期政治家、改革家、思想家。法家思想的代表人物。姬姓，公孙氏，名鞅，卫国人。因为封于商，也称商鞅、商君。初仕魏，后入秦，相秦，辅佐秦孝公，积极实行变法，使秦国成为当时最强大的国家，史称“商鞅变法”。《史记》有传。 [8]昭王：即秦昭襄王嬴（yíng）稷，嬴姓，赵氏，一说秦氏，名则。战国时期秦国国君，是中国历史上在位时间最长的国君之一（公元前306年至公元前251年在位）。他拜范雎为相，采用范雎所提出的远交近攻策略，奠定了秦统一战争的胜利基础。 [9]摈（bìn）：抛弃，排除。 [10]委：托，委托。 [11]疆埸（jiāng yì）：国界，边界，边境。

三　国　论

天下皆怯而独勇，则勇者胜；皆暗而独智，则智者胜。勇而遇勇，则勇者不足恃也；智而遇智，则智者不足恃也。夫惟智勇之不足以定天下，是以天下之难蜂起而难平[1]。盖尝闻之，古者英雄之君，其遇智勇也以不智不勇，而后真智大勇乃可得而见也。悲夫，世之英雄，其处于世亦有幸不幸邪！

汉高祖、唐太宗，是以智勇独过天下而得之者也。曹公、孙、刘，是以智勇相遇而失之者也。以智攻智，以勇击勇，此譬如两虎相捽[2]，齿牙气力无以相胜，其势足以相扰，而不足以相毙。当此之时，惜乎无有以汉高帝之事制之者也。

昔者项籍[3]，乘百战百胜之威，而执诸侯之柄，咄嗟叱咤[4]，奋其暴怒，西向以逆高祖[5]。其势飘忽震荡，如风雨之至，天下之人以为遂无汉矣。然高帝以其不智不勇之身，横塞其冲，徘徊而不进，其顽钝椎鲁足以为笑于天下[6]，而卒能摧折项氏而待其死。此其故何也？夫人之勇力，用而不已，则必有所耗竭，而其智虑久而无成，则亦必有所倦怠而不举。彼欲就其所长以制我于一时，而我闭而拒之，使之失其所求，逡巡求去而不能去[7]，而项籍固已败矣。

今夫曹公、孙权、刘备，此三人者，皆知以其才相取，而未知以不才取人也。世之言者曰：“孙不如曹，而刘不如孙。”刘备惟智短而勇不足，故有所不若于二人者，而不知因其所不足以求胜，则亦已惑矣。盖刘备之才近似于高祖，而不知所以用之之术。昔高祖之所以自用其才者，其道有三焉耳：先据势胜之地[8]，以示天下之形；广收信、越出奇之将[9]，以自辅其所不逮[10]；有果锐刚猛之气而不用，以深折项籍猖狂之势。此三事者，三国之君，其才皆无有能行之者。独有一刘备近之而未至，其中犹有翘然自喜之心，欲为椎鲁而不能钝，欲为果锐而不能达，二者交战于中，而未有所定，是故所为而不成，所欲而不遂。弃天下而入巴蜀，则非地也；用诸葛孔明治国之才，而当纷纭征伐之冲，则非将也；不忍忿忿之心，犯其所短，而自将以攻人，则是其气不足尚也。嗟夫，方其奔走于二袁之间[11]，困于吕布[12]，而狼狈于荆州[13]，百败而其志不折，不可谓无高祖之风矣，而终不知所以自用之方。夫古之英雄，唯汉高帝为不可及也夫！

导读

本文作于宋仁宗嘉祐五年（1060），是苏辙二十五篇应制科举进论之一。文章首先从智与勇的问题入手，提出以不智不勇对待智勇，然后真正的大智大勇才能表现出来。其中关键是：不一定要有过人的智勇，而要懂得所以用之之术，即能将他人的智勇为己所用，这样才是真正的大智大勇。然后便列举了很多历史人物和历史经验教训进行深入的分析和论证，重点是对刘、项和三国史事加以分析，其中特别将刘备、刘邦进行对比，指出刘邦之所以取胜，关键是能够“自用其才”，掌握“自用之方”，其表现有三点：一是“先据势胜之地，以示天下之形”；二是“广收信、越出奇之将，以自辅其所不逮”；三是“有果锐刚猛之气而不用，以深折项籍猖狂之势”。相反，刘备恰恰是不能够“自用其才”，也没有掌握“自用之方”：一是“弃天下而入巴蜀，则非地也”，不占地利；二是“用诸葛孔明治国之才，而当纷纭征伐之冲，则非将也”，用人不当；三是“不忍忿忿之心，犯其所短，而自将以攻人，则是其气不足尚也”，不能忍，不能扬长避短。由此得出结论：“夫古之英雄，唯汉高帝为不可及也夫！”文章有抑有扬，错综变化，开阖自如。宋人吕祖谦在《文章关键》卷下中评价说："此篇要看开阖抑扬法。"确实把握住了本文的写作特点。明人茅坤《唐宋八大家文钞》卷一百五十中评价说："论三国而独挈刘备，亦堪与家取窝之说。"也说到了肯綮处。清人沈德潜在《唐宋八大家文读本》卷二十五中评价说："苏氏父子每不足于昭烈、武侯，而以汉高帝为千古之英杰，此亦事后论成败之见也。然以昭烈为有翘然自喜之心，而不知用其所不足，此论大是。与子瞻《留侯论》能忍不能忍意足相发明。"所论颇有见地。

［1］蜂起：像蜂飞一样成群起来。　［2］捽（zuó）：抵触，冲突。　［3］项籍：项羽名籍，字羽。　［4］咄嗟叱咤（duō jiē chì zhà）：形容发怒时大声喊叫的声音。咄嗟：吆喝。叱咤：大声怒骂。　［5］逆：迎击，迎战。　［6］顽钝：愚笨，愚昧。椎（chuí）鲁：愚钝，鲁钝。　［7］逡巡（qūn xún）：有所顾虑而徘徊或不敢前进。　［8］先据势胜之地：先占领要害坚固的地势。言刘邦先据有关中，进可以攻，退可以守。　［9］信：韩信。越：彭越，字仲，与韩信、英布并称汉初三大名将。《史记》有传。　［10］不逮：不及，赶不上。　［11］二袁：指东汉末年地方割据势力中的两个人物袁术、袁绍。当时袁术据寿春，袁绍据河北，后被曹操攻灭。二人在《后汉书》与《三国志》中皆有传。　［12］困于吕布：指当年刘备在下邳、小沛两次被吕布击败，处境不妙。吕布：字奉先，东汉末年名将。《三国志·魏志》有传。　［13］狼狈于荆州：指刘备当年在依刘表之后，因为刘表之子刘琮突然降曹，刘备被曹操追杀，兵败于当阳等地，当时境况非常狼狈。